大坂の陣

岡田秀文

双葉文庫

目次

大坂の陣

第一章　二条城

一

そろそろ衣装を整えるころあいか。家康がふと顔をあげ、書きかけの筆をおいた時、廊下をしずやかに足音が近づいた。

「右大臣公、市正《いちのかみ》殿の屋敷を出立されたよしにございます」

近習が言上した。

家康は小姓たちに支度を命じ、みずから小袖の帯を解いた。久しくなかった大合戦に臨むときに似た、血の沸き立つような高ぶりをおぼえた。

礼装に着替え終えてしばらくすると、先ほどの近習がふたたび罷《まか》りこし、右大臣豊臣秀頼の到着が近いことを告げた。

「うむ」

家康は立ち上がった。御座の間から続く二条城本丸御殿の長い廊下を渡って表に出る。

やがて東大手門から唐門を経てあらわれた秀頼一行を家康は出迎えた。庭にまで下りての迎接は、貴人に対する最高の礼遇といえる。

玉砂利が敷き詰められた庭上で、家康と秀頼は向き合った。家康は秀頼を見つめ、秀頼も家康を見返した。

最後の対面から八年の年月が経っている。あの時、家康はまだ征夷大将軍に任じられていなかった。大坂城本丸御殿の中で、秀頼を下座から主と仰いだのであった。あどけなかった小児の面影はきれいに拭い去られ、今、見上げるような偉丈夫となった青年が眼前に屹立している。

うわさに聞いてはいたが、あらためて向き合うと本当に大きい。時の流れが一瞬に凝縮され、頭上から降りかかってきたような圧迫を感じる。

家康は口元に微笑みを浮かべ、秀頼を殿上へいざなった。

会見の場である御成の間には、まず秀頼を入れ、そのしばらくあとに家康が入室した。御成の間には秀頼のほかに、故豊臣秀吉の正室高台院《こうだいいん》がいて、また部屋の隅には加藤清正も控えていた。

すでに下座についていた秀頼に、家康は、

「共にこちらへ」

と上座に差し招き、対等の対面を勧めた。

しかし、秀頼は、

「いえ、身はこちらにて」

と固辞する。

家康はまた口元に微笑みをたたえ、上座についた。

三献の祝いのとき、互いの引出物が披露された。家康からは大左文字の刀と脇差、大鷹と馬が贈られ、秀頼からは一文字の刀と脇差が進呈された。そのあと昼食をとり、高台院をまじえて昔語りの会話も交わした。

はじめは緊張のためか硬い表情だった高台院も、会見の成功を見とどけたあとは、くつろいだ笑顔で家康と秀頼の橋渡し役を務めた。

かくして慶長十六年（一六一一）三月二十八日、京は二条城でおこなわれた家康と秀頼の会見は一刻ほどで、ぶじ終了したのであった。

会見のあと家康は、加藤清正、浅野幸長、片桐且元《かつもと》らに警護され出立する秀頼を見送った。このあと、秀頼は豊国大明神に参拝し、伏見の清正の屋敷に立ちより、大坂城へ帰るという。

見送りを終えると、御座の間に戻って衣装を解きくつろぐ家康の前に、本多上野介《こうずけのすけ》正純《まさずみ》、板倉伊賀守《いがのかみ》勝重、ふたりの家臣が伺候した。

本多正純は、長らく家康の謀臣として世におそれられた本多正信の嫡子である。慶長十年（一六〇五）家康が将軍職と江戸城を秀忠に譲り、駿府城に居を移し、大御所として二元政治をはじめたのを機に、それまで秀忠の側近であった正純は家康付きを命じられた。同時に家康の側につかえていた父の正信は、秀忠と家康の間を結ぶ調停役を任されるようになった。家康と一心同体ともいえる正信に秀忠政治の監視と補佐をさせ、次代の旗手たる正純には家康みずから薫陶《くんとう》をほどこし、永続的に家康政治の真髄を承継させようとの狙いの人事であった。

以来、正純は家康の側近中の側近として辣腕をふるい、かつての父にも劣らぬ権力を手中におさめている。諸大名の畏怖はもとより、江戸の幕閣や将軍の秀忠でさえ、正純に対する遠慮というか、腫物に触るような気配があった。正純自身へのおそれとともに、正純を通して映される家康像への憚《はばか》りであろう。

四十代も半ばを過ぎたが本多正純には、老成の渋みより、鋭利な刃物のような輝きが全身にみなぎっている。家康が頼もしく思い、便利に使う所以《ゆえん》であった。

板倉勝重はその正純よりも二十年春秋をかさねた老巧の臣だ。本多親子と同様に武功より施政面での手腕を買われ、関東奉行、江戸町奉行職を歴任し、今は京都所司代の職にある。

京都所司代は、京都の治安維持と朝廷との外交のみならず、大坂城の豊臣家への外交と監視という重責も担っていた。民政から外交、諜報活動まで、硬軟自在の政治手腕が必要とされる難しい役を勝重はよく務めていた。内面の鋭さを包む、重厚でありながら、やわらかな物腰が、ひとに安心感を与える。奇策を弄さず、手堅く着実な仕事ぶりも家康の好みに適っていた。二年前に一万六千石余り加増され、大名に列していることからも家康の信任の厚さが知れよう。

今、このふたりの寵臣《ちょうしん》を前に、家康は押し黙っていた。

上機嫌ではないが、不快の念をいだいているほどでもない。が、なにか心に懸念がわだかまっているようである。

家康を理解することの深い正純も勝重も、この家康の表情は謎であった。

「右府《うふ》はみずから下座についたそうで」

正純がことさら声をはずませてみせた。会見に同席した小姓から聞いた話で、家康の心を盛りたてようとしたのだろう。

「ここまで長うござりました」

勝重も感慨深げに言った。

たしかに長かった。この実現のために、今日まで家康主従はありとあらゆる努力をはらってきた。そしてそれは、大成功をおさめたと言ってよい。

二

慶長五年（一六〇〇）九月十五日、関ヶ原の合戦で家康は勝利をおさめた。敵方の実質的な首謀者であった石田三成や主力部隊である宇喜多秀家、小西行長、大谷吉継などの兵を、圧倒的な兵力差で打ち破った大勝利だった。

戦場から逃走した石田三成を近江で捕え、やはり伊吹山中で捕えた小西行長と、京で逮捕した安国寺恵瓊《えけい》とともに京の六条河原で斬首した。

しかし、これだけでは会津征伐に端を発した天下分け目の戦いで、家康を最終勝利者とするには決定力不足であった。名目上とはいえ、敵方の総大将である毛利輝元が大坂城を動かずにいたからである。

関ヶ原での合戦では、毛利方の重鎮吉川《きっかわ》広家が家康に内応し、兵を動かさなかった。そのため吉川軍の後方に陣を張った毛利秀元や安国寺恵瓊の軍も動きを止められ合戦に参加できず、家康の勝利に貢献した。しかし、この吉川の内応に、輝元は関知していない。

大坂城の毛利輝元の周りには、関ヶ原から離脱した毛利兵や、合戦に間に合わなかった無傷の将兵が多数集まっていた。この者たちが一丸となって家康に敵対を続け、籠《ろう》城《じょう》におよべば、どんな大軍をもってしても落とすことは難しい。

しかし、それよりもなによりも家康が憂いたのは、大坂城の毛利輝元が豊臣秀頼を抱えていることであった。

今回、天下を二分する大闘争が起こったのは、豊臣家中での権力争いの結果だった。大老筆頭の家康に反発する石田三成が、思いを同じくする毛利輝元や宇喜多秀家などを仲間に引き込んで闘争の旗揚げをした。対する家康は、石田三成に反感をもつ豊臣大名たちを味方につけ、合戦に持ち込み、勝利をおさめた。ここまでは上出来だ。だが、争いはあくまでも、豊臣家を主とあおぐ家臣間のもので、主君たる秀頼はこれに関知しない。すくなくとも家康は、そういう名目で豊臣大名たちを丸め込み大軍団を形成したのだ。

もしこのまま輝元と手切れとなり、平然と口を拭って秀頼のいる大坂城を攻めると言っても、これまで家康の味方となって合戦の勝利に貢献した豊臣大名の多くは同調せず、離反するおそれがあった。じっさい関ヶ原で奮戦した福島正則、黒田長政、細川忠興などはほぼ確実に変心すると見てまちがいない。そうなれば関ヶ原で石田三成が見た憂き目を、家康が見ることになろう。

あれほど苦労して手に入れた勝利も、次の指し手しだいで帳消しになってしまうのだ。大坂城を直接攻撃せずに大兵力を維持したまま、じっくり時間をかけ輝元を説得するのもむずかしい。会津遠征から関ヶ原まで、味方の兵は遠征続きで疲弊している。大名たちの負担も限界に近づいている。一刻も早く決着をつけ、軍役を解かねば、やはり離反者が続出するおそれがあった。

（かくなる上は、いかなる手を使おうと）

すみやかに輝元を大坂城から退去させねばならない。そして豊臣家内での権力闘争に終止符を打つ。

「どうしたものよ」

家康は本多正純に問いかけた。

この時、正純の父である正信は秀忠隊に従軍し、家康との合流を果たしていなかった。そのためまだ秀忠の側近であった正純を、家康は手元で使っていた。

「ふたたび甲斐守に馳走させては」

正純が言った。

関ヶ原の合戦の前、毛利方の吉川広家を味方に引き入れるため、黒田甲斐守長政を仲介役に使った。その長政に、またもうひと働きさせようというのである。

「甲州の誘いだけで、動くか」

家康は小首をかしげた。

毛利輝元は自身が総大将でありながら、天下を二分する決戦場に出てこなかったほど優柔不断な人間だ。とはいっても、大軍を擁して難攻不落の大坂城にいるから、今もさして弱気でなかろう。甘言で誘ったとして、大坂城からおとなしく退去するとは限らない。

「一刻も早く和議を成したいのは、安芸中納言《あきちゅうなごん》こそにございましょう」

輝元も自領を離れて大坂城に籠ってふた月ほどになる。関ヶ原の大敗は、国許《くにもと》にも当然聞こえているはずで、他国からの侵略、一揆の勃発など、心配には事欠かないはずだ、と正純は述べた。

「しかし、本領安堵《あんど》など話にならぬ」

家康は吐き捨てるように言った。

戦前、家康は吉川広家を味方に引き入れるため、毛利宗家の本領安堵を約束していた。なんとしてでも戦に勝ちたかった家康は、これ以外にも方々に空手形を振り出している。

しかし、輝元は仮にも敵方の総大将だ。甘い顔を見せれば勝利の価値が半減し、家康の威信にも傷がつく。それに毛利宗家が有する山陽、山陰八カ国、百十二万石にもなる大領は、どうしても大幅に削っておきたい。単独でも徳川家に対抗できる大領主は、この機に根絶させるのが理想なのだ。

勝ちが確定してしまえば、大盤ぶるまいした付けの清算が惜しくなる。

「むろん、約定は反故《ほご》にいたします」

ことなげに正純は言った。

「騙《だま》し討ちにされたと苦情が出ぬか」

「そこはいかようにも、手の打ちようが」

正純は目の奥にあやしい光をためている。こういうところは父親とじつによく似ていた。頼もしい思いで正純を見ながら家康は言った。

「されば、まかせる」

正純は、黒田長政と福島正則に働きかけ、輝元へ書状を出させた。今回の戦いで、輝元は名目上の総大将に担がれたにすぎないことを、内府も重々承知している。罪に問うつもりはないので、すみやかに西の丸を明け渡されるのがよい、という内容だ。これだけではまだ弱いと感じた正純は、吉川広家に会い、広家からも毛利輝元を説得し、大坂城から退去させるよう依頼した。

同時に今回の恩賞として、広家へは西国で大幅な加増があるだろうと伝えた。

「宗家はお構いなしで相違ござらんな」

広家は念を押した。自身の加増より、宗家のあつかいの方が気がかりであった。

広家は小早川家とともに、毛利宗家を政治的にも軍事的にも支える毛利両川《りょうせん》の一方の雄、吉川家の当主だ。それだけに広家の心には、なにをおいても宗家を守り抜かねばという思いが、強迫観念のように深く根を張っていた。

もとより広家は人好きのする人間ではない。豊臣家五奉行筆頭の浅野長政相手に、あわや刃傷沙汰《にんじようざた》という騒動を起こしたこともあった。できることなら誰にも頭を下げたくないという、驕慢《きようまん》な性格の持ち主でもある。その広家が家康ばかりか、正純にまで辞を低くするのは、宗家のぶじを願うその一心からだ。

「中納言殿は石田治部少《じぶしよう》に名ばかりの大将に祭り上げられただけなそうな。されば内府も含むところはござらん」

木で鼻をくくったような正純の物言いは癪《しやく》に障ったが、ともかく毛利輝元には害がおよばないとの言質は取れた。腹の虫を押さえて広家はすぐに大坂城の輝元へ書状を送り、事情を説明し、すみやかな退城を促した。

輝元は広家からの書状の内容を吟味し、自身の安全と所領の安堵を確信すると、徹底抗戦を唱える毛利秀元や立花宗茂たちの反対を押し切り、西の丸を出て城下の屋敷へ移った。

輝元が退去した大坂城西の丸に、家康はまず、福島正則、池田輝政、浅野幸長たち豊臣大名を送り込んだ。城側の動揺を抑えるため、豊臣譜代の大名たちを露払いに使ったのだ。いくら家康が、豊臣家に今回の戦の責任は問わないと言っても、とうの淀殿は心から信じられず、不安を募らせているだろう。城に籠る豊臣の旗本たちにも家康への反感が渦巻いているかもしれない。そんな中、いきなり家康が乗り込んで行けば、不測の事態を招きかねない。

そこで先触れの福島正則たちに淀殿秀頼母子と謁見させ、とくとくと家康の真意を説かせた。そうして城内の空気を鎮めやわらげ、安全を確保したうえで、家康は大坂城に入り、秀頼に謁見した。さらに家康は本丸で淀殿主催の饗応も受け、今後も豊臣家の大老として秀頼を支えていく姿勢を明らかにした。

家康が豊臣家との関係修復につとめている間、正純は家臣たちを使って西の丸屋敷中の書状を総ざらいし、内容をあらためさせた。

そしてまだ家康が本丸にいるところへ、正純は乗り込んだ。前触れもなく、供もつれずにあらわれたのだ。

正純はふいの参上をわびつつも、抱えていた文箱をおもむろに脇へおき、かたい表情を家康に向けた。至急かつ重大な報せといった雰囲気を濃厚に漂わせている。

「いかがした。かような場に、無粋であろう」

家康は正純を咎《とが》めるように睨《ね》めつけた。

座敷には秀頼の旗本衆や豊臣大名たちが数名居並んでいた。なにかの評定というより、もっとくつろいだ座談の場だ。そこに正純が土足で割り込んできたような具合であった。

正純は膝を進めて家康に近づき、

「お人払いを願います」

「かまわぬ、みな、心安き身内じゃ」

家康は言ったが、正純は押して首をふり、

「されど」

「かまわぬと申したであろう」

いらだたしげに家康が促すと、正純は周りの者たちを気づかわしげ見わたし、少し声を落として言上した。

「どうやら安芸中納言殿、こたびの戦に深く関わっていたようにございます」

家康は、なにを馬鹿なことをとばかりに首をふり、

「戯《ざ》れ言を申すな。かの卿とは兄弟の契りを交わした仲である。さようなこと、あろうはずもなし」

「されば、まず、こちらを」

正純は文箱を開けて、中から一枚の書状を取り出した。文箱にはまだ何枚も入っている。

家康は差し出された書状を広げ、目を通すとたちまち表情を曇らせた。

「これは連判状ではないか。治部少らに並んで安芸殿の花押もある。信じられぬ」

家康が手先を震わせて言えば、正純はここぞとばかりに文箱から数枚の書状をつかみ出して、

「その一枚だけではござりませぬぞ」

と、輝元がみずからの名で武将たちに伏見や伊勢への出兵を命じている書状の数々を家康に示した。

その場にいる者たちは、息を殺したように押し黙り、家康と正純のやりとりを見つめている。

家康は書状の内容を一枚一枚丹念にあらため終えると、虚脱したように脇息にもたれて首をふり、

「おそろしきものを目にしたものよ。安芸中納言が乱の首謀者であったとは」

歎息《たんそく》の声をもらした。

「それがしも、わが目を疑い申した」

と応じた正純の顔を、家康が横目でうかがうと、口元がやけに固く結ばれている。笑いをこらえているらしい。

この正純もそうとうな役者だが、まだまだ青く荒削りな面も目につく。いずれ手元に置いて、父にも劣らぬ大狸に仕立ててやらねばならぬ。

書状の深刻な内容に憂慮する表情をつくろいながら、家康はそんなことを考えていた。

家康と正純の猿芝居があった数日後、吉川広家は黒田長政から一通の書状を受け取った。

何事かと思えば、家康は毛利宗家を改易する意向だという。長政の書簡を仔細に見ればこうあった。

家康が毛利家の所領安堵を約束したのは、輝元が形ばかりに据えられた総大将という話を信じたからであった。しかし、大坂城内から輝元が軍令を発した書状がいくつも発見された。これは輝元が乱の首謀者であった動かぬ証拠である。ただ、家康は貴殿の働きには深く感謝をしているので、先の約定どおり、旧毛利家の所領から二カ国ばかり与

えられるであろう。

　広家は書状を手にしたまま、呪詛《じゅそ》の言葉を吐いた。

　家康の言い分は、単なる難癖だ。輝元が担ぎ上げられた名目だけの総大将というのは、家康と広家が手を結ぶために造り上げた虚構である。輝元は齢《よわい》五十も間近の大人だ。幼君の秀頼ならまだしも、反徳川の狼煙《のろし》をあげた大坂城内にあって、総大将とされながら、なにも知らず、関与もせずにいたはずがない。輝元もそこまでの馬鹿ではない。

　そのことは広家も家康も百も承知で、毛利軍を動かさないことを条件に、輝元の罪は問わないと密約を交わしたのだ。そして約束どおり、関ヶ原の合戦では毛利軍は一兵も動かなかった。だから、大坂城に入った家康は、それまで城内で発給された毛利関係の書類などは握りつぶすべきだった。広家も当然そうしてくれるものと期待していた。それが逆に西の丸中を家探しして、輝元関与の書類を洗いざらい発掘したらしい。

　家康には、はじめから毛利宗家の所領を安堵するつもりなど、微塵《みじん》もなかったのだろう。

　だから広家との間で交わした暗黙の了解に知らぬ顔をし、建前論で押し出してきた。こう開き直られてしまうと、広家にはもう対抗手段がない。

　天下無双の大坂城にはすでに家康が入り、淀殿秀頼母子も自陣に囲い込んでしまった。約束違反だ、処分が不服だ、と毛利家や広家が異議を唱えても、討伐の口実を与えるだけだ。豊臣と徳川双方を敵に回した毛利に、味方する大名などひとりもいまい。

(謀《はか》られた)

広家は唇をかみしめた。

もとより家康と輝元では役者が違いすぎると見切った上で、家康に密通したのだ。しかし、その毛利の安泰第一を思う心を見透かされ、手玉に取られた。ここまで家康が悪《あく》辣《らつ》な手を使ってくるとは思いもよらなかった。

こうなれば、蹴りつけ踏みつけてくる家康のその足に取りすがって慈悲を乞うしか、生き残りの道がない。

はらわたの煮えくり返る思いだったが、広家は後日、周防、長門の二カ国を与えるとの報せを受けたのを機に、家康に起請文を提出した。

二カ国加増のお達しは、大変光栄に思い、その御恩は決して忘れませんが、まずはもって毛利宗家の存続をなにとぞお願い申し上げます。輝元はうつけ者ですから、内容も分からぬ連判状に言われるままに名を連ねてしまったのです。今回のことで、毛利家に罰を与えるのなら、それがしにも同じ罰をお与えください。もしご慈悲で毛利の家名存続のお許しがいただければ、輝元は心を入れ替え、忠節を尽くすでしょう。そのことはそれがしの命にかけてお誓いいたします。

以上の内容の起請文を、広家は血を吐くような思いでしたためた。みじめで腹立たしく納得がいかず、どす黒い感情が心中に渦巻いたが、毛利宗家の存続が第一と自分に言い聞かせた。

広家の起請文を手にした家康は、ふむと小さく息をもらし、脇に控える本多佐渡守正信にその文を渡した。じっくりと目を通した正信は、黙ったまま書状を折りたたみ、うやうやしく家康に返した。

「どうしたものかの」

家康が問うと、正信はうっすらと笑みを浮かべて言った。

「すでに弓矢の決着はついております。ここは天下人の度量をお示しになるのがよろしいかと」

豊臣秀吉が逝去した二年前、天下の仕置きは五大老に託された。すなわち徳川家康、前田利家、上杉景勝、毛利輝元、宇喜多秀家の五人である。その後、前田利家が病死すると、その跡を継いだ利長に謀叛の疑いありと家康が難癖をつけた。前田利長は争うことを避け、母の芳春院《ほうしゅんいん》を江戸へ人質に差し出して、家康の風下に立つ姿勢を明らかにした。

そして今回、関ヶ原の合戦に勝利して、上杉、毛利、宇喜多も大老の座から引きずり下ろすことに成功した。のみならず生殺与奪の権さえ手に入れた。ここまでくれば、かえって抑制的にふるまった方がよいというのが、正信の意見であった。

もう天下に単独ではもちろん、同盟を組んでも徳川に比肩する軍事力を持つ大名は存在しない。関ヶ原の前から図抜けた存在であった徳川家が、合戦に大勝した結果、完全に覇権を握ったと言っていい。これからはより天下人たることを意識した行動が求められるわけだ。

「毛利宗家には、吉川侍従へ与えるはずだった周防、長門二カ国をくれてやるのはどうであろう」

家康は言った。

吉川広家には毛利宗家から所領を分与させる。こうすればこちらが与える所領は、さいしょの計画から増えも減りもせず、毛利と吉川、双方に恩を売ることができる。

正信はうやうやしく頭をひとつ下げると言った。

「御賢慮と存じます。上様の恩情に安芸も侍従も随喜の涙を流し、感謝いたしましょう」

家康は大坂城西の丸で、関ヶ原の戦後処理を断行した。

先に決めたように、毛利輝元は改易するところを吉川広家の訴願を受け入れ、周防、長門二カ国二十九万八千石の所領を安堵した。それでも山陽、山陰八カ国百十二万石から大幅な減封である。

毛利家だけでなく、上杉家、佐竹家、宇喜多家などの大大名をはじめ、反徳川に回った中小の大名もことごとく処罰の対象となった。

かくして八十八名もの大名が改易され、取り潰されぬまでも毛利家のように石高を減じたものもあわせると、西軍側から没収した領地の総計は六百五十万石以上にのぼった。

これら没収所領の再分配も、家康ひとりの手にゆだねられた。

できることなら、ことごとく徳川の直轄地に取り込むか、一族や譜代の家臣たちに分配したいが、そうもいかない。むしろ、今回味方となった豊臣大名たちに多くを分配しなければならない状況にあった。

というのも、関ヶ原の合戦には秀忠が率いた徳川家の主力部隊は間に合わず、家康の指揮のもと、敵方を徹底的に打ち破ったのは、福島正則、黒田長政、細川忠興、加藤嘉明、田中吉政ら豊臣大名の面々であったからだ。さらに戦わずとも家康に内通し、勝利に貢献した小大名たちも少なくない。また、地方で徳川方として戦った武将も数多くいる。まずこの者たちを第一に行賞し、家康の新たな天下人としての器を知らしめる必要があった。

いったいに家康は、諸侯から吝嗇《りんしょく》と目されている。まだ太閤秀吉が健在のころだ。大名たちの雑談の中で秀吉の次の天下人は誰かと話題になった時、家康を推す声もある中、蒲生氏郷が「あのような吝《しわ》い男に天下が取れるものか」と嗤ったとの話が残っている。徳川家には広く世に知られた武将が少なくないが、いずれもその高名と釣り合わない微禄に甘んじている。自分が貯め込むばかりで、目下の者に報うこと薄き御仁に大事は成せぬ。というのが氏郷の評価らしい。

ひとづてにその話を耳にした家康は、氏郷こそものの分からぬ男だと苦笑した。恩賞の多寡で忠誠心が変わるような家臣しか持てぬ人物に、天下など望むべくもなかろう。その時はそう考えて、気にもとめなかった。だが今回の行賞では、これまでにない大盤振る舞いをして人々を瞠目させねばなるまい。

豊臣恩顧の大名たちの多くは、微禄の身から秀吉に引き立てられてきた。侍としての心得、武将としての振る舞い、領主としての施政のあり方など一から手ほどきを受け、今日を築いた。だから今も、豊臣家に深い感謝と愛惜の念を忘れないでいる。そのような者たちに、徳川家への忠誠心を植え付けるのは容易でない。豊臣への忠誠を徳川へのそれへと置き換えるのは、一朝一夕にいくまいが、今回の論功行賞はその第一歩として諸将の印象に深く残るものとせねばならない。

そんな家康の方策を反映し、多くの豊臣大名が大幅加増となった。福島正則が尾張清州二十四万石から安芸四十九万八千石、黒田長政が豊前中津十二万五千石から筑前名島五十二万三千石、池田輝政が東三河十五万二千石から播磨姫路五十二万石、加藤清正が肥後北半国十九万五千石から肥後一国五十二万石、浅野幸長が甲斐府中二十一万石から紀伊三十七万六千石、細川忠興が丹後と豊後で十八万石から豊前と豊後で三十九万九千石などがおもな例である。

一方で家康は豊臣家の直轄地のうち、家康に敵対した奉行衆などが代官をしていた所領を没収した。これらの所領は豊臣家の私有というより、公的な収入源の意味合いが強い。だから豊臣家の大番頭として、家康がその公領に新たな支配者を任命しても、豊臣家への侵害にはならないとの理屈が成り立つ。

このように巧みに豊臣家の力を削ぎ、自身の地盤を固めていくのが家康の政治手法だ。焦らず粘り強く一歩一歩前へ進むことで、家康は天下に並ぶもののない武力と政治力を手中におさめた。

ただ、この先を考えるとまだ万全とは言えない。たしかに競争相手となりうる前田、毛利、上杉などの大大名たちは組み敷いた。しかし、それは豊臣家の権威を背景に大勢力を集結して、はじめて成し得たことだ。もちろん多くの大名たちが味方したのは、武将や政治家として家康の名声と無縁ではない。豊臣家への忠義というのは、多分に大義名分にすぎないだろう。それでも人は名分に動かされることも多い。ことが大きければ大きいほどそうだ。その大義を利用し、打倒徳川を掲げたのが石田三成だ。敗れたとはいえ、わずか二十万石ばかりの大名の三成が、二百五十万石を超える徳川と正面から一戦を交えることができたのも、豊臣家の御為との大義名分に共鳴する大名が少なくなかったからだ。

（とすれば、やはり）

今後、家康の野望の前に立ちはだかるのは、豊臣秀頼以外にないだろう。

「さて、どう始末したものか」

家康はつぶやいた。

もし今、家康が豊臣家を武力で倒しにかかれば、大反発が起こると予想される。今回所領を増やした豊臣大名の多くが敵にまわるうえに、所領を減らした毛利や上杉なども失地回復を目指して挑みかかってくるに違いない。勝敗の行方は、関ヶ原以上に読みにくいものとなるだろう。そのような危ない橋、とても渡れたものではない。

しかし武力衝突をせぬまでも、豊臣と徳川の関係については、いつかかならず線を引き直す時がやってくる。それは早ければ早いほどよい。

「目の前に、よき先例がございます」

本多正信はそれだけ言って口を閉ざした。多くを語らずとも家康が察すると知っているからだ。

先達の秀吉は、織田家の家督を継がせた幼君三法師《さんぼうし》を自陣にかかえ、その権威をかさに敵対勢力を叩き伏せた。そして並ぶ者のない権力を手中にしたあとは、主君だったはずの織田家も配下に組み入れた。旧織田家臣たちを含め、多くはそれを疑問にも思わなかった。

なぜそんな魔法が可能だったのか。朝廷の権威を使ったからだ。

秀吉は豊臣家を創設し、みずから帝の代理人たる関白に就任し、その権威で全国の大名を統治する仕組みを作った。こうして旧来の織田家との主従関係をきれいさっぱり清算したのだ。

「しかし、わしが関白、というわけにもいくまい」

と眉をよせてみせる家康に、正信は言いかけた言葉を思いとどまったように飲み込んだ。とうぜん家康も分かっている。自分がなにを目指すべきか。

うながすように正信が見つめると、家康はため息を吐くように声をもらした。

「朝廷工作を急がねばならんな。征夷大将軍宣下のために……」

慶長八年（一六〇三）二月、伏見城にあった家康は、征夷大将軍補任の宣下の勅使を迎えた。あわせて従一位右大臣、源氏長者となった。

伏見城は関ヶ原合戦の前哨戦で、上方に留守居として残ったわずかな徳川勢が、反徳川の狼煙をあげた石田三成、毛利輝元、宇喜多秀家らの大軍を迎えて立て籠もった城だ。衆寡敵せず、鳥居元忠、松平家忠ら徳川武将がことごとく討死し、落城した際、主要な建物はみな焼き払われている。

その後、家康は伏見城の再建を急がせ、昨年（一六〇二）十二月に入城を果たした。再建を急いだのは、将軍宣下の見通しがつき、畿内に滞在する城が必要になったためだ。伏見城再建とともに、洛中にも二条城の築城を急がせた。将軍となる以上、もう秀頼に臣下の礼をとるわけにはいかない。大坂城へ伺候することはもうないだろう。

家康は征夷大将軍となったその夜おそく、伏見城本丸にある御座の間に、本多正信と板倉勝重を招じ入れた。

ふたりの家臣が堅苦しく祝辞を述べるのを、家康は手を振りうるさそうにさえぎって、

「ここで浮かれては、豊家《ほうけ》の二の舞を踏むことになろう」

と言ったきり、むっつりと黙り込んだ。

家康が今日、天下に並びなき勢力を得るに至ったのは、豊臣家内の内紛に乗じて政敵を打ち負かしたからだ。もし、豊臣家に秀吉の跡を継ぐ成人の後継者がいれば、こうも簡単に権力を簒奪《さんだつ》できなかった。押しも押されもせぬ後継者がいれば、そもそも内紛など起きなかっただろう。

秀吉は晩年、甥の秀次に関白職を譲った。しかし、そのあと秀頼の誕生をみて心変わりをし、秀次を死に追いやった。この時、秀頼はまだ三歳、さすがに要職に就けることもならず、関白の座が空白になった。秀頼が六歳の時、秀吉は死んだため、政権の首座

は事実上空白のままだった。関白職は藤原摂関家《せっかんけ》へ戻った。そこに家康の付け目が生じたのだった。

このみずからの僥倖《ぎょうこう》に教訓を見るならば、最高権力に空白を作ってはならない、その座についた瞬間から、しっかりと次世代へ移譲する仕組みも作り上げておく必要があるということだ。

「すでに手は打っており、まもなく大納言様は右大将（右近衛大将）に任ぜられましょう」

勝重が言った。

家康の征夷大将軍就任と時を同じくし、すでに大納言となっている嫡子秀忠を、次期将軍候補として右近衛大将へ昇らせるよう朝廷へ働きかけている。こうして将軍職は、徳川家の世襲とすることを世に知らしめ、徳川支配の構造を浸透させようという戦略である。

一方で豊臣家とその熱心な支持勢力が、この動きに反発を強めることも予想される。そこで秀頼には正二位に叙し、まもなく内大臣へ官位を進めさせ、先への望みを持たせる。いずれは秀吉と同じ関白へ昇る夢を見させるが、決してその日は来ない。徳川の政治基盤がゆるぎないものになるまでの時間稼ぎだ。関ヶ原で難敵を倒し、将軍になって天下に号令しても、世間の風や人心がなびくまでには時差がある。それまで徳川将軍の世を不安定にさせないよう、細心の注意を払い、布石を打ったのである。

慶長十年（一六〇五）二月、家康は江戸を発ち伏見城に入った。追って江戸を出た秀忠も総勢十万を超える兵を率いて伏見に到着した。これほどの大軍を率いて徳川勢が上洛するのは関ヶ原の合戦以来のことだ。

上洛の目的は、家康が辞する将軍職に、秀忠を就けることにあった。すでに工作は整って、奏請すれば認められる運びになっている。

大軍を率いての上洛は、鎌倉幕府の源頼朝が征夷大将軍の宣下を受けた時の故事に倣ったものだ。その歴史の再現の目的のほかに、大坂城の豊臣家へ対する圧力があるのは言うまでもない。

「高台院から報せはあったか」

伏見に入る前、家康は大津まで出迎えに来た板倉勝重に質した。

「いえ、ただ、こたびはなかなか難しいかと存じます」

勝重が首をふると、家康は眉根をよせて、

「そうであろうな、まあ、そうであろうな」

と言ったあと、親指の爪を嚙んだ。

京は東洞院通の三本木屋敷の門を、高台院の輿《こし》がくぐった。昨日、大坂城を発ち、淀に一泊しただけで、どこへも立ちよらずまっすぐ帰ってきた。京を空けたのはわずか十日余りだが、出る時には肌身を刺すようだった冷気が、心なしか少し緩んだ気がする。庭の梅も色づきはじめていた。

春の訪れの兆しを感じながらも、輿を降りた高台院の胸は重くふさがれたままだった。

（覚悟はしていたが）

やはり、かたくなな淀殿の気持ちは揺るがなかった。

孝蔵主《こうぞうす》たち側近とともに屋敷にあがり、着替えをすませてひと息をついても心は晴れず、互いに口を開く気にもなれない。長い長い沈黙のあと、孝蔵主が疲れたような声で、

「伊賀守には、わたくしから報せておきましょう」

と言うと、高台院は黙ったまま気だるげにうなずいてみせた。

説得が失敗に終わったことを知れば、家康はどんな顔をするだろう。考えただけで背筋がうすら寒くなる。


高台院が秀頼上洛の説得役を頼まれたのは、ひと月ほど前のことだ。京都所司代の板倉勝重が孝蔵主を介して家康の意向を伝えてきたのである。この時、家康が将軍職を秀忠に譲ることも知った。秀忠の将軍就任の祝いに、秀頼も上洛せよというのが、家康の命であった。

依頼を告げられた時、高台院の胸に去来したのは、

（ついに来たか）

との思いだった。

この日の到来が避けがたいことは、家康が関ヶ原の合戦で勝利した時から分かっていた。

家康はもとより豊臣政権下の第一人者であったが、あの合戦に勝利することで、完全に他を圧する地位を固めた。豊臣家大老という看板も不要となり、事実上、豊臣と徳川の位置関係は入れ替わった。表向きこそ豊臣秀頼を立てる姿勢を崩さなかったが、それも征夷大将軍になるまでのことだ。将軍就任以降、秀頼に臣下の礼を取っていた態度を豹変させ、大坂城へは足も踏み入れなくなった。それでもさすがに秀頼のほうから挨拶に来いとまでは要求しなかった。

また、秀吉の生前より約束していた孫の千姫の輿入れも果たし、豊臣家と秀頼を重んじる素振りも見せた。ゆえに、秀頼が成人すれば関白となり、政権も豊臣家へ返上されるのでは、との希望的観測もなくはなかった。

しかし、関ヶ原から五年、諸大名たちを膝下《しっか》に置き、滞りなく天下を動かしてきた家康は、自信を深めたのだろう。将軍職を嫡子の秀忠へ譲ることで、権力の座を徳川家で引き継いでいく姿勢を鮮明にした。さらにその祝賀に、秀頼へ上洛せよと命じてきた。これは徳川の風下に立つことを態度で示せとの恫喝である。

その仲介役を依頼された時、高台院は実現の困難さを思ってため息をついたが、拒絶するわけにはいかなかった。

五年前の関ヶ原の合戦では、高台院が贔屓《ひいき》にする多くの大名が敵味方に分かれて戦った。高台院自身も和平のために側近の孝蔵主を大津城へ送り出しもした。

戦後、家康に敵対した小名大名たちの大半が、領地を奪われるか大幅に削られ、石田三成や小西行長などは処刑された。高台院も家康と争った側と親交があったため、なんらかの処罰があるかもしれないと内心覚悟をしていた。しかし、打倒徳川の拠点となった大坂城にいた淀殿秀頼母子が罪に問われなかったのと同様、高台院もお構いなしだった。それどころか、家康はその後も高台院を厚遇した。

高台院は京の東山に高台寺の建立を願った。これは亡夫秀吉の菩提寺であり、高台院自身の終《つい》の棲家《すみか》とする意図もあった。この建設には京都所司代の板倉勝重みずからが普請奉行となり、さまざまな便宜を図ってくれた。寺領についても配慮があった。もちろんすべて家康の意向を汲《く》んでのことだ。

関ヶ原以降、豊臣大名の多くが家康や徳川幕府の恩義や締め付けを受けながら飼いならされたように、高台院もまた家康の掌であやされてきたようなものだ。飼い主の命令に逆らうことはできない。

家康が上洛せよと命じる秀頼は十三歳になったばかりだ。上洛可否の決定権を握るのは実母の淀殿である。

高台院は淀殿の説得にあたる前にまず、秀頼上洛の手ごたえを探るべく、淀殿に影響力を持つ三人に手紙を送った。織田常真信雄《じょうしんのぶかつ》、織田有楽斎長益《うらくさいながます》、片桐且元である。

常真は織田信長の次男で、本能寺の変のあと、父信長の遺領のうち、尾張、伊賀、南伊勢などを受け継ぎ、百万石の領主となったが、その後、秀吉に担がれたり、対立したり、和睦したりしながら、秀吉が天下統一を果たしたあとは所領を没収され出家し、常真を号した。秀吉の晩年に許され、大和国内に一万八千石の所領を得たが、関ヶ原の合戦のおりに大坂城内にあったことを戦後、家康から咎められ、ふたたび所領没収の憂き目を見ている。じつに浮き沈みの激しい人生を送ってきた常真だが、今は大坂城内に屋敷を与えられ、従兄妹の関係にある淀殿のよき相談役におさまっていた。

有楽斎は織田信長の弟である。本能寺の変のあと甥である信雄に仕え、信雄が改易されたあと出家して有楽斎を号した。関ヶ原では家康側に与し、戦後、大和国内に三万二千石の所領を得ている。ふだんは大坂城内にいて、姪である淀殿の信頼も篤い。

高台院が淀殿との会見前にこのふたりに接触し、淀殿説得の助力を求めたのはほかでもない。ふたりは心身ともに淀殿との距離が近いだけでなく、現在とこれから辿るであろう豊臣家の運命に近似する織田家の長老だからだ。

自分たちの家がどのように没落し、いかな境遇に落ちたかを身をもって体験した者たちだけに、ふだんから淀殿へも処世の術の大切さを説いていてくれるはずだ。家康の意向を上手に、淀殿に受け入れやすいよう言いくるめてくれるのではと期待もした。

しかし、ふたりからの返事は一様に、秀頼上洛の見通しの暗さを伝えるものであった。ほぼ同時に届いた片桐且元の返信も同様であったから、家康の希望を叶《かな》えるのは難しそうだ。三人の文面から察するに、淀殿の近年の家康に対する不信感は相当なものであるらしい。

このような事前情報を仕入れたうえで、高台院は大坂城へ乗り込み、淀殿との会見前に、まず片桐且元と会った。

且元は近江国浅井《あざい》郡の出である。父の片桐直貞は浅井氏につかえた豪族で、浅井家滅亡となった小谷城落城の戦いでは主君長政から感状をもらうほどの奮戦をしている。信長に浅井家が滅ぼされたあと北近江三郡の領主となった秀吉に、且元が出仕したのは十七歳のころだ。馬廻りとしてそばにつかえ、秀吉の天下取りを決定づけた賤ヶ嶽《しずがだけ》の合戦では七本槍のひとりにかぞえられるほどの手柄を立て、摂津国内に三千石を与えられた。

その後、同じ七本槍の加藤清正や福島正則たちが大名に取り立てられたのと引きかえに遠国へ去ったのに対し、且元は清正たちの数分の一ほどの所領ながら畿内にとどまり、秀吉のそばで検地奉行などをつとめた。秀吉の晩年に所領一万石を得て大名となっている。

関ヶ原の時は大坂城に居たため、石田三成側と見なされたが、戦後、豊臣家と徳川家の橋渡し役に奔走したのが家康から評価され、二万八千石に加増のうえ、豊臣家の家老に任ぜられた。

関ヶ原後にそれまで豊臣家を仕切っていた増田《ました》長盛、長束《なつか》正家、前田玄以《げんい》たちいわゆる奉行衆が大坂城から姿を消し、今は名実ともに且元が豊臣家を代表する人物である。豊臣家の子飼いであり、浅井長政からの縁がある淀殿とも意思の疎通ができている。秀頼上洛を淀殿に納得させるためにも、高台院としても且元の強力な後押しが欲しい。

しかし、且元はじかに会うと、手紙で知らせてきた以上に悲観的な見方をしていた。

「大方様（淀殿）は御所様（家康）を恨みに思われております」

且元は言う。

正式にはまだ秀忠の将軍襲職は発表されていないが、すでに噂は広まり、淀殿の耳にも届いている。

家康が孫の千姫の輿入れを許した時、淀殿としては、これで秀頼が成人した際には家康の後継者に指名されるものと独り合点したらしい。それだけ家康を信頼もしていた。だからなおさら今回の家康の所業には憤り、騙された、裏切られたとの思いを募らせているという。そんなさなか、秀頼の上洛を勧めても、とても受け入れる余地はないというのが、且元の見解であった。

「そなたがそばにいて、なぜそのような」

腹立たしさに、思わず声を荒げた。

且元は家康より豊臣家の家老に任じられただけあって、家康にも近く、徳川家の事情にも通じている。淀殿の身近にいる人間の中では、もっとも徳川通であろう。

その且元が常日頃から淀殿に、豊臣と徳川の関係、もっとはっきり言えば力の差をしっかり認識させていたなら、話はもっと簡単だった。高台院の見るところ、淀殿はそこまで愚かな女ではない。幼少のころより冷徹な権力闘争にさらされ、実父、実母、養父を失う経験をしている。権力と武力が持つ恐ろしさを誰よりもよく知っているはずなのだ。

「諄々《じゅんじゅん》と理を説いて聞かさば、分からぬ話ではあるまいに」

高台院が言うと、且元は苦しげに首をふった。

「大方様（淀殿）は、上洛すれば内府様（秀頼）の御身に害がおよぶと案じておられるのです」

千姫を秀頼へ輿入れさせ、これで豊臣家の再興かとぬか喜びをさせておいて、今度は秀忠に将軍を継がせるという平手打ちを食らわせられた。

「御所はわらわをなぶっておいでか」

と淀殿は立腹しているという。

こんな腹黒い家康だから、秀頼を大坂城からおびき出して暗殺を企みかねない、と心配しているらしい。

「らちもない」

高台院はため息をついた。

十把一絡《じっぱひとから》げの小豪族、小大名ならまだしも、家康は征夷大将軍だ。みずからの権威や名誉を損なう真似をどうしてしようか。

もし家康に秀頼を殺す気があれば、堂々とその理由を掲げて討伐の兵を送るだろう。淀殿がなによりも心配すべきなのは、家康にその口実を与えることだ。上洛拒否はその口実になりうるかもしれない。その点を淀殿は理解しているのか。

「今はなにを申し上げても聞く耳を持っておりません」

且元のなんとも頼りにならない物言いが腹立たしいが、且元も豊臣と徳川の板挟みでつらい立場にいるのだ、と思い直した。

「おおよそ様子は分かった。わらわから説いてみよう」

そう言って高台院は重い腰をあげた。

大坂城本丸御殿の奥は、かつて高台院が支配していた聖域である。みやびで華麗な屋敷と庭園の佇まいは、高台院がいたころと少しも変わらなかった。外界から隔絶されたこの奥に住まい、多くの上﨟《じょうろう》や腰元たちにかしずかれていると、天下が豊臣家を中心に回っていた全盛期が今も続いていると錯覚しても不思議ではない。

奥の座敷で秀頼と淀殿は待っていた。久しぶりに見る秀頼は、身体がひと回り大きくなっただけでなく、顔つきもずいぶんと大人びて見えた。高台院が声をかけると、落ち着いた声音で挨拶を返した。

大人のとば口に立つ秀頼の横に、淀殿は保護者然として座っている。秀頼の乳母の宮内卿局と淀殿の乳母で側近の大蔵卿局たち取り巻きも同じ座に侍っている。

高台院は淀殿たちとしばらく他愛ない季節や日々の細々した話をしたあと、秀吉の茶会のことが話題になったのをきっかけに、

「久しぶりに点前《てまえ》を見せてもらいたいの」

と言うと、すぐに淀殿は飲み込んだようで、

「さればこのあと山里に」

と応じた。

山里は、天守閣と秀頼たちの住居がある本丸と隣り合わせにある曲輪《くるわ》である。大勢の人間が立ち入る本丸は公式の場であるのに対し、この山里曲輪は私的空間であった。

山里の名のとおり、木々が深く繁り、ものさびた閑寂とした佇《たたず》まいの中に、茶室や東屋が点在している。秀吉の生前は、ここで花見や紅葉狩りを楽しんだものだ。政務に厭《あ》いた秀吉とこの曲輪の小径を散策したのもなつかしい思い出である。

取り巻きたちを数寄屋において、草庵のような小さな茶室へ高台院と淀殿のふたりだけで入った。茶室の中は暖められ、ほどよい香がたちこめている。

淀殿の点前は利休仕込みだが型通りのものだ。生真面目な性格を反映してか、所作の一つひとつが作法のあとを忠実になぞっている。

高台院の点前はもっと肩の凝らない天衣無縫、はっきり言えば適当な茶道だ。しかし、いずれにせよ、今日の目的は茶飲みでも稽古つけでもない。

茶を喫して、道具の後始末もすむと、さっそく高台院は切り出した。

「御所の意向は聞いておられるな、秀よ――」

言い終らぬうちに淀殿は言葉を打ち返してきた。

「上洛はさせませぬ」

と短く答えて唇をかむ。もとより白い肌を蒼くこわばらせている。決心の固さが顔にあらわになっていた。

「今の豊臣家が将軍家と喧嘩をして勝てると思うておるのか」

質す高台院の顔から目をそむけ、

「御所は信ならぬお人です。こたびのことでつくづくそれを思い知りました。このうえ、うかつに上洛して秀頼の命まで奪われてはかないませぬ」

淀殿は言った。

「さようなことを」

本気で考えているのか。今回は徳川家にとって、将軍職を代々受け継いでいくことを内外に知らしめる晴れの舞台だ。それをみずから血で汚すような真似をするはずない。

高台院がそう説いてなだめるも、

「毒を盛られるやもしれません」

頑固に言いつのる。

「そのように我をはり続け、かえって取り返しのつかぬことになったらいかがする」

突き放すように言うと、淀殿はふっと力の抜けた表情になって、

「戦になると思われますか」

と問うてきた。

家康の上洛の誘いを拒絶すれば、並みの大名なら充分、討伐の大義名分となる。しかし、秀頼が相手ならどうか。

今は将軍になって主従関係も解消した形だが、ほんの数年前までは主君と仰いでひれ伏していたのだ。その秀頼に対し、祝いに来ないから討伐するぞと言って世間が納得するか。そうでなくても家康は慎重な男だ。

高台院はしぶしぶ首をふった。

「すぐに戦になることはないやもしれぬ。しかし、御所は不快に思われるであろう」

戦争は人と人が起こすものだ。理屈だけでは測れない。不測の事態はいくらでもある。たとえ柵で守られていたとしても、わざわざ虎の尾を踏む必要がどこにある。

「京へ行けば秀頼の身の回りに、江戸者を近づけることになります。されどこの城中に居れば敵に付け入るすきを与えることはありませぬ」

淀殿は秀頼の上洛による危険と、家康の要求をはねつけて合戦になる危険を天秤にかけて、大坂城に居続ける方が安全と判断したようだ。案外、冷静に事態を見ていることは分かった。その計算が正しいかどうかはともかく。

「もし、秀頼をどうしても上洛させると仰せなら、わらわは自害いたします」

淀殿は言った。冷静な声音だから、本当は自害する気などなく、駆け引きであろう。切り札を切ってきたわけだ。しかし、たとえこけおどしにしても、そう口にされてしまえば、高台院もそれ以上は押せない。互いに引っ込みがつかなくなる。今は内輪で喧嘩をしている時ではない。

淀殿の説得をあきらめ、大坂城からさがる前、もう一度、城内の片桐且元の屋敷に立ちよった。

淀殿との会談の首尾を且元に伝えたあと、

「御所は兵を起こすであろうか」

と質した。

且元は家康ばかりでなく徳川家中にさまざまな伝手《つて》や情報網を持っている。大坂の出方しだいで家康がどんな対応をするか、誰よりも確かな見通しも持っているはずだ。

高台院の問いに且元はしばらく考えたあと、

「おそらく戦にはなりますまい」

と答えて、その理由として、戦の大義名分が弱く諸大名の支持が得られないこと、大坂城を攻めるに充分の兵糧や弾薬の備えがないこと、新将軍の門出を戦で汚すことを家康が望まないだろうことを挙げた。

高台院の予想とほぼ同じだ。ひとまず、開戦はないと見ていいだろう。

「されど」且元は言った。「間違いなく御所は豊家に不審の念を持たれることになります。今後もことあるごとに、同じような話が持ち上がりましょう」

そうなのだ。これは今回かぎりの話ではない。今後、豊臣と徳川が並立して存在する間は、つねに上下関係を計りあう緊張が続く。その意味で今回ははじまりにすぎないのかもしれない。

京の三本木屋敷へ戻る道すがら、高台院はそんな暗い予感にとらわれていたのであった。


板倉勝重を介し、高台院から秀頼上洛は難しいと返答があった。

予期していたことながら、家康はひどく気落ちしている自分に気づいた。

孫娘千姫の嫁ぎ先である豊臣家を、まずは徳川宗家の下に位置づけ、千姫が後嗣を成したあとは名門の連枝として遇していく、との目論みは出鼻を挫かれた。

穏便な形でみずからおさまるところにおさまるつもりがないのなら、力で押し込めるしかないが。

考え込んでいる家康を見て、本多正信が声をかけた。

「さいわい、兵は充分にございますな」

今回の上洛で家康は数千、秀忠は十数万の軍勢を率いてきた。その内訳を見れば、徳川譜代や東国の徳川派の大名が大半を占める。西国の豊臣大名と異なり、比較的気心も知れ、豊臣家への忠誠心も薄い。家康としては使いやすい軍勢だ。

とはいえ、上洛軍は秀忠の将軍就任の祝賀を目的に来たもので、本格的な合戦準備はしていない。もし大坂方と一戦交えるとなれば城攻めとなり、長期間の布陣が必至である。十万を超える軍勢の兵糧はたちまち逼迫《ひっぱく》するだろう。兵による大規模な略奪など起きたら、将軍家の面目は丸潰れになる。もともと家康は城攻めより野戦を得意とする。準備不足のまま開戦するのは悪手としか言いようがない。そのことを承知のうえで正信は言っているのだ。

以前より正信は、現状のままでの豊臣家の存続を危険視していた。家康の前ではっきりとそう口にすることはないが、日ごろから言葉の端々にその考えをにじませている。

今の発言も、今すぐ攻めろという意味ではなく、その準備をはじめろとの謎かけに違いない。

徳川家と豊臣家のいびつな関係をこのまま放置できないとの認識で、家康と正信は完全に一致している。

将軍が秀忠に代わっても、家康が健在のうちは徳川の天下が揺らぐことはないだろう。これまで家康は、先達の歩んだ道あとをたどりながら、力を蓄え肥えて、ついに天下を掌中におさめた。時はつねに家康に寄り添い味方をした。

しかし、天文十一年（一五四三）十二月生まれだから、家康もすでに六十二歳。同年代の人間たちは次々と鬼籍に入っている。家康にもいつ迎えが来ても不思議はない。

(わしの目の黒いうちに)

徳川家の天下秩序のもとに、豊臣家も組み敷く形を完成させなければならない。

だが、その最終形をどのような姿に落とし込むか、家康と正信の考えは少し異なる。

正信は、秀頼を抹殺、それがならぬなら出家、最大限ゆずって数千石ほどの旗本にする、という形を考えているようだ。つまり将来の禍根としての豊臣家を消滅させるつもりだ。

家康としてもできるのならそうしたいが、自分一代でそこまですると、世の反発、とくに諸大名の離心が心配だった。人々は、家康が秀吉から遺言で秀頼の行く末を頼まれた姿を見ている。わずか数年前まで主と仰いでいた豊臣家を叩き潰すのは、軍事的には可能でも、政治的には困難だった。すくなくとも、家康が将軍になってまだ二年、新将軍へ代替わりをする今はその時ではない。

「ゆるりと進めるしかあるまい」

家康はつぶやくように言った。

強引にことを進めれば、予期しない反動を生み出す恐れもある。それで生涯をかけて完成させた天下事業を瓦解させてしまっては元も子もない。

「佐渡、そちは今後、新将軍を支えよ」

秀忠の政治が安定し、徳川幕府への信頼が高まれば、相対的に秀頼の存在価値は低くなっていく。それだけ家康は無理をせず、ゆっくりと腰を据えて、豊臣家の力を削いでいけるわけである。

かくして天下支配を盤石とするべく、家康は駿府に居を置き、秀忠を江戸に置いて、二元政治をおこないながら諸大名への睨《にら》みを利かせた。

もはや日常的に合戦がある時代ではない。しかし、諸大名は平時には過大となった軍兵を今もかかえたままだ。天下を平定する過程では必須だった軍事力が、目的を果たしたとたん不要物となり、平和の不安定要因となる。

豊臣秀吉はこの矛盾を解消するために唐入《からい》りという壮大な計画を打ち出し実行した。しかし、それが大失敗だったのは、すでに結果として出ている。

家康と秀忠が進めた新政策は天下普請である。普請するのは諸大名自身の城ではなく、城と城下町の整備をおこなわせたのである。ありある諸大名の富と動員力を使い、江戸城や駿府城、彦根城、名古屋城など、徳川方の重要拠点が中心だった。普請役に割り当てられた大名は、石高に応じ人足や兵糧を負担する。これは秀吉が大坂城、聚楽第《じゅらくだい》、伏見城などを築城する際、お手伝い普請として諸大名に負担を命じた先例に倣ったものだ。

家康はこの動員体制を軍役と同等に位置づけ、より組織化することで、幕府の大名支配を確実なものとした。また大名たちも多大な労力と費用を負担させられる代わりに、藩主として領内の支配と動員の体制を整えるのに役立てた。

拠点となる城塞を築きながら、幕藩体制も固め、公共事業で経済も循環させる。一石二鳥にも三鳥にもなる政策だ。

しかも城塞の整備が終われば、次は街道、河川と天下普請の対象は全国にいくらでもある。これを繰り返していけば、徳川と諸大名の主従関係も永続的なものとなる。

家康の目論みは当たり、二代将軍秀忠の新政権の滑り出しは上々で、幕府を揺るがすような事変も起きなかった。この政権を裏で操っているのが駿府城の家康で、家康の意思を取り持って江戸と駿府の連絡役を務めているのが本多正信であることは、周知の事実であった。

家康と秀忠の二元政治が順調に一年、二年と歳月をかさね、幕府と諸大名の支配体制が安定してくると、家康の思惑とは裏腹に、その枠から唯一はみ出している豊臣秀頼の存在が相対的に重みを増してきた。

秀頼は千姫を正室に迎え、徳川家との絆を深めている。そのことがより徳川、豊臣両者の関係を複雑なものにした。

関ヶ原のあと、家康は秀頼を大坂城に置いたまま、みずからが征夷大将軍、右大臣になることで豊臣家の上位に立ち、天下を統べる資格を得た。一方、豊臣家は摂津国、河内国、和泉国六十五万石の一大名家になった。このまま時をかさねていけば、しぜんに豊臣家と秀頼は徳川支配体制の中に埋没していくのが家康の見通しだった。

(いったい、どこで)

誤ったのか、考えてみる。

まず、大坂城に秀頼を残したことが問題だった。豊臣家の直轄地は石高こそ六十五万石だが、日本一の繁盛地である大坂を支配下に置いている。実収入は表高よりずっと多いものと思われる。

また、豊臣家は、諸大名と同じようには天下普請の課役を負っていない。そのぶん内情が豊かと思われるが、それ以上に不都合なのは、世間に豊臣家が特別な存在であると印象付けていることだろう。

もとをたどれば、関ヶ原で勝利をおさめた時、その勢いをかって大坂城から秀頼を排除しておけば禍根は残らなかった。とはいっても、関ヶ原の直後は、まだ徳川家の威光は世に浸透していなかった。予想される反発をはね返すだけの力も不足していた。諸大名の多くを敵に回して強引にことを進めることも、ほぼ不可能だった。

なので、あの時の選択が間違っていたとは思わない。しかし、関ヶ原から十年近い歳月が流れた。諸大名の代替わりも進み、人心も変わりつつある。徳川家と諸大名の関係も大きく変わった。

(今こそ)

強く前に押し出す時かもしれない。今なら目障りな存在である豊臣家へ圧力をかけても、正面切って反対に回る大名はいないはずだ。

そしてそのことを、淀殿と秀頼も分かっているに違いない。とすれば、六年前に秀忠将軍就任の祝いの上洛を拒絶したような態度をふたたび取ることはないだろう。

大坂城本丸御殿に、久方ぶりに多くの大名たちが訪れているにもかかわらず、淀殿の容色はすぐれなかった。遠来の大名たちが久闊《きゅうかつ》を叙し、秀頼の成長に目を見張り、祝いの言葉を連ねても浮かない顔をしている。

この者たちがみな、二条城の家康にご機嫌伺いをしたのち大坂へ立ち寄ったのがあきらかなので、素直に喜べないこともあるが、鬱屈《うっくつ》の原因はより深刻な問題だった。

「今日はもう疲れた。あとの者たちには、また明日、参るように伝えよ」

と言ってため息を吐いた淀殿に、申し次の上﨟は少し戸惑うような顔をした。

「肥後守殿が先ほど登城されましたが」

「ああ、さようであったな」

淀殿はいっそう物憂く表情を曇らせた。

加藤肥後守清正からは数日前に使者があって、ぜひ、淀殿にお目通り願いたいと告げられていた。

清正は故秀吉の縁者で、少年時代から秀吉に仕えてきた。立てた手柄は数知れず、豊臣家を代表する家臣である。賤ヶ嶽の七本槍が有名だが、武功のみならず、財務、民政にも明るい。国人衆の力が強く、統治の難しい自領である肥後五十二万石をよく治めている名将だ。

淀殿も清正を頼みに思い、豊臣家に対する忠義には期待をよせていた。

しかし、そんな清正の伺候にもかかわらず、気持ちが沈むのには訳がある。

今、家康は五年ぶりとなる上洛をしていた。九男義直《よしなお》と十男頼宣《よりのぶ》の叙任任官がその名目である。よい機会だから、秀頼も上洛されたいと、織田有楽斎と高台院を介して申し入れてきた。家老の片桐且元も今回こそは上洛すべしとつよく主張している。

（清正もおそらく）

家康と高台院の意を受けて、秀頼の上洛を勧めてくるに違いない。

六年前、高台院から徳川秀忠の将軍就任の祝いに上洛を勧められた時にはけんもほろろに拒絶したが……。

（あれから）

世の中もずいぶん変わった。家康、秀忠と続く徳川による全国支配が行き渡り、安定して揺るぎがない。豊臣家だけがいつまでも徳川家の主人面をして押し通すのが難しくなっていることを、頭では理解していた。

秀吉の死からすでに十数年、大名たちの動向にも変化は如実にあらわれている。時候の挨拶の使者の行き来がなくなったり、代替わりを期に大坂城に姿を見せなくなったりする者もいる。

このような世の流れに対し、反発と諦めの感情が相半ばし、ない交ぜとなって、淀殿の心を複雑に彩っている。

迷いに迷ったあげく、淀殿は清正に会うことにした。

千畳座敷にかしこまる清正をひと目見て、淀殿はおどろいた。

この正月にも会っていたが、それからわずか三月、清正は人が変わったように老いやつれて見えた。心労がこの忠臣の身体をここまで蝕《むしば》んだのだろうか。

清正は挨拶をすますと、さっそく本題を切り出してきた。予想どおり秀頼の上洛の件である。

「それについては、まだ、迷うている」

清正の勧めの言葉をさえぎって、淀殿は正直に自分の思いを打ち明けた。

「秀頼を上洛させて、万が一のことがあっては取り返しがつかぬ」

同じような理屈で六年前にも、秀頼の上洛を断っている。その懸念は今も変わらないし、ひとたび徳川の風下に立つことを容認してしまえば、次はもっと無理難題を突き付けられるおそれもあろう。

「それはお心得違いにございますぞ」

清正は声をつよめて、膝を前へ進めた。

「大御所は右府様の御身が立つよう、ずっとお気にかけて参られました」

秀頼を大坂城に住まわせ、家康の孫娘である千姫を嫁がせ、姻戚関係を結んだことなどを清正はあげて、

「その義理堅い大御所の度重なるお誘いを袖にしては、みずから災いを招きよせるようなものにございませぬか」

と諭した。

たしかに今日の情勢を虚心に見れば、清正の言い分が正しいようにも思える。

（されど）

家康のもとへ送って、秀頼の身になにかあったら。結局、すべての問題はそこへ帰っ

てくるのだ。

黙りこくる淀殿に、

「大方様、右府様の御身は、それがしが命に代えても、かならずお守りいたします。どうか、それがしを信じ、右府様のご上洛をお許しくだされ」

清正は手をついて訴えた。清正の眸には老いの一徹、決死の覚悟がこもっている。なにかあれば、家康と刺し違えてでも秀頼を守ろうという決意のほどがうかがえる。

その眸で真っ直ぐに見つめられると、さすがの淀殿もそれ以上、上洛を拒む言葉を継ぐことができなかった。


こうして慶長十六年（一六一一）三月二十八日、家康はようやく二条城で秀頼との会見に漕ぎつけたのだった。

とはいっても、じっさいの秀頼上洛までには、さらに紆余曲折があった。秀頼が大坂城を出るのは、秀吉の死後、伏見城から移って以来、十二年ぶりになる。上洛までの段取りをつけるために、大坂と駿府の間で何度も使者が往復した。

加藤清正と浅野幸長に秀頼との随伴を許したのも、家康の九男義直と十男頼宣を鳥羽まで出迎えにやったのも、道中無事を取り計らう、徳川側の姿勢を示すためだった。出迎えといえば聞こえがいいが、義直と頼宣は体のいい人質である。これらの配慮は家康の譲歩であり、内心忸怩《じくじ》たるものがあった。しかし、やはり押しの一手だけでは、世間への聞こえが悪い。

要は秀頼を京へ呼びつけ、頭を下げさせられればいいのだ。これさえ成しとげれば、豊臣家が徳川家の下の存在であることが満天下に明らかとなる。その達成のために、多少の犠牲を払うのはやむをえまい。

家康がはじめて秀吉の要請に応じて大坂城に登った時は、今回とはあべこべに身を危ぶむ家康に秀吉が配慮し、妹の旭《あさひ》を家康の正室に降し、母親の大政所《おおまんどころ》も人質として三河へ送った。あの時の秀吉の口惜しさは、今の家康の比ではなかったはずだ。それでも秀吉は平然とそれをやってのけ、呼びつけた大坂城で、諸大名の面前で家康に拝跪《はいき》させた。

もし秀吉が、妥協を知らない覇王だったら、あの時、家康は滅ぼされていただろう。その代わり、秀吉の天下統一はずっと遅れ、もしかすると信長のような謀叛にあい、野望はくだけていたかもしれない。

（とすれば、やはり）

見習うべきは秀吉の成功例だ。家康はそう自分に言い聞かせ、万全の支度をととのえて、二条城に秀頼を迎えた。

そして、会見は家康の思惑どおり、秀頼がみずから下座に回り拝礼の形をとったのだった。

三

二条城で実現した家康と秀頼の会見は、歴史的なものだったと言っても過言ではないだろう。

秀頼が二条城を辞したあと、御座の間にあらわれた本多正純と板倉勝重が口々に、会見の成功を称えたのもゆえないことではない。ふたりとも今日の会見に漕ぎつけるまでに、家康がどれほどの忍耐をかさねたか熟知しており、さらにその政治的成果がどれほど大きいものか知り尽くしているからだ。

うるさいほど祝いの言葉を述べる正純と勝重を下がらせたあと、家康はひとり部屋の中で感慨にふけった。

（ようやく、これで）

秀吉が織田家の軛《くびき》から解放されたように、家康も豊臣家の呪縛から逃れることができた。

そう思い、くつろごうとした心がざわついている。晴れやかな達成感の代わりに、胸の中に暗い影が広がっているのが分かる。

（なぜ……）

とわれとわが心に問うまでもなく、暗い影の正体は明らかだった。

二条城の庭で秀頼の姿を見た時、脳天をかち割られたような衝撃を受けた。さりげない笑顔をつくろったのは、内心の動揺を悟らせないための演技に他ならない。

見違えるほど秀頼は成長していた。偉丈夫だった祖父の浅井長政の血を色濃く受け継ぎ、ただ立っているだけで周囲を圧倒する存在感を身にまとっていた。天性の大将の資質が備わっているのは疑いようもない。

(いや、まだ分からぬぞ)

動揺しながらも、おのれに言い聞かせた。人は見た目だけでは判断できない。姿かたちは立派でも、中身はからっぽという人間はいくらもいる。

しかし、御成の間で会見し、言葉を交わしてさらにおどろいた。秀頼から見た目におとらぬ重量感が伝わってきたからだ。家康の対等の座の勧めを辞する仕草にも、長者の貫録と余裕があった。へりくだられることで、かえって優位を取られたような圧迫感を覚え、たじろいだ。

(あの若者が)

このまま大坂城に居座り、さらに成長した日のことを想像すると、そら恐ろしくなる。自分が健在なうちは、豊臣家に凌駕される心配はないだろう。しかし、家康の命も永遠ではない。それどころか、もう先は知れている。周りを見わたしても、同年代の者はおろか、年下の者たちも次々と黄泉《よみ》へ旅立っているのが現状だ。人の寿命は最後のその瞬間まで分からないとはいえ、自然にまかせれば、秀頼が家康より長生きするのはまず確実である。

(いずれ時が来れば)

今日、家康が秀頼に拝跪させたことなど、なんの意味も持たなくなる。

秀吉の生前は、家康も秀吉にこびへつらい、へいこら頭を下げていた。それが秀吉が死んだとなると態度を豹変させ、ぐいぐいと豊臣家へ圧迫を加え、ついには立場を逆転させた。

家康の死後には、今度は秀頼により、徳川家へ同じ力が加えられるかもしれない。

(その時)

わが子、秀忠にははね返す力量があるかと問われれば大いに疑問である。

(ならば)

まだ、自分が健在のうちに、秀頼に引導を渡しておかねばなるまい。

改易して大坂城から追うか、いっそ命まで奪うか。

決着のつけ方は、相手の出方や諸大名や世間の反応によっても変わってこよう。しかし、いずれにせよ、未来永劫、徳川家の脅威にならぬよう、豊臣の家勢を瘦《や》せ衰えさせておく必要がある。

(急がねばならぬ)

残された時間がどれほどあるのか分からない。もしかすると、自分は決着まで見届けることはできないかもしれない。だとしても、いや、だからこそ、すぐにはじめねば。

豊臣家取り潰しの企てを。

第二章　内訌《ないこう》

一

　しかし、家康の決意が、すぐに行動にあらわれることはなかった。

　豊臣家なる今なお侮りがたい政敵を倒す前に、身の内を固め直す必要に迫られたからだ。徳川政権の中枢に見過ごせない亀裂が走ったのである。この修復に手間取り、家康は思わぬ足踏みを余儀なくされた。

　ことの発端は二年前の慶長十四年（一六〇九）二月。遠くポルトガル領のマカオで、肥前日野江《ひのえ》城主、有馬晴信《はるのぶ》が派遣した朱印船が、ポルトガル船側との取引をめぐって騒乱となった。これをマカオ総司令アンドレ・ペソアが鎮圧し、有馬側の水夫数十名が死傷した。

　翌年、貿易交渉で来日したアンドレ・ペソアの船団に対し、復讐を望んでいた有馬晴信に、長崎奉行の長谷川藤広がペソア討伐を家康へ請願するよう示唆した。長崎奉行としてキリシタンを抑圧にまわる藤広と、キリシタン大名の晴信とは、本来相容れない間柄だが、商取引でペソアと敵対関係にあった藤広は、晴信のペソアへの憎悪感情を利用したのである。

家康から許可を得た晴信は、船団を率いてペソアの船を攻撃し、ペソアは火薬庫に火を放って爆死した。

晴信は、幕府にとっても邪魔な存在であったペソアを、家康の許しを得たうえで討ち取った。さらに、長崎奉行の藤広が家康より購入を命じられていて果たせずにいた伽羅《きゃら》木《ぼく》を、先んじて入手し家康へ献上した。たびかさなる手柄の恩賞を、有馬晴信が期待したのも無理はない。じじつ家康の周辺からも、期待に応える声がもれてきた。声の主は岡本大八といった。

岡本大八はもともと長崎奉行の長谷川藤広の下にいたが、その後、家康の側近である本多正純の有力な家臣となっていた。大八も晴信も同じキリシタンということもあり、ペソア討伐許可を得る際、親しく通じるようになったのである。

その大八が言うには、持ちかけようによっては、肥前三郡の加増もありうるらしい。藤津と杵島と彼杵の肥前三郡は、もともと有馬氏の領土だったが、今は鍋島氏に押さえられている。肥前三郡を取り戻すことは晴信の永年の悲願でもあった。

晴信は大八の伝手を利用し、返還運動を進めようとした。大八も力になると約束した。ただ、要路に配る賄賂を要求された。幕府は複雑な官僚機構なので、多方面に撒《ま》く必要がある。そこを渋ると、思わぬところから横槍が入り、話が差し止められてしまうのだという。聞かされて晴信はなるほどと思った。

三郡が自領になるのであれば、一時の出費などものの数ではない。晴信は言われるままに大八に、くりかえし賄賂を渡した。

これでぶじ三郡返還のお達しが下るものと心待ちにしていたが、いつまでたっても音沙汰がない。大八をせっつくが、どうも要領を得ない。痺れを切らした晴信は、大八の主君の本多正純へ手紙をしたため、直接問い質した。

有馬晴信からの手紙を読み、本多正純は驚愕した。まったく預かり知らぬ話だったからだ。大名の所領の決定に賄賂が関与するなどありえないし、そもそも晴信への加増の話など、まったく出ていなかった。

正純は岡本大八を呼びつけて糾した。しかし、大八は身に覚えがないと否定した。

大名の晴信が、根も葉もない話を正純に問い合わせてくるとも思えないが、事実関係にまだ不明の点が多い。正純は晴信を駿府の自邸へ呼び出して、大八の話と突き合わせてみることにした。

正純の屋敷に出頭した有馬晴信は、家康の朱印状なるものを提出した。

「ご覧のとおり、大御所様より肥前三郡加増の内々のお墨付きを頂いております」

手に取ってみるまでもなく、正純にはそれが偽物だと分かった。所領給付前に家康が内々にお墨付きの書状を出すとは思えないし、万が一あったとしても、その存在を側近の自分が知らないなどありえない。

おそらく、この朱印状は岡本大八の偽作で、これでいくばくかの金品をかすめ取るつもりだったのだろう。

「岡本へはいかほど渡された」

正純は質した。

大きな額でなければ、大八にすべて返金させ、きつくお灸をすえることで済ませ、もし、大金を騙し取ったのであれば、なにか別の理由をつけて切腹させる。いずれせよ、ことを公にするつもりはなかった。

「お墨付きを頂いた時には二千両。それまでに幾度となく、各所へ撒く金を。都合、六千両ほどになるかと存ずる」

と晴信が答えたので正純は声を失った。

それほどの大金を騙し取っていたとあっては、もう、これは内々に片づけるわけにはいかない。今さら金を返されても、晴信だって黙って引き下がらないだろう。どうあっても、話が外へもれることは避けられない情勢だ。家康の朱印状を偽造したというのもまずい。大八ひとりの処分で幕引きできる話かどうかも分からなくなった。下手をすると、大八の主人である自分にも責任がおよびかねない事態である。どう処理をすれば火の粉を浴びずに切り抜けられるか、とっさによい案が頭に浮かばない。

ちょうど、父の正信が駿府に来ていたので、対応策を相談した。正信は話を聞きながら途中、何度もさえぎって、詳しい経緯を質した。正純も分かる限りのことはすべて正直に答えた。

大方の状況を把握すると、正信は皺深い顔にさらに皺を寄せて、「これはただならぬ事態であるぞ」という意味のことをつぶやいた。

正信は時おり、禅問答か謎かけのような物言いをする。大事で込み入った話の時ほどその傾向がある。韜晦《とうかい》がすぎて、息子の正純にも意味が取れないことがたびたびあったが、今回は間違いようがない。

「このことは大御所様と御所様にもお伝えせねばならぬと存じます」

岡本大八だけの処分なら、正純の決済で事足りた。しかし、これだけ大金の絡んだ贈収賄で、大名の有馬晴信が関係者となれば、家康と秀忠にも報告を上げないわけにはいかない。

騙されたとはいえ、賄賂で所領を手に入れようとした晴信にも咎がある。公平な裁きをすると、晴信も罪を問われる可能性がある。しかし、晴信の嫡子の有馬直純は、この駿府城で家康に仕え、家康の養女を正室に娶《めと》っていた。判決には政治的な判断も関わってくる。家康に下駄を預けるのが無難であろう。

正純の言葉に、正信は重々しくうなずき、

「大御所様にはわしからお伝えする」

とこれも取り違えようなく、はっきりと告げた。

正信は家康に伺候する前に、髷と衣装をととのえるためと称し、二の丸の小部屋にこもった。ふだんは家康の前に出る際、念入りに威儀を正すことはしない。家康も正信は居室の中へ通し、互いにくつろいだ中で語り合う。ふたりはそういう間柄だ。

正信が伺候前に間をおいたのは、心を落ち着かせるためであった。それほど正純の話は、正信の胸に衝撃をもたらした。

（まったく）

なんということだ。

最高権力者の側近には、きわめて重い責任がつきまとう。潔癖なまでに身を処し、上からも下からも寸毫《すんごう》たりとも疑いをもたれる真似をしてはならない。正純には、日ごろから口を酸っぱくして言い聞かせてきた。

正純も頭ではきっと分かっている。しかし、長く浪人暮らしをして、諸国をさすらい、中年を過ぎて権力者の側近となった自分のような苦労が骨の髄まで沁み込んでいるわけではない。どこか驕《おご》りが挙措の端々ににじんでいる。その慢心が伝染して、家臣たちに虎の威を借る振る舞いを許し、ついには大八のようなはみ出し者を生んでしまったのだろう。

（よりにもよって）

今この時、このような問題が出てきたのが痛い。家康から内々に大坂へ仕かけをはじめる相談を受けていたからだ。

もともと大坂城の秀頼を危険視し、ことあるごとに家康に注進していたのは正信だった。しかし、長く家康は大坂に手を着けることに乗り気でなかった。

二条城での会見を終え、成長した秀頼を目の当たりにして、危機感を覚えた家康はようやく方向転換を決意したのだった。

（それなのに）

本多家の中から足を引っ張る問題を起こしてしまった。家康と正信の信頼関係が、これで揺らぐことはあるまいが、対大坂政策に影響が出るのは避けられない。

最大の懸念は、本多父子が大坂攻略の中枢から外されてしまうことだ。早急にこの問題を片づけ、正純が不正に関与していないことをあきらかにせねば、大坂相手の大勝負の差配など取れるはずがない。

そうでなくても権勢並ぶ者のない本多父子には、日ごろから徳川家中から冷ややかな視線が注がれている。ことあれば引きずり下ろそうと、鵜の目鷹の目で狙っている者たちからすれば、今回の岡本大八の不始末ほど絶好の機会はない。

（ともかく）

おかしな小細工はしないことだ。厳しく問い質して、正純自身が不正に関わっていないことは分かった。ならば洗いざらい、家康に報告し、裁定を受けた方がいい。結果的にそれが最善の対応策となるはずだ。下手に誤魔化そうとしてことが露見したら、取り返しのつかない痛手を負う。

むしろ、進んで調べを受けることを、それも政敵の厳しい追及を受けることを、家康に申し出よう。それがより主従の信頼と絆を強くする。また、こちらの失地につけ込もうとするあまり、政敵が勇み足をするかもしれない。そうなれば、かえって災いが福となる。

幕府の組織はまだ安定していない。大坂攻めが急がれる中、それが家康と正信の懸念材料だった。良いか悪いかはさておき、今回のことで大坂攻略が遅れることは不可避だ。

（とすれば、これを機に）

幕閣の入れ替えを進め、組織の強化につなげるのが最良だろう。そうすれば本多父子の評判に傷がついたのも無駄でなかったことになる。

正信はそう思い至ると、ようやく腰をあげ、家康のいる本丸御殿へ向かった。

正信の話を聞いて、家康は苦い顔をした。

「藪をつついて、かえって大事にはなるまいな」

権力者の周辺には、歓心を得ようと大勢の者が群がってくる。中にはその者たちを利用し、私腹を肥やそうとする岡本大八のような不届きな輩が出てくるのは避けられない。ゆえに引きしめの粛清は必要だが、それも時と場合による。たかだか一汚職役人の罪を暴くために、幕府の屋台骨までぐらつかせては本末転倒になる。

「大坂ことはじめの前に、垢は落としておくに如《し》くはございますまい。吟味には手慣れた者を、さよう、大久保石見守《いわみのかみ》あたりをお使いなさいませ」

とみずから正信が申し出たので、家康はおどろいた。

大久保石見守長安《ながやす》は、代々の家臣ではないものの、天下の総代官と称されるまで立身した徳川家中の実力者である。

長安は猿楽師として甲斐の武田信玄に仕えた父大蔵大夫十郎信安の次男として天文十四年（一五四五）に生まれ、信玄から士分に取り立てられたあとは土屋長安を名乗り、金山開発や年貢取立てなどの政務に従事した。

武田氏滅亡後に多くの武田の旧臣たちと同じく、長安も徳川家に出仕した。はじめに徳川家の重臣のひとり大久保忠隣《ただちか》の与力を命じられた。長安はこの忠隣から苗字を賜り、大久保長安を名乗るようになった。

徳川家臣となった長安がさいしょに注目されたのは、武田家臣時代に身につけた金山開発の技術だった。ただ技師として金鉱を発見するだけでなく、金の精製、坑道の作事や、坑夫の差配など、諸事に通じて手抜かりがない。寄り親で、姓を与えた大久保忠隣も大いに面目をほどこしたものである。

金山奉行として頭角をあらわしたあとも、長安は新田開発、堤防普請などを手がけ、武田氏滅亡後、荒廃していた甲斐国の復興に尽力した。

秀吉の小田原征伐後、家康が関東へ移封されると、長安は関東代官頭となり、家康の直轄領の差配を任された。家康の直轄領は百万石とも百五十万石とも言われ、事実上その莫大な所領の支配者となったのだ。自身の所領に加え、鉱山から採掘される金銀もかなりの割合が懐に入る仕組みで、長安の蓄財は莫大になっている。さらに長安は息子たちに、有力大名の娘を娶り、権力基盤の構築にも余念がない。天下の総代官と言われる所以である。

長安は派手好きで奢侈《しゃし》に流れやすい一面があり、家康も人間としてはあまり好いていない。しかし、なにをさせてもそつがなく、打ち出の小槌のように富をもたらしてくれるので、ついつい便利使いをして、相応の地位も与えてきた。

この切れ者の長安に、正信は嫡子の正純が関わる可能性がある不正事件の取り調べをさせようという。

取り調べは方法しだいで、どんな結論へも導くことができる。きびしい拷問で言わせたい証言を引き出すことも可能だ。長安のさじ加減ひとつで、本多父子を窮地に追い込むこともできる。

(だのに、なぜ)

決して親しい間柄でもない長安に調べを任そうとするのか。いや、親しいどころではない。長安の背後には、かつての寄り親である大久保忠隣がいるのだ。

大久保忠隣は、徳川家でも最古参である安祥譜代《あんじようふだい》七家のひとつ、大久保氏の支流の出だが、父忠世《ただよ》の代で本家をしのぎ、重臣の座についた。忠隣は十一歳で家康の小姓を務め、十六歳で初陣を飾って以来、三河一向一揆、姉川合戦、三方ヶ原合戦、小牧・長久手合戦、小田原征伐と、徳川家の主な合戦にはすべて従軍している。

家康が関東へ移ると、武蔵国羽生二万石を与えられ、秀忠付の家老も務めることになった。父忠世の没後は、大久保家の家督を継ぎ、相模国小田原六万五千石の領主となる。小田原は西方から江戸を攻められた場合、最後の防衛線となる重要拠点で、そこの領主を任されるのだから、忠隣は押しも押されもせぬ徳川軍団の重鎮だ。

秀忠が将軍となった今、その家老である忠隣の権勢はさらに高まった。

ただ、家康と秀忠に仕え、双方につよい政治影響力を有する本多正信とは対極にある。じっさい、家康は忠隣と正信を競わせるように扱い、両者の政治的地位を高めるとともにに、互いを牽制させて過度の権力集中を防いできたのである。

いわば忠隣と正信は水と油の政敵だ。その政敵と関係が深く、当代の実力者である大久保長安に、なぜ正信は自分と息子の正純の運命をゆだねようとするのか。

家康は思案する。正信が考えもなしにこんな申し出をするわけがない。

（おそらく）

正信は、長安が取り調べの結果、どんな結論を出そうとも、裁断を下す段階で家康が加減をくわえることを期待している。法とは解釈と運用しだいで同一事象に賞も罰も与えられる、権力者の便利な道具である。

（とすると）

正信の狙いは、公平な裁きを装った、徳川家中の引き締めだろう。しかし、下手をすると徳川家中の様々な矛盾が噴出する恐れがある。

一日も早い大坂攻めを望む家康としては、先送りにしたい問題だが、正信の勧めを聞き、考えをあらためた。

大坂攻めは、家康の生涯の締めくくりを飾る大事業である。これを仕上げれば、徳川の天下を一点の曇りもなく後世へ伝えていける。そのためにもまず身内を固めておくことだ。拙速にことを運び、仕損じてはなにもならない。

「ただちに石見守に岡本大八の取り調べを行うよう命じる」

家康は言った。

しかし、家康はその後、熟慮し、事件の吟味役を駿府町奉行の彦坂光正《ひこさかみつまさ》に命じた。大久保長安が多忙ということもあったが、本多正純の重臣が関わる事件に、長安ほどの大物を起用しては、家中や諸大名に動揺が広がるのも心配だった。まずはこの手の吟味に精通する彦坂光正に任せ、事実関係を洗い出させることにした。

光正は町奉行職にありながら、みずから「駿河問状」と称される拷問法を編み出したほど、苛烈な取り調べを得意とする凄腕の吟味役人でもある。

光正の前へ引っ立てられた岡本大八は、簡単な問答のあと、いきなり両手足首を縛られ、逆海老反りの体勢で天井から吊り下げられた。脂汗を流しながら抗議の声をあげる大八に構わず、光正は収賄の事実を問い糾す。

「し、知らぬわ。かような真似をして、その方、ただですむと思うてか。わしには本多——」

この期におよんでもまだ虎の威を借りる気満々の大八。光正は下役に命じて、大八の背に責め石を載せ、天井から吊るした身体を回させた。ねじり上げられる縄と石の重みが大八の反り身をさらに締め上げた。「駿河問状」の完成形だ。拷問される方は、全身に形容しがたいすさまじい激痛が走る。

「ぐ、ぐっ、ぐっ、ごぉ、がぁーっ」

身をよじりながら、さまざまな体液を滴らせ、大八は人とも思えぬ絶叫を迸《ほとばし》らせた。正純の追及には顔色も変えず知らぬ存ぜぬで通した大八も、こんな呵責《かしゃく》にはとても耐えられたものでない。問われるままに洗いざらいをぶちまけた。

事件の構造は、さいしょに正純が睨んだとおりだった。

旧領返還を渇望する有馬晴信に、虚偽の恩賞話とそれを裏付ける偽朱印状をちらつかせ、巨額の賄賂を繰り返し引き出したのである。相手が大名だけに詐取金が六千両と桁違いなのと、家康の朱印状を偽造したところが悪質だが、手口自体はよくある単純な事件である。おそらく大八も、騙し通せるとは思っていなかったはずだ。晴信が外聞を憚り表沙汰にしないか、悪くても正純のところで揉み消せると甘く見ていたのだろう。

しかし、すべてが露見した。こうなっては、どうあがこうと大八は死罪を免れない。それも相当の酷刑が下されることになる。

「恐れ入りました。最後にひとつ申し上げたいことがございます」

贈賄の取り調べをすべて終えたあと、大八は言った。

「なんだ、申してみよ」

光正は言った。どうせ死刑になる身、それまでの処遇の頼みか。多少のことなら聞き届けようと思った。

ところが蓆《むしろ》に据えられ戒めを受けたままの姿で大八が、

「じつは、有馬晴信は長崎奉行の長谷川藤広を害する心づもりです。それがし、しかとその旨、晴信の口から聞きました」

と言い出したので光正は一驚した。

「それはたしかなことか。偽りを申したら許さぬぞ」

「偽りにあらず。もはや、それがしに失うものとてございません。すべて真のことを申し上げる」

「晴信の戯れ言ではあるまいか」

もし酒の上の軽口くらいなら、わざわざあげつらい、大ごとにするまでもない。

しかし、大八は首をふって、

「さにあらず。晴信は香木の買い付けで、長谷川殿と反目し、その後、交易の差配で不利益を被り、そのことで恨みを募らせておりました」

と言い、さらに晴信と藤広が反目しあうに至った事細かな背景と状況を説明し、大八の面前で晴信が口にした不穏な言葉の一言一句まで再現してみせた。

光正も手練れの奉行だから、大八の証言が真実であることをすぐに理解した。

自分の死はどうあっても避けられぬとみて、いっそもろとも、晴信を巻き添えに抱き合い心中を図るつもりらしい。

見下げ果てた根性だが、しかし、大八の証言は等閑に付すわけにはいかない。たとえ大名とはいえ、幕府の高級役人である長崎奉行の殺害を口にした疑いがかかったのだ。

こうなっては、町奉行の自分には手に余る。光正は、大八の証言をすべて書面に記して、家康へ提出した。

彦坂光正の報告書に目を通した家康は、ただちに光正を呼び、詳細を質した。

光正は、取り調べの様子を語り、その上で、岡本大八の証言は信用できると述べた。

(であろうな)

家康もそう考えた。死を覚悟した人間がみずから語った言葉だ。すくなくとも、有馬晴信を取り調べる理由としては、それで充分である。

（だが、どうしたものか）

家康は光正に、このことは、まだ誰にも口外しないよう命じて下がらせたあと、じっくりと考えはじめた。

光正に吟味を命じた当初は、どういう結果になろうと、大八の収賄だけを罪に問うつもりだった。それが幕臣の箍《たが》を締めつつ、動揺を必要以上に広げない最善の策だと思ったからだ。

しかし、有馬晴信が幕府の高級役人への殺意を高言し、それを家康が知りながらなんの手も打たずにおけば、幕府の威信が揺らぐ。毅然たる対処が必要だ。

とはいえ、大八の証言が真実だとして、それを素のままつまびらかにすれば、相当の処罰を下さねばならなくなる。大名への処罰となれば問題は大きくなり、大八の主君の本多正純の名誉も傷つく。それはすなわち、徳川将軍家の権威失墜につながる。

つまり、事件を一方的に封印したり、暴き立てたりするのは望ましくない。そのどちらでもない、絶妙な加減が必要なわけだ。

（とすると）

まずは、このような複雑な政治事情を解する者に任せねばならない。さらに大名の晴信を取り調べるには、それ相応の身分と格式も必要となる。これらの条件を兼ね備えた者は、徳川家中にもそう多くはいない。

（されば、やはり）

正信のさいしょの勧めに従い、大久保長安に任せるか。

徳川家中の権力闘争を煽る結果となるおそれもあるが、長安も本多父子に喧嘩を売るような無謀なことはしまい。

これまで長安は、どんな難題を与えても期待を裏切らない結果を出し続けてきた。華美で傲慢な人柄は好みでないが、実力は認めねばならない。この事件に関しても、騒動を大きくせず、うまい落としどころを見つけるのではないか。

大久保長安は家康から呼び出され、岡本大八事件の仔細を知らされた。さらに有馬晴信が長崎奉行の長谷川藤広殺害を口にした疑いがあり、その真偽を調べるよう命じられた。

大名の有馬晴信と本多正純家臣の岡本大八、これほどの大物が関与する疑獄事件だけでもなかなか前例が思い浮かばないが、そこにさらに長崎奉行の長谷川藤広殺害予告の疑惑まで加わったとなれば、間違いなく前代未聞だ。

その吟味に自分が指名されたのは名誉ではあるが、手放しでは喜べない。

相手がいずれも大物なので、さまざまな方面から横槍が入ることが予測される。もっとも、それは大した問題ではない。吟味の命令を下したのが家康だからだ。つまらない邪魔立てはすべて家康の威光ではね返せる。

長安が案ずるべきは、吟味を命じた家康の真意だ。

家康は家臣に命を下す時、なににによらず、はっきりと自分の意思を表すことがなかった。だから、命じられた家臣は、家康の心中を推しはかり、慎重に行動する必要があった。

そこで長安が考えるに、家康は今回の事件の事実関係を徹底的に暴き、すべてを表沙汰せよと望んでいるわけではない。

（むしろ）

ことの性質上、なるべく穏便に治めたいと考えているだろう。しかし、まったくないことにしてしまえば、もし有馬晴信の口から外へ話がもれた時、家康の威信に傷がつく。

（そうすると）

公正な取り調べで、晴信の失言を明らかにし、その上で、それほど悪質でも本気でもなかったと裁定し、比較的軽い罪を下して、八方丸く収めるのが落としどころか。家康もおそらくその辺りをにらみ、長安に吟味役を命じたはずだ。

そう結論を出した長安だったが、行動に移る前に、念のため、大久保忠隣に相談しようと思った。なにぶん、家康が明確な指示を出さないため、独断で動くのは不安がある。ことに外様大名への処分がからむ重要事項だ。幕府の内部事情と、西国大名の事情に詳しい忠隣の見解を確認するのは無駄ではない。慎重にも慎重をかさね、ことを運んだ方がいいだろう。

大久保忠隣はふだん江戸城に出仕し、年寄（老中）として幕政を切り盛りし、将軍秀忠を支えている。だがその時は、久しぶりに江戸を離れ、居城のある小田原へ向かっていた。城に入り、留守居の重臣たちの挨拶を受けたあと、奥へ足を向ける前に、

「石見守は着いたか。もし、参っておるなら、すぐにここへ通せ」

と近習に言った。

長安の来訪は、江戸を発つ直前に報せを受けていた。駿府から江戸へ急ぎ上るので、御目にかかりたいと言ってきたのだ。ちょうど帰国のおりで、それならば小田原城で会おうと返事をした。

江戸で政務をとる忠隣にとって、長安は心強い味方であり、貴重な情報源だ。現在、長安は伊豆の金山奉行を兼務し、駿府屋敷を拠点としているため、家康身辺の情報にも通じている。

忠隣は秀忠の側近として、現在、幕閣で比肩する者のない権勢を誇っていた。その力の源は、名門譜代大名という血筋にもあるが、最大の理由は、秀忠が徳川家の家督の地位を得るにあたり、忠隣の貢献が大きかった点にある。

現将軍の秀忠は、家康が天下人たることを決定づけた関ヶ原の合戦に遅刻をした。秀忠は三万五千の徳川家主力軍を任されていたが、真田昌幸の機略にかかり、上田城に足止めをくらい、肝心の決戦場に間に合わなかったのである。この軍旅には、大久保忠隣も本多正信も加わっており、遅滞にはさまざまな要因もあって、秀忠ひとりにその責任があるわけではないが、徳川家の命運がかかった一戦に遅参したことは、秀忠にとって一生の負い目となった。

主君たる者の資質に必須なものは多々あるが、もっとも大切なのは運である。どれほど能力が優れていようと、運に見放された人間に人は集まらない。

そのため、家康も秀忠をこのまま後継者に据え置いてよいのか、躊躇を覚えたのだろう。

関ヶ原の直後のことである。家康はひそかに本多正信、井伊直政、本多忠勝、大久保忠隣を呼んだ。四人は家康がもっとも信頼する家臣たちだ。それでも家康が腹の内まで見せることはめったにない。

しかし、この時は、秀忠を後継者に留めるか、別の男子を後継者に指名し直すべきか、率直に尋ねた。

「その方たちの本心を聞かせよ」

家康は、四人が意見を言いやすいように、秀忠のほかに後継者候補として、次男の結《ゆう》城《き》秀康《ひでやす》と四男の松平忠吉《ただよし》を考えていることを告げた。

結城秀康は秀忠の兄にあたる。母の於万《おまん》の方は、家康の正室築山《つきやま》の奥女中であった。家康は秀康が出生しても築山の悋気《りんき》を恐れ、四歳になるまで父子の対面をしなかった。ふたりの間を取り持ったのは、秀康の境遇に同情した、長男の信康だった。その信康は、武田勝頼との内通を織田信長に疑われ、切腹させられた。

通常なら、ここで次男の秀康が家康の後継者に繰り上がるはずなのだが、家康はその意思を明確にしないまま数年放置し、豊臣秀吉と和睦する際、秀康を秀吉へ養子として差し出した。そして三男の秀忠を自身の後継者とすることを明らかにした。秀康は家康から捨てられたようなものだ。

それでも家康から長子を養子にもらった秀吉は喜び、秀康は豊臣家で大切に育てられたが、淀殿に鶴松が誕生した時、多くの豊臣家の養子たちとともに、他家へ養子に出された。

このように結城秀康は、長年不遇の身にあったが、性格は剛毅、大柄な体軀、人目を引く精悍な容貌と、まさに武将として申し分ない人物に育っていた。ただ少年期を豊臣家の人間として過ごしたため、豊臣家と秀頼に対して同情的である。その点がほかの徳川家の御曹司と異なっていた。

松平忠吉は秀忠とは母を同じくするひとつ違いの弟であった。美しいたたずまいの貴公子だが、関ヶ原の合戦では、舅の井伊直政とともに前線に物見に出て、負傷するほどの勇敢さも持ち合わせていた。関ヶ原の直後のため、なんの役にも立たなかった兄秀忠との相違がより際立ち、輝いて見える。ただ、秀忠と同母弟なので、もし、忠吉が後継者となれば、秀忠のあつかいをどうするか、いろいろ問題が出てこよう。

「それがしは、結城少将殿が人物と存じます」

本多正信が口火を切った。

「豊家に近すぎはせぬか」

家康が質すと、正信は小さく首をふり、

「少将殿のご気性は果断、案ずるにはおよばぬかと」

徳川家の当主になれば、豊臣家とは一線を画していくだろうとの見方だ。家康はなるほどといった顔でうなずいた。

「それがしは下野《しもつけ》殿がよろしいと存ず」

本多忠勝は松平忠吉を推した。徳川家中では忠吉の人望が厚い。

「それがしも同じにござる」

忠吉の舅である井伊直政は、忠勝の発言を待って、やや控えめに同意を示した。

秀康、忠吉、どちらも、家康の後継者にふさわしい人物であった。しかし、どちらに決めても、新たな争いが起こる可能性を秘めている。

座に思案の沈黙が落ちてしばしした時、大久保忠隣はおもむろに口を開いた。

「少将殿、下野殿、いずれもお世継ぎに不足なきご人物にござりましょう。されど、おひとりを選ぶなら、中納言殿をおいてほかにござりませぬ。乱世なれば武勇に重きを置いて家督を定むるも理かもしれませぬが、このたび、賊将石田治部少を討伐し、天下も鎮まりました。これからの世は武勇のみならず文徳も兼ね備えたお方が治めていくべきと存ず。しからば天下のためにも家運長久のためにも、中納言殿こそが家督にふさわしき御仁と思われまする」

と、ただひとり秀忠を家督に推した。

四人の重臣たちの意見を聞いた家康は、その場では結論を出さなかったが、後日、秀忠を後継者とする旨を告げたのだった。

忠隣の発言が、家康の決定に大きな影響を与えたのは間違いない。幕府の要職にある者はみなそのことを知っていたし、なかには二代将軍秀忠誕生の立役者だと言う者さえいる。

当の秀忠も忠隣には大恩を感じ、言葉にも態度にもあらわした。それが忠隣の立場をさらに揺るぎないものとしたことはあらそえない。ただし、忠隣は秀忠の前で、決して恩着せがましいことを口にしたり、素振りにみせもしない。誤解をされるような言動は厳につつしんできた。こんな忠隣の謙虚な姿勢が、いっそう主従の絆を強くしていると周囲は見ている。

かくして、幕閣中に盤石の地位を築いた忠隣だが、まだ完璧とは言い難い。現在、幕府を動かしているのは忠隣たち幕閣だが、主権は駿府の家康に握られていた。ことに外交や朝廷、豊臣家および西国大名に関する重要事項については、ことごとく家康の承認を必要とした。将軍の秀忠もそう命じ、駿府との間を取り持つ本多正信も幕閣が独走しないよう、常に目を光らせている。よって、秀忠政権下の忠隣たち幕閣より、家康の側近衆の方が格式はともかく、はるかに大きな権限を持つという実態があった。

本多正信もみずからは江戸を拠点としながら、息子の正純を家康の側近に加え、秀忠、家康両政権の重鎮におさまり、忠隣たち幕閣の目の上のたんこぶになっていた。

もともと本多正信という男は、鷹匠として家康に仕えていたのだが、三河一向一揆の時、家康に刃向かい門徒側に加わり、一揆が鎮定されるころ、三河を出奔した。正信が三十前の話だ。その後、正信は仕官先を変えながら、十数年にわたり諸国を放浪した。四十も半ば近くになり、主君も持たず流離《さすら》っている正信を憐れみ、徳川家帰参を取り持ったのは、忠隣の父、大久保忠世だ。よって正信、正純父子にとって、忠隣は恩人の子である。

しかし、徳川家に帰参したあと、正信は家康から絶大の信頼を得て、忠隣をしのぐほどの権力を持つにいたった。

今の正信と対等に渡り合うためには、家康の動向の把握は欠かせない。忠隣が大久保長安の来訪を歓迎した裏には、このような背景があったのである。

おりしもこの日、長安が携えてきたのは、徳川政権の中枢を揺るがしかねない、きわめて重大な報せであった。

本多正純家臣の岡本大八が、大がかりな詐欺を働いたらしいことはすでに知っていた。それだけでも大事件だが、長安はさらに有馬晴信の長崎奉行殺害予告という前代未聞の情報を持ってきた。

「さようか……」

忠隣は長安の話を聞き終えると、そう言って嘆息をもらしたあと、長い沈黙をした。

有馬晴信の企みが事実として、それが公になれば、徳川家中だけでなく、諸大名にも動揺が広がる。本多父子が被る痛手は計り知れない。

「大御所はおそらく、穏便に鎮めることを望んでおられるでしょうな」

長安が先に沈黙を破った。

領土詐欺は、岡本大八ひとりを重罪に処して幕を引く。有馬晴信の方は大ごとにせず軽い処分で終わらせる。

長安の考えを聞き、忠隣も妥当な判断だと思った。

もし、有馬晴信を重罪に処せば、たとえそれが長崎奉行殺害予告の罪によるものだとしても、周囲は素直に受け取らないだろう。本多正純家臣の岡本大八の罪に連座したと思うはずだ。仮にそう思わずとも、大名の処分となれば、事件はより耳目を集め、直接の関係者である岡本大八のみならず、本多父子の評判までいたく傷つけるのは必至である。

（はたして、これは）

望むべきことか。

今、得意の絶頂にある本多父子の評判に土をつける好機なのは間違いない。だが安易に飛びついてよいか、慎重に考える必要がありそうだ。

もし、有馬晴信の罪を暴き立て、その結果、本多父子が泥をかぶることになれば、吟味にあたった長安の行動の裏を、世間はいろいろと勘ぐるだろう。長安の後ろ盾が忠隣であるのも、本多父子と忠隣が政敵なのも、周知の事実だ。

とすると世間は、忠隣が陰で長安をあやつり、本多父子を陥れたと疑う。だが、世間がどう思おうと、それはどうでもいい。問題は家康がどう考えるかだ。

冷静に見て、現在、家康の寵愛《ちようあい》は、忠隣より本多父子に傾いている。今回、ことを必要以上に大きくすれば、家康は喜ぶどころか、長安と忠隣に不快を覚えるだろう。

（なれば）

ここは長安の考え通り、穏便にことをすませ、家康のご機嫌を取り、本多父子にも恩を売っておくのが無難か。

（だが、そう簡単に）

結論を出せない、複雑な事情もある。

家康は今、ひそかに大坂との合戦を計画している。これは幕府でも最重要機密で、江戸では秀忠と忠隣のほか、まだ数名の人間しか知らされていない。

大坂城に豊臣秀頼が蟠踞《ばんきょ》して、別格のあつかいを受けていることは、幕府でも問題視されていた。家康が征夷大将軍の宣下を受けてからすでに七年、秀忠が二代将軍に就いてから五年の月日が経過している。幕府の権威が日々高まる一方、その枠におさまらない大坂の豊臣家の存在がよりいびつに異色に浮き上がって、不穏な空気を醸しはじめていた。為政者として、これに手をこまねいて放置していては、ほかに示しがつかない。

それゆえに、豊臣家に対しなんらかの手を打つ必要があるとの認識で、江戸と駿府の間で考えは一致していた。

ただし、秀忠以下の幕閣はみな、時間をかけて穏やかに秀頼の国替えをおこない、徐々に幕府の権威の中に取り込んでいく方策を練っていた。千姫の輿入れなどもそのひとつであった。

駿府の家康も江戸幕府のやり方に同意しており、以前より強硬策を唱える本多正信を抑える側に回っていたくらいだ。それが変わったのは、二条城での会見のあとである。秀頼の想像以上の成長ぶりを目の当たりにし、考えをあらためたらしい。

もとはと言えば二条城会見も、徳川豊臣融和の一策だったのだが、かえって家康の豊臣改易の意志を固めさせてしまったようだ。

このまま秀頼を大坂城に置けば、近いうちに徳川の天下の脅威となる。大坂へ合戦を仕掛けるきっかけを見つけよ、と言うのが家康の密命であった。

かねてより、忠隣は西国の大名たちとも親しく交わり、幕府の重鎮の中ではもっとも大坂の事情に通じていた。

（今はまだ、時期尚早）

それが忠隣の実感であった。

関ヶ原のあと、西国に配置された豊臣家恩顧の大名たちは、徳川幕府に服従しながら、いまだ豊臣家への忠誠も捨てていない。じっさい、江戸から国許の往復の途中、大坂城へ立ちより秀頼に拝礼を欠かさない大名も存在する。しかし、この者たちの多くは高齢で、あと十年も経つかたたないうちに代替わりするだろう。そうして徐々に豊臣家との関係を薄めていくに違いない。

また、関ヶ原のあと国替えや、天下普請などで多大な出費を強いられている大名たちは新たな紛争の勃発を望んでいない。ようやく得た今の安定を揺るがせたくないのだ。

それらのことを分かっていながら家康が強硬手段に出ようとするのは、みずからの身に迫ってきた老いのためだろう。家康はまもなく齢七旬《よわいしちじゅん》に達しようとし、五つ年上の正信はとうに超えている。

自分の命の灯が消えぬ間に、徳川家永久の繁栄の確証を得ておきたいのである。そのために豊臣家を取り潰しにかかるつもりなのだ。

しかし、その強引さがために、ようやく固まってきた幕藩体制がふたたび揺らぎはしないか。幕政を与るひとりとして、忠隣はその点を慎重に考える必要がある。

（やはり、ここは）

家康と正信の動きに掣肘《せいちゅう》を加え、徳川と豊臣の正面衝突を回避させるべきだろう。

（そのためには）

岡本大八の騒動を封印せず、本多父子の足元を揺さぶるのが手っ取り早い。決して私怨ではない。国家百年の計を考えても、これが最良の策だ。家康も腹心の疑獄事件が大々的に広まれば、とても戦どころではなかろう。大坂への仕かけも仕切り直しになるはずだ。

「石見守、折り入って頼みたいことがある……」

長安の目を見すえて、忠隣はそう切り出した。

駿府の大久保長安屋敷でおこなわれた取り調べで、有馬晴信が長崎奉行の長谷川藤広殺害の意思を持っていたことを自供した。殺害の企図を確かに聞いたという岡本大八と直接対決させられ、言い逃れできなくなったのである。

この情報はすぐに正純を通じ、江戸にいる本多正信のもとへ届いた。

(やはり、喰い付いてきたか)

狼狽気味の正純からの手紙に目を通すと、正信は按摩《あんま》を呼ぶよう小姓に命じた。

横になって按摩を受けながら、正信は目を瞑った。

長安が家康の意向を無視し、有馬晴信の罪を暴き立てたのは、寄り親である大久保忠隣の指示だったのだろう。先ほど江戸城内で顔を合わし、言葉も交わした忠隣からは、そんな気配は微塵も感じられなかったが間違いない。

これが自分と正純にどれほどの痛手となるか考えてみる。

(大したことはあるまい)

家康に長安を吟味役にするよう勧めた当初から、こうなることは予測していた。すでに悪評ふんぷんの本多父子だから、今回のことで余計に風当たりは強くなるだろう。しかし、それは一時的な現象にすぎない。

正純が不正に関与していない以上、家康の信頼は揺らぐまい。

(おそらく、かえって)

いらぬ混乱をもたらした大久保長安へ、家康の不満は向くはずだ。もともと家康は長安の能力は評価していても人間性には不審を持っている。これを機に、新参者としては異例の出世を遂げた長安を失脚させることもできるだろう。自分は家康の背中をそっと押してやるだけでいい。

長安が、いくら天下の総代官などと持ち上げられようとも、この正信の敵ではない。真の敵はその背後にいる大久保忠隣だ。

豊臣家や西国大名にも近い穏健派の忠隣は、今後、強硬手段をとる家康と自分の足を引っ張ってくる可能性がある。

その動きを抑えるためにも、まずは長安を叩いておかねばならない。それから忠隣へと手を伸ばすのだ。

(さて、どうしたものか)

按摩に腰をもまれ、まどろみながらも、正信の頭脳だけは正確に動き続けていた。

慶長十七年(一六一二)三月、岡本大八は駿府市中を引きまわしのうえ、安倍河原で火あぶりの刑に処された。有馬晴信も長崎奉行殺害企図の罪を問われ、所領の日野江四万石を没収のうえ、甲斐国に幽閉された後に切腹に処された。

岡本大八の主君である本多正純については、巷間さまざま陰口を叩かれたものの、お構いなしであった。

大名の処分をともなう大事件だが、家康は側近の正純は連座させない裁定を下した。徳川政権に与える影響を考慮したものと思われる。事件は世間を震撼させたが、家康と本多父子の結束にまったく変化はなかった。

一応の決着をみて、徳川家中の動揺もおさまるかと思われたが、岡本大八事件はまた新たな事件の前触れにすぎないことが、徐々に明らかになる。

岡本大八の処刑が執行された数カ月後、大久保長安が病に倒れた。中風だと噂された。家康は長安の屋敷に医者を遣わし、くすりを与えている。しかし、これは見舞いをよそおい、長安の病状を正確に把握するための偵察だったようだ。

このあとから家康は、長安に与えていた数々の代官職を取り上げた。病に伏し、復帰の見通しも立たない中で、実務を適任者に代えるのは仕方ないとしても、早々に役職まで奪ったのは、それまでの功労を考えると、長安にとって過酷な仕打ちといえよう。

家康はこの人事の意図を誰にも語らなかったが、周囲はとつぜん長安に冷淡になった家康の心中を推しはかり、憶測をたくましくした。

慶長十八年(一六一三)四月、大久保長安は失意のうちに駿府屋敷で病死した。遺族が葬儀の準備をはじめたところ、家康より中止の命令が出された。

続いて、長安が代官をしていた各地の勘定帳が駿府に取りよせられ、調査が開始された。

長安にかぎらず、各地鉱山では、その代官が採掘から精製、輸送まで、すべてを負担する代わりに、代官が産出物の多くを取り分として収納することが認められている。

もともとそのような取り決めだったところに、長安はさらに総産出量を偽り、家康と幕府の収益を減らした疑いがかけられた。このとつぜん持ちあがった疑惑を、誰が家康に告げたのかは明らかになっていない。

幕臣たちは顔を合わせると、声をひそめて噂話を交わし合った。

「何とも面妖な話じゃ」

「さよう、あれほど重用していた石見守家をお見限りとは」

「しかし、いかにして勘定の不正を大御所は知られたのであろう」

「お耳に入れた者がおるのじゃ」

「そりゃ、何者だ」

「お側の者に決まっておろう。それ、先年、石見守が吟味した……あれ、じゃよ。これ以上はうかつに申せぬ」

「……うむ、その先は言わぬがよかろう。わしも聞かぬ。なにやら首筋が寒うなってきたわ」

家康の命じた調査は徹底していた。長安の配下にいた役人たちも厳しい取り調べを受けた。調べに当たったのは、岡本大八の吟味もした駿府町奉行の彦坂光正である。光正の苛烈な取り調べの結果、不正があきらかになったとして、家屋敷のほか長安の遺した莫大な金銀財宝すべてが没収された。

関係者の処分は一汚職事件の範疇をはるかに超え、反逆事件を思わせるほど過酷なものとなった。

じっさい、この処分の裏には、長安が家康の六男、松平忠輝《ただてる》とその舅である伊達政宗を担ぎ、天下を狙う陰謀があったかのように言う者もいた。その証拠の文書があるとも、いや、それはでっち上げられたものだと、さまざまな噂が飛び交った。またこのような噂さえ、ある意図をもって人為的に流されたのだと疑う向きもあった。

ことの真相はともかく、すでに埋葬されていた大久保長安の遺体は掘り返され、あらためて安倍河原で斬首のうえ梟首《きょうしゅ》に処された。同日に、七人いた長安の息子たちはすべて切腹させられた。

また、長安の長男に娘を嫁がせていた信濃松本藩主、石川康長《やすなが》は弟康勝《やすかつ》とともに改易。同じく三男に娘を娶らせ養子に迎えた青山成重《なりしげ》は、老中職を罷免のうえ、一万石の所領のうち七千石を没収され、蟄居処分となった。甲斐武田氏の末裔で長安の庇護を受けていた武田信道は、松平康長に預けられ、のちに伊豆大島へ流された。ほかにも連座した者は多数いて、長安の腹心であった役人たちにも、のきなみ死罪などの重い処罰が下された。

前年の岡本大八事件の衝撃が消し飛ぶほど大惨事となった大久保長安事件が、一不正事件にとどまらない政治事件であることは、誰の目にも明らかだった。そしてその裏にいる人物が何者かも、大方の人間には想像がついていた。なのに、いや、だからこそ、誰も口の端にかけることを憚ったのであった。

二

（やはり、そうなったか）

大久保長安の死から、その後の推移を気にかけていた忠隣は、関係者たちへの処分を聞き、予想はしていたものの、暗い気持ちになった。

処分を受けたのは、長安の縁者のほか、不正蓄財に関与した罪を問われた者たちだが、本当の罪と処罰の狙いはそこではない。

家康の意思に逆らい、岡本大八事件を必要以上に大きくした長安への報復。さらに言えばそれを指嗾《しそう》した忠隣への恫喝だ。この処置を主導したのが家康だったのか正信だったのかは分明でないが、あのふたりは一心同体。どちらのしわざか詮索する意味はない。

（いずれにせよ、これで）

家康と正信ははっきりと敵に回った。長安一族を血祭りにあげたのは、忠隣への宣戦布告だ。

大坂攻めに消極的な幕閣中枢の忠隣を倒すことが、ふたりにとって豊臣家との対決の前哨戦なのだろう。

（とすれば）

受けて立つほかない。

現在、徳川政権、すなわちこの日本国の政治の中心にいるのが家康と正信であることを考えれば、忠隣が不利にみえるが、しかし、形勢は流動的でひっくり返すことも十分可能である。

家康と正信はともに高齢だ。そう遠くない将来、政治の一線から退き、この世からもいなくなる。そのあとを継ぐことが決まっている秀忠に、忠隣は絶対の信頼を得ている。いくら家康と正信が憎悪の炎をたぎらせても、秀忠政権の重鎮たる忠隣には手を出せまい。じじつ、あれほど多くの罪人を出した大久保長安事件にも、忠隣は連座しなかった。

家康が手をつけかねている間に、忠隣は着実に大坂との融和を図っていく。しばらくは家康と秀忠の綱引きが続くかもしれないが、ほどなく時間切れとなる。そのことは誰もが分かっているから、幕閣や諸大名の支持もこちらへ集まる。この戦いは長期的にみると秀忠と忠隣が圧倒的に有利なのだ。

(おそらく)

早々に家康はなにか仕かけてくるだろう。しかし、こちらは正面から受け止めず、のらりくらりと時間稼ぎをする。もしかすると、直接、忠隣へは来ず、秀忠への圧力という形をとるかもしれない。だが、それもむだなあがきだ。秀忠という人間は、一見、頼りなさそうだが、芯の強さがある。また実際家でもあり、したたかな一面も持っている。たとえ父家康から理不尽な要求があっても、それをはぐらかし忠隣の身を守るすべも心得ている。秀忠にはそれだけの貸しもあった。

(わしは負けぬ)

大久保長安一族の悲報に接し、沈みかけた心に、忠隣はそう言い聞かせた。

十二月に入り、江戸城本丸屋敷でも朝夕の冷え込みがいっそうきびしく感じられるようになった。

将軍秀忠は大奥を出て、のちにお鈴廊下と呼ばれる中奥へ通じる廊下に足を踏み出すと、すっと身をすくめた。室内は暖められているが、廊下に火鉢を置かないのは家康の時代からのしきたりである。

寒さはこたえるが、大奥を離れた秀忠はほっと息をついていた。先ほどまで正室の江《ごう》から風邪気味の次男国松《くにまつ》の話を長々と聞かされ、うんざりしていたからだ。医者でもない秀忠が病状を詳しく聞かされてもどうしようもない。秀忠は六歳年上の正室をこよなく愛していたが、話がくどいため、時々疎ましく思うこともある。

「温かくして、葛根湯を与えよ」

面倒になった秀忠は、おざなりな言葉を残して、大奥を離れたのであった。

今、秀忠が頭を悩ませねばならい問題はほかにあった。

中奥の御座の間に入り、秀忠は当番の役人から様々な報告を聞きながら、頭では別の考えを追っていた。

(さて、どうしたものか)

大久保忠隣のことである。

家康の意向はひそかに本多正信を通じて知らされた。幕府の老職であり嬖臣《へいしん》でもある忠隣のあつかいだから、家康と正信も慎重を期していることがうかがえる。

もし、秀忠が断固、忠隣擁護に回れば、家康も無理押しはすまい。つまり、忠隣の運命は今、秀忠の手に握られている。

身じろぎもせず考えにふけっていると、

「いかがいたしましょう」

決済の書状が入った文箱を持った役人が、遠慮がちに声をかけてきた。

「そこへ置くがよい。しばらく控えよ」

そう言って役人たちを下がらせた。

征夷大将軍になって久しい秀忠だが、今も苦手というか、頭の上がらない人物が三人いる。

ひとりは言うまでもなく、父親の家康だ。道徳上でも政治上でも上位にあって、これは摂理であり、努力や工夫で追い越せる存在ではない。加えて言えば、人間としての大きさ、頭脳、経験、すべてにおいて足元にもおよばないことを秀忠も自覚しており、あきらめの境地にもある。ほとんど畏怖に近い感情といっていいだろう。

あとのふたりは、秀忠の苦い記憶と密接に関係している。

秀忠は、兄の結城秀康を差し置き、徳川家の跡取りとして遇され、天下分け目の関ヶ原の合戦の時も、徳川家主力軍の総大将として信州にいた。当初は家康も東西決戦の時期をまだ先とみて、関東周辺の足固めを念頭に、秀忠に信州平定を命じていたのだ。二十一歳の秀忠にとってこれが初陣であった。

圧倒的な大軍を率い、信州の小大名を掃討して初陣を飾るはずだった運命は、西方の戦局の急変で一変した。福島正則、池田輝政らが率いる東軍が、西軍側の岐阜城をわずか一日で陥落させ、東西決戦の機運が一気に高まったためである。

家康は福島正則たちへ開戦を急がぬよう自制を求めるとともに、みずからも急ぎ江戸を発ち、西へ向かった。秀忠へもただちに急行するよう使者を走らせたが、あいにくの大雨に川が氾濫して到着が遅れた。報せを受けた秀忠は、美濃へ全軍を急がせたが、山間の中山道は大軍の通行に適さず、さらに豪雨も重なり、行軍は遅れに遅れ、結局、秀忠は木曾山中の宿でお味方大勝利の第一報を聞く羽目となった。

遅刻の責任が秀忠にあったわけではない。天候の不順は誰にもどうにもならない話であり、守役には本多正信、大久保忠隣も付いていた。秀忠はかれらの上に乗っている神輿にすぎず、みずから指示らしい指示を出して混乱を招いたわけでもなかった。誰かが遅れの責任を負わねばならぬなら、じっさいに軍を率いていたかれらだろう。

しかし、政治は結果責任だ。名目であっても総大将だった秀忠に、すべての責任がのしかかってきた。

合戦後の掃討戦に移り、すでに大津へ移動していた家康に、数日遅れでようやく追いついて面会を求めたが、すげなく断られた。この時の家康の秀忠に対する怒りは本物で、廃嫡すら考えたらしい。

家康の怒りのほどを伝え聞いて秀忠は真っ青になったが、この時、家康のそばに侍《はべ》り説得してくれたのが本多正純であった。

「遅滞の罪は、すべて守役であったわが父にあります。父、佐渡守を切腹させ、中納言様をお許しください」

この必死の取りなしに、ようやく家康は怒りをやわらげ、秀忠との面会を果たしたのであった。秀忠は家康の前を下がるとすぐに正純の手を取り、感謝の言葉を述べた。

しかし、それだけで秀忠の大失態が帳消しになったわけではなく、後日、家康は重臣たちに新たな跡継ぎの人選を諮った。秀忠が首の皮一枚で生き残ったのは、大久保忠隣の擁護があったためと、秀忠はのちに知らされた。

ふたりの献身によって、今日の秀忠がある。本多正純と大久保忠隣は秀忠の恩人だ。頭の上がらない所以であった。

しかし、そもそも関ヶ原遅参については、秀忠にも千万言いたいことがある。本音では責任を問われること自体が心外だった。だが、その責任を問うているのが家康なので、不満の色さえあらわすことができない。

秀忠の心は鬱屈した。不当な借りを押し付けられ、その返済の助けに恩を着せられたような気持ちだ。正純と忠隣に顔を合わすたび、引け目を感じ、みじめで言いようのない屈辱にまみれる。

父である家康は憎むことが許されない。行き場をなくして淀んだ感情のはけ口は、正純と忠隣へ向かうしかない。しかし、これも表には出さない。不当な恨みだと分かっているからだ。

正純も忠隣も、秀忠の恩人であることを鼻にかけたり、誇ったりはしない。ふたりともそこは慎重にふるまっている。そのしたたかさ、老獪さがよけいに憎い。秀忠の暗くゆがんだ感情は、心の奥底に堆積して濃縮した。

正純は家康の側近となったため、今は手出しできない。忠隣も秀忠政権を支える心棒の役割を果たしている。これを失うと政権の基盤そのものが揺らぐ。

（いや、はたして）

本当にそうだろうか。

現在、幕府では土井利勝《としかつ》、酒井忠世など若手の老中が台頭している。もう忠隣や正信のような老臣は引退させても大きな問題は生じないのではないか。

その名を聞くだけで大きな心の負担となってきた人物を、ひとりだけとはいえ、取り除く機会が今、目の前にある。

（これを）

見すごす手はない。邪魔者は自分で一人ひとり払い除けていく。まずは手はじめに大久保忠隣だ。家康はさすがに寿命が尽きるのを待つしかなかろうが、本多正純もいつか機会をみて、この手で失脚させてやろう。

（簡単なことだ）

自分は征夷大将軍である。

その自分に引け目を感じさせる者の存在など、断じて許してはならない。

秀忠は手元の鈴を鳴らして、控の間にいた役人たちを呼び入れた。

慶長十八年（一六一三）十二月、出府していた家康は、ひと月余り滞在した江戸を発って駿府へ向かった。途中、将軍家の別荘である中原御殿に立ちよった。

鷹狩などで数日間逗留したのち、中原を発ち、次の宿泊先である小田原城をめざす家康の駕籠が、中原街道と東海道の交差に差しかかった時である。街道沿いの並木の陰から、ひとりの男が姿をあらわした。男は声を張り上げ、家康の駕籠をめざして近づいてくる。

「お願い申す、お願い申す」

駕籠を固める護衛の徒士が男を一刀のもとに切り捨てなかったのは、男の足取りが遅く、駕籠の進む速度とほとんど変わらなかったためだ。これは脅威にならぬと判断し、刀の柄に手をかけたまま、男を観察した。

男は白髪の老人で、身なりは整っている。右手に訴状らしきものを掲げていた。腰には短刀のみを帯びている。

「止まれ」

徒士たちは老人の前に立ちはだかり、進路をふさいだ。

老人はその場に倒れ込み、地面に両手を突くと、

「訴えたき儀、これあり。なにとぞお聞き届けを」

一段と声を張り上げて言った。

「ならん」

「ならん」

徒士たちは手をふって追い払おうとする。

先を進んでいた駕籠の行列が止まった。老人の声が耳に届き、家康が停止を命じたらしい。

駕籠の家康から指示を受けた近習が、老人へ近づいて、

「異例ではあるが、御上がご覧くださるそうだ。訴状をこれへ。その方は、その場に控えるように」

と訴状を取り上げ、駕籠へ運んだ。

駕籠の中で訴状を読んだ家康は、

「中原へ戻る。男も連れて参れ」

と命じた。

家康の行列は早駆けで中原御殿へ戻った。

御殿に入った家康は、そこに数日間留まった。その間、使者が何度となく、江戸と中原の間を往復した。使者といっても只者ではない。土井利勝や板倉重宗などの幕府の重鎮たちだ。秀忠と家康の間で連絡が頻繁に交わされた。一方で、家康の到着を待つ小田原城の大久保忠隣のもとへはなんの連絡もなかった。

家康に駕籠訴をした老人は、馬場八左衛門といい、もとは甲斐武田氏の家臣であった。武田氏滅亡後に徳川家の家臣となり、家康の五男信吉《のぶよし》が武田氏を継承するとその支配下に入った。慶長八年（一六〇三）に信吉が死去にともない家中に争いが起きると、八左衛門はその責任を問われ録を失い、大久保忠隣に預かりの身となった。

今回、この八左衛門が差し出した訴状には、大久保忠隣に謀叛の企みがあると記されていた。大坂の豊臣秀頼と内通しているという。

秀忠、家康間の連絡は、おもに事実関係の確認と見られた。あるいはそう見られるよう行動した。

そして、一定の結論に達したのか、家康は小田原へは向かわず、江戸へ引き返した。

家康が江戸に戻った数日後、小田原の大久保忠隣には、幕府より京にひそむキリシタン追放の命令が下った。

命令を受けた忠隣は、すぐに支度をととのえ、上洛の途についた。

京にキリシタンが跋扈《ばっこ》していることに関し、以前より幕府でも対応策が計られていた。だから今回、忠隣がキリシタン禁圧の総指揮官に命じられたことは不思議でない。

ただ、小田原から今日までの道中、忠隣の心には灰色の霧がかかって晴れなかった。

大久保長安事件以降、忠隣の周囲ではどことなく寒々しい風が吹きはじめている。

土井利勝、酒井忠世など、若年の幕閣たちの態度がよそよそしくなったように感じられる。江戸の屋敷にいても、以前なら大名や旗本からの頼みごとを聞くだけで休む暇のないくらいだったのが、事件のあと、めっきり訪問者が減った。長安事件に連座しないことがあきらかになったあとも、忠隣を取り巻く冷ややかな空気が薄れる気配はない。

先日は家康が突然、小田原城への来訪を取り止めた。江戸で急用ができたとのことだったらしい。

一つひとつは、取るに足らないことで、気に病む必要もないのかもしれない。おそらく長安事件の大騒動の余波で、自分を含め誰もが神経質になっているのだろう。時がたてば、いずれみな落ち着く。

京に入る手前、遅れて小田原を発った家臣が報せを持ってきた。

「馬場八左衛門が姿を消したようにございます」

「姿を消したとは、どういうことだ」

忠隣は首をかしげた。

八左衛門の歳は八十近いはず。ひょっとすると超えていたかもしれない。いずれにしても、そうとうの老年で、大それたことを仕出かすとは考えられなかった。

忠隣はその身柄を預かっていたが、わりに自由にさせていた。外出は制限していたが、きびしい監視をしていたわけではない。時おり見回りに様子を確認させていただけだ。その見回りはかなりの間、不在に気づかなかったという。

「近ごろ、何度か縁者を名乗る者が訪ねてきていたそうです」

人との交流も完全には禁じていなかった。親類か昔の家来でも顔を見せたのだろうか。その者のもとへ身をよせたのか。しかし、断りもなく出て行くのはおかしい。

「行き先に思い当たる節はないのか」

「身の回りの世話をしていた下人の話では、近く罪を解かれ、旗本に取り立てられるなどと申していたそうで」

謎の来訪者になにか吹き込まれたのか、八左衛門の勘違いなのか、少なくとも忠隣は、そんな話は聞いていない。

（まあ、大事にはなるまいが）

仮にも馬場八左衛門は罪人である。その失踪の事実だけは、秀忠と家康の耳に入れておいた方がいいだろう。

「老人の足ゆえ、遠方には行っておらぬはずだ。周囲の者に聞いて、心当たりを探させよ。わしは御上にこのことをお伝えする」

そう告げて、ことの次第を記した手紙を家康と秀忠に送り、その後この件については、さして気にもかけなかった。まさか八十前後の老人の失踪が、自分を陥れる策謀に関係しているとは夢にも思わなかったのだ。

京に到着した忠隣は、すぐに庶民の生活の様子を調べさせた。目的は市中にひそむキリシタンの動向だが、あまりそこに焦点を絞っては、危険を察してキリシタンたちが捕縛の前に逃亡してしまう。ひろく世の風向きを探ったわけだ。

そこで上がってきた報告を聞いて意外の感に打たれた。市中では江戸と大坂の間で合戦がはじまるとの噂でもちきりだという。気の早い者は、すでに貴重品を洛外へ移送しているらしい。

幕府の重職の上洛に、京の民が神経質になっている様子がうかがわれる。

（しかし、それにしても）

民の間でさえ、徳川と豊臣の手切れが近いとの見方が広がっているのだ。

家康と近い板倉勝重支配下の洛中で、戦の機運が高まっているのは、それなりの根拠があってのことと思われる。

（おそらくは）

家康の命を受けて、京都所司代の勝重がひそかに戦の準備をはじめている。たとえ公然でなくても、商業都市の大坂と京では、かすかな気配を敏感に察する者がいる。それが市中に伝わり、不穏な空気となって広がったのだろう。

家康が大坂との開戦を望んでいることは、まだ幕府内でも極秘事項のはずだった。それが上方では、なかば公然の秘密のように世間でささやかれている。事態はそこまで進んでいた。

（それはいい）

だが、問題は自分がその事実をまったく知らなかったことだ。

家康と秀忠は、自分の知らないところで、大坂攻撃の時期について相談をしているのだろうか。

（もし、そうだとすれば）

その連絡を取り持っているのは、本多正信をおいてほかにない。

にわかに背筋が寒くなってきた。

家康は、忠隣が大坂の秀頼や西国大名と親しいことを、内心不満に思っている。豊臣との手切れの前に、内部の親大坂派の巨魁《きよかい》である忠隣を除くつもりではないのか。大久保長安事件はその手はじめだったとは考えられないか。

（さようなことは、ありえぬ）

自分ほどの大物が失脚すれば、幕府に激震が走る。もし、家康が近く大坂との決戦を考えているなら、そんな悪手を打つはずがない。

自分には将軍秀忠という絶対の後ろ盾がある。家康としても二代将軍と仲違いをしてまで、この忠隣を排除しようとは思わないだろう。

（されど……）

家康の動きを承知していながらそれを忠隣に伝えなかったのは、秀忠がすでに家康に取り込まれている証といえないか。

（ばかなことを）

なぜ、秀忠が自分を裏切る。秀忠が将軍の座を得られたのは、忠隣の擁護があったからだ。あの律儀者の秀忠が恩人を陥れるはずがない。

（はたして、そうだろうか）

自分に言い聞かせたそばから自信が揺らぐ。

人は変わるものだ。後継者に推してもらった直後は涙を流さんばかりに感謝をしていた秀忠も、すでに将軍になって数年が経過した。いくつもの大きな事業をみずから手がけ、自信もつけたことだろう。忠隣の存在を、煙たく感じるようになったとしても不思議はない。

（やはり）

状況を冷静に判断すると、秀忠が自分を切った可能性が高い。そう考えると、最近の様々な変化にすべて説明がつくのだ。

もし、家康と秀忠が手を結んだとすれば、忠隣に逃れるすべはない。最高権力者はその気になればなんだってできる。自身がそれに近い場所にいただけによく分かる。たとえ幕閣であろうと、謀叛の濡れ衣を着せて失脚させるなど容易なことだ。

（とすれば）

じたばたしても仕方がない。この先、何が起ころうとも見苦しくない振る舞いを心がけることだ。


忠隣はみずから配下を率いて洛中をめぐり、南蛮寺を破却し、すでに居所を調べ上げていた信徒たちをすべて捕え、改宗を強制した。ほとんどの者たちは改宗を誓ったが、頑固にも棄教を拒んだ一部の信徒にはむち打ちをし、財産を没収したうえで洛外追放に処した。

家康と秀忠が忠隣を陥れる、というのは現時点ではまだ臆測の域を出ない。忠隣の思い過ごしかもしれないのだ。

忠隣としては審判が下るその瞬間まで、落ち度のないよう役目を全うするほかない。きびしく異教徒たちを取り締まった。

キリシタン追放と南蛮寺の破却をほぼやり遂げ、数日後には小田原へ戻るという夜のことであった。宿所である寺院の僧侶と将棋を打っていると、所司代の板倉勝重が訪れてきた。

「公用であるのか」

取次の近習に質すと、さよう申されておりますとの返事である。

忠隣はやや上に顔を向けたまま瞑目し、

「しばらく待たれるよう伝えよ」

と近習に告げると、そのまま将棋を続け、勝負がつくとようやく衣裳をあらため、勝重に面会した。

「上意であるか」

と質すと、勝重はかたい表情で、

「いかにも」

と答えたので、忠隣は下座についた。

勝重は懐から取り出した老中奉書を広げ、かしこまる忠隣に読み聞かせた。小田原六万五千石の所領は没収、近江国に配流という内容であった。勝重が奉書を読み終えると、忠隣は畳に手をついて、ひと言の質問も抗弁もせずに、

「恐れ入り申した。謹んでお受けいたす」

とだけ答えた。

彦根城主、井伊直孝《なおたか》の預かりの身となった忠隣は、あらためて栗太郡中村郷に五千石の知行地を与えられ、余生を送った。

大久保家は徳川家累代の忠臣の家系ゆえ、忠隣の孫で家康の曾孫にあたる忠職《ただもと》に大久保家の家督相続が認められたが、忠隣自身には終生許しが出ることはなかった。

後年、家康も死去してさらに数年が経ったころ、井伊直孝が忠隣に諮った。

「貴殿が濡れ衣を着せられたのは、誰もが知っている。神君も隠れられて久しく、ご赦免の頃合いであろう。もともと貴殿は御所とは格別の間柄。今もってお許しの沙汰がないことこそ面妖。それがしから御所に取り次いでもよいが、いかがであろう」

忠隣は微笑みながらゆっくりと首を横にふり、

「もし、それがしの罪がなきものとされれば、それはすなわち神君が見誤ったとの証にござる。さような不忠を臣なる身で申し立てるなどでき申さぬ」

と申し出を断った。

直孝は忠隣の真心に打たれ、大いに感心もし、周囲にこの話を広めた。回り回って評判となったこの話を耳にした秀忠と忠隣は、ただ苦笑するばかりだった。

願い出ることなどありえず、仮に願い出たところで赦免などありえないことを、このふたりほど知っている人間はいなかったのである。

大久保忠隣失脚の余波は決して小さくなかった。先年の大久保長安一族の粛清に続いてのことだけに、幕府内の動揺も深刻であった。華麗な系列を誇る大久保一族の長の失脚に、どれほど連座が出るか、誰しもが疑心暗鬼に陥らざるを得ない。

家康は忠隣改易と同時に小田原城から大久保家臣団を排除し、城代をおいて守りを固めた。

さらに家康は、江戸で要職にあった八名に対し、家康と秀忠への忠誠と、今後の忠隣との絶交を、誓詞の提出をもって約束させた。この時、誓詞を提出したのは、土井利勝、酒井忠世、酒井忠利、安藤重信、水野忠元、井上正就《まさなり》、米津田政《よねきつたまさ》、島田利正の八名である。土井と両酒井、安藤は幕閣、水野、井上は秀忠の側近、米津、島田は江戸町奉行であった。

事実上、幕府の首座にあった忠隣の更迭を強行し、幕府の要職たちに家康への服従を求めたことの意味は大きい。

誓詞はこれからはじまる家康の人生最後の大事業への、全面的な協力を約束するものだ。

「ようやくこれで」

家康が何度も目を通した八枚の誓詞を前に、そうつぶやくと、

「前に進めますな。一丸となって」

本多正信が応じた。

もとより家康側近の駿府衆は一枚岩だ。大坂と手切れとなれば、全精力をあげて決戦に臨むことに疑いもなかった。

不安要因だった江戸の幕閣、ことにその中核にあって親大坂派であった大久保忠隣は失脚した。八名が今回、求めに応じてただちに誓詞を提出したことからも、忠隣失脚がよほど楽になったと思われる。秀忠も家康の覚悟のほどを思い知っただろう。

これで大坂と対峙しても、足の引っ張り合いや横槍が入る心配はなくなった。

(それにしても)

遠回りをしたものだ。

大坂打倒を決意した慶長十六年(一六一一)の二条城の会見から三年の歳月が過ぎて

しまった。

岡本大八の不祥事から、大久保長安一族の不正の摘発、今回の大久保忠隣の改易まで、めまぐるしいまでに事件が続いた。岡本大八事件は家康が関知しない不慮の出来事だったが、あとのふたつは家康が自身の意思をもって引き起こした事案だ。

そのために徳川家中に少なからぬ混乱を巻き起こした。しかし、これは徳川家中から異物を取り除くために必要な混乱だった、と今、家康は確信をもって言える。

「さはさりながら、もはや一刻の猶予もなりませんぞ」

正信は見開いた目を家康に向けて言った。少し前までは目を細めて家康を見ていた。その方がよく見えると言っていた。それがこの頃は、目を見開かないとものが見えにくいとこぼしている。耳もいち段と遠くなったようで、聞き返されることが多くなった。

(互いによくもまあ)

ここまで生き延びたものだ。家康は七十一、正信は七十六になった。

しかし、この幸運がいつまでも続かないのは自明のことだ。近ごろ重要な考え事に取り組んでいても、いつのまにか思考をどこかに置き忘れ、ぼんやりしていることとある。体力、気力の衰えは確実に進んでいる。あとはもう時間との戦いだ。

「ただちに取りかかるよう、所司代にお命じなさいませ」

かさねて正信が促すと、

「承知しておる。多少、無理筋でも構わぬ。いそぎ仕掛けるよう命じる」

家康は正信の耳にも届くよう、大きな声で言った。

第三章　鐘銘事件

一

慶長十九年（一六一四）七月、方広寺《ほうこうじ》の鐘銘問題がまだ事件化する少し前から、片桐市正《いちのかみ》且元はこれは容易ならぬ事態となりうると憂慮していた。それほど幕府内の風向きの変化が怪しく感じられていたのである。

この年のはじめ、畿内でキリシタン追放が断行された。大坂では且元が家康の意向を受け、市中の教会の破壊、宣教師の逮捕を指揮した。京には幕府の重鎮の大久保忠隣がみずから乗り込んで指揮に当たることになった。

ところが、入洛して、弾圧に着手してほどなく、忠隣は改易となった。

改易の理由は不明だが、噂では将軍秀忠との不仲、忠隣が身柄を与っていた武田旧臣による謀叛の訴えなどがささやかれていた。前年の、大久保長安事件との関連も取りざたされている。

いずれにせよ幕府の大立者の失脚は、徳川家内で大きな政治的変動が起きている兆候にほかならない。大久保忠隣が豊臣家や西国大名に対し融和的であったことから、この変動が豊臣家や且元にとって大きな試練となるのも間違いなかろう。

じっさい、忠隣失脚の前後から且元は、日々接触する幕臣の態度に、ある種の隔たりが生じていることを感じていた。それは比較的下級の役人にはなく、幕府の老中や家康の側近たちに顕著であったから、上層部でなんらかの意思決定があったことを予感させた。そのため、忠隣の失脚に且元はより危機感を高めたのだった。

それから数カ月、且元が頭を痛めていたのが、方広寺の大仏開眼供養と大仏殿供養の開催だった。

もともと方広寺の大仏は豊臣秀吉により、文禄四年（一五九五）に造立されたものだ。永禄十年（一五六七）松永久秀の焼き討ちで焼失した東大寺の大仏にかわる大仏の造立を、秀吉が思い立ったのが天正十四年（一五八六）。大仏と大仏殿の完成まで十年をかけた大事業であった。

この時造立された大仏は木製で、六丈三尺（約十九メートル）の高さだったという。しかし、この大仏は慶長元年（一五九六）に発生した大地震で瓦解した。

秀吉の死後、豊臣秀頼の命令、事実上は淀殿の意思で、大仏の再建がはじまった。今回の大仏は銅造りであった。ところが慶長七年（一六〇二）鋳物師のあやまちで流し込んだ銅がもれ出たため大火災が発生し、途中までできていた仏像は崩落、先の大地震にも耐え抜いた大仏殿を含めてすべて灰燼《かいじん》に帰してしまった。

これにはさすがの淀殿も落胆し、事業の中止も考えたが、この時、淀殿を励まし、事業の継続を勧めたのが家康であった。

むろんこれは家康の親切心などではなく、大坂城内に貯めこまれた莫大な秀吉の遺産である金銀を消費させるのが目的であった。それが証拠に、大仏再建費は秀頼がすべて負担し、家康は普請の指揮を執るという役割分担であった。まだ幼かった秀頼をかかえ、心細い未亡人の信心にまんまと付け込んだわけである。

慶長十三年（一六〇八）再建が正式に公になり、翌年から再開された大仏の造立は、今度は順調に進み、慶長十五年（一六一〇）に地鎮祭と立柱式、慶長十七年（一六一二）には大仏に金箔が貼られ、ようやく今年慶長十九年（一六一四）梵鐘《ぼんしょう》が完成し、ほぼすべての事業が終了したのであった。

且元は秀吉時代からこの方広寺の大仏事業に関わっていた。とくに慶長十三年の事業再開からは総奉行となり、普請の監督や徳川側との折衝などに心を砕いてきた。梵鐘が完成すると、南禅寺の長老、文英清韓《ぶんえいせいかん》に梵鐘の銘の選定を依頼した。さらに且元は、みずから駿府におもむき、事業の完成を家康に報告した。

家康はこれまでの且元の労苦をねぎらったうえで、

「供養の日は八月三日とすべし」

と命じた。

今回の供養は、大仏の開眼供養と大仏殿の堂供養のふたつである。この供養をおこなうことで、大仏や大仏殿がただの建造物でなく、魂の入ったご本尊となる、きわめて重要な儀式であった。

この指示を受けて京へ戻った且元は、各方面に根回しをした。供養の導師を天台宗妙法院の常胤法《じょういんほう》親王と真言宗仁和寺の覚深《かくしん》入道親王の両門跡とする勅許を得て、さらに供養に参列する人名とその席順も家康に報告し、許可を求めた。と言えば簡単なようだが、天台宗と真言宗、双方の門跡のどちらを上座にするのか、南光坊天海《てんかい》が問い合わせてきて、もし天台が上座でなければ自分は出席しないとごねたり、真言宗の中でも各寺院間で座席争いが起きたり、その収拾のために且元は洛中を駆けずり回り、寿命が縮まるほどの苦労をしたのだった。

ところがとつぜん家康は、大仏の開眼供養と堂供養の日を別にすることを命じてきた。すでに七月も半ばになろうとしている。ここまで家康の指示で八月三日に供養をおこなうとして、さまざまな方面へ折衝をし、その日に向けて細々と準備をかさねてきた。それをこの期におよんでご破算にし、もう一日、別の日を設定せよと、横車を押してきたのだ。

家康の内意を探るべく、本多正純と連絡をつけると、開眼供養を八月三日、堂供養を八月十八日と望んでいることが分かった。

供養を二回に分けさせるのは、それだけ出費をかさませる家康の企みか。

且元にしても、さいしょからこの大仏再建事業を通じ、家康が豊臣家の財政悪化を狙っていることは承知している。そのうえであえて家康の意を汲んで、湯水のように金銀を投じてきた。それで家康の秀頼に対する猜疑心が少しでも薄まるのなら、多大な出費も決して無駄ではないと思ったからである。

その延長線で考えると、今回の家康の嫌がらせのような命令も理解はできる。これまで投じた金銀にくらべれば二回分の供養の掛かりなど知れたものであるし、参列の門跡、高僧、公家たちには且元が頭を下げて回われば、了解を取り付けることも不可能ではないだろう。頭などいくら下げても減るものではない。この且元の額を地べたにこすりつけて片づく話なら、いくらでもこすりつける。地面に叩きつけたっていい。

しかし、問題は家康が指定した八月十八日という日だ。この日は故太閤秀吉の十七回忌にあたり、豊国社で臨時大祭をおこなうことになっている。それはとうぜん、家康も承知しているはずだ。

「大御所はなぜにかよう、無理難題ばかり仰せになるのか」

且元が大坂城本丸御殿へおもむき、状況の報告をすると、淀殿は怒りと当惑がないまぜになった複雑な表情をした。隣に並ぶ秀頼は表情を変えず無言でいる。内々の相談なので、ほかには淀殿の乳母で側近でもある大蔵卿が同席しているだけである。

「市正、そなた、大御所の意中について、なんぞ存念はないのか」

淀殿はかさねて問うた。

かねてより幕府や家康から豊臣家へ大小さまざまな圧力がかけられていた。しかし、今回の注文には、これまでより悪意の度が増しているように淀殿にも感じられたのだろう。先行きを心配している。

これに関して、且元もある暗い予感を持っていたが、

「今はまだ、なんとも分かりかねます」

と答えた。

これまでも家康は押したり引いたり、さまざまな駆け引きを繰り出してきた。今回もいったん難問を突き付けて困らせておいて、あっさり引いてくるかもしれない。あまり悲観的な想像を先走らせ、淀殿をおどかしても仕方がない。

「それでは、大御所にはなんとご返答されるおつもりですか」

横から大蔵卿が質した。

「十八日の臨時大祭はどうあっても動かせませぬ。ですから八月の三日の早朝に開眼供養をし、堂供養は同日に続いておこなうとのことで、ご了承をいただきます」

「それで大御所は得心されようか」

淀殿が言った。

「大御所の御意は、それがしには計れませぬ」

且元は正直に答えた。じっさい、家康が次にどんな挙に出るかまったく想像がつかない。そうであれば、こちらは出来うるかぎり筋道を通し、付け込む隙を与えないことが肝要だ。

「三日に両供養をおこなう旨、所司代の伊賀守にも伝え、大御所への書状への連著も頼みます」

決して無理な願いではない。これで家康も矛を収めるはずだ。おそらく、きっと。

家康へ書状を送り、その返答を待っている間も、且元は精力的に動き回り、開眼供養と堂供養の準備を進めた。式典には全国から数千の僧侶たちが集まってくる。その食事や宿泊の手配、式典の段取り、警備など、心配しなければならないことは山のようにあった。

家康がもし、どうしても両供養を別日にするよう再度言ってきた場合に備えて、十八日以降の吉日をひそかに調べさせてもいた。門跡をはじめとする高僧たちを、ふたたび集めるのは容易なことではないが、家康が引かなければ、再調整するほか手立てがない。

家康からの返答が、どうか穏便であるようにと祈る気持ちで待っていると、京都所司代の板倉勝重から急ぎの使者が来た。至急会いたいという。

且元が所司代屋敷に駆けつけると、勝重は重苦しい表情で迎えた。話を聞く前から、ただならぬ事態であることだけは想像がついた。

「大御所は供養を取り止めるよう仰せである」

挨拶もそこそこに、勝重は言った。

悪い報せを覚悟していたにもかかわらず、且元は胸を槍でつらぬかれたような衝撃を覚えた。三日の両供養の同時実施は許さず、どうしても三日と十八日に分けよとの命令が、いちばん可能性が高いと思っていたから、供養取り止めはそれを上回る最悪の返答ではあった。

「なにゆえ……」

且元はあえぐように尋ねた。

勝重は、家康の近習で勝重の次男でもある板倉重昌《しげまさ》からの書状を取り出し、

「一に、大仏の鐘の銘の中に、御上に対して不吉な文言があること。一に、大仏殿の上棟式が八月一日に執り行われるが、一日は大御所の厄日である」

と読み上げ、この二点に家康が立腹しているらしいと告げた。

且元は狐につままれた思いだった。これまで両供養の日取りに神経をすり減らしていたところ、まったくの別方向から大筒を撃ち込まれた。

二番目の理由の、一日が家康の厄日だとははじめて聞いた。うかつと言えばうかつだが、これは日をずらすことで対処できるかもしれない。しかし、問題は一番目だ。鐘銘に家康に対する不吉な文言があるとは、なんのことだかまったく分からない。

そもそも梵鐘が完成し、その報告に且元が駿府に行った時、銘文の写しも提出している。その時はなにも注文はつかなかった。にもかかわらず数カ月たち、供養の直前になってそれを持ち出すのはなぜか。

今、急に問題箇所が見つかったのではなかろう。前々から分かっていて、この時期に狙いすまして、矢を放ってきたのだ。

(しかし)

その意図はなにか。豊臣家が総力を挙げておこなう大事業の式典を取り止めろと言うのは、単なる嫌がらせの範疇をこえている。豊臣家の威信を地に落とすのが目的なのか。

これまでの苦労を思えば、且元は泣けるものなら泣きたい気持ちだ。

「三日の供養まで、あと幾日もござらん。今の今になって鐘の銘の文言が不吉だと申されても、手の打ちようがない。ともかく三日の供養だけはさせてもらえぬか。鐘銘については、後日、吟味して、まことに不吉ならその文言を削り落として別の文に直せばよいではないか」

もう数千の僧侶のほとんどが入洛し、参詣の庶民も万単位で各地から集まってきている。供養が突然中止となったら、いったいなにが起きたのかと、動揺が広がろう。京の治安を与る勝重にとっても、それは決して望ましい事態ではあるまい。

しかし、勝重は重苦しい顔で首をふった。

「大御所がはっきりと、両供養をおこなうことはまかりならぬと仰せだ。われらの立場では、これに従うしかあるまい」

仰せごもっとも、と言えればどれほど楽なことか。だが、今回の事業には豊臣家の意地がかかっている。これを家康の横槍で潰されたとなれば、両家の間には決定的な溝が生まれてしまう。

「伊賀守、すべての責任はわしが取る。もし、供養をおこない、大御所が立腹されれば、わしが腹を切る。だから、なんとか三日の供養だけはぶじ終わらせてくれ」

且元は床に手をつき、頭を下げた。

これまで且元と勝重は仕事を通じ、長い付き合いがあった。だから且元の置かれた苦しい立場は勝重にもよく分かっている。

勝重は且元の手を取って言った。

「頭をあげられよ、市正。先に申したようにこたびのことは、われらにはどうにもならぬ。たとえ、そこもとが腹を切っても仕方のない話だ。そこをよう了見されよ」

勝重の言うとおり、家康の一言は今や絶対で破壊的な力をもつ。天から落ちてくる稲光のようなものだ。いったん雷鳴がとどろけば、何人たりともそれを避けることもはね返すこともできない。

且元は暗澹《あんたん》たる思いで所司代屋敷を辞し、急ぎ大坂へ戻った。

大坂城本丸の御内所に、秀頼、淀殿母子のほか、織田常真、織田有楽斎、大野治長《はるなが》、速水守久《はやみもりひさ》が顔をそろえている。

両織田は豊臣家重鎮の相談役、大野治長は淀殿の乳母である大蔵卿の長男で、豊臣家中で大きな発言力をもっている。速水守久は豊臣家旗本の中核をなす七手組の筆頭人であった。

極秘の相談ゆえ、最小限の人選をし、小姓や腰元たちも控の間に下がらせている。

且元が板倉勝重から伝えられた話を打ち明けると、あまりのことに一同声を失った。

しばらくの沈黙のあと、織田常真が言った。

「鐘銘の不吉の文言とはなにを指しているのか、分かっておるのか」

「分かりませぬ。銘を記した南禅寺の清韓を呼び、ことを質しましたが、師も分かりかねると。今、駿府に問い合わせているところです」

京から帰って且元もすぐ、銘文にあらためて目を通したが、もともと学のない且元には、皆目見当もつかなかった。

「して、大御所の仰せのとおりに供養は取り止めにせねばならぬのか」

淀殿が、且元と常信と有楽斎の三人を見比べるように見ながら尋ねた。

常信と有楽斎の視線に押されて、且元が口を開く。

「それがしも伊賀守に、なんとか供養だけは執り行えるよう頼みましたが、大御所がはっきりと取り止めを命じているうえは、認められぬと」

淀殿は唇をかみしめている。淀殿も今回の式典にはつよい思い入れがあっただけに、家康のたびかさなる横槍には腹を据えかねているようだ。

「もはや、ことは供養云々ではない」

不満げな淀殿を諫めるように、有楽斎が言った。

じっさい、すでに一日の上棟式と三日の開眼供養は中止を決め、現在、京で板倉勝重と且元の実弟の片桐貞隆《さだたか》が、後処理に当たっている。おそらく洛中は大混乱のさなかであろう。

淀殿をはじめとする豊臣関係者の思いとは関わりなく、供養はすでに取り止められた。問題は次の段階に移っている。

「今、われらが考えねばならぬのは、大御所の勘気をいかに解くかだ。御家の大事はこの一点にかかっていると申しても過言ではなかろう」

重い有楽斎の言葉だった。

もし、怒りが収まらなかったら、家康はこの大坂へ戦を仕かけてくる。

重苦しい空気がそこにいる全員を包み込んだ。

「大御所に釈明すればよい」

淀殿が言った。

もとより、家康を怒らせる意図をもって清韓に鐘銘を書かせたわけではない。もし家康が立腹しているとしても、それは誤解から生じたものだろう。こちらの誠意が伝われば、怒りも和らぐはずだ。銘文の問題部分を手直しして、最悪でもひと月かふた月遅れで供養をおこなえるのではないか。

淀殿の願いが、きわめて甘い見通しであることを、この場のほとんどの人間が知っていたが、あえて口にする者もいなかった。

いずれにせよ、大至急、釈明のため駿府へ行く必要はある。

「それがしが清韓とともに駿府へ発ちます」

且元は言った。

銘文の問題箇所はまだ不明だが、それが分かるまで大坂で待っていては、すべてが手遅れになる。ともかく今は少しでも早く家康か、家康の側近に会い、向こうの心中を探り出すことだ。それによって、早急にこちらの対応策を練る必要がある。

「ご苦労だが、よろしく頼みますぞ。大御所にはよくよくわれらが赤心を伝えてたもれ。わらわのもとからも別に使者を遣わそう」

戦の悲惨さを身をもって二度も体験している淀殿は期待を込めて、且元にねぎらいの言葉をかけた。

表の外交のほかに、さまざまな伝手を使って交渉事をおこなうのは、珍しいことではない。とくに豊臣家と徳川家は、将軍秀忠の正室が淀殿の妹江であり、秀頼の正室が秀忠と江の娘千姫という親戚同士である。それだけでなく、家臣たちにも親兄弟や従兄弟で両家にまたがり仕えている者が数多くいる。地縁、血縁で何重にもつながっているのである。

いったん戦となれば、そこから情報もれする恐れもあるが、和平を探る時には頼もしい絆となる。

そのため且元も、淀殿が独自に使者を出すことを、この時点ではとくに問題とは認識しなかった。

「大方様にまでお手数をおかけし、恐縮にござる。ではそれがし、取り急ぎ屋敷にもどり、出立の支度をいたします」

屋敷に帰って、且元が駿府出立の支度を家臣たちに命じていると、来訪者があった。

隣屋敷の織田常真だった。

常真は且元の駿府行をねぎらったうえで、表情をあらためて切り出した。

「そこもとは、こたびの大御所のなされよう、いかが思っておる。先ほど、大勢の前では申せなかっただろうが、腹蔵のないところを聞きたい」

常真は若き日には粗忽者と言われ、それが原因で身分も大所領も失う羽目になったが、四十代半ばを過ぎた今は、その反省からか、きわめて用心深い男になっている。

おそらく常真は、自身でも徳川方の人間と連絡を取り、なにかしらの情報を握っているはずだ。ここで且元がうかつに胸の内を明かせば、それがそのまま徳川方へ筒抜けになる恐れがあった。

「それがしのごとき小者には大御所のお心内など、今はまだ想像もつきませぬ。ともかく駿府へ参り、まずは上野介殿などから事情を聞き、当方の言い分も存分に訴えるつもりでございます」

当たり障りのない返事をしたが、まったくの嘘でもない。

家康の狙いについては、且元にもある程度の予測がついている。悪い予測だ。しかし、それが当たっているかどうか、やはりじっさいに家康かその側近に接触して、確認する必要があった。且元が駿府行を急ぐ理由だ。

常真は測るような目で且元を見つめたあと、

「なるべく早く戻って参られよ。大御所の心中がなんにせよ、城内では血気にはやった旗本どもが騒ぎはじめている。これを抑えるには、豊臣譜代の大名であるそこもとの存在が欠かせぬ」

大仏供養の件では、ことあるごとに家康に嘴をいれられ、淀殿のみならず、豊臣家中に大きな不満が溜まっている。今回の供養中止の命令で、暴発することを常真は恐れているのだ。それは決して杞憂とは言えなかった。

「それがしが居ようと居まいと、なにほどの違いもありますまいが、仰せのとおり、なるべく早く帰参するつもりでございます」

そう且元が言うと、常真はひとまず安心したように帰って行った。

常信に言われるまでもなく、自分が長く大坂を留守にするのが危険であるのは承知している。

織田常真と有楽斎は重鎮であるが、実務に通じているわけでもなく、もしなにか突発的な事件が起きた時、適切な対処ができるか不安である。大野治長も速水守久も豊臣家を背負って立つほどの実績がない。

秀吉がまだ木下姓を名乗っていた時からの家臣である且元であればこそ、家中への睨みがきくということは確かにある。

しかし、その且元といえども、豊臣大名の中では下位の存在に過ぎない。秀吉の晩年にようやく一万石を得て、大名に列したものの、武将たちを統率して戦の指揮をしたことはなかった。

関ヶ原のあと、家康から加増され、二万八千石の領主になった。それでも五十万石前後の所領をもつ加藤清正、福島正則、浅野幸長、黒田長政などの主たる豊臣大名との差は大きい。しかし、かれらはいずれも遠方に領地を与えられ、いざという時、豊臣家の助けになるか不安があった。しかも、清正は慶長十六年（一六一一）に、幸長は慶長十八年（一六一三）に死去し、加藤家と浅野家は代替わりをしている。世に豊臣大名と目されている家でも、確実に豊臣色は薄まっているのであった。

これらのことはすべて豊臣家の地位の地盤沈下が進んでいることを示していて、それがいっそう豊臣家中の不満の熱量を高めているのだった。

最近では譜代の且元にさえ、徳川との関係の緊密さをあげつらい、猜疑《さいぎ》の目を向ける者が出はじめているらしい。

（おろかな）

徳川と親密にならずして、どうして今の豊臣家を保っていけるというのだ。銘文に不吉の文言があったか否かは、おそらく今回の問題の本質ではない。家康は、鐘銘にことよせて、今までの豊臣家との関係を清算し、変革を断行しようと考えているのだ。豊臣家に同情的であった幕府の重鎮である大久保忠隣の突然の失脚や、ここ最近の傲慢とも思える家康の振る舞いをみれば、そうとしか思えない。

とすると、いちばん大切なのは、家康が最終的な落としどころをどう考えているか見きわめることだ。

大坂城を攻め、豊臣家を滅亡させるまでの覚悟をもっているとしても、それは最終手段だ。おそらく秀頼から大坂城を取り上げ、減封をして、ただの一大名として幕藩体制下に組み入れようとするだろう。

今回の駿河行の目的は、家康が豊臣家に対し、どこまで要求してくるかを探ることにある。

且元としては、豊臣家を永続させ、秀頼に天寿を全うさせたい、そのうえで少しでも高い地位にとどまらせたい。

家康が想定する決着点を高く見過ぎても、低く見過ぎてもいけない。正確に値踏みをし、多少の駆け引きもし、少しでも豊臣家に有利な回答を引き出すのだ。

豊臣家と秀頼の将来は、自分の双肩にかかっている。

家康という巨人に対し、どこまでやれるか分からない。しかし、ともかく豊臣家のために最善を尽くすしかない。

且元は悲壮な決意を胸に秘め、大坂を出立し、家康の居城がある駿府へ向かった。

二

大久保忠隣を失脚させ、大坂への攻勢の準備は整いつつある。しかし、大坂へ仕かける口実がなかなかつかめないことに、家康はいらだっていた。

すでに三年前、秀頼を大坂城から引っ張り出し、二条城で対面をすませている。今回はそれより大きな一歩、すなわち、大坂城を秀頼から奪い取り他国へ移封させる、そのための大義名分が必要だった。

家康は京都所司代の板倉勝重や側近の本多正純たちに、豊臣家のどんな小さな過失も見逃さず、もしなにかあればすぐに報告するよう命じていた。

しかし、豊臣家もそこは慎重にふるまっている。徳川家と豊臣家の間にも、目下、大きな争い事があるわけでもない。そう簡単に戦を仕かける種が転がっているはずもなかった。

大久保忠隣の失脚からひと月たち、ふた月たっても取っかかりが見出せない。

若いころの家康なら、じっくりと構えて一年でも二年でも機会が訪れるのを待っただろう。しかし、今はそんな悠長なことをしている余裕はない。

「なにかないのか。伊賀守からなんぞ報せは届いていないか」

いらだたしげに側近や近習たちに当たり散らす。

家康としては、もう秀頼が箸を転がしても、それを口実に戦を仕かけたいほどの焦燥感に駆られていた。

そんな一日千秋の思いで待つ家康のもとに、ようやく朗報がもたらされた。

現在、豊臣家が総力を挙げて取り組んでいる大仏の鐘銘の中に、不吉の文言が紛れているというのである。

梵鐘の完成の報告に来た片桐且元が提出した銘文の写しに、目を通した役人のひとりが家康に報せた。

家康はすぐに金地院崇伝《こんちいんすうでん》を呼び、銘文を検めさせた。崇伝は家康のもとで宗教政策や外交文書の作成などを取り仕切っている側近のひとりである。

「たしかに文中の『国家安康』の文言は、国の大幸を願うをよそおい、おそれ多くも大御所様の諱を逆しまにし、さらにふたつに分断したもので、不届きと申せましょう。それとは逆に、『君臣豊楽』の文言は、豊臣の繁栄を願うものと見えます。さらに大御所には諱を取り、豊臣は姓を記しているのも、徳川の家を軽んじている証と申せましょう」

崇伝の返答に、家康は踊り出したいほどの喜びを覚えた。

これは豊臣家を責める格好の口実となる。しかも文言の解釈であるから、相手がどんな言い訳をしようと、こちらが納得するまで解決はない。たとえ銘文を消去しても、さいしょに不吉の文言を入れた事実までは消せない。

家康は且元に会うと、機嫌よく大仏と梵鐘の完成を喜んでみせ、八月三日に開眼供養をおこなうよう命じた。

ぎりぎりまで供養の準備を進めさせ、最後の最後で奈落の底へ突き落す。供養には周到な準備と莫大な出費がかさむから、中止の決定は遅ければ遅いほど、豊臣家の痛手は大きくなる。

総奉行の片桐且元には気の毒だが、ここは損な役回りを務めてもらうしかない。徳川と豊臣の板挟みにして、両者決裂の発火点とするためにも、且元には厳しく当たって最大限の摩擦熱を生じさせる必要があった。

家康は実直な人柄の且元が嫌いでなかった。だからこそ豊臣の家老格として遇し、加増もした。洞察力もある且元だから、家康の意図を察し、淀殿と秀頼に大坂城を手放すよう説得するはずだ。それが通れば、それでよし。もし説得が不調に終われば、開戦の口実になる。どちらに転んでも、且元には利用価値があるのだ。

家康は開眼供養と堂供養の日取りでゆさぶりをかけたあと、満を持して鐘銘の件を且元に突きつけた。

この間に、家康は秀忠に、諸大名を江戸城の改修のために呼び寄せる準備に入るよう命じた。豊臣との交渉が決裂したら、すぐに開戦できるよう、江戸に大名とその家臣たちを集結させておくためだ。天下普請はこれまでも何度となく実施しているので、今回の召集が即、戦の準備と見透かされることはあるまい。

「市正が参るようでございます」

本多正純が報告した。

すでに文英清韓とともに大坂を出て、まもなく駿府の手前の丸子宿に着くという。

（さて）

どう料理したものか、家康は思案をはじめた。


且元は、大坂と駿府両方と連絡を絶やさず、駿府へ向かった。

途中、駿府留守居の家臣から、問題となっているのは、鐘銘のうち大御所を調伏する文言らしいと知らせが届いた。具体的には「国家安康」と「君臣豊楽」の二箇所だという。情報の出所は、家康の近習で京都所司代の次男である板倉重昌とあるから、たしかな話と見てだろう。

同行している清韓に質すと、当然のことながら、調伏の事実を否定した。「国家安康」も「君臣豊楽」も天下泰平の願いを込めた文言で、含意はないという。

おそらくその通りなのだろう。ただ、家康に付け入る隙を与える文言だったのがあだとなった。もっとも、鐘銘の文言にけちの付けようがなかったら、家康はほかのあらを探し出し、やはり責め立ててきたであろうから、鐘銘の手落ちを悔やんでも仕方のない話だ。

且元は清韓に、今の説明を徳川側へもするように言って、丸子宿の誓願寺に入った。

誓願寺に着いてほどなく、役人が来て清韓から話を聞きたいと言って、駿府へ連行した。

且元にはそのまま寺にとどまるよう沙汰があった。

役人たちの様子から、そうとう厳しい状況がうかがえたので、且元は家康には目通りを願わず、まず、本多正純に面会を求めた。第一の側近に会って、探りを入れるつもりであった。

折り返し、正純から屋敷へ来るよう報せが届いたので、且元は清韓より二日遅れで丸子宿を出立した。駿府に入るとその足で、すぐ正純の屋敷へおもむいた。

且元は本多正純とはこれまで役目上、さまざまな交流があり、親しい間柄であった。しかし、さすがに今回はことがことだけに、挙措や物腰がよそよそしく、一線を引く姿勢を明らかにしている。

すでに且元が、鐘銘のどこが問題だったか知っていると分かると、正純は且元の席の温まる間もないうちに、

「されば、これから金地院崇伝のもとへ参り、釈明されるがよかろう。崇伝からもそこもとに質す儀もあるようだ」

と言って立ち上がった。

正純とともに崇伝の屋敷へ行くと、崇伝はすでに待ち構えていた。そして且元が座に着くなり、すぐ鐘銘の文言について、大御所がいたく立腹していることを告げ、いかなる意図で梵鐘に「国家安康」と「君臣豊楽」の文言を記したのか、問い質してきた。

前もって正純と崇伝は、且元が来たらどう扱うか、打ち合わせをしていたのだろう。崇伝の追及にはよどみがない。

やはり、今回の問題が仕組まれたものであるのは間違いないようだ。とすれば、どん

な言い訳をしても、家康が満足するまで、攻撃はやまない。しかし、そうと分かっていても、主張すべき点は主張しなければならない。と同時に辞を低くして、許しを請う必要もある。勝ちはなく、いかに小さく負けるかという、難しい交渉だ。

「大御所がご不快の念を覚えたことは、まことに恐縮至極、いくえにもお詫び申し上げる。鐘銘の不吉の文言は、ご所望ならば削り、彫り直させましょう。しかし、銘文を作った清韓にも質したところ、ご公儀や大御所を調伏する意図はなかったと申しておる。また、それがしも豊家もさような邪心は毛頭いだいておらぬ。そのことは日々、よしみを通じている伊賀守をはじめとするご公儀の方々もご承知ではござらぬか」

最悪の事態を避けようと、且元は懸命に理を説き、情に訴えた。

しかし、崇伝は、問題にならないとばかりに首をふり、冷徹に言った。

「口ではいかようにも繕えよう。しかし、しかと文字に残っている以上、なまなかな言い訳は通ぜぬと心得られよ」

「無学のそれがしに、銘文について質されても、当否の分別はつき申さん。されど法灯の誉れ高い文英清韓が、かりそめにも大御所を呪詛、調伏する文言を織り込んだ銘文を、わざわざ作るとはあり得ぬことではありますまいか」

且元が開き直って強気に出ると、崇伝は言葉に詰まり、頬をふくらませた。すると横から正純が言った。

「文言の当否については、五山衆の結論がすでに出ている。今、清韓にはその五山衆の答申に基づき、取り調べをしているところである。いずれの言い分が正しいか、ほどなく明らかとなるであろう」

古くは南宋が天竺《てんじく》の故事に倣い、格式ある五つの寺を五山と称して保護した制度を、本邦では鎌倉幕府が取り入れて鎌倉五山を定めた。のちに京でも格式の高い寺院を五つ選定し、これを京都五山と称す。五山衆とはこの五山の高僧たちを指すものだ。

家康はわざわざ東福寺の守藤、天龍寺の令彰、南禅寺の宗最、相国寺の瑞保、建仁寺の慈稽たちに、銘文の写しを送り、意見を聴取していたのである。

当然、五山衆たちは家康の意図を察し、おもねった返答をするだろう。自分たちを差し置き、梵鐘の銘文を依頼された清韓に対する妬みもあるかもしれない。高僧、学僧などと言っても、しょせん人間だ。権力者には追従し、競争相手の足は引っ張ろうとする。

いずれにせよ、その偏見に満ちた意見書をもとに吟味をおこなえば、清韓がどれほど弁明に努めても結果は見えている。さいしょから奈落に落とすつもりで用意された舞台で、身の証を立てようとする清韓と且元の努力は、むなしい悪あがきに終わるだろう。

しかし、それでも少しでも豊臣家の立場をよくするために、あがき続けなければならない。

「大御所にお目通りし、みずからの言葉で豊家の潔白の証を申し述べたい」

と且元は要求したが、正純は首を横にふって告げた。

「まずはわれらでよく吟味をし、ことの次第を明らかにしたうえでなくば、お目通りはかなわぬ。今しばらく、この駿府にとどまり、沙汰を待たれよ」

その後も、正純と崇伝の呼び出しを受け、その都度、且元は釈明に努めたが、状況は変わらなかった。さまざまな伝手を使い、正純以外の側近にもとりなしてもらえるよう、依頼を続けたものの、はかばかしい成果は得られない。

そうこうするうちに、大蔵卿、正栄尼、二位の局ら淀殿の側近からなる使者団が駿府に到着した。

大蔵卿たちは、家康の側室で外交の役目も担う阿茶局《あちゃのつぼね》に、家康との面会の仲介を頼んだようである。このからめ手からの接触が功を奏したのか、大蔵卿たち一行は、ほどなく家康との面会を果たした。大蔵卿たちは駿府城内で丁重にもてなされたうえ、家康との対面でも鐘銘の話題は持ち出されず、きわめて友好的な交流に終始した。

大蔵卿たちが家康から饗応を受けていると知り、且元にもいささか焦りの気持ちが頭をもたげたが、ともかく家康が機嫌よく豊臣方の人間と接していることは悪い兆候でない。

（こちらは、こちらで）

正純や崇伝を相手に、誠意を尽くすまでだ。

そうして駿府で寧日なく、言い訳と謝罪に明け暮れていると、ある日、京にいた弟の貞隆から至急の使者が下ってきた。

大坂城で多くの浪人たちの召し抱えがおこなわれているという報せであった。このことは京でも噂になっているので、所司代の板倉勝重も調査に乗り出しているという。

「なんということだ」

使者の話を聞き、且元は思わず天を仰いだ。

今年に入り、京や大坂に多くの浪人たちが流れ込んで、増加の一途をたどっていた。大久保忠隣の失脚や、方広寺の大仏供養のいざこざなど、政情の不安をかぎつけ、仕官にありつく機会をうかがう輩が全国から集まっていたのである。

且元が大坂にいるおりから、すでにこの浪人たちを積極的に召し抱えようという声が、旗本衆の間から湧きあがっていた。日増しに強まる徳川方の圧力を、不安に、あるいは不快に思う者たちが、武力の強化で対抗しようと短絡的に考えたのである。

その時はいち早く且元が動き、「さても愚かな者どもよ。さような動きが、かえって豊家の存在を危うくすると気づかぬか」と、若い旗本衆を集めて一喝し、これを淀殿と両織田も支持したため、浪人の召し抱えは未然に防げた。板倉勝重にも、悟られることはなかった。

ところが、且元が大坂城を留守にしてひと月近く、事態が急変したらしい。

使者によれば、召し抱えには大野治長の弟治房《はるふさ》が関与しているという。とすれば、治長や淀殿、両織田たち、大坂城の首脳も、これを了承しているのか。もしくは、治房たちの暴走を抑えられなくなったのか。いずれにせよ、憂慮すべき事態が大坂城内で発生しているのは確かだ。

且元が対応策を考えていると、さっそく本多正純の呼び出しがあった。

「市正、これは伊賀守からの報せである。大坂城内の動き、存じておったか。それとも、これはそこもとの差配か」

屋敷に出向くと、正純は板倉勝重からの届いたばかりという書状を且元に突き出し、床を叩かんばかりの勢いで糾問した。

「身共はまったくあずかり知らぬ。浪人衆召し抱えの儀は、さきほど貞隆からの報せが初耳であった」

且元が大汗をかきながら抗弁すると、すかさず正純は眼光を鋭くして言った。

「されば、右府殿か大方様が命じたのではあるまいか」

「それはありえぬ。右府様も大方様も浪人の召し抱えにかかずらうことはない。これはきっと一部の旗本衆が勝手におこなっていることであろう」

且元の言い訳に、正純はまったく同意する様子もなく、

「浪人騒ぎひとつなら、そこもとの言い分も通るかもしれぬが、鐘銘にことよせ、大御所様調伏の疑いもある。これらはすべてひとつの筋道を示しているかに見える。これがわしひとりの思い過ごしならばよい。しかし、大御所や将軍家はいかに思われるであろう。かまえて軽く考えてはならぬ、とわしは憂う。そこもともよくよく思案し、右府殿たちに道理を説かれるがよいと存ずる」

と突き放すように言った。

(これはいよいよ)

容易ならざる事態となった。

浪人衆の大量召し抱えは、戦の準備と見なされる。それに家康に対する呪詛の疑いが重なれば、宣戦布告と取られても仕方がない。

もともと隙あらば、豊臣家に戦を仕かけようと、鵜の目鷹の目で狙っている家康である。この機会を見過ごすとは思えない。

（とすれば）

戦を避けるには、豊臣家の方から大幅な譲歩をするしかない。

どこまで譲歩すれば家康は納得し、矛を収めるのか。且元のひと月は、ずっとその感触を探ることに費やされてきた。それでもまだ、はっきりと測りきれないのが実情であった。

その数日後、駿府城下の且元の旅宿を本多正純と崇伝が訪れた。正純と崇伝は、家康からの正使であった。大蔵卿もいっしょに沙汰を聞くようにとの報せが前もってあったため、呼びよせた大蔵卿とともに下座に着いて、正純と崇伝を迎えた。

正純はいかめしい顔つきで、且元と大蔵卿を見下ろして言った。

「大御所は右大臣家を決して粗略に思っておられぬ。さればこそ、千姫も輿入れさせ、格別の付き合いをして参った。こたびの鐘銘のこと、また浪人衆の召し抱えについても、大御所は心を痛めながらも、なお右府殿を信じようとなされている。しからば、右府殿からもこれらの騒動に関し、身の証を立てるよう努められたい。ついては、大御所はなにがしかの形で示すことを求めておられる。市正は急ぎ大坂へ立ち戻り、このことを右府殿とよくよく談合されるがよかろう」

正純の言葉は以上で、崇伝は見届け役に徹し、ひと言も口を挟まなかった。

且元は、秀頼が示す形について、家康の具体的な要望を知りたかったが、正純は「そこはそこもとたちと右府殿がよろしく決めることでござろう」と言って明らかにせぬまま、旅宿を辞した。

ともかく、沙汰は下った。あとは豊臣家からどんな回答を出すかだ。

且元は、すぐに旅支度をととのえながら、なおも出発ぎりぎりまで家康の内意を探った。

この間、大蔵卿たち淀殿が遣わした女たちとは、話をするどころかほとんど顔を合わすこともなかった。大蔵卿たちは駿府城の本丸や城下の寺院で、おもに奥向きの女たちや、僧侶たちと交流しながら、家康の勘気を解くよう努めていたようである。

且元は、旅支度と情報収集を終えると、駿府の重鎮たちに挨拶回りをして、大坂へ向けて出立した。

「市正は発ったか」

伺候した本多正純に家康は質した。

駿府城本丸奥の座敷である。家康と正純のほかに誰もない。正純の父正信は、家康の居室にまで入り込んで密談するが、正純はさすがにまだそこまでは立ち入れない。しかし、小姓や茶坊主を下がらせて、ふたりきりで談合できるのは、家康の側近の中でも正純のほかにはいなかった。

「発ちましてございます」

「大蔵卿たちはどうしている」

「これも発ったようにございます」

正純の答えを聞き、家康は会心の笑みを浮かべた。

片桐且元が鐘銘問題の釈明に駿府にやってきた時、これにどう対処すべきか、家康はすぐに判断がつかなかった。しかし、追って淀殿から大蔵卿たちが遣わされると知り、ひとつの構想を得た。

豊臣家の正式の使者である且元には、家康側の外交官である正純と崇伝がきびしい態度で問題を追及する。淀殿から遣わされた大蔵卿たちには、親戚に対する礼儀にかなった歓待をし、外交問題は持ち出さない。

ふたつの顔を使い分けたのには理由がある。

徳川家として、豊臣家のあり方に不満があり、この改善を強硬に求める。一方で、二重の婚姻関係で結ばれた親戚であることも理解し、豊臣家がすすんで幕府に降るつもりがあるのなら、穏便に収める用意があることも示したのである。

平和裏に事態を収束させる道標も示したわけだ。

(しかし、おそらく)

そうはならないだろう。且元と大蔵卿にふたつの顔を使い分けたことで、豊臣の内部は、徳川に対する恭順派と強硬派に分裂する可能性が高い。

家康は硬軟両面の顔を見せることで、豊臣家内の分断を図った。これで戦へと向かった時、敵の勢力の何割かが脱落することになろう。

（あとは）

待つだけだ。垂らしたふたつの毒が、豊臣家中でどんな反応を示すか、家康にはほとんど確信を持って分かっていた。

三

且元は大坂への帰路、近江は土山の宿で、同じく大坂へ帰る大蔵卿の一行といっしょになった。且元が挨拶の使いを送ると、返礼に大蔵卿がみずから且元のもとへ足を運んできた。

大坂で淀殿へ報告する前に、内容を且元と確認し、足並みをそろえておきたいとの要望であった。

且元としても望むところである。秀頼と淀殿に対し、かなり重たい提案を示すことになる。若手の旗本衆からの猛反発は必至の状況だ。これを従わせるには、まず秀頼と淀殿の同意を得なければ話にならない。それには、淀殿の信頼厚い大蔵卿との協調が必須であった。

「大御所様から求められた、身の証を示す形ですが、誓詞のようなものをお出しすることになりましょうかの」

と大蔵卿が言ったので、且元は唖然《あぜん》とした。

大御所たちから歓待を受けていると聞いていたが、ここまで認識が違うのはどういうわけか。

家康が、あえてまったく対照的な対応をしたことを知らない且元は、大いに困惑した。しかし、ともかくここは大蔵卿にはっきりと、きびしい現実を認識させねばならない。そうでなければ秀頼と淀殿を説得することもできないだろう。

「とてもとても、誓詞だけではすみますまい」

且元は深刻さを強調するように、憂い気に眉根をよせて告げた。

「されば市正殿はいかな存念をお持ちか」

「拙者は上野介殿ら、大御所の側近たちから様々話を聞き取り、おおよそ大御所の御意が分かったように思う。しからば、今後も豊家が立ち行くためには、三つのうち、ひとつを取るべしと考えておる」

と且元は切り出し、三条件を示した。
一、秀頼が大坂を出て、伊勢か大和へ国替えを申し出る。
二、秀頼が諸大名と同じく、駿府と江戸に参勤する。
三、淀殿を人質として江戸に住まわす。
条件の二は、すでに豊臣家以外の大名はおこなっていることである。一の国替えも、幕府の命令が出れば諸大名なら断れない。三については、かつて加賀の前田家が家康から嫌疑をかけられた時、敵対せぬ証として、当主利長の母芳春院を江戸へ人質として差し出した前例に倣ったものだ。

いずれ豊臣家も普通の大名として生き残っていくためには、すべてを受け入れる必要があるが、まず手始めにどれか一点譲るべきと考えた。

これでも且元としては、家康に高く吹っかけたつもりであった。

「さようですか」

大蔵卿は目を丸くして、且元を見返した。あまりのおどろきに続く言葉が出てこないようだ。

「いかがかな。この三つのうちいずれか、大方様には飲んでいただけるであろうか」

且元は質した。

側近の大蔵卿なら、淀殿の考えがある程度予想できるだろう。事前に知っておけば、その案を大蔵卿とふたりがかりで強く推すこともできる。そう思って尋ねたのだが、大蔵卿は困惑の色を深め、

「今、はじめて聞いた話で、にわかには判じられませぬ。大坂までの道行きで、よくよく分別いたしましょう」

とだけ答え、早々に引きあげてしまった。

大蔵卿は自分の宿に戻り、もう一度、且元から聞いた話を反芻した。話を聞いた直後から動悸がおさまらず、思い出すとさらに胸の鼓動が高まり、息が苦しくなるほどだった。

（市正殿は、なんと）

とんでもないことを言い出したものだ。

大蔵卿は、淀殿から家康の勘気を解くため、手を尽くすよう重々言われて駿府へ乗り込んだ。駿府に着いた直後は、悲壮な覚悟もあったが、思いのほか簡単に目通りの叶った家康は、きわめて愛想がよく、とても鐘銘の文言に怒りを募らせているようには見えなかった。それとなくこちらから鐘銘の件を持ち出そうとしても、大したことではないという素振りで首をふり、話題にしなかった。

家康に会ったら、鐘銘の釈明をどう言おう、こう言おうと、旅路中、正栄尼と二位の局と繰り返し相談していた大蔵卿は、大いに拍子抜けしたものであった。

ほかの家康の取り巻きたちとの接触からも、鐘銘は大きな問題にならないとの感触を得た。

それだけに先ほど且元が持ち出した三つの提案は、あまりに唐突で現実を無視したものに思われた。会釈さえ求めていない相手に、土下座を返すような過剰な反応ではないか。

（されど、もしかすると）

自分の見方が偏っているのかもしれない。悪い面を見たくないばかりに、過酷な現実を曲げて解釈してはいまいか。

ことは豊臣家の命運の関わる問題だ。見立て違いをしては、取り返しがつかない。

大蔵卿は、正栄尼と二位の局を呼び、且元の三つの提案を明かして、各々の考え方を質した。

　正栄尼と二位の局とともに、且元の発言に驚愕した。

「大方様を江戸へ人質に出すなど、よくもまあ市正殿は申されたものです」

「まこと、右府様に参勤をさせるとか、大坂城を明け渡すとか、市正殿は乱心したのではありますまいか」

　口をきわめて且元を非難する正栄尼と二位の局を見て、大蔵卿は自身の正しさを確信した。やはり、且元が家康におもねり、おかしな反応をしているのだ。

（おかしいといえば）

　且元は肝心かなめの家康には会わず、側近の本多正純や金地院崇伝たちとばかり談合をしていた。そしていきなり、あの三条件を持ち出してきた。

（ひょっとして、市正殿は）

　徳川方に籠絡《ろうらく》されているのではあるまいか。

　且元はただ豊臣恩顧の家臣というだけでなく、大蔵卿と同じく、淀殿とは近江浅井氏所縁《ゆかり》の重代の恩でつながった格別の関係にある。豊臣家の家老となってからは、淀殿もいちばんの頼りにしてきた人物でもある。

　しかし、且元は一方で徳川家とも親しく通じている。もちろん、それが且元の役割なのだからそのことは責められない。

　だが、豊臣と徳川の関係が微妙になってきた昨今、且元の押しの弱さは、家中から疑惑の目を向けられはじめている。

また且元は故太閤秀吉が手ずから育て上げた子飼いの臣だが、秀吉の生前の石高は一万石にすぎなかった。それが関ヶ原の合戦後の論功行賞で二万八千石になった。つまり、秀吉より家康から与えられた恩賞の方が多いわけだ。

もちろん、少年時代から仕えて、さまざまな教えを授かり、一人前の武将に育ててもらった豊臣家への恩は、石高で計れるものではなかろう。

しかし、豊臣家中に少しずつ積み重なった徳川への不満と疑念が、徳川通の且元への評判にも微妙に影響を与えているのは否めない。これまで大蔵卿は且元への疑念など、一笑に付す側にいた。

（されど、もう）

且元を信じることはないだろう。あの三条件のどれかを本気で実行する気でいるとすれば、これはもう豊臣家に対する反逆と同じである。

「出立じゃ。はよう、支度を」

大蔵卿がとつぜん立ち上がり、命じたので腰元たちはおどろいたように顔を見合わせた。正栄尼と二位の局も呆気にとられた顔をしている。

「市正の変心を報せに、一刻も早く戻らねばなりませぬ」

大蔵卿は言った。

且元より早く大坂に帰り、秀頼と淀殿に且元への対処を決めてもらわねばならない。もし、城中に且元の同調者がいれば一大事であるから、素早い対応が必要だ。

大蔵卿は従者たちを急き立てて、且元よりも二日ほど早く大坂へ帰った。

四

大蔵卿から報告を受けた淀殿は、大いに戸惑った。

鐘銘の文言について家康が怒っていると言うので、豊臣家を代表して且元が釈明に行き、あとから大蔵卿を自分の遣いとして駿府に下らせたのだ。

ところが、大蔵卿が言うには、鐘銘は少しも問題ではなく、家康の機嫌も大変よかったという。妙な話だが、それならそれで喜ばしい。ところが、帰路、且元が徳川との和解の条件として、いきなり三つの案を出してきた。

一、秀頼が大坂を出て、伊勢か大和へ国替えを申し出る。
二、秀頼が諸大名と同じく、駿府と江戸に参勤する。
三、淀殿を人質として江戸に住まわす。

この三つのうち、どれかひとつを受け入れなければ御家が立ち行かなくなると、且元は言ったらしい。

「なんと、まあ……」

淀殿はそう言ったきり言葉を失った。

思いもよらない条件のその内容はもとより、鐘銘の騒動からどうしてこんな話が持ち上がったのか、筋道が見えない。そもそも大蔵卿の話では、家康の機嫌はよかったのではないか。

淀殿が混乱したまま黙っていると、大蔵卿は焦れたように身を乗り出して、

「大方様、しっかりなさりませ。ここでさばきを誤れば、取り返しのつかぬことにあい成りましょう」

と叱咤した。

「されどなにゆえ市正は、さような申し出を……。大御所やお側の者たちからは、なにをどうせよと、指図があったわけではないのだな」

淀殿は大蔵卿に確認した。

「上野介殿から大御所の仰せとして、身の証を立てるようにとの申し伝えはございましたが、あのような途方もない話は、たわむれにも出ておりませぬ」

きっぱりと大蔵卿は言った。

とすれば、且元はいったいなにを根拠に三つの条件なるものを出してきたのか。

「市正は駿府で大御所のお側の者たちと談合しており、そこから大御所の御意を推しはかったと申しておりましたが、とても信じられませぬ。わらわも大御所や大勢のお側の者と話をしましたが、さような話は一度たりとも耳にしませなんだ」

「なれば、なぜ市正は」

わけが分からず、淀殿が二度、三度と首をふると、大蔵卿は淀殿の前ににじりより、

「これはきっと市正の裏切りにございましょう。御家や大方様を将軍家に売り渡し、そ

の手柄で恩賞を授かろうと考えているに違いありませぬ」

声を低めながらも、はっきりと言った。

家老である片桐且元が徳川と誼《よしみ》を通じ、豊臣家を売り渡そうとしている。

(まさか、そのようなことが)

淀殿にはにわかには信じられなかった。しかし、大蔵卿の話すところの且元の言動を見れば、まさしく裏切りとしか思えなかった。また、大蔵卿が自分に対し、嘘偽りの報告をするとは、まず考えられない。

(ともかく、ここは)

一度頭を冷やして考えよう。ほかの者の意見も聞いた方がいいだろう。

淀殿は信頼できる家臣だけを広間に集めた。

急の呼び出しを受けて登城したのは、大野修理介《しゅりのすけ》治長と治房(主馬《しゅめ》)、渡辺糺《ただす》(内蔵助《くらのすけ》)、木村長門守重成《ながとのかみしげなり》である。

言わずと知れた大野兄弟は淀殿と乳兄弟。渡辺糺は淀殿の側近のひとり正栄尼の一男で、槍の名手として聞こえ、秀頼の槍の師範でもある。木村重成は秀頼の乳母の宮内卿局の子で、秀頼のもっとも信の篤い家臣のひとりであった。

重鎮である織田常真と織田有楽斎、旗本衆の中心である七手組の面々はひとりも呼んでいない。

両織田を外したのは、両名とも且元と近く、身びいきをする懸念があったためだ。逆に七手組は且元に批判的な旗本衆の中核だけに、これも偏った意見に傾くおそれがある。淀殿としては、なるべく公平な意見を聞きたかった。また家老の且元の裏切り疑惑は、今はまだ絶対外に出してはならない秘密でもある。信頼のおける、ぎりぎりの少数に絞った人選でもあった。

最後に秀頼が座に着いたのを機に、淀殿は四人に、大蔵卿から聞いた話を伝えた。

且元が出した三つの条件を伝えると、四人は息が詰まったように顔をこわばらせた。

ただひとり、淀殿の隣に座る秀頼だけが、平然とした顔をしている。

淀殿は秀頼を含め、五人の表情をじっくりと観察したあと、

「大蔵は、これは市正の裏切りであると申しておる。そなたたちの存念はいかがじゃ」

治長たち四人に質した。

四人はいずれも淀殿の信頼を得た家臣とはいえども、立場はそれぞれ異なる。

大野治房は兄の治長に遠慮がある。渡辺糺は四人の中でいちばん微禄のため、このような場で先頭を切って発言することは控えている。木村重成は秀頼の乳兄弟だが、若輩のため、老巧者たちを差し置いて口を開くことはほとんどない。

したがって必然的に治長が代表して意見を言うことになる。

「しからば申し上げます」淀殿とほかの全員の視線を意識したように、座全体に目を配りながら治長は言った。「わが母、大蔵の申し分をお聞き届けいただき、恐縮しごくにございます。今はじめて三カ条を承ったそれがしには、にわかに信じがたくもありますが、さまざまな伝聞もあわせて考えると、市正は御家を差し置き、大御所のために馳走

していると疑われても致し方なし、とも思われます」

こう治長が言い切ったので、その場の空気がいっそう重くなった。

もし、片桐且元を裏切り者と断じたら、よくても追放、ふつうなら死罪を申し付けるところだ。どちらにしても豊臣家の屋台骨が揺らぐ重大事である。

思い詰めたような淀殿の顔を見返しながら、治長はふたたび口を開いた。

「されど、ことがことゆえに、一方の口上のみで正否を断じては道を誤るおそれもございましょう。明日か明後日には市正も大坂へ戻ります。さればただちに登城させ、上様の御面前でじかに申し開きをさせるのがよろしいかと存じます」

治長の意見に、淀殿は愁眉《しゅうび》を開き、

「それはよき思案じゃ。市正が戻り次第、すぐに話を聞くことにいたそう。その時には、今この場にいるその方たちも立ち会うがよい。それまではこの話、親兄弟にもいっさい漏らしてはならぬ、よろしいか」

と言った。四人はかしこまって恭順の意を表した。

大野治長は本丸から下がる前に、大蔵卿と会い、淀殿の話の確認をした。大蔵卿は、且元が三つの条件を持ち出したのも、家康の機嫌がよかったのもすべて本当のことだと請け合った。

「大御所様は、鐘銘をさしてご不快には思うておられなんだ。上野介殿もしかとは申されなかったが、誓詞を出せば大ごとにはせぬ様子であった。それを市正が変に捻じ曲げて、御家に泥を塗る申し出を、頼まれもせぬのにせよと言い張るのじゃ」

「母上、大御所や上野介が、鐘銘に立腹していないというのは、真にございますか」

「真も真、母者の言葉が信じられぬと申しますのか」

「いえ、さようではござらぬが……」

「わらわは大御所様にも上野介殿にもじかに会うた。ねんごろに言葉も交わしたが、一度も鐘銘の苦情を口にされなかったのじゃ」

「上野介も、ですか」

「さいごに大御所様の使いとして、上様の身の証を立てよとは申されたが、市正の言う三カ条のような無法な求めは断じてありませぬ」

「上野介は身の証をどう立てよと申したのです」

「ですから、そこははっきりとは申されなかったのです」

「さようですか」治長は少し考えて、「分かりました。では、それがしは屋敷へ帰りますが、母上、市正の話は、くれぐれも他言無用ですぞ」

「言われずとも承知しています。それより、治長、市正があのていたらくでは、頼りになるのはそなただけです。上様のため、大方様のため、よろしく頼みますぞ」

大蔵卿は言った。

（さて、これは）

厄介なことになった。しかし、大きな機会が巡ってきてもいる。

屋敷に戻った治長は、居室にこもり、小姓や腰元たちも遠ざけて、独り考え込んだ。

関ヶ原以降、十数年間、豊臣家の家政を取り仕切ってきた片桐且元の信頼が揺らいでいる。もし且元が失脚すれば、その席を埋めるのはこの大野治長をおいてほかにいないだろう。

治長は且元より一回り以上若年だが、経歴では且元におとっていない。少なくとも治長自身はそう自負している。

治長は、秀吉の家臣の大野定長《さだなが》を父に、淀殿の乳母である大蔵卿を母にもち、若年のころより馬廻りとして秀吉のそばに仕えてきた。秀吉の死後は秀頼の側近として頭角をあらわしたが、家康と石田三成との抗争がはじまると、治長は家康暗殺計画の首謀者のひとりとして罪を問われ、下総へ流罪に処された。

暗殺計画自体が抗争の激化を狙った家康のでっち上げだったので、治長は冤罪を被ったわけだが、この事件でかえって家康に近づくきっかけを得た。

関ヶ原では徳川方に与し、戦後、家康の使者として大坂城に入り講和に尽力したあと、大坂城に残って秀頼に仕えることを、家康から許された。

豊臣家のほかの重臣たちと同じように、治長も徳川家との関係の深い武将のひとりである。この六月も、家康から秀頼への口添えで五千石の加増があり、そのお礼に駿府から江戸へ回り、家康と秀忠に会っていた。

仮に且元の代わりに治長が豊臣家の代表者となっても、今まで通り、徳川との外交はつつがなく続くだろう。

今回の且元の信用失墜が、治長がさらなる飛躍、豊家の筆頭家老となる最大の機会となるゆえんである。

自分にはその能力も野心もある。充分すぎるほどに。

（しかし）

喜んでばかりもいられない。ひとつ間違えば、豊臣家の存続自体が危うくなる状況だからだ。

且元が今回の鐘銘問題で家康に面会もできずに帰ってきたのは大いなる失態だが、それだけことが深刻という証でもある。大蔵卿は、家康が鐘銘について不快に思っていないと見ているが、認識が甘い。おそらく家康は、且元と大蔵卿とで態度を変えて接したのだろう。

もちろん、本心は鐘銘の文言を問題にして、豊臣家に圧力をかけるつもりだ。ふたつの顔の使い分けは、豊臣方の分断が狙いか。

淀殿を当惑させた三つの条件は、駿府で家康の側近たちから聞き出した情報から、且元なりに考え抜いて、お家存続のため覚悟を持って口にした結論に違いない。徳川家をよく知る且元だけに、その見立てに大きな誤りがあるとは考えにくい。とすれば、あの三つの条件か、それに近い対応が必須で、もしそうしなければ、徳川との合戦の可能性が高まる。

だが、且元は最後の一手を誤った。三つの条件をみずからの口で秀頼と淀殿に伝える前に、大蔵卿に漏らしてしまったことだ。

大蔵卿の誤った徳川観とともに且元の三つの条件を報告されれば、且元の忠義が疑われることになるのは当然の帰結だ。

悪いことに今、大坂城内では徳川家への反感と憎悪がかつてないほど渦巻いている。原因は長年にわたる家康の横暴にあるとしても、現在の豊臣家には対抗する力がないのだから、屈辱に甘んじて屈するほかかない。かつての栄光ばかり追っていては、家が滅んでしまう。

且元はただ現実を知らしめたつもりかもしれないが、それを受け入れる土壌が大坂城内にはない。明日か明後日、登城して駿府の報告をした時、且元はそれを思い知るだろう。

（そこでだ……）

且元といっしょになって徳川への恭順策を説けば、おそらく治長も失脚する。かと言って、一部の旗本たちの強硬策に与すれば、徳川との衝突は避けられない。

（とすれば、残るは）

恭順策をいったん斥《しりぞ》け、且元の立場を失わせる。しかし、ぎりぎりのところで強硬策は回避し、徳川との融和をはかる。

虫のいい話だが、実現させる方法がひとつだけある。淀殿を利用するのだ。

淀殿の家康への不審と反感は根深いものがあるが、一方で破局への恐怖感も強い。

天正元年（一五七三）浅井氏の居城であった小谷城を伯父織田信長に攻められ、淀殿は父浅井長政を喪っている。淀殿、初、江の三姉妹は、母お市の再婚先である柴田勝家の北ノ庄城へ移った。ところが天正十一年（一五八三）今度は賤ヶ嶽の合戦に敗れ、籠城する勝家を羽柴秀吉が攻め滅ぼした。淀殿は妹たちとともに落城前に城を出されたが、母のお市は勝家に殉じて猛火の天守の中に空しくなった。

戦禍に両親と義父を喪った淀殿の戦に対する嫌悪感、恐怖心は、本能的に身体に染みついている。ここを刺激すれば、自尊心や虚栄心を抑え、妥協の道を選ぶはず。

淀殿さえ説得すれば、大坂方の方針は決まったようなものだ。

（これで、ぶじ）

戦を回避し、且元と肩を並べる家老の地位にも近づく。今回の騒動は、結果的に治長に吉をもたらしてくれるようである。

大蔵卿に遅れること二日、大坂城内の自邸に戻った片桐且元は、さっそく秀頼から呼び出しを受けた。

本丸の千畳敷の間には、秀頼と淀殿のほか、重鎮の両織田に、大野治長、治房の兄弟、十数名の旗本衆が居並び、渡辺糺と木村重成の姿もあった。

秀頼から且元へ、駿府行の慰労の言葉があったあと、大野治長が且元へ膝を向け、

「鐘銘のこと、大御所はいかが仰せでござったか」

と質した。

ここが豊臣家の運命の分かれ道だ。且元は腹に力を込め、治長に目を据えた。

「駿河の風は、きわめてきつく冷たく吹きすさんでおった。それがしは大御所にこそ対

面せなんだが、上野介をはじめとする駿府の重鎮たちと接し、御家に対する風当たりを強く身に染みて感じた。

そのうえで、すでにそこもとの母堂にも伝えたが、大御所に対し、身の証として、国替え、参勤、大方様の東下りのいずれかを申し出るほかないと見た」

迷いなくきっぱりと言い切った且元の言葉に、一同は気圧《けお》されたように押し黙った。

やがて淀殿が声をあげた。

「大御所がいまだご立腹とは、たしかな見立てか。大蔵たちはご機嫌麗しかったと申しておるぞ」

且元は話にならないというように首をふって、

「それこそ大蔵卿の見立て違いにございましょう。大御所の御意を取り違え、ことを処すれば、御家の存続さえ危うくなり申す」

と断言した。

「大蔵のみならず、正栄尼も二位の局も同じように申している。みなが見誤っていると申すか」

「おそれながら、こと政事《まつりごと》に関わる見定めは、それがしにお任せいただきとうござる。大方様のお遣いがなにを見、なにを聞いたにせよ、大御所のお沙汰は取り違えようもなくたしかにござった」

且元としては、家康がふたつの顔を使い分け、こちらの分断を図ったと明言したいところだが、はっきりそう言ってしまうと角が立ち、淀殿としても譲歩が難しくなると判断した。

しかし、真の理由を明らかにせず、自説の正しさだけを主張する且元の物言いは、その場にいる者たちには傲慢に映り、かえって反発を招いたようだ。

「市正殿、そこもとは、そもそも鐘銘の釈明に駿府へ参ったはず。されど大御所には目通りもせず、弁明にどれほど力を尽くされた。先にあげた三つの条件なるも、上野介たちと膝詰でやりあったうえで導き出したものか。市正殿の駿府におけるこたびの振る舞い、御家の老職として、それがしにははなはだ歯がゆく思われる」

大野治長がきびしい口調で非難した。

且元はきっと治長を睨み据え、

「駿府の風がいっそう冷え冷えしたのは、大坂で浪人衆の召し抱えをしているとの噂が流れてからだ。かかる折も折、そこもとこそ、なにゆえ、さような真似をされた」

と詰問した。

治長が少し怪訝そうな顔をしたのは、且元にも意外だった。しかし、治長はすぐにきびしく表情をあらためて、

「日々、致仕する者を補い、新たな役の者を登用するのは当然でござる。御家の格式を保つために、見どころある浪人衆を抱えるのに、なんの遠慮がいりましょう。市正殿こそ、さような難癖に腰を砕けさせて、いらぬ譲歩までして参ったのではござらんか」

「浪人の召し抱えは、そうとう大がかりなものと言うではないか。所司代の伊賀守も懸念して、調べをはじめたと聞く」

且元が詰問口調で問い詰めると、治長は当惑の色を浮かべた。

「浪人どものことはともかく」淀殿が割って入り、話題を戻す。「あくまでも市正は先に申した三つの道のいずれかを取らねば、大御所の腹はおさまらぬと申すのだな」

「御意にござる」

「ことほどさように大御所は御腹立ちであったのだな」

淀殿はかさねて念を押す。

「大方様」

且元は威儀を正してまっすぐに淀殿の方を向いた。三つの案がいずれも受け入れがたいことは且元も重々承知している。しかし、豊臣家が生き延びるため、ほかに道はない。ことは方広寺の銘文の問題ではないのだ。家康は本気で豊臣家を潰しにかかっている。両家の間に戦が起こるか、未然に防げるか、交渉の眼目はそこにある。この現実を淀殿にも腹の底から理解してもらう必要がある。

「すでに徳川家の天下となって十数年が経ち、将軍家と大御所の武威は津々浦々に行き渡っております。御家がこの後とこしえに家運を保つためにも、ここは大御所の御意に添うご英断を賜りとうございます」

秀吉も天下平定の過程で、豊臣にひれ伏す者は許し、なびかぬ者は滅ぼした。そうせねば天下人として国を束ねていけないからだ。かつての豊臣家の立場に今、徳川家がある。秀頼母子はどんなに無念でも、家康の武威の前にひれ伏さねばならない。

「市正、ご苦労であった。そもじの申した三カ条については、よくよく吟味いたす。今日は屋敷に戻り、ゆっくり旅の疲れをいやすがよい」

淀殿が言った。

「お心遣い、痛み入ります。大御所への返答は急を要すことゆえ、お早いご裁断を伏してお願い申し上げます」

且元が平伏すると、その場に白々とした空気が漂った。

ある程度予想はしていたが、且元が出した三カ条は、大坂城内の主だった者たちにも不評のようだった。

「あい分かった。内々で談合し、大御所には早々にご返事いたそう」

淀殿は頭を下げたままの且元を見下ろし、そう答えた。


且元が下がったあと、千畳敷に残った面々、とくに旗本衆の間には、冷ややかな熱気ともいうべき不穏な空気がたちこめていた。

しばらくの静謐のあと、旗本のひとりが口を開いた。

「市正には、ずいぶんと徳川の毒が回っておるようですな」

この発言を受けて、ほかの旗本も、

「さよう、市正の寝返り、もはや疑う余地はござらん。獅子身中の虫は一刻も早く取り除くが御家のためと存ずる」

と断じた。

みながみな同じ思いではあるまいが、過激な意見をたしなめる声は上がらない。それほど且元が持ち出した三カ条は、旗本衆には衝撃的な内容であった。いや、旗本衆のみならず、およそ豊臣家に関わる人間にとって、天地が引っくり返るほどの暴論に違いなかった。

淀殿はまだ踏ん切りがつかない様子で、城内随一の重鎮である従兄弟にすがった。

「常真殿は、いかが思し召す。市正の存念を」

問われた織田常真は、眉根をよせて深刻な表情を作り、

「うむ、こたびの大御所のなされようをつぶさに見れば、市正の考えも分からぬではない。豊家は今、容易ならざる立場に立たされている」

と言うと、とたんに旗本衆たちは険悪な視線を向けてたたみかけた。

「されば、常真殿は大方様に江戸へ下れと申されるか、それとも上様にこの大坂より立ち去れと申されるか、参勤せよと申されるか」

返答次第では、すぐにも斬りかからんばかりの形相だ。気が立っているので、相手が豊臣の主筋の重鎮であろうとも、いささかの容赦もない。

「いや、いや、さにあらず。ただ市正が不届きなことを申したのも、駿府にてよほど大御所の邪念の強さを感じたためであろうと存ずるのだ」

「市正が徳川方へ寝返ったとは思いませぬか」

旗本がなおも追及すると、常真は首をふり、

「衷心から言っているのか、大御所の意を受けて言わされているのか。それはわしにも分かりかねる」

と逃げを打った。

淀殿が治長に目を向けて、

「修理はいかが思う」

と尋ねた。

（きたか）

ここでうまく旗本たちの暴発を抑えて、家中をひとつに束ねられれば、且元を凌駕する地位の確保につながる。

治長は淀殿、そして一同を見わたしたのち、おもむろに口を開いた。

「それがしは先ほど申しましたごとく、駿府での市正には、責められてしかるべき落度があったと存じます。それが市正のいたらなさか、寝返りなのかは、にわかには判じられませぬ」

一同は治長の言葉に聞き入っている。治長はいま一度、頭をめぐらして一人ひとりの表情を見定めたあと、

「いずれにせよ、このまま市正ひとりに談合の舵取りをゆだねては、御家の先行きが危ぶまれましょう。しかし、市正を罰したり、ゆえなく老職から外したりすれば、大御所はそれを口実にさらに難癖を付けてくるやもしれません。されば市正には老職に留めたまま、病を患ったとして表より退かせるのが穏当と存じます」

且元を事実上の隠居に追いやれば、代わって駿府との交渉に当たるのが治長なのは明らかである。あえてみずから口にせずとも、一同の中から声があがるはずだ。治長が自

信を持って見わたすと、しかし、思いもよらない異論があがった。

大野治房が身を乗り出して、

「兄上は手ぬるいと存ずる。寝返りは火を見るより明らかなれば、いますぐにでも市正の屋敷に討手を差し向けるべきではござらんか」

と過激な意見を吐いた。

すると旗本衆からも賛同の声が期せずしてあがる。かねてより徳川への不満をくすぶらせていた若手の旗本衆は、怒りのはけ口を弱腰の且元を血祭りにあげることに求めたようだ。それは予想の範囲だったが、

(主馬までが)

これに同調するとは。

先ほど且元が大坂城で多くの浪人たちを召し抱えていると言っていたが、治長は承知していなかった。もしかすると、治房や旗本たちが徳川との一戦を想定して、勝手に兵を集めているのかもしれない。もしそうであれば、開戦の機運は治長が思っていた以上に高まっている。

両織田に目をやれば、さわらぬ神にたたりなしとばかりに、あらぬ方へ顔を向け、口を堅く閉ざしている。一部の過激な衆の剣幕に恐れをなして、豊臣家の重鎮としての役割を放擲《ほうてき》するつもりだ。

(なれば、やはり)

治房や旗本たちが逆らえない存在を動かすことにしよう。

「たしかにそこもとたちが怒るのも、もっともと存ずる」

治長はいきり立つ者たちに共感を示したうえで、淀殿に向きなおった。

「しかし、今、その怒りにまかせて市正を誅してはどうであろう。間違いなく徳川とは手切れとなり、大御所と将軍家が率いる天下の軍勢を敵に回しての大戦となる」

治長はゆっくりと、淀殿の脳裏に染みわたるように言った。

今、淀殿の眼裏《まなうら》には紅蓮の炎に燃え盛る小谷城、あるいは北ノ庄城の姿がありありと映っているはずだ。この大坂城も、天下の兵に蹂躙《じゅうりん》されれば、同じ運命をたどることとなろう。それは怖気を振るうほどの恐怖だ。一方で徳川に屈し、豊臣の栄華の歴史に幕を閉じることへの抵抗も、心に深く根を張っているに違いない。

淀殿の心は、強弱ふたつの狭間で揺れ動いて定まらない。

肝心なとき頼りたい両織田は、知らぬ顔を決め込んでいる。いずれにせよ、最後の決断は豊臣家の身内で下さねばならない。

治長の視線から、追い詰められたように目をそむけ、淀殿は横にいる秀頼に問いかけた。

「右府様のご存念はいかに」

このような場で、淀殿が秀頼の意思を確認することははじめてであった。

五

秀頼にはある記憶が残っている。たしかな時期はよく分からない。まだ「お拾いさま」と幼名で呼ばれていたから、おそらく四、五歳のころだったろう。

ともかく動きたい盛りで、そのころの住まいであった伏見城本丸御殿の中を、日がな一日、走り回っていたような気がする。大勢の腰元たちが秀頼の周りを囲みながら移動して、転んで怪我でもしないよう気を配っていた。

その日もいつものように座敷の中を、腰元たちを従えて移動していると、ふとしたはずみで腰元たちの注意が秀頼から逸れた。おそらく上﨟に呼ばれたか何かだったのだろう。ほんの一瞬、秀頼は腰元たちの視界から外れた。

秀頼は、開いていた蔀《しとみ》から部屋を抜けて廊下に出た。前方に開けた明るみが見えたので、いっさんに走った。

回廊だった。その先には大きな庭が広がっている。昼餉のあと、その庭で遊ぶのも日課になっていた。

「お拾いさま――」

腰元たちが追いかけてくる。

秀頼は追手から逃れようと、興奮の声をあげながら、回廊を走った。腰元たちがどこまで迫っているか、走りながら後ろをふり向いた時、身体が重心を失い、秀頼はころび、回廊から転げ落ちた。

落ちた先は庭の土の上だった。痛みはさほど感じなかった。ただ、転落のおどろきで秀頼は泣き叫んだ。

そのあと大勢の腰元やら上臈やら医師やらが集まってきて、大騒ぎだったのも、なんとなく覚えている。

しかし、秀頼にとってこの出来事が忘れられないものとなったのは、それからしばらくして、数人の腰元の姿が見えなくなったからだった。

人に尋ねると、「あの者たちは折檻《せっかん》されました」と答えた。秀頼を守る役目を怠り、怪我をさせたため、罰を受けたのだと言う。

そう教えられても、よく意味がつかめなかった。折檻とはなにか。多分よくないことなのだろう。腰元たちはなぜ、いつまでも姿を見せないのだろう。

何度も繰り返し周りの者に聞いていると、誰かが淀殿に告げたのだろう。淀殿は秀頼を呼んで目の前に座らせた。

「あの者たちは成敗されたのです。もうこの世にはおりません」

淀殿はそう言った。

「なにゆえですか」

秀頼はおどろいて尋ねた。ただ回廊から落ちただけで、怪我もしなかったのに。

「いいですか」淀殿は秀頼の手を握って言った。「そなたはこの豊臣家の跡取りです。いずれは天下の主となるべきお人なのです。そなたが危うき目にあえば、周りは命を捨てでもそなたを守らねばなりません。ですから、そなたもいたずらに危うい真似をせぬよう、身を慎まねばなりませぬぞ」

自分が庭に落ちたことで、腰元たちが殺されたと知った時、秀頼の無邪気な幼年期は終わりを告げた。相変わらず部屋の中を走り回っていても、つねに周りの視線を意識するようになった。自分と、それ以外の人間の思惑や存在を忘れることがなくなった。

ずっとあとになって、ふと思ったことがある。あの時、淀殿が腰元たちを成敗したと言ったのは、秀頼を諌めるための方便だったのではないか。腰元たちはほかの者たちが言ったように、折檻されただけで、城から放逐されたのではなかったか。そうあってほしいと願った。真相は今も分からない。だが、いずれにせよ、淀殿の薬はよく効いた。秀頼は淀殿や家臣たちの言葉に逆らわず、言いつけをよく守り、おとなしい子供から青年へと成長した。

ただ、誰も知らないことだが、秀頼にはひそかな楽しみがある。小姓たちも下がらせ、居室にひとりになった時、脇差を抜いて、たわむれに刃先をそっと首筋に押し当ててみる。徐々に力を込めると、ひんやりとした刃金の鋭角的な圧迫で、皮膚と血脈が膨れ上がってくるのが分かる。ここですっと横に刃をすべらせれば、どうなるかと想像すると、背筋からぞくぞくとする快感が湧きあがってくるのだ。

また、天守閣の最上階に登った時、ここから身を躍らせたらどうなるだろうと、廻縁高欄から下界を見下ろしながら想像してみたりする。

秀頼は周囲から保護され、みずからも身を律しつつ、そのすべてを覆すような災厄の発生を恐れながら、同時に渇望してもいた。

慶長十六年（一六一一）に家康が、秀頼に二条城で会いたいと望んだ時、大坂城内では反対する意見が強くあった。

あくまでも会見を拒絶すれば、徳川との戦いになる恐れもあったが、淀殿が高台院や加藤清正の説得を受け入れたため、ぎりぎりで破局は回避された。

大いなる安堵とほんのいくばくかの失望を胸に、秀頼は二条城で家康との会見に臨んだ。

家康から上座を勧められた時、秀頼は遠慮をし、下座に回った。家康がほっとしているのが感じられた。

秀頼はなんとも言えない快感を覚えた。なぜ、そんな気持ちになるのか、その時は分からなかった。あとから考えてみると、自分より上位の存在を認め、へりくだるという行動が新鮮だったのだ。

幼少期からずっと秀頼は、人に頭を下げるという経験がなかった。それが今、自分より領地も権力も官位も上位の者がいて、その圧倒的な存在に這いつくばっている。

人は屈辱と言うかもしれない。しかし、秀頼にとって、未知なる感覚器に刺激が走ったような、なんとも形容しがたい陶酔を味わっていたのである。

あれから三年。且元の言によれば、家康は秀頼をこの豊臣家を滅ぼしにかかってきたようである。

三カ条のいずれかを飲めば、とりあえず危機は回避できそうだ。秀頼個人にとって、どの条件もさしたる障害ではない。生まれながらにすべてを手にしていた秀頼には、執着というものがなかった。だから、淀殿や重臣たちと諮って、穏当な結論を出すことは可能だった。

しかし、拒絶することで、魅力的かつ未知なる領域に一歩近づくことができる。いまだ経験したことのない、死という甘美な誘惑に。

「右府様のご存念はいかに」

淀殿の問いへの返答を、一同、息を詰めて待っている。

秀頼はいつものつかみどころのない表情を変えぬまま、大野治長に声をかけた。

「今、徳川と戦になったら、豊臣は勝てぬと申すのだな、修理」

衆目が治長に集まった。

武士として家臣の立場として、主君からこう問われては、はい勝てませんとは、口が裂けても言えない。

「あ、いえ」治長は喉になにか詰まらせたように、顔を朱に染めて、「打ち破るのは難しく思えますが、この大坂城に籠って一戦を構えれば、なかなか負けるものでもございますまい」

しかし、孤立無援の籠城戦は、いずれ力尽きる。たとえ半年、一年はもっても、天下の兵を向こうに回しては、勝利の形が見通せない。

と話を展開させる前に、横から弟の治房が声をかぶせてきた。

「まさしくこの時がために、城内には多くの浪人をかかえ、兵糧も一年、二年は支えられるほど蓄えてございます。また、御家が立つとなれば、西国の諸大名はもとより、東国の伊達など、恩顧の大名たちも加勢に馳せ参じましょう」

治房の勇ましい言葉に呼応して、旗本衆からは開戦を望む声が次々にあがった。

とつぜんの開戦機運の高まりを危惧する者たちもいるはずだが、正面切って反論を唱えられる雰囲気ではない。それほど徳川方への反発が沸騰していたということだろう。

しかし、さすがにこのまま一直線に徳川との一戦へ突き進んではまずいと思ったのか、織田常真が慎重に口を開いた。

「太閤殿下以来の御家衆の覚悟のほど、常真、ほとほと感じ入った。さりながら、今ここで江戸方との戦となって、御家にお味方する大名がどれほどいるであろう。関ヶ原から十数年、諸大名は将軍家へのご奉公に明け暮れて、恥じることもない。今、その者たちへ御家がいざ鎌倉と檄を飛ばしたとて、応える者はいかほどもあるまい」

冷静で妥当な判断かと思われたが、沸騰した今の評定の席では、到底受け入れられるものではなかった。

「御家の旗の下に集う武将がおらぬなどと、無礼を申されますな」

「さよう、今、多くの小名大名がお手伝い普請に駆り出され、江戸は怨嗟《えんさ》の声に満ちていると聞く。御家が立つとなれば、こぞってこの大坂へ上って参るに違いなし」

「そもそも、この天下無双の大坂城に籠れば、一兵の加勢なくとも、何年でも耐え抜けます。さすれば大御所と将軍家の威信は地に落ち、返り忠におよぶ大名も必ずや出て参りましょう」

旗本衆から次々と、常真の慎重論を否定する強硬論が出てきた。危うい風向きを敏感に感じてか、常真は口を閉ざした。

(いかん)

治長の背に汗が滴った。このままでは徳川との開戦必至の状況である。

最後の頼みは、やはり淀殿だ。淀殿が諫めれば、沸騰する強硬論を冷ますことができるはず。

望みをかけて見やると、淀殿は潤ませた瞳を旗本衆たちへ向けて、

「その方たちの忠義、心に浸みました。関白にも昇る豊臣家が、東夷の徳川へ降ろうなど、わらわが血迷うていた。たとえ戦い敗れて、この身を八つ裂きにされようと悔いはない。わらわは誇りを失ってまで生きながらえようとはゆめ思わじ」

決然と声をあげる。

側近たちや旗本衆も感極まった様子で、床に手をつき、「御意」「御意」「御意」と次々と賛同の声をあげていく。流れは決まった、開戦だ。旗本たちは感動と興奮に身を打ち震わせている。

治長も震えた。徳川との戦いの恐怖に。儚《はかな》い望みをかけ、すがるような視線を秀頼に向ける。ここで秀頼が開戦に否定的な言葉を吐いてくれれば、もう一度、皆が冷静に返る望みはある。

しかし、秀頼はひと言も言葉を発さなかった。そして、一同を蒼白い顔で見わたしな

がら、どこか満足げな表情を浮かべていた。

評定で開戦が決定され、いったん奥を離れたあと、治長は治房、七手組の面々、渡辺糺、木村重成とともに、ふたたびひそかに淀殿に呼ばれた。

先ほどの評定で徳川との戦いが決定され、これからその準備で多忙になる。いったい何事かと、いぶかりながら本丸奥へと引き返し、同朋の案内で大座敷に入った。人払いされているらしく、廊下にも部屋の中にも人の姿がない。

治長たちが部屋に集まると、ほどなく淀殿が姿を見せた。

「集まってもらったのはほかでもない」淀殿は言った。「裏切り者の市正のことじゃ」

淀殿はそう言って口をつぐんだ。

あとは言われるまでもなかった。徳川との戦いが決定した以上、敵と通じている片桐且元を生かしておくわけにはいかない。城内に留めるのは論外であり、城外に追放すれば徳川方に機密情報が漏出する。なんと言っても、且元は豊臣家の家老だったのだ。軍事、財政、家政、あらゆることが筒抜けになる。

いち早く治房が反応した。

「市正と弟貞隆にともに登城を命じ、その場で討ち果たすのがよろしゅうございましょう」

「討手は誰に命じるがよいか」

淀殿の問いに、槍の名手、渡辺糺が膝を進めて、

「それがしと、門下の手練れ、二、三名にお命じくだされば、不覚は取りませぬ」

と言上し、淀殿の了解を得た。

治長が口を挟む間もなく、且元たちの呼び出しの口実、討ち果たす部屋、討手の控える場所、討ち果たしたあとの片桐屋敷にいる且元の家臣たちの扱いなどが、次々と決められていく。

（これは……）

ますますまずいことになった。徳川との開戦も悪手だが、それに先立ち且元を血祭りにあげるのは、さらに筋が悪い。

いったん戦端が開かれても、長期におよぶ籠城戦であれば和睦の道が残る。その時、交渉の窓口となりえる且元を殺してしまうのは愚の骨頂である。徳川と親しい且元を殺されては、家康とて容易には和睦に応じられまい。

しかし、ここで治長が且元をかばうわけにもいかない。そうすれば、今度は治長の忠誠が疑われる。

治長は口を閉ざし、沈黙を守った。

謀議を終え、ほかの者たちが退出したあと、治長はもう一度、淀殿との対面を願い出た。

「いかがした」

大座敷へ戻ってきた淀殿が尋ねた。もうすぐ日が暮れる。奥の女性が、夜間みだりに表の者と面会するのは憚られることであった。

「市正の儀でござるが、常真殿にも計っておいた方がよろしいのでは」

治長が言うと、淀殿は首をかしげた。

「なにゆえじゃ」

「徳川との合戦には、総大将となる神輿がいり申す。右府様は奥に御座し、総大将として表に立つのは、市正を葬ったあと常真殿が適任でございましょう。されば、前もって市正誅伐もお伝え有るべきかと」

織田常真が密議を知れば、おそらく且元へ報せるだろう。そうすれば且元ものめのめと登城してこない。治長が疑われずに且元を助けるには、これしか方法が思いつかなかった。

「常真殿を総大将に据えるのか」

淀殿は怪訝そうな顔をした。

常真は重鎮ではあるが、歴戦の勇士というわけではない。かつては織田信長の遺領のうち、美濃、尾張、伊勢にまたがり百万石を有していたこともあるが、秀吉の怒りを買って没落し、関ヶ原のあとは、一時は格下の同盟者でもあった家康から、わずかな領地も没収され、京で逼塞《ひっそく》していたところを淀殿が救済の手を差し伸べたのである。ある意味、負け続けの人生を送ってきた人物だ。その不覚人に豊臣の御旗は重すぎはしないか。

「総大将たる者には、格というものが欠かせませぬ。敵は先の征夷大将軍と現将軍家の二枚看板で押してまいります。当方も右府様と先の内大臣であられる常真殿を押し立てて、これに抗ずるが肝要と存じます」

じっさいに戦の指揮を取るのは、治長やそのほかの重臣、あるいは加勢に参じる大名たちだ。神輿として常真を据えるというわけである。

「あい分かった」淀殿は納得したようだった。「しかし、もう夜も更ける。今からわらわが常真殿を呼び立てるわけには参らぬ」

「承知しております。それがしが常真殿と会い、市正のことや総大将に任ずることを伝えまする」

治長はそう言って、淀殿の面前を辞した。


(戯《たわ》けたことを)

織田常真は思った。

大野治長に呼び出され登城したところ、いきなり豊臣方の総大将になってほしいと言われたのだ。

そもそも常真は徳川と戦うなど、もってのほかだと思っている。どんな手を使おうと勝てる戦ではない。兵力も軍備も指揮官の数も質も、あらゆる点で大坂方は大きく見劣りする。

そんな敗軍確実の陣営の総大将になってどうする。まったくの自殺行為ではないか。

(そもそも)

常真は淀殿とのつながりで、今は豊臣家から扶持《ふち》を受け、大坂城内に屋敷ももらっているが、豊臣家に恩義を感じる義理などないのである。

常真が家督の座にある織田宗家は、豊臣家の主筋に当たる。地下人の小倅だった秀吉が世に出られたのは、常真の父織田信長が引き立ててやったおかげである。でありながら、本能寺の変後の騒動に乗じて、秀吉は大恩のある織田家から天下を奪い、あげくの果てに常真から領土も身分も奪った。流罪になったあと、出家して常真を名乗り、詫びを入れ、やっと赦免された。今さら恨みを言うつもりもないが、捨扶持くらいで恩を着せられては迷惑だ。

「せっかくの話だが」常真はそう言って、少し咳き込み、「近ごろ、わずらいで床につく日も多く、総大将などの大任、とても全うできるとは思われぬ」

固辞したところで、しつこく迫られるものと覚悟していたが、治長は意外にあっさりと常真の言い分を受け入れた。

「それは存じ上げず、迂闊にござった。どうかご自愛くだされ」

「うむ、かかるおり表に立てぬのは心苦しいが、わしも豊家のため病身に鞭打ち、できうる限りのことはいたそう」

互いに心にもない言葉の応酬のあと、治長が少し声を落として、

「じつは常真殿のお耳に、入れておきたいことがございます」

とことわったあと、片桐且元を本丸におびき出して討ち果たす計画があることを打ち明けた。

(正気か)

常真は驚愕して言葉を失った。

徳川と戦うにしても準備がいる。且元を前面に立てて時間を稼ぎながら、諸大名に密使を送り、味方を集うのが常道ではないか。それを豊臣の主柱である且元を、まっさきに切って捨ててどうする。

「旗本の若衆などは、東西手切れの引出物に、市正の白髪首を大御所へ送りつけんと、うそぶいております」

治長が深刻な顔で言った。

本丸を出て、自邸へ戻った常真は考え込んだ。これはただならぬ事態だ。

豊臣家は本気で徳川相手の戦を仕かける気でいる。愚かと言うほかない。

豊臣恩顧の大名たちの加勢を期待しているようだが、すぐに当てが外れたことに気づくだろう。過去の恩など、現在の損得勘定の前ではなんの意味も持たない。それは織田宗家の御曹司であった常真が、わが身をもって経験したことでもある。

父信長から多大の恩を受けていた家臣たちが、秀吉の勃興とともに織田家に背を向けて、面白いように豊臣家になびいていった様は、今も忘れられない。同じ現象を今度は、豊臣家を襲ったのは因果応報と言うべきか。

(いずれにせよ)

戦いになれば豊臣家は負ける。これは火を見るより明らかだ。

沈むと分かり切っている船にしがみ続けるのは馬鹿だ。とばっちりを受ける前に、常真も豊臣家から離れなければならない。

（しかし、今）

常真は豊臣家から扶持をあてがわれている身だ。城を出るのはいいが、その後の暮らしのあてがない。多少の蓄えはあっても、そんなものはすぐに尽きる。自分の食い扶持だけでなく、家臣たちも食わせなければならないのだ。

（新たな扶持を得るには）

家康に頼むのがいちばん確実だ。しかし、ただ城を出て豊臣方の挙兵を報せただけで、家康が領地をめぐんでくれるだろうか。ほかになにか、これだという手柄もあった方がいいだろう。

（そうだ……）

治長がわざわざ常真を呼び出して、大事なことを伝えてくれたではないか。

且元が危機を知り、大坂城を脱すれば、家康はつよい味方を得て、常真は大きな手柄を立てることになる。

常真は急ぎ手紙をしたため、深夜ひそかに家臣を片桐且元の屋敷に送った。

（これで）

且元も身を守る手立てを講じることだろう。豊臣家と且元の相克が、どんな結末を迎えるかは、まだ分からない。しかし、常真はそれを大坂城内で見届けるつもりはなかった。

且元に情報を流したのが常真であることは、いずれ発覚する。その前に、姿をくらまさなければ命が危うい。

常真は家臣たちを集め、身の回りのものを整理し、いつでも旅立てるよう支度をせよと命じた。

六

（やはり）

そうなったか。且元は深夜、常真から届いた報せを一読し、深く歎息をもらした。且元の、豊臣家に対する忠義の心は通じなかった。それどころか、暗殺という非常手段を打ち返そうとしている。

しかし、これはある程度は予想できたことでもあった。

淀殿たち大坂城を牛耳る奥の衆は、豊臣家の置かれた現実、つまり徳川幕府の権力基盤の完成と、その統制下にある諸大名たちの心変わりを理解していない。いや、ある程度感じてはいても、現実から目を逸らそうとしている。

且元はおりに触れ、淀殿たちに世の趨勢《すうせい》を語り聞かせ、豊臣家の生き残る道を説いてきたが、煙たがられることが多かった。

秀頼の側近や旗本にも、現実を直視する者はいたが、それよりも威勢のいい言動を振りまく者たちが、城内では幅を利かせていた。耳に心地よい言葉を吐く者たちを、奥の衆が歓迎したからである。

それでも方広寺の騒動が起きるまでは、深刻な対立には発展しなかった。徳川方が自制していたからだ。しかし、家康が牙を剝《む》いた途端、豊臣家中は穏健派と強硬派に分断されてしまった。

そして強硬派が優勢となり、徳川への恭順を勧める且元を排除しにかかった。それも暗殺という卑劣な手段で。

且元は貞隆を呼んで、常真からの手紙を読ませた。

「なんということだ」

一読して貞隆は、手紙を引きちぎらんばかりに怒りをあらわにした。貞隆は血の気の多い男である。且元とともに、豊臣家のために労苦をかさねていただけに、裏切られたとの思いがひとしお募るのだろう。

「いかがする、兄上。こうなればむざむざ討たれるわけには参らぬぞ。屋敷に籠って迎え討つか、こちらから打って出て、城下を脱するか」

唾を飛ばしながら吠える貞隆に、且元は鎮まるように言った。

「早まるな、貞隆。今はまだ大方様も頭に血が上って、周りの妄言に惑わされているのだろう。しばらく時をおけば、お分かりいただけるはずだ。いずれにせよ、われわれの方から手出しするなど、厳に慎むべし」

貞隆は承服しかねる表情で、

「もし、大方様が思い直されねばいかがいたす。黙って首を差し出されるか」

と且元に詰めよる。

「いや、まずは病を申し立て、登城を差し控える。その間に、大方様の御心も変わろう」

「見通しが甘すぎはせぬか。いたずらに時を移せば、屋敷を囲まれ、逃げ道を失う恐れもあろう」

不服をかくさない貞隆に、且元は立ち上がり、隣室から文箱を持って戻った。

且元は文箱からうやうやしく一通の書状を取り出した。

「見よ」

且元は言ったが、見るまでもなく貞隆もその書状の内容は知っている。

それは淀殿の父、かつて北近江を支配した戦国大名浅井長政が、且元たちの父、片桐直貞に与えた感状であった。感状に記された日付は元亀四年（一五七三）八月二十九日、小谷城が落城して浅井長政が自害する直前である。織田勢に囲まれ本丸に立て籠る主君に、最後まで付き従った直貞に、長政が感謝を記した書状であった。片桐家の家宝である。

「われらの父上は最後までご主君を見捨てなかった。今日、われらがあるのは、あの時の父上の忠義のおかげじゃ。おぬしもあの小谷のお城から、命からがら逃れた日のことは覚えておろう。大方様も同じように、落城を前にしてあの城を逃れた。われら兄弟は先代からの縁で、大方様とは結ばれているのだ。さらにわれらは太閤殿下からも大恩を受けている。右府公は太閤殿下と大方様の御子だ」

今、豊臣家の危機を見捨てて、自分の意思で大坂を出るなどという選択肢は、片桐家にはないのだ。

貞隆は家宝の感状を手にして、さびしげな顔をした。

「難儀なことよの。しかし、大方様があくまでもわれらの忠義を信じずばいかがする」

「うむ……」且元は苦しげに顔をゆがめた。「その時は、右府公よりお暇をいただき、堂々と城を退くことになろう」

さらに且元と貞隆は問答をかさねて、ようやく貞隆が折れた。

「分かった。わしも兄上と行動を共にしよう。ただ、万が一の備えとして、この屋敷と城下の屋敷に手勢を入れてくれ。いざという時、みすぼらしい姿をさらすのは御免だ」


且元の城内での成敗を命じたものの、しばらくして淀殿の心は揺れはじめた。

治長から総大将にと織田常真を勧められ、われに返った気持ちだった。百戦錬磨の家康の対抗馬が、あの頼りない常真。これが今の豊臣家の現実だった。とても勝ち目はない。よくて長期の籠城戦に耐えて、和睦するのが落ちであろう。だったら、さいしょから戦わない道を探るべきではないか。

且元が示した三カ条はいずれも論外だが、あれをたたき台にさらに家康と交渉をかさね、より現実的な妥協案を見出す道はあるはず。

(とすれば)

且元を殺《あや》めるのはまずい。

淀殿は朝の身支度を終えると、すぐに大野治長を召し出した。

「市正の扱いだが、これまでの忠義を考えると、成敗を命じたのは早計であったように思う。いま一度、市正の話を吟味し、大御所との談合に当たらせようと思うが、いかがであろう」

淀殿の言葉を聞いて、治長は少し複雑な表情をした。

「じつは市正から先ほど、病のため本日の登城は見合わせるとの報せが参りました」

「はて、昨日は患っているようには見えなかったが、重いのか、病は」

「いえ」治長は少し口ごもって、「おそらく市正は、こちらの謀を察したものと思われます」

「なんとな」淀殿はうろたえ気味に、「なぜ、市正にことが洩れたのじゃ。誰が寝返ったのじゃ」

「落ち着きくだされ。誰が申したわけでもなく、市正が不穏な気配を察して登城を控えただけかもしれませぬ」

常信への内通はおくびにも出さず、治長は言った。

「さようか」淀殿はほっと息をついた。「されば市正には見舞いを送り、病が癒えたら登城するよう伝えさせよう。また先に出した市正の誅伐の命は間違いなく取り消すように。討手の内蔵助には、その方からしかと申し伝えよ」

「御意」

治長は答えた。

しかし、淀殿の見舞いを受けても、且元は登城しなかった。見舞いを送ってから二日が経った。

「まだ、疑っているのかもしれませぬ」

淀殿から相談を受けて治長は言った。じっさいに騙し討ちの計画があったのである。ただ出て来いと呼びつけて、心得のある武士がやすやすと出てくるはずがない。

「さようじゃな」淀殿は考えて、「では、わらわが起請文を書く。それを市正に見せれば、わらわの心も伝わるであろう」

なにやら雑説があるようですが、わらわ母子はそなたのことを疎《おろそ》かに考えていません。そなたに落ち度があるとは、いささかも思わず、謀もしません。これを誓約します。もし違約すれば、梵天、帝釈、四天王をはじめ、大小の神の御罰を被ることでしょう。

以上の内容の起請文を淀殿はしたため、且元へ送った。淀殿が信心深いことは、且元もよく知っている。神仏に誓った起請文の内容を疑うことはあるまい。

先に暗殺を企んだことはともかく、今は少しも邪心をいだいていないと伝わるはずである。

そうして且元の登城を待っていると、城内で新たな騒ぎが持ちあがってきた。

且元が屋敷に兵を入れて、反逆の準備をしているというのだ。

「ついに市正が本性をあらわにしました。もはや一刻の猶予もありませんぞ」

強硬派の者たちが、淀殿をはじめとする奥の衆に告げた。秀頼の近習たちも、片桐家の上下の両屋敷に兵が入り、籠城の備えをしていると報告した。

強硬派はすぐに片桐屋敷を囲み、攻め落とすよう淀殿に進言した。

「修理、その方はどう思う」

きっと治長なら制止に回ると見込みをつけ、淀殿は尋ねた。はたして治長は分別臭い顔で言った。

「おそらく市正が兵を集めたのは、起請文を受け取る前だったのでしょう。大方様の御心を知れば、市正も矛を収めるかと存じます」

この時、淀殿の面前に馳せ参じていたのは、大野治長と織田有楽斎のほかは、比較的穏健派の旗本と近習だけだったので、重鎮である治長の意見に異を唱える者はなかった。

そうしてしばらく様子見を続けることでひとまず収まったが、翌日になるとまた新たな異変が起こった。

織田常真が大坂城を出て、京へ向かったのである。

「常真殿がなぜ城を出る」

淀殿としては狐につままれたような思いだった。病を理由に断ったとはいえ、大坂方の総大将に擬せられた人物である。

「おそらく」治長が深刻な顔をして言った。「大御所との戦に巻き込まれるのを嫌い、逃げ出したのでしょう。市正に謀を洩らしたのも常真殿だったかもしれませぬ」

「常真殿がなぜ謀を知った。謀議の場にはいなかったはずだが」

治長が咳払いをして、

「……おそらく、盗み聞きした腰元か同朋などから伝わったのでしょう」

「さすれば、常真殿の口からわれらの挙兵も大御所へ伝わるではないか」

「さよう心得ておくべきでしょう」

「もはや後戻りできぬというわけじゃな。覚悟を固めねばなりませぬぞ、右府様」

淀殿はわが子秀頼にきびしい眼差しを向けた。

すると秀頼は不敵な笑みを浮かべて答えた。

「もとより承知のことでござりましょう。大御所と一戦を交えるのは」

徳川との対決が不可避の状況になり、片桐屋敷を囲む城兵たちも殺気立ってきた。籠る且元方も主従ともに斬り死に覚悟で屋敷内を固めている。

ここで戦いの火ぶたが切られれば、壮絶な一戦となるのは必至だ。しかし、徳川との本戦を控えて、無駄な流血でもある。もし、戦いが長引けば、大坂方は城の内外に敵を迎えることになりかねない。

治長の進言で、且元の身の安全を保障したうえで、大坂城からの退去を勧めることになった。

「やはり、市正は去ることになるか」

さびしそうに淀殿はつぶやいた。いったんはみずから暗殺を指示したものの、父の代から忠義を尽くしてきた家の子でもある且元が、いざ退去するとなると、心細さを感じずにはいられない。

現実問題として、且元が城を出れば、徳川方に機密情報が流れるのは避けられない。しかし、その弊害を甘受してでも、早急に且元を退去させ、籠城の備えをしなければならなかった。

たとえこちらから宣戦を布告しなくても、今回の騒動を口実に、家康は挙兵するに違いない。城内のごたごたに時間を費やす余裕はないのだ。

治長と有楽斎の子息を人質に出して、且元の身の安全を保障し、且元の方からも子息を人質に出させた。そして、且元がこれまで取り仕切ってきた豊臣家関連書類のいっさいを提出させ、事務的な手続きも完了させた。すべて終えるのに二日ほどかかった。

大坂城を発つ日の早朝、片桐且元は弟の貞隆とともに髻《もとどり》を切った。豊臣家との決別のけじめである。

「これで大坂城とも秀頼公ともお別れじゃな」

貞隆がしんみりと言った。

「ああ、これで最後だ」

且元が言った。つとめて感傷的にならぬよう、割り切ったつもりだったが、やはり、心の底から湧きあがってくる悲しみは抑えようもない。

淀殿とは、親子二代にわたって主従関係を結んできた。豊臣家には木下、羽柴の時から、人生のすべてを捧げてきたと言ってもいい。且元の血も肉も骨も全部、豊臣家が造り上げたものだ。

その豊臣家と決別する。まさかこんな日が来るとは思わなかった。最後まで主従の縁をつなぎとめておけなかった自分の不甲斐なさが腹立たしい。家中が分断されるような、激動の時代にめぐり合わせた運命が呪わしい。

「これで豊家と縁が切れてしまうのか。他人になってしまうとは、まだ信じられぬ」

貞隆がつぶやくと、且元は首をふった。

「他人になるのではない。敵になるのだ。われらは侍人だ。主君にさぶらうのが務めなのだ」

今、豊臣家から離れれば、対立する徳川家の庇護を受けるしかない。これからの且元は、徳川家に忠誠を尽くし、豊臣家を滅ぼすために奔走することになるのだ。

「とすると、わしらの人生とはなんだったのだろうな」

貞隆はやるせない思いを吐きだすように言った。且元と貞隆は、少年期からずっと豊臣家とともに生きてきた。人生の成果であり、誇りだった豊臣家に、老年期に差しかかろうという今、離別を告げる。そしてみずからの意思で葬り去る側に回る。

「考えるな、貞隆。生きているだけで満足ではないか。あとはすべてよけいなことだ」

且元は言った。

秀吉も家康も生き残ることに全力を注いだ。その時々、自分より強い者の前では、地べたに這いつくばり、歓心を買うために身を粉にし、幇間《ほうかん》の真似事もした。そうやってきびしい生存競争を生き残り、最後には頂点に立った。秀頼淀殿母子はそれができず、破滅の道に突き進もうとしている。

且元の胸中には、母子のためにもっとなにかできたはずだという慙愧の念が渦巻いている。一方でやり尽くしたという思いもある。どちらかが正しくて、どちらかが間違っているということではないのだろう。

「よう見ておけ。次に来る時は、ここは戦場になっている」

且元は屋敷の門前で天守を振り仰いだ。五層の天守の屋根瓦が朝日に光っていた。

且元と貞隆は、五百人ほどの兵卒を従え、玉造門から城外へ去った。大和街道をたどって淀川へ向かって進んだ。且元が大坂城を去ることは、すでに秀頼名義で京の板倉勝重、駿府の家康、江戸の秀忠に通知されていた。そのため、不慮の事故や騒動を防ぐために、道中各所に警護の兵が配置されていた。

且元は河内松原で大野治長と織田有楽斎から取っていた人質を返し、その日の夕方、居城の茨木《いばらき》城に入った。


片桐且元が大坂城を去った日、高台院は京の屋敷を出て、大坂へ向かった。大坂城内で秀頼淀殿母子と片桐且元が対立し、今にも内戦がはじまるかもしれないと聞いたからだ。秀頼淀殿母子も片桐且元も、高台院にとっては身内である。家族内の紛争の解決は、豊臣家の正室たる高台院の役目だ。

(それにしても)

輿に揺られながら高台院はため息をついた。

方広寺の大仏供養のことで且元が苦労しているのは、ずいぶん前から聞いていた。供養の参加者や段取りや日取りで、家康から何度も注文が入り、その度に且元が右往左往していることや、淀殿が家康の横槍に不快の念をいだいていることなどは、古くからいる城内の女たちからの報せで把握していた。

慇懃だが、有無を言わさぬ口調で役人は言った。

(ああ、すでに)

戦端は開かれてしまったか。

すべては遅すぎた。すでに世に忘れられた存在に近い今の自分には、どうしてやることもできない。戦いがはじまる直前まで、その兆候を察知できなかった現実が、自分の非力をなによりもあらわしている。

(どうか)

大きな悲劇を迎えることなく、戦いが終わりますように。

京の屋敷への道を揺られながら、高台院は祈り続けた。


梵鐘の銘文のことで片桐且元を駿府におびき出し、無理難題を押し付けていた段階から、家康は大坂との開戦時期をほぼ正確に予測していた。

且元が家康に面会を果たさず駿府を発って大坂へ向かった数日後、江戸の参勤の帰途、駿府に立ちよった池田利隆に対し、

「ただちに尼崎まで兵を押し、大坂城の謀叛に備えあるべし」

と申しつけた。

そして待つこと十日余り、慶長十九年(一六一四)十月一日の正午、京都所司代板倉勝重からの急使が到着した。急使は大坂城内で異変があり、片桐兄弟が城を退去したこと、豊臣秀頼名義で片桐且元の不忠状が出されたことを告げた。家康がみずから任じた

豊臣家の家老職にある片桐且元を、徳川家との外交の最中に追放するのは、宣戦布告を告げたのと同じことだ。

家康は急使の言葉と板倉勝重からの書状をもって、沈痛な面持ちをつくろい、

「わしは太閤の遺言に従い、右府にこれまで目をかけ、取り立ててきた。しかし、右府はその恩を仇で返すふるまいを続け、ついには忠臣片桐市正を追放し、謀叛の暴挙に打って出ようとしている。かくなるうえは兵馬をもって謀叛人を討ち果たすほかに道はなし」

と言い、ただちに江戸へ急使を走らせ、出兵に取りかからせた。

かくして大坂の陣は幕を開けた。

第四章　冬の陣

一

大坂城の地には秀吉がここに築城する前、大坂御坊あるいは石山御坊と呼ばれた大寺院があった。いわゆる石山本願寺である。建立は明応五年（一四九六）、本願寺第八世の法王蓮如《れんによ》による。明応といえば応仁の乱からおよそ三十年、すでに戦国の暗雲が全国を覆い、本願寺自体も戦国大名化して、石山本願寺の寺域と防御設備は年々拡大強化され、しだいに城塞化されていった。

元亀元年（一五七〇）織田信長と石山本願寺の間に戦端が開かれたころには、丘陵の高台に巨大な御堂が鎮座し、東と北の平野には平野川、大和川、大川などの河川がめぐり、西方には大坂湾をいただき、天然の要害をなしているところに、加賀国より城造りの職人を呼びよせ、空堀、水堀で何重にも囲み、広大な寺域には櫓《やぐら》や土塁、柵、逆茂《さかも》木《ぎ》を配した大城郭へと変貌していた。すでにその時代から、大坂之城と称されることもあったようだ。

信長は足かけ十一年、石山本願寺を取り囲み攻め続けたが、ついに攻略しえず、天正八年（一五八〇）和睦して、本願寺は大坂を退去した。

安土の次の居城として大坂を考えていた信長は、その構想を実現することなく、天正十年（一五八二）本能寺で明智光秀の謀叛に斃《たお》れた。信長の天下事業を引き継いだ秀吉は、信長の死のおよそ一年後から大坂城の築城に着手した。

常時数万人を投じて、もとよりあった城郭をさらに拡大し、堀はより長く広く深く掘り直し、石垣を高く積み上げ、堡塁や櫓も新築した。外観五層の天守閣や各曲輪に築かれた櫓や屋敷の壮大さや、異人をも驚かす造りの精巧さについては言をまたないが、なによりも大坂城を特徴づけているのは、やはりその壮大堅牢な石垣群であろう。

大坂は石の大産地ではないため、河内、摂津の山々にとどまらず、瀬戸内海の島々からも、水運を使って無数の石が集められた。

諸大名たちも奔走した石集めによって、運び込まれた石は、石工たちにより加工され、工夫たちの手で積み上げられ、塁塀に構築されていった。

大坂城の普請は、断続的に秀吉の最晩年まで続けられた。そのころはすでに秀吉は妻子とともに伏見城に居を移していたが、自身の死後は秀頼を大坂城に住まわせるよう遺言していた。そのため、もとより難攻不落であった大坂城のいっそうの強化を図ったのだ。

ことに水堀と空堀をめぐらせた惣構《そうがま》え（外堀）は総延長二里（約八キロメートル）におよび、これに高く石垣と城壁を積み上げさせた。さらにその外周の湿地帯や河川など天然の地形も要害として取り込み、敵の接近を阻んでいる。

秀吉は戦の名人で、ことに城攻めを得意とした。過去に難攻不落と言われたあまたの城を、奇想天外な方法を駆使して落城させている。その秀吉が精魂を傾け、自身が攻めても落とせない城を目指して造成したのが大坂城であった。

豊臣秀頼はこの名城に拠《よ》って、天下の軍勢を向こうに回して戦う道を選んだ。

対する家康は、秀吉から「海道一の弓取り」と言われたほどの合戦上手だ。とくに野戦を得意としているが、城攻めも決して下手ではない。過去にいくつもの砦や城を攻略している。

城造りの名人秀吉の最高傑作である大坂城を、百戦錬磨の家康がどう料理するか、大坂はもとより、全国の目がこの一戦の推移に注がれていた。

二

家康は、豊臣との手切れがあきらかになった十月一日の午後、本多正純、板倉重昌などの側近衆に矢継ぎ早に命令を下した。

まず、江戸の秀忠に出陣の指示を出すと同時に、近畿、北国、中国、四国、九州の諸藩に出兵の触れも出させた。指示は簡素であったが、これで諸大名は迷いなく動く。各藩が率いる兵数や用意する兵糧は決まっていた。すでに天下普請などで、定められた人数を命ぜられるがままに出すことに、諸大名は慣らされている。

家康の大坂城攻めは、昨日今日の思い付きではじまるものではない。秀吉の死後、いや秀吉の生前から、いつの日にかこの城の主と天下を争うことを想定し、頭の中で攻略法を思いめぐらしていた。

家康が大坂城攻めでいちばん参考にしたのは、秀吉の小田原城攻めの事例であった。天正十八年（一五九〇）秀吉は関白の権限で、天下の軍勢二十万を関東に集結させた。対する北条氏は、本城の小田原城のほか関東平野に点在する支城にも兵を入れ、徹底抗戦の構えを示した。

しかし、秀吉は圧倒的な兵力で北条方の主な支城を次々に落とし、小田原城に籠る兵士の戦意を喪失させた。さらに小田原城から一里と離れていない山上に、わずかの間に石垣山城を築いて、北条勢を驚愕させた。

こうしたゆさぶりが功を奏し、関東の覇者である北条氏が万全の備えを持って籠城した小田原城は、半年ももたずに開城した。支城では激しい攻防戦はあったものの、本城のある小田原では小競り合い程度の争いがわずかにあっただけだ。

ここで家康が得た教訓は、天下の軍勢で取り囲み、どこからも救いの手が差し伸べられないことを思い知らせれば、どんな強固な城に籠っていても、戦意を喪失させるという事実だった。小田原城内には五万の兵と充分な兵糧があり、何人もの優秀な指揮官が統率にあたっていた。それが二十万の軍勢の前ではなすこともなく降伏した。

家康が関ヶ原以降、諸大名の統制に心血を注いできたのは、大坂城攻めを見すえた、天下の軍勢を引きまわす予行演習だった。十数年にわたって続けられた教練の成果はすぐにあらわれるだろう。

「諸国にもれなく使いを出したな」

家康は正純に質した。

「抜け落ちのないよう、こちらの一覧と突き合わせて書を発しております」

正純が大名の名前を記した巻物を手にして言った。本来、このような雑事に正純は関知しないのだが、家康が気にするだろうと察して用意させたものとみえる。

諸大名はその領域ごとに、今回の軍の駐屯地を定められていた。すなわち、東海から美濃、尾張、伊勢の領主は淀と瀬田に、北国の諸将は大津と堅田に、中国は池田に、九州は西宮と兵庫、四国は和泉の港に、と集結場所を指定し、出兵の命令を発していた。集結場所への兵糧の運搬も手配ずみである。

今回の大坂城攻めに家康は、二十万の兵を動員する腹であった。この数字は秀吉が小田原征伐に投じた兵数を意識したものだ。家康の命令を受け取った諸大名は目の色を変えて陣触れを発するはずだ。

「諸将はこぞって一番乗りをめざし、馳せ参じるでしょう」

正純は請け合うように言った。

「うむ」

家康は機嫌よくうなずいた。

かつて関白秀吉が天下の軍勢で関東平野を席巻したように、今回は家康の号令で全国の大名が大坂城を取り囲む。かつての北条氏とは違い、今の豊臣家には広大な所領も味方に付く大名もないから、大坂城は裸城になる。小田原城攻略よりずっと容易なはずだ。

それでも家康はさらに慎重を期して、さまざまな布石を打っている。

板倉勝重の急使が着いてわずか十日後の十月十一日、家康は五百の兵に守られ、大坂へ向けて駿府を発った。この行動の早さもずっと以前より、戦いを想定していたことの証になろう。

翌十二日、掛川に着くと、大坂から戻る使者と行きあった。大坂では籠城のための準備を急ぎはじめているという。さらに挙兵には織田有楽斎とその嫡子頼長《よりなが》、大野治長、治房の兄弟、木村重成などが秀頼を支える主将に連なっているらしい。

本来であればいちばんの重鎮であり、家臣団の先頭に立って号令するはずの織田常真が早々に脱落している。家康は常真とは以前よりひそかに連絡を取り合って、豊臣と徳川の破局が避けられない事態になった時点で大坂を離れる許可を与えていた。

決戦を前にして盤上から大駒が一枚抜け落ちたようなものだ。豊臣方の痛手は計り知れまい。

(おそらく)

常真なきあと豊臣方で主導的な立場に立つのは織田有楽斎であろう。残った重鎮のうち、いちばん所領も多く、年齢も家柄も申し分ない人物といえば有楽斎だからである。

「これで思いどおりに駒が並びました」

家康とともに使者の報せを聞いた正純は言った。

じつは織田常真のみならず、織田有楽斎とも家康は連絡を取り合っている。長らく大坂城内の動向を、常真と有楽斎からの密書で家康は把握していた。両人が家康の間諜を務めていることは、互いは知らない。片桐且元も気づいていなかった。豊臣家が頼みとする重鎮たちはみな家康の掌の上で、別々に転がされていたのである。

豊臣方は決戦の前に総大将に逃げられ、残った重鎮も家康の指示を受けて動いている。大坂城は骨抜きも同然だ。

（もはや）

戦いにもならないかもしれない。この状況ではどう指揮を取っても負けようがない。

（されど）

家康は気を引き締める。いかなる合戦も戦前の予定どおりに進むことはまずない。生来の心配性の家康は打つべき手に抜けがないか、つねに思いめぐらせている。

翌十三日、中泉に到着。連日の朗報が入る。江戸からの報せであった。

「福島左衛門大夫《さえもんだゆう》の使者を連れてまいりました」

さっそく使者を面前に呼び寄せると、正則から預かったという書状を差し出した。家康は封を解く手ももどかしく書状を広げて中をあらためた。それまで厳しかった家康の顔がしだいにほころんでいく。

正則は今後も幕府に忠誠を尽くすとのこと、秀頼淀殿母子には以前から自重するよう勧めていたことを、書状の中で訴えていた。

（あの左衛門大夫までも）

豊臣と距離をおき、家康に尻尾を振っている。胸の内に安堵と喜びが満ち溢《あふ》れてくる。

福島正則は永禄四年（一五六一）尾張に生まれた。母は秀吉の母仲の妹であった。小者あがりの秀吉には、身内や譜代の家臣が少なかったため、幼少のころより秀吉に乞われ出仕し、小姓をつとめた。天正十一年（一五八三）の賤ヶ嶽の合戦では、いわゆる賤ヶ嶽の七本槍に入る大手柄をあげ、五千石を与えられた。

その後も正則は秀吉の天下取りの合戦のすべてに参加し、文禄四年（一五九五）、尾張清州に二十四万石の所領を得ている。

福島正則は加藤清正と並んで豊臣大名を代表する存在であった。それだけに家康もその扱いには気を使っていた。私婚を禁じた秀吉の遺命に反して、正則の跡取りとされていた福島正之に家康が養女の満天姫《まてひめ》を嫁がせたのも、自陣取り込みを図るための策略だった。家康の狙い通り、正則は関ヶ原の合戦で獅子奮迅の働きをして大勝に貢献した。その大功に家康は正則に安芸広島四十九万八千石の所領を与えて報いた。

腫れ物に触るような家康の丁重な扱いもあって、徳川家と福島正則の関係は悪くない。しかし、正則には時として合理性に欠ける狂騒的な行動に走る性質があり、家康でさえ何度か煮え湯を飲まされている。

関ヶ原の勝利直後のことである。正則は家臣の佐久間嘉右衛門を家康のもとへ使者として送り出した。ところが嘉右衛門が通行手形を所持していなかったため、関の守衛の足軽が通行を阻み、嘉右衛門を追い返した。使者の役割を果たせず正則のもとへ戻った嘉右衛門は、正則に不手際をわびて自害した。

家臣の憤死が、正則の感情のどこをどう刺激したものか、ともかく正則は怒り狂って、家康のもとへ嘉右衛門の首を送りつけ、関の責任者である伊奈図書《ずしょ》の切腹を要求した。

困惑した家康は、図書に当時、なにがあったのかを詳しく報告させた。何度聞いてみても、図書にも関の守衛の足軽にも大きな落ち度があったとは思えない。しかし今、正則にへそを曲げられても困る。気の毒ではあったが、図書には足軽の斬首を命じた。そうして足軽の首を正則の陣に届けさせ事態の収束を図ったが、正則は納得せず、あくまでも図書の切腹を主張して譲らない。

この時点では関ヶ原の戦いには勝利したものの、まだ各地で西軍の諸将が戦いを続けており、なにより大坂城には毛利輝元が健在であった。内輪もめが長引けば、形勢が逆転する懸念もあった。

「図書、すまぬ」

家康は断腸の思いで家臣に頭を下げた。伊奈図書は不服を洩らさず、従容と切腹して果てた。その首を正則に送って、ようやく決着を見たのだが、家康の心には長く苦い思いがわだかまった。

慶長十六年(一六一一)家康が秀頼と二条城で会見した時は、加藤清正と浅野幸長は護衛として秀頼に付き従ったが、正則は病を言い立てて従わず、一方で枚方《ひらかた》から京までの街道筋に自軍一万の兵を出して、変事に備えさせた。これはもし秀頼になにかあったら、すぐさま徳川方へ打ちかかるぞという脅しである。

(あれほどの)

厚遇を与えてきたにもかかわらずこの態度か。深い失望がこみあげた。

家康の正則を見る目には、いつも困惑といらだちがあった。狂犬のような男だ。いつ噛みついてくるか、予想がつかない。

そんな正則観をいだき続けてきただけに、「幕府に忠誠を尽くす」という正則からの書状には心底安堵した。気性が激しいだけに、手の込んだ嘘をつける男ではない。文言を額面どおりに受け取ってよかろう。

「福島左衛門大夫までが見限ったうえは、もう豊臣に味方する大名はひとりもおりますまい」

本多正純も安心したように言った。

「うむ」家康は同意の徴《しるし》にうなずいて、しかし、すぐにそのあと表情を引き締め、「左衛門大夫にはそのまま江戸に留まらせ、こたびの出陣は差し控えさせよ」

万が一にもあるまいが、急に心変わりして敵に回ることを恐れた。思考が読めない男だけに、用心するに越したことはない。

家康はその後も情報を集めながら、合戦に向けてさまざまな手配の指示を出しつつ進軍を続け、十月二十三日に京の二条城に入った。

しばらくはこの二条城を拠点として、全国から集まってくる諸将に指図をし、大坂城攻撃の布陣を整える腹積もりである。

三

将軍徳川秀忠は、江戸城で家康から大坂攻撃の命を受けると、ただちに旗本衆に出陣の支度を命じた。

（ついに）

汚名をそそぐ機会がやってきた。

今回はわが手で天下の軍勢を率いて、豊臣家を討ち滅ぼし、名実ともに自分が天下の主であることを証明したい。

関ヶ原の時は初陣で、秀忠はまだ二十歳そこそこの青年だった。なにも分からないまま、うん、うん、とお付の重臣たちの言いなりになっていたら、天下分け目の決戦に大遅刻して、あやうく徳川家の跡継ぎの座を失いかけた。

（あれから十四年）

今は将軍として大きな仕事を次々と成功させている。もう同じ轍《てつ》は踏まない。

「今回の大坂攻めは自分が差配をいたしますから、大御所は江戸に入り、東国に睨みを利かせてください」

という要望を使者の土井利勝に託し、駿府の家康に伝えた。

十四年前の恥を雪《すす》ぐには、秀忠みずからの号令で諸大名を手足のように動かし、大坂城をすみやかに落とさねばならない。秀忠の命令の一言一句に諸大名が神経をとがらせる状況を作るのだ。それには家康のような戦の巨匠に出て来られては迷惑であった。戦場は命をやりとりする場だ。一瞬の判断の差が生死の境目となるため、誰もがもっとも頼りになる者の号令を切望する。家康という太陽が出れば、月である秀忠は見向きもされまい。

合戦だけでなく、日々の政治の場でも時々そういうことがあった。幕府で決済する案件なのに、老中が「駿府のご意向も伺っておいた方がよろしいのでは」と持ちかける。秀忠の判断では不安なのだ。「無用のこと」と秀忠はつっぱねて処理を断行した。ところがあとで老中がこっそり本多正信に伝え、家康に話が通っていることがあった。どうやら、秀忠の知らないところでかなりの案件がそのような処置をされていたらしい。屈辱を感じたが、決して表にあらわさなかった。気づいたことさえ、誰にも知られないようにした。そうやってかぼそい自尊心をどうにか保った。

（だから、今度こそは）

名実ともに自分が総大将になって、天下平定の最終決着をつける。そうしてはじめて諸大名は自分を父の操り人形でない、天下の支配者と認めるだろう。

ところが、数日すると、

「わしがまず先に京まで行って、大坂の情勢を探っておく。もし、合戦となれば将軍が指揮を取り、城を攻め落とすがよいであろう」

との家康の命令をもらって土井利勝が帰ってきた。しかも江戸の留守役を、松平忠輝、蒲生忠郷、奥平家昌、最上家親、鳥居忠政、酒井重忠、内藤清次にするように、との人選も押し付けられるお土産付きでだ。

（なぜ、父上は）

信用してくれないのだろう。そして秀忠が面目を失するよう、将軍の権威を傷つけるよう、立ち回るのだろう。

合戦となれば秀忠に指揮を取らせるようなことを言っているが、まったくあてにならない。その場になったら、家康は絶対に指揮権を手放さないだろう。そして周りもそれを歓迎するに違いないのだ。

「大御所に上洛を思いとどまるよう、いま一度駿府へ行き、説いてもらえぬか」

秀忠は土井利勝に持ちかけた。どうしても家康の出陣には納得がいかない。家康はもう七十を超えている。戦の指揮どころか、生きているのが不思議な年齢だ。途中で病をえれば、戦況にも災いをおよぼす。

しかし、利勝は決まり悪そうに首をふり、

「それがしが駿府を発つおり、すでに大御所は出陣の支度を整えておりましたから、今ごろはちょうど駿府をお発ちになるころかと」

と言ったので、秀忠は焦った。

家康が上方へ向かったということは、思ったより早く大坂との合戦がはじまるかもしれない。駿府より遠い江戸から、のんびり追って行っては、今度も肝心な時に間に合わない恐れもある。関ヶ原の悪夢の再現だ。

（もしかして）

家康は、またもや秀忠不在のまま戦をはじめて恥をかかせるつもりか。理屈に合わないと思いながらも、そんな疑心暗鬼にとらわれる。

「予もすぐに江戸を発つ。大御所に追いつくぞ」

と言ったが、将軍御出馬がそんなに簡単にできるはずもない。旗本の召集、留守中の手配だけで、どんなに急いでも数日はかかる。

それでも声をからして老中たちの尻を叩いていると、今度は酒井忠利《ただとし》が、家康から送られてきた軍法を披露した。

内容は、軍兵たちが守るべき規律から、軍事行動時の違反事項、物資輸送の方法、物資や兵糧の買い上げ時の規則などを、罰則も定めて具体的に指示している。最後に家康の伝言として、「これらの軍法は将軍の名で諸大名に発するように」とのありがたい仰せまであった。

(もう、大御所は)

秀忠になにもさせないつもりのようだ。箸の上げ下ろしまで指示してくる。

「定め書としてその方ら、老職の連名で発するように」

と秀忠が命じたのは、せめてもの抵抗だった。

その後、伊達政宗や上杉景勝が出陣の許可を求めてきた時には、秀忠はもうなにも考えず、そのまま家康に判断をゆだねた。

十月二十三日、ようやく準備が整い、秀忠は五万の兵を率いて江戸を出立した。

(今度こそは)

遅れるわけにはいかない。五万もの兵のいちどきの移動は、ただそれだけで大仕事となる。あちらこちらで渋滞が起きた。とくに大河の渡河では後方に一里以上の行列があふれた。それらを整理させながら、秀忠は行軍を急ぎに急がせた。東国の諸大名たちの行軍ともかち合ったが、それらを押しのけて優先的に進ませた。

途中で家康に追いつくのは無理でも、合戦に遅れることだけは、なんとしても避けたい。

秀忠は誰になんと忠告されても耳を貸さず、ひたすら前へ進むよう、全軍を叱咤し続けた。そのため行軍の調整にあたった奉行たちの苦労は並大抵ではなかったが、秀忠自身はただ輿に揺られ、口やかましくするだけで、とくにすることがない。

そこで道中のつれづれに思いついた事項を書き留めた。そしてそれを側近たちに渡し、注意書きにして発するよう命じた。しかし、ほんとうに大事な注意は、すでに老職の連名ですでに発している。そのため新たに出された注意書きには、「行軍中に脇道をするべからず」「宿の中では笠や頭巾を取ること」「馬に声をかけるべからず」などの、どうでもいいような内容ばかりが記されていた。

秀忠の行列は十一月二日に名古屋に達し、十一月十日には伏見城に到着した。そして翌十一日に京の二条城へ行き、家康と面会を果たした。家康の駿府から京の日程より、百倍の軍勢を率いた秀忠の江戸から京到達の方が数日短かった。

大坂ではまだ大きな戦ははじまっていない。

（今回は）

間に合った。これでなんとか采配を譲ってもらう前提は整った。あとは交渉次第というところか。秀忠は腹に力を込めて、家康の待つ御成の間におごそかに入室した。

「早すぎる」

開口一番、家康は苦い顔をして言った。

「はっ?」

とっさに会見の刻限を間違えたのかと思った。

すると家康はいっそう苦りきった表情になり、

「上洛が早すぎると申したのだ。五万もの大軍をこれほど急がせては、みな疲れ果てて、すぐには戦の役には立つまい。しばらくは伏見で休ませておくがよかろう」

「はっ、して、戦評定はいつ開かれます」

「もう諸将には大坂周りの布陣を命じてある」

とそっけなく突き放した。

十月一日に片桐且元が大坂城を退去した時からおよそひと月半。

畿内に領地を持つ藤堂高虎、本多忠政、松平忠明らは、家康の意を受けて諸将を率い、すでに大坂城とは指呼の間にある住吉、阿倍野、平野へ進軍していた。

さらに家康は、片桐且元から入手した大坂城の詳細絵図を、本多正純、板倉勝重、安藤直次、成瀬正成たちに検討させ、軍略を練った。事実上、ここで今回の大坂攻めの戦略は決定された。

いや、それ以前に、家康は駿府から京へ来るまでの間も、さまざまな情報を得、また発信して諸将を動かし、すでに戦をはじめていた。

とにかく軍勢を率いて京へ向かうことに神経のすべてを注ぎ、戦は京に着いてからなどと考えていた秀忠は甘かった。

秀忠は二条城に一泊して、翌日、伏見城に帰った。作戦については家康からほとんど相談もなかった。伏見城から秀忠と入れ替わりに土井利勝を呼ぶように言われた。利勝に作戦を授けて秀忠に実行させるつもりのようだ。

秀忠は、二条城に家康にただ叱られに来たようなものであった。

家康は十月二十三日に二条城に入ったあと、大坂城包囲網を着々と構築していった。軍勢を進めるだけでなく、大軍の通行や陣地構築の障害になる寺院や村落に放火させた。また、堤を破壊して大坂城に注ぐ淀川の水量を減らす工作も命じた。

こうして戦闘開始の準備を整え終えて、いよいよ十一月十三日を家康の二条城出陣の日と定めた。そしてそのための準備をほぼ整え終えた前日の十二日の夜、伏見城から土井利勝が駆けつけてきた。

老中の利勝は秀忠の側近中の側近である。今回の秀忠の上洛軍にもずっと付き添い、二条城で秀忠が家康からけんもほろろの扱いを受けたことも知っている。

「わしは明日、ここを発ち奈良の法隆寺に兵を進める。将軍には十五日まで兵を休ませたあと、河内から枚方を経て大坂へ入るように伝えよ」

との家康の言葉を受けたものの、土井利勝は返答をせずに、じっと家康の顔を見返している。

「うむ、いかがした」

家康が問い質した。

「御所にはご無念のことと存じます。積年の憂さをこたびの大戦で払拭《ふっしょく》することを、いつに念じておられましたゆえ」

利勝の返答を聞き、家康は考え込んだ。

秀忠が関ヶ原の遅刻を気に病み、ずっとその雪辱を期していたことは家康も知っている。

ただ、今回の大坂城攻めは、幕府の名誉にかけて、絶対に圧倒的な勝利で終わらねばならない戦であった。内応者がいて、兵力に大差があるとは言っても、天下の大坂城を攻め落とすまでには、多くの困難が予想される。お世辞にも名指揮官とは呼べない秀忠を棚上げして、家康が前面に立つのは、幕府と秀忠を守るためでもあった。

（そもそも）

豊臣家を滅ぼしたあとの将軍に、軍事指揮など無用な能力となる。もしそれがいつまでも必要な世なら、秀忠を世継ぎにはしなかっただろう。

しかし、指揮権を得られず、秀忠が鬱屈をかかえるとすれば、それはやはり好ましくない。また、その事実を秀忠のみならず、周囲に悟られるのはよけいにまずい。将軍家の権威を貶《おとし》めることになるからだ。

「さようであったな」

利勝に指摘され、家康にも反省する気持ちが芽生えた。

家康が先に大坂城攻めの先陣を切って、あとから秀忠にのこのこと付いてくるように命じたのは、いかにもまずかった。事実上家康が采配を振るにせよ、形としては秀忠も同格の総大将に見えるような扱いをするべきであった。

「わしの出陣も十五日に延ばす。将軍家と同じ日に、ここを発つ。互いに連絡を取りながら兵を進め、天王寺で落ち合うこととしたそう」

すでに家康は出陣を旗本衆たちに告知していたため、占筮《せんぜい》により日をあらためたと公表した。

こうして家康は十一月十五日の早朝、軽装で二条城を発ち、夕刻、奈良に入った。秀忠も同日、伏見城を発ち、夜に枚方に到着したのだった。

四

片桐且元を勘当した十月一日から、豊臣方は公然と戦の準備をはじめた。

家康が、ずっと以前から大坂城攻めを睨んで様々な手を打ってきたのと同様に、豊臣方でもひそかに万一の備えをしていた。

関ヶ原の時、西軍に与して改易され、その後、各地に身をひそめている元大名やその重臣たちの動向を把握していたのもそのひとつだ。一朝ことあらば、この者たちはきっと大坂城に駆けつけるであろう。

ただちに野に伏している武人たちに秀頼名義の召集状が発せられた。しかし、豊臣方がもっとも頼りにし、参陣を期待していたのは、言うまでもなく現役の豊臣大名たちだ。福島正則、黒田長政、加藤嘉明たち秀吉以来の子飼いの家臣、毛利輝元、上杉景勝など秀吉政権で大老を務めた大大名たちをはじめとして、これぞと思う大名たちに手当たり次第、書状を発し、応援を求めた。

また長期の籠城戦を睨んで、大坂市中の米価の高騰を招くほど、兵糧米の買い付けも積極的に行った。

さらにすでに難攻不落の備えをしている大坂城のさらなる修築にも着手した。城内の防壁や防柵や堀川の堤を増築しただけでなく、城下の博労淵《ばくろうぶち》、木津川口、阿波座、土佐座、河原町、福島などに小砦を築くこととし、大坂湾の伝法のあたりには巨大船安宅丸《あたけまる》を停泊させ、水路の抑えとした。

「砦普請は滞りなく進んでおります。家康上洛のころには、手も足も出せぬまでに守りは固まっていることでございましょう」

軍議の席で大野治長はそう報告した。

大坂城本丸の大広間には、治長のほかに、秀頼淀殿母子、織田有楽斎とその子頼長、大野治房、渡辺糺、木村重成に加えて、旗本衆の中核である七手組の面々が座に連なっていた。

「戦備えに怠りなく、頼もしく思う」と淀殿は治長をねぎらったあと、すぐに言葉を継いで、「大名衆の参陣は、いかほど、いつごろになろう。あまり大勢集《つど》えば、新たに屋敷の手入れもせねばならぬのではないか」

秀吉の最盛期には城内にひしめいていた大名屋敷も、今は取り壊されたり、荒れたりしたまま放置されている。大名たちが続々と入城すると、あてがう屋敷が不足すると心配しているようだ。

治長はなにか喉に引っかかったように、小さく咳払いをしたあと、

「今のところ、まだ御家へのご奉公を明らかにした大名はおりませぬ」

と言うと、淀殿は呆気に取られたような表情になった。

「ただのひとりもおらぬと申すか、豊家のために馳せ参じる者が。上様の書状が届いておらぬのではないか」

「書状は間違いなく届いております」

治長が答えると、淀殿はかみつくように、

「ならば、なぜ、参らぬ」

「おそらく、今は時を窺っているのでしょう。とくに福島左衛門、黒田甲斐、加藤左馬助《さまのすけ》などの御家とゆかりの深い者たちは、みな、江戸に留め置かれているようです。されど、家康と秀忠が東国の兵をこぞって上洛におよべば、その隙に乗じてあの者たちはかならずや兵をあげます。さすればわが籠城軍と、東海道を駆け上る援軍とで、家康たち賊軍は挟み撃ちにして平らげられましょう」

と治長は力強く言ったが、淀殿の表情はさえない。

「ほかの大名たちはいかがした。毛利、島津、浅野、細川たちは」

秀吉の死後も多くの大名は大坂を訪れ、秀頼に挨拶をし、季節の贈り物のやりとりも欠かさなかった。いろいろ事情はあるにせよ、あれほどいた豊臣恩顧の大名が、ひとりも加勢する素振りもないという現実に、淀殿はいたく衝撃を受けているようだ。

じっさい、治長が秀頼名義で出した諸大名への出兵依頼は、ことごとく断られるか、黙殺の憂き目にあっていた。なかには書状の封を切らず、そのまま家康のもとへ送った大名もいるらしい。

諸大名たちが、今回の戦の行く末をどう見ているか、よく分かる対応である。日常の礼儀として旧主の豊臣家を立てるのはやぶさかでないが、いざ、自家の命運がかかる合戦となれば、躊躇なく強い方につく。大名たちの行動規範は、筋を通すより家を守ることにある。

「諸大名はまだ旗幟《きし》を鮮明にしておりませんが、諸浪人たちはすでに続々と集まっております」

淀殿の気を引き立てるように治長は言った。

反応の鈍い大名たちとは対照的に、浪人たちは秀頼の招きに即応し、続々と大坂城に来集している。その顔ぶれは、長宗我部《ちようそかべ》盛親《もりちか》、真田信繁、毛利勝永、明石守重《もりしげ》、大谷吉治、後藤基次《もとつぐ》、仙石宗也たち、旧大名やその子息や重臣などそうそうたる面々である。また、そのほかの浪人の中にも部隊の指揮を任せられそうな武人が数多くいた。旧大名を含め、浪人の多くは関ヶ原を経験している。その時、西軍に付いたため、戦後に改易され、浪人暮らしをしていた。中にはかなり困窮しているため、支度金を都合し、武具や馬を買い揃えさせてやった者もいる。

家康が相当浪費させたものの、大坂城内にはまだ秀吉が残した莫大な金が残されていた。

片桐且元が管理していた豊臣家の帳簿は、治長が受け継いだ。それをはじめて見た時はおどろいた。且元はなかなかのやりくり上手だったらしい。天守閣の下の金蔵には、まばゆいばかりの金塊がうず高く積まれていた。

治長はこの金塊を溶かし、円筒形を縦割にしたような鋳型に流し込んで、竹流金《たけながしきん》と呼ばれる秤量《ひょうりょう》金貨を作り、これを浪人たちに給与した。

豊臣家の存亡がかかった一戦である。ここで物惜しみをしても仕方がない。けちけちせずに治長は、気前よく竹流金を配った。金が目当てで集まったわけではなかろうが、長らく貧乏暮らしが染みついていた者たちが多いので、これは喜ばれた。士気もかなり上がったように思われる。

「浪人と申しましても、もとは大名だった者もおり、これらが旧臣たちを率いて入城すれば、こたびの戦には大きな力となるに相違ございませぬ。一度、主だった者たちには上様へのお目通りをお許しいただきとうございます」

と治長は言上した。

淀殿にはまだ希望があるように言い繕ったが、治長は大名が大坂方に味方をすることはあるまいと見切っていた。子飼いの福島正則や加藤嘉明も今は大大名で、守るべきものを多くかかえている。自身ひとりの感情で動けるものではない。

（それに）

もし、大名たちに大坂城へ次々と入って来られれば、現実的な問題として、治長の立場が微妙になる。

今は実質、治長が大坂城を取り仕切る筆頭家老の座にある。片桐且元を追放して手に入れた地位だ。しかし、もしここに且元と同等かそれより格上の大名があらわれれば、治長の影が薄くなる。

その点、浪人衆は心配がない。能力や経験はあっても、戦力と政治力の土台となる所領を持たないからだ。じっさい彼らは、豊臣家の財力の裏付けがなければ、家臣団を維持することもできない。豊臣家の財政を握る治長にはどうあっても頭があがらない。さらに秀頼との間を取り持ってやることで、より治長の立場は強化されるだろう。

「かつては大名だったかもしれぬが、今は所領も官位もない素浪人どもを、上様の御前に登らせるのはいかがなものか」

と異論を唱えたのは、織田頼長であった。

頼長は織田有楽斎の嫡子だ。父有楽斎とともに豊臣家に仕えていたが、数年前、朝廷の醜聞事件に関係し、一時、大坂を離れていた。近ごろ、徳川との手切れを機に復帰していた。かなりの野心家であり、今回の危機をきっかけに大坂城内で主導的地位に就くことを狙っている気配がうかがわれる。治長のやり方に、なにかと横槍を入れてくる。

「どうなのじゃ、修理」

淀殿は眉をひそめて言った。浪人と聞いて、むさくるしい野武士のような男たちの姿を想像したのかもしれない。

「浪人と申しても、いずれも氏素性のたしかな者どもにござる。長宗我部盛親はかつて四国全土を切り従えた元親《もとちか》の一子で、もと土佐一国の領主。真田信繁は信州上田城主真田昌幸が一子で、従五位下左衛門佐《さえもんのすけ》を叙任し、太閤殿下より豊臣姓を賜った者。毛利勝永は御家譜代の毛利勝信の一子で、こたびの変を知り配流先の土佐から妻子を捨て駆け付けた忠義者。明石守重は宇喜多秀家公の家宰にて、太閤殿下からも知行を頂戴し、合わせて十万石を領した勇者。大谷吉治は敦賀領主大谷吉継の一子。後藤基次は黒田家で一万六千石の所領を与えられ、あげた軍功は数知れぬ強者。仙石宗也は信州小諸五万石の領主仙石秀久の嫡子でしたが、関ヶ原では単独西軍に身を投じ、勘当された一徹者。みなきらびやかな前歴に恥じぬ、涼やかな貴人ばかりにて、上様の御面前に侍っても苦しからずと存じます。また、各々、一騎当千の強者ゆえ、上様より御言葉を頂戴すれば、いっそうの励みとなりましょう」

と治長が訴えたので、淀殿も心を動かされたようで、横の秀頼を仰ぎ見た。

「上様、いかが」

秀頼はいつものつかみどころのない表情で、治長を見下ろして、

「苦しゅうない。予も忠義者たちの顔を見ておきたい」

と言ったので、翌日、大広間で主だった浪人衆が秀頼に拝謁した。

秀頼と浪人衆の顔合わせがすんで、ほどなくして、治長は軍議を開いた。

すでに家康が駿府を発ち、上洛の兵を進めているとの情報を得ている。家康と秀忠の号令を受けた諸大名たちも各地で動きはじめていた。いずれ将軍秀忠も大軍を率いて江戸を発つだろう。早急に対応を協議する必要があった。

軍議の会場は千畳座敷で、秀頼以下、豊臣家中のいつもの面々と、浪人衆のうち、旧大名もしくは大名格だった長宗我部盛親、真田信繁、毛利勝永、明石守重、後藤基次の五人が列席した。

まずさいしょに治長が現状を説明した。

現在、城内に擁している兵士は総勢九万。兵糧は十六万石弱。今も商人から買い上げたり、大名の蔵屋敷の兵糧を徴発したりして、最終的には二十万石に達する見込み。およそ一石がひとりの一年分の兵糧だから、城内の女や子供、その他の非戦闘員を含め、籠城用の兵糧が二年分蓄えられるということだ。

敵方はまだ大坂に姿を見せていないが、兵庫や大津などに軍勢が集まりはじめており、いずれ大坂方面へ大軍を押してくることが予想される。

「よって、まず敵の機先を制して、茨木城を落とし、京に火を放つべし」

と治長は言った。

茨木城は片桐且元の居城で、大坂城からは北へおよそ五里の距離にあった。

大坂城へ押し出す敵の拠点となりうる茨木城を落としておくことは戦術的な利点となる。また、豊臣家と袂を分かった且元に鉄槌を下すこと、さらには豊臣家内の且元の後継者たる治長がその指揮に当たることには政治的にも意義が大きい。

京に放火するのは、二条城をもつ家康への牽制だ。京が焼け野原になれば、遠征軍の宿泊や兵糧にも悪影響がでる。もし京を蹂躙する際、所司代の板倉勝重を虜にできれば、その後の和睦交渉も有利に働くだろう。

治長としては、かなり思い切った積極策を唱えたつもりだ。

しかし、浪人衆にはそれさえ手ぬるく映ったらしい。

真田信繁がすぐに反論を唱えた。

「敵の本隊はまだ京には遠く達しておらぬと聞く。さればわれらはいち早く動き、上様を奉じて山崎まで押し出し御旗を立てる。さらに先鋒が大和路を押し進み、伏見城を落とす。そして瀬田、宇治の川べりに陣を張り、渡河する東国勢を迎え撃つべし。ここで東国勢を足止めしている間に、畿内と西国の諸大名に使者をつかわし、わが軍優勢を広く報じ、さらには太閤恩顧の大名たちの加勢もあると伝えたならば、風向きは一変し、今は徳川に与し、あるいは日和見をきめこんでいる者たちも、こぞってわれらの旗の下に参ずることは必定」

日本の東西は近江国琵琶湖を境に分断されている。その琵琶湖から流れる唯一の大河は、瀬田川、宇治川、淀川と名前を変えながら蛇行して最後は大坂城の北西をかすめて大坂湾にそそぐ。

真田信繁の策は、家康たちの大軍がその大河を渡る際で待ち構え、これを叩くというものだ。東国勢はここまで長い行軍で疲労もたまっており、冬の渡河はいっそうこたえる。河中で動きが鈍ったところを攻撃しても、渡った直後濡れそぼったところを襲っても、あるいは渡河で隊伍を乱す中、後方から仕かけても、敵はかならず混乱をきたし、敗走するであろう。そうして東国勢を斥け時間を稼いでいる間に、西国勢を調略して反撃に転ずる。

かつて二度にわたって徳川勢を敗走させ、智将、名将の名をほしいままにした故真田昌幸の子息にふさわしい、壮大な戦術戦略であった。

（しかし）

治長は信繁の策を危ぶむ。

まず、秀頼を大坂城から山崎に出陣させること自体が無理だ。秀頼自身はともかく、淀殿が許すはずがない。そうなると秀頼が残る大坂城に少なくとも三万の兵を置かねばならない。巨大な大坂城と周囲の砦の守備には最低でもそのくらい必要だ。

すると、東軍を迎え撃つ大坂方の兵数は六万。家康と秀忠が率いる東国大名の連合軍は、おそらくその倍近くに膨らんでいるだろう。優位な場所で待ち伏せできたとしても、野戦の名人の家康相手に、寡兵で当たるのは危険すぎる。信繁の策は、秀頼の出陣を前提としている時点で、画餅となる運命にあった。

ただ、秀頼が出陣しないことを、浪人衆たちに公言するのは、士気の点から好ましくない。

そこで治長は、

「古来より、瀬田、宇治に兵を置き、勝ちをおさめた者あらず」

と言って反対を示した。

京は守りには弱い土地で、どこに防衛線を張っても打ち破られる歴史をたどってきた。同じ轍を踏むべきではないと治長は訴えた。

しかし、信繁は引き下がらず、

「よしんば、野戦をしてわれらに利がなくば、その時はじめて退却し、この大坂城に籠ればよし。初手から城にすぼまり、やすやすと敵の進出を許せば、鋭兵に囲まれることになろう。敵の気勢は少しでも鈍らせておくことが、籠城を長からしめる上で欠かせぬ一手なり」

と主張すると、同じ浪人衆の後藤基次も呼応した。

「そもそも籠城は、後巻の頼みがあって、はじめて勝ち目が見えてくるもの。その当てもなく引き籠っては、どれほどの兵糧があろうと、いずれ力尽きることは小田原が示している」

秀吉に二十万の兵で囲まれた小田原城は、援軍の望みをかけた東北の雄、伊達政宗が秀吉の軍門に降った時点で命運が尽きた。今の豊臣にはその伊達にあたる味方さえ見当たらないと基次は言い、

「されば、それがしと左衛門佐殿が二万ばかりの兵を与り、宇治、瀬田の守りを承る。時を同じくして木村長門守が兵を出して洛中に火を放つ。大和口には長宗我部殿、茨木城には御旗本衆を、さらに毛利殿は大津へ進軍し、ここを占拠する。そのうえで修理殿と有楽斎殿は、西国の諸将に使いを出し、ひとりでも多くのお味方を得るよう努めていただきたい」

基次の話を聞いて、治長はいっそう不信感を深めた。

わずか二万の兵で東国勢を防ぐつもりか。それに同時に京や奈良、茨木、大津へ進出して兵を分散させるのも疑問だ。もし一カ所でも敵に打ち破られれば、全軍に悪影響を及ぼす。ことに茨木と大津は城攻めになる。少数で攻めても苦戦は必至である。そうなれば治長が百万言費やそうとも、諸大名は動くまい。

（やはり）

この者たちには、戦場での兵馬の駆け引きが似合っている。高所から大きな戦略を立てる眼力は持ち合わせてない。

「あまり兵を小分けにし、広く散ずれば、統制がむずかしく、各々が敵の餌食となる恐れがある。さすれば籠城にも調略にも災いとなろう」

と治長が信繁と基次の策に難を示すと、豊臣の家臣たちからは賛意があがったが、浪人衆にはおおむね不満のようだった。

「では修理殿はひたすら城に籠って、戦況を好転させる、なんぞ秘策でもおありか」

長宗我部盛親が質した。

治長は浪人衆を見わたした。みな食い入るように見つめ返し、治長の言葉を待っている。

（さて……）

どう言ったものか。そもそも治長には、家康に勝とうとの考えがなかった。

もちろん家康を打ち負かして、いまひとたび豊臣の世を取り戻せるなら、それがいちばんいいに決まっているが、現実にはまずありえない。仮になにかの僥倖を得てたまたま家康を討ち取れても、すでにしっかり固まった江戸幕府の組織は揺るぐまい。秀忠や徳川恩顧の大名たちを、みなことごとく打ち滅ぼさねば、形勢は逆転しないのだ。

つまり一度や二度の合戦に勝っても意味はなく、豊臣家の存続にも結びつかない。治長が見すえているのは和睦の道だ。ひたすら籠城し、攻撃軍に手を焼かせれば、きっと家康は和睦を持ちかける。こちらが手強ければ、手強いほど和睦を結ぶ条件も有利になるだろう。

そのため、治長としては、なるべく兵力を温存したまま籠城戦に入りたかった。浪人衆の冒険主義とは相容れない。

ただ、やはりここで手の内を明かすのは躊躇《ためら》われた。さいしょから和睦を考えていると知れば、浪人たちは治長の弱気を誹《そし》り、号令にも従うまい。

「各々方、考えてもみられよ」治長はおもむろに口を開いた。「野心の脂をたぎらせる家康も、すでに齢七旬を迎えて久しい。寒中の長陣は苦しかろう。陣中病を得て、みまかることもあるやもしれぬ。そこまではいかずとも、われら籠城軍が手強く粘り続ければ、兵の逃亡や寝返りという目も出てこよう。されば、ここはやはり、手堅く京を焼き、茨木を落とし、城に籠ることに専念すべきだと存ずる」

しかし、信繁たちはあくまでも野戦で遠征軍に一撃を加えることにこだわり、主張は平行線をたどった。その後も何度か軍議をもったものの、結論をみなかった。

また、京に放火するとの策には、朝廷に対しおそれ多しとの意見が、豊臣家中、とくに奥からあがり、治長も引っ込めざるを得なかった。

こうして、大坂城内で戦術を論じ合っている間に、敵方は茨木城、伏見城、二条城、膳所《ぜぜ》城などの拠点に次々と兵を入れ、戦力を強化したため、浪人衆が唱えた積極的な出兵策も事実上封じられ、籠城策に落ち着くことになった。

五

織田有楽斎は、淀殿と奥の女房たちに、戦に対する心構えや日々の生活の備えなどを説いたあと、本丸を下がり自邸に帰った。家人に尋ねると、まだ頼長は戻っていないという。

（はて）

今日は昼から本丸で軍議があり、有楽斎も頼長もそこに出席し、そのあと有楽斎は奥の女たちと会って帰ったのだった。頼長はどこへ寄り道をしているのか。

有楽斎におくれること半刻ほどで、頼長は帰った。廊下をわたって頼長が帰宅の挨拶にやってきた。

「遅かったの……」

書机に書きかけの手紙をおいて振り返った有楽斎は言葉を飲んだ。頼長が小具足に白絹に金を捺した陣羽織を羽織っていたからだ。

「いかがしたその装束、はや合戦のつもりか」

「隼人正《はやとのかみ》と横堀から船場、博労あたりの砦や陣地を検分してまいりました。どこもすっかり戦備えが整っております。組頭たちとも話しましたが、みな士気もすこぶる高く、よい面構えをしておりました」

頼長は顔を紅潮させながらそう言った。

隼人正とは、かつて秀吉の馬廻りを務めた薄田兼相《すすきだかねすけ》で、今は五千石取りの旗本である。腕は立ち、武将としても有能だと噂されているが、どこか軽佻《けいちょう》な印象があり、有楽斎はあまり買っていない。

そんな隼人正を引き連れて、大将気取りで城下の砦や陣地の見回りをしている頼長も、わが嫡子ながら軽躁な危うさを感じる。

「父上」頼長はあらたまった口調で切り出した。「戦評定の席では、もう少しご発言をされた方がよろしいかと存ずる。大野修理や七手組や浪人衆ばかりが、おのれの戦術を語って譲らぬばかりに、みすみす戦機を逃し、籠城する羽目になりました。常真殿が去った今、父上は上様の名代、大坂の総大将格なのですから、もっと堂々とおのれを前にお出しになるべきと存じます」

親の心子知らず。なにを勝手なことを申しておるか。

思わず有楽斎は家康と通じている秘密を吐き出しそうになる。

（いや、いや）

ここは聞き流し、知らぬ顔をしておくべきだ。

頼長が秘密を知れば、どこで口をすべらすか分かったものではない。また、頼長が好戦的に動き回っていれば、有楽斎の正体が見えにくくなる利点もある。

「総大将とは軽々しく動いたり、語ったりしてはならぬものなのだ。いまは修理や旗本衆や浪人衆がそれぞれの思いをぶつけ合い、戦う形を造り上げているところである。それを見守るのも総大将の役目ぞ」

有楽斎はいかめしい顔をして、もっともらしいことを言った。

豊臣と徳川の戦など、有楽斎には悪夢のような迷惑でしかなかったが、もう開戦の矢は放たれた。いまや周囲は有楽斎を大坂方の総大将格と見なしている。

本心を言えば、少しでも目立つような立場は避けたい。できれば戦に巻き込まれる前に大坂城を抜け出したかったが、ひと足先に織田常真に逃げられ、機会を逃した。家康からもしばらく城内にとどまり、情報を伝えるよう密命を受けている。

(またもや)

常真殿の尻拭いか。そんな鬱屈した思いがずっと心の底に淀んでいる。

有楽斎長益は、天文十六年(一五四七)織田信秀の十一男として尾張に生まれた。兄信長とは十三歳違いである。信長の晩年には甲州や上野へ出兵するなど、武将としての働きをしていたが、所領も家臣団も小さく、織田家内の序列もそれほど高くなかった。

本能寺の変の際、織田家の当主となった甥の信忠に付き従い妙覚寺にいた。明智の軍勢が本能寺を攻撃していることを知り、信忠が妙覚寺から防御に優れた二条御所へ移動する時も、行動を共にした。

本能寺を屠った明智軍が二条御所を囲んで攻撃をはじめると、長益も四脚門の前に陣取り、敵の進入を防いだ。

しかし、明智軍が二条御所の隣の近衛邸から攻撃をはじめると、防衛線は破られた。塀を乗り越え、御所内に敵兵が次々乗り込んできた。目の前に現れる敵を懸命に防いでいるうちに、気づくと背後の御殿が火に包まれている。もう信忠も討ち取られたか、自害したに違いない。

(もはやここまでか)

長益も自害するべき、場所を探してうろついていると、

「源五《げんご》様、源五様」

と長益の仮名《けみよう》を呼ぶ声が聞こえた。

御殿から流れ出した煙に覆われた小屋の陰から山内康豊《やすとよ》が手招きをしている。康豊は信長の家臣、山内一豊の弟である。長らく織田家には仕えず放浪をしていたが、最近になって信忠の元に身をよせていた。

「向こうの塀に破れがありますぞ。今は敵の姿もまばらゆえ、抜け出ることができるやもしれませぬ」

死を覚悟していたところにそう言われて、長益はふらふらと康豊について行った。

たしかに行ってみると、西側の木立に面した塀の狭間が大きく崩れている。手入れが悪いのか、戦いで崩されたのか不明だが、ともかく人が通り抜けられるほどの穴が空いていた。

穴から外を覗くと、明智軍の兵たちの姿がある。しかし、御所陥落により、財宝の持

ち出しや、消火活動や、討ち取った首の検分やらで混乱し、兵ばかりでなく、下人や町人たちも混ざって右往左往している。

（いまなら）

人ごみに紛れ込んで逃げられるかもしれない。そう思うと、急に命が惜しくなった。

長益はわずかな家臣と康豊で、味方の負傷者を運ぶふりをして明智軍の中をすり抜けて、まんまと包囲網の外に脱出した。

こうして命拾いをしたものの、長益には悪評がついてまわった。

世間では、長益が二条御所で信忠にすぐ自害するよう勧めておきながら、自分だけまんまと逃げたと噂され、

織田の源五は人でないよ
お腹召せ召せ　召させておいて
われは安土へ逃げるよ逃げる

など戯れ唄にまでされた。

長益が信忠に自害を勧めたという事実はないのだが、あの場にいたほとんどの者が信忠に殉じて戦死か自害をしている中で、逃亡したのは確かなので、なにを言ってもまともに聞いてもらえない。

当然、信長の遺産の分与を決めた清州会議でも発言権などまったくなく、長益は信長

の次男信雄の配下に組み入れられた。

信雄の下では、検地などの事務方の仕事をおもに担当した。信雄が家康と組んで、秀吉と対立した時には、和平交渉の役を担った。

長益は武将としては平凡だが、信長の弟という血筋により多方面に顔がきいた。そのため信雄の名代としての外交官は適任だった。わがままで気まぐれな信雄に振り回されることが多く、そのわりに禄は少なかったが、自分にあった役目を果たしている充実感はあった。家康と懇意になったのもこのころだ。

小田原の役のあと、長益はいったん信雄の軛から逃れた。信雄が秀吉から命じられた移封に異議を申し立てて改易になったためである。同時に長益も浪人するところだったが、秀吉から二千石の扶持をもらい、御伽衆《おとぎ》に加わった。御伽衆とは秀吉のそばに侍り、相談や世間話をする役目である。

有楽斎は秀吉の相談役というより、御伽衆となったのを機に、剃髪して有楽斎を称した。吉の側室たちの話し相手になった。淀殿、三の丸殿、姫路殿などもっぱら織田系の秀吉の側室たちの話し相手になった。この役目も気楽と言えば気楽で、趣味の茶道によりのめり込んだのもこのころである。

しかし、有楽斎の心の平安はそう長くは続かなかった。改易され各地を転々としていた信雄が、出家して常真となり、ついに秀吉の許しを受けて戻ってきたからだ。

しかも、同じ御伽衆ながら、常真は大和に一万八千石の所領も得た。二千石の有楽斎とえらい違いである。

有楽斎は常真の前に出ると、蛇に睨まれた蛙のようになる。なぜ、そうなのかと問われてもうまく説明はできない。主従関係はもう解消しているし、こっちは叔父で、むこうが甥という間柄である。そう引け目を感じる必要もないのだが、いざ対面して話をすると、どうしても卑屈になってしまう。こちらの気にしすぎかもしれないが、常真の言動も、端々にどこか有楽斎を軽んじ、上からかぶせてくるような傲慢さがにじんでいるようだ。しぜん、常真の前では無口になった。

秀吉の死後も有楽斎と常真は、淀殿の頼みもあって大坂城に入り、相談役を務めた。関ヶ原の合戦では、家康の東軍に加わり、わずかな兵を連れて戦場に出た。有楽斎の軍は小部隊なので、徳川四天王のひとり本多平八郎忠勝軍に吸収される形で、その指揮下で戦った。

東西衝突から一刻余りのち、小早川秀秋の寝返りにより西軍が崩れ、石田陣攻撃に東軍の部隊が殺到した。

有楽斎の軍も後方の部隊から押されるように前進し、島津陣を避けながら、石田陣の側面に出た。すでに黒田軍、細川軍の攻撃で、部隊としては崩壊しかけているものの、石田方の兵たちは、目の前で必死の抵抗をしている。

日中にもかかわらず、鉄砲の煙がむらがり立ち込めて薄暗い。鉄砲音、干戈《かんか》の交わり、兵たちの喚声、断末魔などが、耳をつんざくばかりに轟《とどろ》いている。

その迫力にたじろぎ、槍を持ったまま立ち尽くしていると、とつぜん、人垣の中から身を屈めるように武者が、目の前に飛び出してきた。

「有楽殿、御首《みしるし》頂戴つかまつる」

と叫ぶや、えい、とばかり槍を突きだしてきた。

「うっ、やめ」

有楽斎は槍をふり、仰け反りながら穂先をかわした。

見ると相手は石田三成の重臣蒲生頼郷《よりさと》であった。ほとんど言葉を交わした覚えはないが、伏見城内で何度か顔は合わせており、互いに認識はしている。

戦場で知った顔を見つけて、手柄にしようとでも思ったか。しかし、もう西軍の敗北は必至の情勢だ。誰の首をあげようと、恩賞にありつけるはずもない。早く逃げねば、命を失うぞと言いたい。

しかし、頼郷は一の槍をかわされても手を緩めず、息もつかず二度、三度と突きを繰り出してくる。三度目の突きが具足の隙間を抜けて、左腕をかすめた。ひやりとした感覚と傷みが同時に走った。

頼郷は目を爛々と輝かせ、有楽斎を見つめている。狂気の目だ。どうやらすでに死を覚悟し、冥途の土産に有楽斎を道連れにするつもりらしい。

（まずい）

死を覚悟した敵ほど厄介な相手はない。捨て身でこられたら、たとえ運よく倒せても、きっとこちらも大けがを負う。

有楽斎が絶望的な思いで、摺り足で間合いを取りながら槍を構え直していると、主の危機に気づいた家臣の千賀兄弟が駆けより、有楽斎と頼郷の間に割って入った。

千賀兄弟はふたりがかりで、またたく間に頼郷を打ち倒した。

「殿、とどめを」

促され、地面に仰向けに倒れた頼郷に近づいた。頼郷は薄目を開けて虚空を睨んでいた。

（もう、息はしていまい）

そう念じて、有楽斎は頼郷の胸に槍を突き立てた。その瞬間、頼郷の身体が大きく痙攣したので、ぎょっとしたが、さもあらぬ体をよそおい、

「首を取っておけ」

と千賀兄弟に命じ、そそくさとその場を離れた。

この手柄のおかげで、関ヶ原後の論功行賞で、有楽斎は三万二千石の大名になった。

一方、大坂城から動かずにいた常真は西軍側と見なされ改易された。

所領を失い、大坂城からも立ち去った常真は京でわずかばかりの家臣に支えられ、ひっそりと暮らしているらしかった。

別にそれをいい気味とまでは思わなかったが、苦手な相手が目の前からいなくなったことに満足していたところ、

「なんとも哀れなことじゃ。ぜひ、お力添えをして差し上げたい。周旋してたもれ」

と淀殿に頼まれた。

淀殿にとって、常真はただ従兄弟というだけでなく、母方の実家織田宗家の当主であり、豊臣家の主筋との意識が残っているらしい。

気が進まなかったが、有楽斎はまず家康の許しを得てから、京の常真と連絡を取った。

淀殿の援助の意思を伝えると、すぐに飛びついてきた。よほど困窮していたものと思われた。

しかし、いざ大坂城に入る段になると、拝領屋敷や扶持のことで、あれこれと条件を持ち出してきた。

（よくもまあ）

拾ってもらう立場で、ぬけぬけと要求するものだと、感心したものだった。

復帰したあと、いつの間にか常真は大坂城内でいちばんの重鎮におさまっていた。家老格で二万四千石の大名である片桐且元や、三万二千石の大名である有楽斎を差しおいてだ。

淀殿がつねに常真を立てるので、ほかの者たちもそれに従わざるを得ない。常真の存在のおかげで、有楽斎の影はすっかり薄くなった。

もっとも、それが不服だったわけではない。豊臣と徳川の反目が徐々に高まってきた昨今、双方に親しい有楽斎は微妙な立場にあった。常真が重鎮として前に立ちはだかってくれれば、かえって好都合と考えていたほどである。

もし、豊臣と徳川の対立が最終局面に至り、武力衝突となれば、常真が豊臣方の総大将に立つものと思っていた。それほど常真は城内でわが物顔で振る舞っていた。

有楽斎は戦がはじまる前に、口実を設け、城を抜け出すつもりだった。

（それが、なんと）

真っ先に逃げ出したのが常真だったので、呆気にとられた。

家康の密命もあるし、淀殿にも相談相手が必要だろうと思う。いずれ起こるはずの和睦の交渉にも、ひと役買わねばなるまい。もろもろあって、有楽斎はまだ大坂城内にとどまっている。

豊臣家と徳川家に対しては複雑な感情がある。いずれもわが織田家を踏み台にして天下の主に成りあがった両家だ。もちろん、それは秀吉や家康の持って生まれた運と努力と能力の結果であり、織田家といっても分家に過ぎない有楽斎が文句をつける筋合いでもない。

ただ、両家に格別の恩義を感じたり、忠義を尽くしたりする義理もないとも思っている。求められる役割を果たし、世過ぎができれば、それでいい。そう割り切り、豊臣方の軍議にも出席していた。

(それなのに、わが嫡子殿ときた日には)

総大将に立つ絶好機だと、のぼせ上がるおめでたさだ。

今回の合戦は、合戦の形をしているが、通常の合戦ではない。家康が一方的に豊臣家を取り潰す儀式だ。勝ちも負けもさいしょから決まっている。ただ、負け方によって、多少、条件は変わってこよう。

有楽斎としては、血縁であり長い付き合いもある淀殿と秀頼の命だけは助かる方向で収めたい。そのために家康の便宜を図り、発言権を確保している。

その時が来るまで、目立たぬよう、じっと身をひそめておくに限る。

合戦となっても、みずからは動かない。頼長にも手柄をあげる働きなど、間違ってもさせてはならない。万が一、徳川方の武将の首など取ろうものなら、家康から大目玉を食らう。和睦の障りになる。

「よいな、頼長、総大将を望むなら、軽々しく動くでない。いざ合戦のおりは、重々しく陣奥に構えておれ。みずから兵を率いて敵と渡り合うなど、もってのほかだぞ」

くれぐれも軽率な行動を取ることのないよう、有楽斎は頼長に釘を刺した。

六

「どこかおかしいとは思われぬか」

本丸御殿を出て二の丸へ向かう石段の途中で、真田左衛門佐信繁は声をかけた。

「と、申されると」

毛利勝永が応じた。

軍議を終え、ふたりは連れだってそれぞれの屋敷への帰途にあった。本丸御殿を下がる時、廊下でかつての信繁と勝永を知る茶坊主と出くわし、しばらく思い出話を交わしたため、旗本衆やほかの浪人衆とは離れて歩いている。誰にも聞かれる心配がないと見定めて、信繁は勝永に声をかけていた。

「戦評定での有楽斎殿や修理殿の様子よ。どう思われた」

問われて勝永は、首をかしげて見せた。信繁の言う意味は分かっているようだ。ただ、軽々に物事を語らない性格なのだろう。

（やはり）

毛利勝永は信用できそうだ。

大坂城内の軍議に出席している浪人五人衆のうち、後藤基次はすでに天下にその勇名がとどろく名将であり、明石守重も宇喜多家の家老でありながら、秀吉からも別に所領を与えられていたほど高名な武将であった。長宗我部盛親は、土佐の一豪族から身を起こし、一代で四国全土を切り従えた父元親とよく似た豪胆な風貌をしているが、似ているのは顔だけで、知力胆力とも遠く及ぶまい、というのがここ数日間接した信繁の印象である。

ただひとり、物静かな毛利勝永については、評価が下しづらかった。かなり厚遇されていたらしい配流先の土佐に妻子を残して大坂に参陣したところから、豊臣家に対する忠誠心には疑いを入れない。信繁より十ばかり若いが、その行動力と無口なたたずまいからは、芯の強さが伝わってくる。

「ちと、わが屋敷によって行かれよ」

信繁は勝永を誘った。

勝永を招き入れた座敷で、信繁はあらためて切り出した。

「先ほどの話だが、わしには修理殿たちに、この戦になにがなんでも勝つという執念が欠けているように思われる」

進攻してくる大軍に対し、ほとんど戦いを挑む意思を見せず、さいしょから城に引き籠って守りを固めるのは、いずれ和睦をする心づもりがあるからではないか。正面からぶつかる激しい合戦をすると、和睦交渉の障りになると心配しているのではないか。

そう信繁が自分の疑問を投げかけると、勝永はじっくり考えるようにしばらく沈黙したあと、やがてゆっくりと頷いた。

「おそらく、さようでしょう。ただ、大方様、有楽殿、修理殿がみな示し合って、深く策を講じているようには見えませんでしたが」

そこなのだ。豊臣家の首脳たちが、心をひとつにして先の和睦を見すえ、籠城戦の選択をしたのなら、それはそれでひとつの見識だ。

しかし、軍議での発言を聞いていると、首脳たちも必ずしも一枚岩とは見えなかった。それぞれが独自の伝手をたぐって、徳川方と和平交渉をするつもりなのだろうか。

「もし、各々が思い思いに和を通じようとすれば、家康にいいようにあしらわれ、元も子もなくすことになろう」

信繁は言った。

片桐且元が豊臣家を去ることになったのも、駿府での釈明から帰った且元と大蔵卿の報告内容がかけ離れており、且元への不信感が高まったためだと聞いている。これなども家康が意図的に仕組んだ策略に、まんまと嵌められたのだと、信繁は睨んでいる。

「修理殿たちに交渉の舵取りを任せていると、家康に鼻面を引きまわされ、せずともよい譲歩までさせられそうだ」

信繁が吐き出すように言うと、勝永は少し困ったような顔をした。

「かと申して、われらが家康と和議の談合ができるものでもなし。与えられた場所で精いっぱい戦うことが、われらの本分にござろう。また、われらの戦働きのありようが、和議にせよ、なんにせよ、豊家の命運をも左右することになりましょう」

勝永の言葉を聞き、信繁は恥ずかしく思うとともに、うれしくなった。

「いや、まさしくそこもとの申されるとおりだ。われらはただひたすら、豊家のために戦う。それだけを念じていればよい。わしはおかしな邪念にとらわれていた。目を開かれた思いだ。礼を申す」

信繁が深々と頭を下げたので、勝永はあわてた様子で、

「いえ、とんでもない。頭をお上げください」

と言ったので、信繁はますます好感を持った。

帰る勝永を門まで見送って、ふたたび座敷に戻った信繁の胸には、熱い思いが渦巻いていた。

(よくぞ言ってくれた)

勝永にもう一度あらためて礼を言いたい気持ちである。

今回、信繁が招聘《しょうへい》に応じたのは、大名として復活したいとか、武功を立てて名をあげたいと思ったためではない。ただ、家康率いる軍勢と戦うことが目的だった。しかし、大坂城に入り、豊臣家を牛耳る首脳たちや、ほかの武将たちと接し、軍議の席で様々な意見を聞いているうちに、いつしか初心を忘れていた。勝永の言葉が信繁の目を覚まさ

せてくれたわけだ。

真田信繁は元亀元年（一五七〇）、信濃国小県郡《ちいさがた》の豪族、真田昌幸の次男として生まれた。父昌幸はもともと真田家の三男であったが、ふたりの兄が戦死したため、信繁が幼少のころ、すでに真田家の当主となっていた。

室町時代の末期から下剋上の様相を呈し、地方豪族が群雄割拠した信濃国において、真田氏は武田信玄の信濃侵攻とともに、その傘下に入った。

その後、武田氏が織田信長に滅ぼされると織田氏に従い、信長が本能寺で横死すると、大権力の空白地帯となった信濃国は北条氏、徳川氏、上杉氏の草刈り場になった。その権力の狭間を昌幸はたくみに浮遊して、最後は中央で勃興した豊臣秀吉に取り入って所領を守った。

昌幸が秀吉に臣従を誓った時、信繁は人質として大坂へ送られた。そのため信繁は少年から青年への成長期を豊臣家の庇護のもとにすごすことになった。人質といっても臣下からの預かりものなので、ほかの大名の御曹司たちとともに大事に育てられた。

豊臣家の次代の藩屏《はんぺい》たることを期待された信繁は、秀吉の馬廻りに抜擢され、豊臣大名の大谷吉継の娘を正室に迎え、豊臣姓を賜り、父昌幸とは別に一万九千石の知行も与えられた。

一方、信繁の兄信之は家康に接近した。家康も篤実な信之の人柄を大いに気に入ったようだ。その証拠に、重臣本多忠勝の娘小松姫を家康は自身の養女として、信之に嫁がせている。

真田家は昌幸と信繁は豊臣派、信之は徳川派と二系統に分かれながらも、互いに親しく交わり繁栄した。

信之、信繁兄弟の運命の分かれ目となったのは関ヶ原である。

上方で石田三成が挙兵したとの報せを聞いたのは、家康率いる会津征伐の遠征軍に加わっていた時だ。

昌幸はすぐに信之と信繁を呼びよせた。

「こたびの争いは、おそらく天下を二分しての大戦になるだろう。さすれば内府、治部少いずれが勝つとも断じがたい。よってこうしようと思う」

昌幸は信之と信繁、交互に目をやり、

「おぬしは内府と入魂《じっこん》の間柄、さればこのまま徳川に与するがよかろう。信繁、おぬしはわしとともに治部少の側に付く。われらは豊臣家に御恩を受けているゆえ、そうするのが筋だと思う」

と柄にもなく、筋論を説いた。

もちろん、昌幸の本音は別のところにあった。今回の石田三成の挙兵が、単なる叛乱ではなく、徳川と豊臣の覇権を賭けた戦いであることをいち早く見抜いていたのだ。

この戦いに勝った方が、次の天下の主となる。三成は、甲斐信濃の二カ国の恩賞を約束し、昌幸を味方に誘っていた。昌幸がこの恩賞に心を動かされたのは間違いない。

「しかし、父上」信之は腑に落ちないという様子で、「治部少がたとえ上方で多少の兵を集めたとしても、はたして内府と雌雄を決するほどの勢力になりましょうか」

まだこの時点では、大坂の情勢がほとんど不明だったため、信之の疑問も無理もなかった。信繁もほぼ信之と同じ感想を持った。

だが、昌幸は不敵に笑った。

「むろん、先のことなど誰にも分かりはせぬ。治部少たちの旗上げが不発に終わり、わしと信繁が罪を受けることになれば、信之、おぬしが内府に取りなせ。もし、内府が敗れれば、わしがおぬしを助ける。どう転んでも真田家は生き残る寸法よ」

長年、大勢力に取り囲まれ、生き抜いてきた小豪族の処世術であった。そもそも信之と信繁をそれぞれ徳川と豊臣に親しく近づけたのも、こういった事態を予測したうえでの処置だったのかもしれない。

昌幸には所領争いで、徳川家と干戈を交えた過去もあり、自分自身は素直に家康に与したくないという意地もあったのだろう。

こうして西軍側についた昌幸と信繁は、信州上田城に籠城した。石田三成率いる西軍が関ヶ原において、わずか一日で大敗したことを思えば、真田軍は善戦した。大善戦と言っても過言ではない。たった二千の兵で、秀忠率いる徳川主力軍三万五千もの兵を上田城に釘付けにし、関ヶ原の決戦場に送らなかったのだから。

しかし、善戦も奮闘も大手柄も、報いられるのは味方が勝利した場合だけだ。負け戦となれば、手柄働きが逆に災いする。

戦後、昌幸と信繁は高野山に追放になった。

秀忠に大恥をかかせたのだから、死罪を与えられても不思議はなかった。じっさい一度はその裁定が下りかけた。それが覆ったのは、信之と舅の本多忠勝が家康に取りなしたからと思われる。信之は戦後、九万五千石まで所領を加増された。真田一族としては過去最大の所領である。昌幸の図った一族生き残り策の狙いは、まんまと成功したわけだ。

しかし、当の昌幸と信繁は、外れくじを引いた。

自信家かつ野心家で、まだまだ精力旺盛だった昌幸は、上田城から配流先の高野山に発つ時、

「口惜しきことよ。わしが中原にあって采を振ったならば、内府をこそ、かく憂き目に合わせていたものを」

と洩らし、天を仰いだ。

だが、配所に着いたあと、昌幸は家康に対する反抗的な言動のいっさいを控えた。家康の赦免を得るよう、ただひたすら信之に依頼の手紙を出し続けた。

関ヶ原後に確立した徳川の天下は盤石で、もう動かないと昌幸は冷徹に見通していた。だからどれほど口惜しくても、家康に憐れみを乞うほか自分が返り咲く道がないことも分かっていたのだ。

しかし、昌幸がいくら媚びへつらい、信之や本多忠勝がどんな運動をしようと、赦免の沙汰は下らなかった。家康も何度も昌幸に煮え湯を飲まされ、小面憎く思っていただろうが、なにより恨み骨髄に徹している秀忠が、断固として反対したと思われる。

十年以上におよんだ流人生活は、昌幸から精力と気力を少しずつ削いでいった。病み

ついたあとは、赦免も上田への帰還もあきらめたようだった。

最晩年、病床を見舞った信繁に昌幸は告げた。

「ほどなく江戸と大坂の間で争いが起こるだろう。わしがこの目でそれを見ることは、かなわぬようだが」

「なにを申されます。父上にはまだ長くお健やかに――」

との信繁の言葉を、昌幸は首をふってうるさそうにさえぎり、

「よいか、争いが近づけば、まず先に大坂から誘いがかかるであろう。しかし、決してそれに乗ってはならぬ。もはや、どのような手を使おうとも、豊臣の世は帰って来ぬ。豊家への御恩返しは、十年前の上田城で存分に果たした。おぬしは信之を頼り、赦免を願え。わしが身まかった時と、江戸と大坂が手切れになった時と、機会は二度ある。よいな、たとえ数百石の微禄でも不服を申さず、徳川に付け。務めていれば、いずれ加増が望める。決して道を誤るでないぞ、分かったか」

と、くどいほど念を押した。

昌幸は慶長十六年（一六一一）に死去した。父が亡くなっても、信繁の罪は解かれなかった。もちろん仕官の話などあるはずもない。家康も秀忠も、関ヶ原の怨みをずっと忘れず、一生信繁を配所で飼殺すつもりらしい。

（好きにすればよい）

信繁はささくれ立った気持ちでつぶやいた。

せっかくの父の遺言ではあるが、もし徳川と豊臣の間にことあらば、大坂に参じよう

と思った。

父は病で気が弱っていた。もし往年の父であれば、たとえ勝ち目は薄くても、家康にひと泡吹かせる道を選んだのではないか。

いや、関ヶ原以降の父は、ひたすら恭順の意思を示していた。その思いを家康が踏みにじったのだ。ならばやはり自分は意地を貫くほかない。

昌幸の予言のとおり、江戸と大坂の間に立ち込める暗雲は、年ごとに物々しい色合いを呈してきた。

表向きは流人なので、表立って交流はできないが、商人などを通じてひそかに大坂城の要人とは文のやりとりをしていた。

（いよいよ）

機が熟してきたらしい。

方広寺の大仏供養の問題がこじれて、片桐且元が豊臣家から勘当されるとの噂が聞こえてきた。その噂を追うように、大坂城から密書が届いた。

徳川との合戦が避けられない状況となった。先代からの所縁がある真田左衛門佐殿の助力を乞う、という秀頼からの誘いだった。添状には大野治長の名で、条件面の細々とした記載がある。内容は満足のいくものであった。

信繁は隠密裏に旧家臣たちに声をかけ、配所を脱し、大坂へと向かったのだ。

しかし、出発の直前まで、信繁はずっとひそかに心待ちをしていた。

（きっと）

徳川からも誘いが来る。家康からの密使が、今にも配所の門をくぐるだろう。餌にぶら下げる知行は五千石か、一万石か。

(もちろん)

信繁はその申し出を拒絶する。利や保身に血道をあげる世の大名たちをあざ笑い、堂々と大坂城に入城するのだ。

それを聞いた家康は、おどろき怒りながらも、信繁の潔さに驚嘆せざるを得ないだろう。

などと想像を膨らませていたのに、家康からの誘いはついぞ来なかった。これ以上待てないという時まで待って、大坂へ向かった。

出発したあとも、入れ違いになったのではと、ひとり家臣を配所に引き返させ確認したが、やはり家康からの使者はあらわれなかったという。

完全に信繁のひとり相撲だった。顔が赤くなる思いだ。

(おのれ、家康め)

信繁は腹の中で罵《ののし》った。父昌幸は憎み警戒したが、息子の信繁は恐るるに足らずと見下したか。

(かくなるうえは)

とにもかくにも、家康にひと泡吹かせる。父昌幸がそうしたように、合戦で徳川の軍勢を翻弄する。そして、隙あらば家康の首も奪ってやろう。

信繁はそう念じて、大坂城の門をくぐったのだ。

豊臣首脳陣の混乱は腹立たしいが、信繁の目的の邪魔にならねば良しとしよう。籠城の方針はもう変わらない。その条件下でいかに多くの敵を倒すか。信繁は策を練った。

（父上なら）

どうしただろう。十年以上にわたる配所暮らしの中で、信繁は昌幸からさまざまな知恵を授かった。寡兵で大軍を相手に、したたか叩く手立ても数々教わった。父の教えで家康を苦しめることができれば、これほどの親孝行もあるまい。

城攻めにかぎらず、戦はすべからく、敵の弱点を突くにかぎる。家康の立場からこの大坂城を眺めたらどうだろう。

西は大坂湾、北は天満川、東は惣構え（外堀）と平野川が要害をなして、守るに易く攻めるに難い。ただ唯一、南方のみが惣構えの外はなだらかな丘陵となって天王寺方面につづいている。ほかの方角よりも土地が開け、大軍の展開に適している。攻める側にはねらい目だ。

自分が家康なら、ここを主戦場と定めるだろう。

信繁は次の軍議で、

「敵勢が集中すると思われる城南の守りが手薄に見える。しからば平野口の前に出丸を築き守りを厚くし、それがしが守将として采を取りたいと思うが、いかがか」

と提案をした。すると出丸の構築には全会一致で賛同を得たが、信繁が采を取ることについては異論が出た。

「真田殿には二の丸西の備えをお任せすることになっていたはずだが」

敵の集中攻撃が予想される出丸の指揮は荷が重いと思われたのか。それとも、敵への寝返りを疑われたのか。おそらく後者だろう。

信繁の兄は家康お気に入りの信之であるため、城内の一部には信繁の忠誠を疑う声がくすぶっている。

出丸は防御に優れているが、もしそこを敵に奪われると、逆に城攻めの橋頭堡として利用される。よほど信用できる者でなければ、指揮を任せられない。

信繁はつよく守将を希望したが、豊臣首脳陣は難色を示し続けた。議論はどこまでも平行線をたどったため、最後は大野治長が、

「上様はいかに思し召します」

と秀頼に裁定を仰いだ。

秀頼は治長と信繁の双方に目を向けたあと、

「出丸普請は左衛門佐の知恵である。されば采配も左衛門佐に取らすがよかろう」

と命じた。

こうして信繁は、大坂城南の惣構えからせり出すように三方に空堀をめぐらせ、ややいびつな半円形の出丸を構築した。空堀の内側はもとより堀中、外側と三重に柵を設け、要所要所に櫓や井楼を築いた。突貫工事だが、強固な陣が出現した。人はここを守将の信繁にちなんで真田丸と呼んだ。真田丸の守兵は総勢五千ほどであった。

(これで、家康の鼻をあかす)

信繁は完成した真田丸の中を見回りながら、自身の胸に言い聞かせていた。

七

織田有楽斎が軍議の報告をして下がると、淀殿は腰元たちに具足の支度を命じた。

以前の軍議ですでに籠城は決定しており、今回は各将の持ち場や兵数などの割り振りが最終決定されたという。また、城内の補修や砦や出丸の普請も順調に進んでいるらしい。

敵勢の動きからして、合戦がそう遠くない日にはじまるのは間違いない。

腰元たちが運び込んだ鎧櫃《よろいびつ》から具足を取り出す。具足下着の襦袢《じゅばん》と袴を身に着けて床几に腰を下ろした淀殿に、腰元たちがむらがって、満智羅《まんちら》、籠手《こて》、佩楯《はいだて》、脛当《すねあて》、甲掛《こうがけ》、緋《ひ》縅《おどし》の鎧を着けていく。腰元たちもみな格式のある武家の娘なので、装着は手慣れたものだ。兜は重いので着けず、脇差をさし、陣羽織をはおり、最後に鉢巻をまく。

「参るぞ、おきく、薙刀《なぎなた》を持て」

淀殿は腰元から受け取った薙刀を手にして、床几から立ち上がった。

城内の武将や兵たちへの巡視に向かうのである。大坂城の惣構えは総延長が二里もあるため、淀殿がじっさいに回るのは本丸と二の丸と西の丸だけだが、それでもかなりの距離を歩くことになる。付き従う十数名の女たちは、淀殿同様に具足を着け、具足のない者も脚絆《きゃはん》を着け、襷《たすき》がけをしている。

奥の女たちが武者姿も勇ましく城兵を励ませば、士気もあがろうという淀殿の発案であった。

淀殿が経験した過去二度の籠城戦は、いずれも最後は力攻めで攻めよせられ、落城の憂き目を見た。

（もうあのような）

惨事は御免である。

秀吉が残した天下の名城も、守兵の頑張りがなければ、むなしいこととなろう。この大坂城の女主人ともいうべき淀殿が女だてらに甲冑姿で兵たちを見回れば、おどろき発奮するに違いない。

有楽斎や治長は難色を示したが、淀殿は譲らなかった。一方で浪人衆を中心につよくあった秀頼の出座の要請には反対をした。

「上様は大坂の総大将あられる。みだりに諸兵と混ざり合い、霊験を失ってはなんとする」

秀頼はご本尊のごとく奥殿に秘し、神秘的な存在に祭り上げねばならない。巡視などの役割は、淀殿や有楽斎が代わりをつとめればすむことだ。ただこれは表向きの口実で、本音は別にある。

（万が一）

城内に徳川の間者がいて、秀頼の命を奪われたら取り返しがつかない。また、将来の徳川との和解まで視野に入れれば、やはり秀頼は表に出ない方がいい。などの淀殿の老婆心が秀頼の手足を縛っていた。

当の秀頼は、淀殿の言葉に、

「母上がそう仰せなら」

と素直に従った。

（なんと）

よくできた子であろう。この年にしてこの落ちつき、鷹揚たる態度、王者の風格、わが子ながら、ほれぼれとしてしまう。秀頼を見ていると、なんとしてでもかつての豊臣家の栄光を取り戻さねばとの思いがあふれてくる。

淀殿たちが姿を見せると、各曲輪を与かる物頭が駆けよってきた。お付の旗本が物頭に淀殿の検分だと知らせると、びっくりした顔をしてその場に膝をついた。どこへ行っても同じ反応が返って来るのでおかしいくらいだった。

治長たちの報告にあったように、城内は合戦に向けて様々な手入れがされているようだ。石垣や塀の崩れが修復されたり、門前に逆茂木が置かれたりしている。

「敵勢はもう近うよせていると聞く。その方たちの働き、頼りに思うぞ」

淀殿は物頭ばかりでなく、兵たちにも聞こえるほどの声をかけた。物頭たちは「はっ」と恐縮したようすで返事をしたが、多くの兵たちの反応が鈍いのは少し気になった。

巡視をした翌日、有楽斎と治長を呼んだ。

「城内の備えはようよう整い、頼もしゅう思った。されど、下々の兵たちの浮かぬ様子はなんとしたものか。手当てや兵糧が不足しているのではあるまいな」

治長は首をふり、

「手当も兵糧も充分に足りております」

と答えた。

「されば、なにゆえ兵が萎《しお》れておる」

淀殿の問いに、有楽斎と治長は少し困ったような顔を見合わせた。

ややあって有楽斎が、

「兵たちはみなゲンを担ぎますのでな。戦場でおなご衆の姿を見たことにおどろいたのでしょう」

とさりげなく兵たちが戸惑い、巡視を煙たく思っていることを伝えたが、それで引っ込むような淀殿ではない。

「ならば見慣れれば、兵たちも落ちつき、士気も上がろう。これからもおりを見て、城内を巡るといたそう」

合戦が近づき、淀殿の心はしだいに高ぶってきた。戦いの行く末に、豊臣の未来と自分と秀頼の命がかかっている。とても人任せにしてはいられない。

(わらわは)

二度までも落城の悲哀を味わっている。その二度とも自分は無力でなにもできなかった。しかし、今回は違う。みずからの手で勝利を引きよせる――と、そこまで驕るつもりはないが、少しでも戦の助けになるのなら、多少嫌がられようと、前に出て行こうと心に決めていた。

なにもせずに後悔することだけはしたくない。もし駄目でも、やることをやった上での結果なら、まだ納得がいく。

淀殿は有楽斎や治長の当惑顔を前に、固く心に決めていた。

八

吉川広家はさいしょにその話を聞いた時、一笑に付した。とても事実とは思えなかったからだ。ただ、万が一を考え、毛利輝元の身辺の人間に探りを入れて、真偽を確かめさせた。ありえないと思いつつ、どこかで嫌な予感がしていたためだろう。

すると、言われているような動きがあったことが強く疑われた。

（まさか）

もとより利口な男だとは思っていないが、ここまでの馬鹿だとは予想以上だった。

徳川と豊臣の関係が今日のような破綻《はたん》をみることは、ずっと前から分かっていた。徳川の施政が続く中で、豊臣家が現状のまま存在し続けられる道理がなかったからだ。

その時がきたら、ためらうことなく徳川へ加勢する。口には出さずとも、諸大名は誰もがそう考えていただろう。徳川に所縁が深い大名や中立の者はもちろん、豊臣恩顧の大名たちも、いざとなれば幕府へ忠誠を誓う。ひとり残らずだ。豊臣家に奉公する大名はあらわれない。

大名は一個人でも、実態はその家にぶら下がる親類、家臣団からなる複合組織で、意思決定はその総意に諮らねばならない。だからどれほど恩があっても、現在、安定した立場にある大名家が、勝ち目のない豊臣方に付くという選択肢は存在しないのだった。

だから秀頼から、徳川との手切れの報せと豊臣への加勢の依頼を告げる書状が届いた時、吉川広家もすぐにていねいに断り状を出した。本家の毛利にも確認すると、輝元が秀頼に断りの手紙を送ったとのことだったので、すっかり油断していた。

広家へさいしょにその話をしたのは、輝元がいる萩城にも出入りをしている茶人だった。

「内藤元盛《もともり》が萩にあらわれたとな」

「はい、しかも夜分に人目を避けるように。おそらくは中納言様の密命を承ったのでしょう。すぐに城下から姿を消しました」

内藤元盛とは、元毛利家の家臣で、今は浪人の身にある男だ。毛利家の重臣宍戸家の次男として永禄九年（一五六六）に生まれ、同じ毛利家の重臣内藤家の婿養子となって家督を継いでいる。実父が毛利元就の外孫で、実母は毛利輝元の叔母という、元盛は毛利家中でも屈指の血筋と家柄を誇る重臣であった。しかし、天正十七年（一五八九）に輝元の勘気を被り、毛利家中から追放されたあとは、今日までどの大名家にも仕官せず、実兄である宍戸元続《もとつぐ》の援助で暮らしを立てていた。ふだんは宍戸家の所領のある周防に逼塞していて、萩城下に足を踏み入れることも絶えてなく、ましてや輝元への拝謁など考えられないことだった。

「密命とはなにか」

「されば」

と茶人が一段と声をひそめて告げたのは、元盛を輝元の代理人としてひそかに大坂城に送り込むという陰謀であった。

「ははっ、さような戯れを」

広家は笑い顔をふりまいて茶人を帰したあと、すぐに真顔にかえって萩城内の手の者に調べさせた。

どうやら秘密を知っている者は、元盛のほかは輝元とその長男で毛利家当主の秀就《ひでなり》と宍戸元続くらいらしい。輝元と元盛の間に交わされた約束は、最重要機密のようだ。とするとやはり、茶人が言っていた事実が存在する可能性はある。

広家はすぐに萩城に登城し、輝元に事実を質した。

当初は広家の質問をはぐらかしていた輝元も、萩での内藤元盛の目撃証言があることなどを追及すると、しぶしぶ密命の事実を認めて、

「これも毛利家の将来を考え、万一の備えとして謀ったことよ」

と開き直ったので、広家は絶望的な気持ちになった。

輝元の考えでは、今回の戦で豊臣家が勝利をおさめる見込みがわずかでもあるらしい。その見通しに立って、豊臣方にもひそかに味方を送り込むことで、安全策を講じたつもりでいるようだ。

（いったい）

今のこの世のどこをどう見て、豊臣に勝利の可能性を見出したのか。千か万に一つ、豊臣家が勝利したとしても、敵に回った日本中の大名をすべて取り潰せるはずもない。その時になってから、豊臣に誼を通じればいいだけの話だ。いずれにしても、ありえないことではあるが。

豊臣勝利が妄想の産物としても、内藤元盛を送り込んだことによって生ずる危険は現実の問題だ。もし、その事実を徳川に捉まれれば、毛利家を取り潰す口実を与えることになる。

「大坂城が落ち、元盛が徳川の手に落ちれば、なんと釈明するおつもりか」

広家が問うと、

「元盛には万が一の際には、すべてを飲み込んで自害するよう、因果を含めてある」

輝元はそう答えて平然としている。

元盛は兄の宍戸元続の世話を受けているので、輝元と元続から命ぜられては、いやとは言えない立場にあった。それゆえに元盛は、佐野道可と名前を変えたうえで、輝元から渡された軍資金と兵糧を持って大坂の秀頼のもとへ向かったのであった。

輝元は、送り出す際、元盛のふたりの息子については、なにがあっても見捨てず、行く末まで面倒を見る、と約束をしたと自慢げに言った。

（あわれな）

大坂には多くの徳川方の間諜も紛れ込んでいるので、元盛の存在の発覚は避けられまい。豊臣の命運がもはや尽きていることは、元盛も承知であろうから、自身の死は覚悟しているに違いない。ただ、息子たちの面倒を見るという輝元の言葉にすべてを託し、死地へおもむいたのであろう。

「いずれ元盛のことは、公儀よりお尋ねがありましょうが、しらを切り通されませ」

広家は言った。

輝元と元盛は従兄弟同士である。知らなかったですむ話か分からないが、すでに元盛が大坂へ入ってしまった以上、それで押し通すほか道がない。

「その時は、その時である」

輝元は、広家が豊臣の負けと、元盛の発覚を決めてかかっていることに解せぬような顔をしている。

（まったく）

なにを血迷ってこんなことを仕出かしたのか、こんこんと問い詰めたい気持ちでいっぱいだが、そうもいかない。

今の広家には毛利宗家に対し、そこまでの力はなかった。

関ヶ原の論功行賞で毛利家は山陽、山陰八カ国百十八万石から、長門、周防二カ国二十九万八千石に減封された。西軍の総大将だった毛利輝元は本来、改易されるはずだったが、広家が自身に下される領地を差し出す形で家康に頼み込み、なんとか大名家として存続ができたのだった。

しかし、そもそも広家が家康と通じず、関ヶ原で石田三成方として戦っていたら、勝敗はまったく変わっていたかもしれない。とすれば毛利家が大幅に領地を減らしたのは、家康に騙された広家のせいである、という意見が毛利家内では根強くあった。

そのため防長二カ国に移動した毛利家は、長門の萩を本拠地とし、長府と徳山の分家を支藩とし、広家は萩からもっとも遠い岩国に封ぜられた。長府と徳山の支藩は、毛利家から正式に独立した諸侯として遇されたが、本来、分家の筆頭であった広家の吉川家はその処遇を受けられなかった。

自尊心の高い広家には耐えがたい屈辱であったが、毛利家の安泰のために忍従の日々を送っていたのである。みずから身を慎み、藩政からも距離をおいた。その結果が、輝元の暴走を生んでしまったのかもしれない。

が、ともかく、内藤元盛のために、もう広家にできることはない。

「元盛の子たちへのご配慮、間違いなく果たせられませ」

広家は最後にそれだけは念を押した。

「言われるまでもない」

輝元は不機嫌そうに答えた。

このひと月ほど後、広家は隠居して吉川家の家督を嫡男の広正に譲った。内藤元盛事件について、輝元への抗議の意思表示であった。

広家の懸念はのちに現実となった。大坂の陣がすべて終わったあと、大坂城から脱した浪人佐野道可こと内藤元盛は京で捕縛される。捕まえたのは幕府より命を受けた毛利家の手の者であった。

毛利家より幕府へ引き渡された元盛は、きびしい詮議を受けるが、自分の意思で豊臣家へ味方したもので、毛利家は関係ないと主張し、自害して果てたため、吟味は沙汰やみとなって事件は収束したかに見えた。

ところが輝元は、元盛のふたりの息子がこののち幕府の追及を受けて、陰謀が露見するのを恐れてひそかに手を回し殺してしまった。さらにその子（元盛の孫）も幽閉した。「なにがあっても見捨てず、行く末まで面倒を見る」どころか、輝元は内藤家を断絶させたのであった。

九

秀頼からの助勢依頼を断り、家康への忠誠を誓う手紙を出したあと、福島正則は鬱々として楽しまなかった。

幕府からは江戸屋敷に留め置かれ、大坂出陣は許されなかった。正則の土壇場での寝返りを危ぶんだためだろう。

大坂の蔵屋敷にあった福島家の八万石の兵糧は、豊臣方に接収されるのを黙認したが、こんなもので正則の罪悪感は消えやしない。

豊臣大名の中でも福島正則は、豊臣家と格別の間柄にある。その正則が、危機にある豊臣家からの出陣要請を断った。正則の臆病で卑怯な振る舞いに、世人はあきれ返り、さぞ軽蔑していることだろう。

豊臣大名ではほかに黒田長政や加藤嘉明も江戸に留め置かれている。いずれも秀吉子飼いの老臣たちである。正則はその者たちとも連絡を断った。謀叛の疑いがかかるのを用心したためだ。

(まったく、どこまで)

腑抜けていくのだろうか。自分が自分に腹立たしい。

正則は江戸屋敷の奥に引き籠ったまま、一日中やけ酒を呷《あお》っていた。

「丹波からまだ使いは来ぬか」

正則は口を開くと繰り返し、小姓たちにそればかり尋ねた。

丹波とは、正則の一の忠臣ともいうべき、福島丹波守治重《はるしげ》のことである。主君の正則に倣い福島家中には猛将が多いが、福島治重はその中でも屈指の武功を誇り、知力胆力ともに優れた武将であった。正則は治重に備前三原三万石という大名並みの所領を与えている。

その治重に、正則はある密命を伝えていた。

「秀頼公の挙兵の前より、わしはずっと公儀の監視下にあり、江戸を一歩も出ることができぬ。されば、その方たちが国許で正勝を奉じ、大坂方へご奉公して福島の家名を天下に打ち立てよ。わしの身については、いっさい心かけるに及ばぬ」

江戸屋敷にいる福島家の家臣は三百名ほどだった。この小人数で豊臣方への加勢をうたって立ち上がっても、大坂城の秀頼と合流できる可能性はないに等しい。江戸をなんとか突破できても、小田原か駿府あたりで全滅するだろう。それではまったくの犬死だ。そこで正則は、国許にいる治重に嫡子正勝を押し立てて、大坂方へ加担するよう命じたのであった。もし、安芸備後四十九万八千石の福島勢が大坂方に加わったら、同調する大名がほかにも出て、形勢が変わってくる望みもなくはない。

ただ、江戸の正則は人質の意味もあるから、正勝が大坂方の旗をあげた時点で切腹を命じられるはずだ。それは構わない。正則が武士の義と意地を貫き、福島家が豊臣家のために立ち上がったことを見届けられれば、死んでも悔いはない。

（しかし）

おそらく、いや、絶対に国許の福島勢が大坂方に付くことはないだろう。

正則当人の命令とはいえ、子や家臣が父や主君の犠牲を前提とした行動に出るのは、相当の抵抗がある。ましてやその行動によって、自家が取り潰されてしまう可能性が高いとすればなおさらだ。

もし、国許での挙兵を本気で願うなら、正則がまず自害すべきであった。そうして後顧の憂いをなくし、国許での決起を促すべきであった。

だが、そこまでの決心はつかなかった。結果を知らぬまま死ぬのは不安だった。切腹したのに、国許が立たなければ、やはりそれは犬死だ。しかし、ほんとうに豊臣家を思うなら、犬死をも覚悟で腹を切るべきであった。そうしないのは、やはり自分が臆病で卑怯であるからとしか言いようがない。

正則の酒量は増えるばかりであった。

そして、待ちに待った治重の使者が江戸に着いた。徳川方に加勢するため、正勝を大将に広島を発ったとの報せを持って。

「さようか、ご苦労であった」

正則は、力ない笑みを浮かべて使者をそうねぎらった。

大坂の陣がはじまったあと、正則は江戸にあって大坂の情報を必死に集めていた。小者を町に出して、大坂の戦の話を聞き取らせ、毎日報告させた。大坂から帰ってきたという者がいれば、召し出し、話をせがんだ。

そして大坂方が意外にも健闘し、幕府軍が攻めあぐんでいると聞くと、

「若い者どもがよく戦い、秀頼公をお守りしておるようじゃな。あっぱれなり、あっぱれなり」

そう言って涙ぐんだ。

このように福島正則は、心情的には完全に大坂方だったが、結局、秀頼のためには一兵も動かせなかった。

そして、家康の死後の元和五年(一六一九)、広島城の石垣を無断修復したことを咎められ、安芸備後四十九万八千石は没収、信濃川中島に四万五千石へ移された。十分の一以下の減封である。翌年、家督を譲った嫡子忠勝(正勝から改名)が死去した。力を落とした正則は、二万五千石を幕府に返上した。その四年後、正則が死去した時、家臣たちが幕府の検視を待たずに火葬したため、残りの二万石も没収され、福島家は取り潰

されたのだった。

十

慶長十九年（一六一四）十一月も半ばを過ぎると、東軍二十万の兵は大坂城を取り囲む陣形をほぼ整え終えて、各方面で戦いが開始された。

家康は最初の本陣を住吉に置き、秀忠には平野に陣を張らせた。

全軍の布陣を終えたころ、家康のもとに大坂城に入った浪人衆の名簿が届けられた。城内の内通者が送ったものであろう。

「たいした者はおらぬな。手強そうなのはせいぜい後藤又兵衛《またべえ》と御宿勘兵衛《みしゆくかんべえ》くらいか」

名簿にざっと目を通して、そう嘲った。

周りに藤堂高虎、浅野長晟《ながあきら》、前田利常などの諸大名がいた中での発言のため、多少割り引く必要があるが、おおむね家康の本音であった。

大坂城内では、真田信繁、毛利勝永、長宗我部盛親、明石守重が、後藤又衛門基次とともに浪人五人衆として遇されているが、家康の目で見れば、真田、毛利、長宗我部はその父こそ手強い武将だったが、代替わりしたあとの息子のことなど、ほとんど聞いたことがないため、たいした働きはしないだろうと踏んでいた。なにより真田も毛利も自身が一軍の大将として戦ったことがない。長宗我部盛親は関ヶ原に出陣しているが、吉川広家の陣に堰き止められて、なにもせぬまま敗戦した。

（場数を踏んでいない者どもは、ものの役に立たぬ）

これは今回、関ヶ原以来十四年ぶりに出陣した家康の実感である。

天正十八年（一五九〇）の小田原征伐、文禄元年（一五九二）にはじまり慶長三年（一五九八）に終わった文禄・慶長の役、慶長五年（一六〇〇）の関ヶ原と戦が続いていたころには、大将だけでなく、番頭や物頭あたりに手練れがそろっていた。たとえ初陣や経験の少ない者が混じっていた場合も、周りがそれを支える仕組みがしぜんに整っていた。足軽や人足たちの中にも、一を命ぜられれば十の仕事をこなす者が大勢いた。

（それが今では）

歴戦の士《つわもの》たちは年老い、一線から退いてしまい、今回、出陣した者たちは異様に初陣が多い。家康や秀忠の陣やほかの大名たちの陣でも、行軍や陣取りの勝手が分からず右往左往したり、もめ事が頻発したりしている。これまで、あたり前のように引き継がれてきた知識や経験が途切れてしまい、誰も戦の仕方が分からなくなっている。

戦では細かい経験や勘が、勝敗を分けることがよくある。とくに今回のように、大勢の大名たちが入り乱れて戦う場合、いちいち伝令を出して意思の疎通をする余裕などない。

少し昔なら敵味方の動きを見て、次の自分たちの行動とその時を見計らう、以心伝心の能力が将から兵まで備わっていた。それが今では、行軍さえ満足にできなくなってしまっている。

おそらく今回の合戦では、味方はバラバラに攻撃をしかけ、現場で大きな混乱が起きるだろう。

「どうやら戦を知る者たちは、ほとんど死に絶えてしまったようじゃな」

家康は藤堂高虎に愚痴を洩らした。

今は戦を知らない者たちが大手を振って世の中を闊歩している。それは家康の治世が正しかった証明であり、誇りに思っていいことだが、旧時代に属する家康には一抹の寂しさがあった。

（まあ、いずれにせよ）

世代交代の波は、大坂方にも同じように押しよせているはずだ。むこうの主力は浪人衆のよせ集めだから、よけい意思統一に苦労するだろう。

（どうやら）

東西合わせて途轍もない兵力がぶつかり合う今回の大戦は、程度の低い争いにもなりそうな予感がする。

十一月十八日、家康は旗本百騎ばかりを率いて天王寺へ入り、茶臼山《ちゃうすやま》に登った。そこにはすでに、平野の陣から駆けつけた秀忠が待っていた。

茶臼山は大坂城とは指呼の距離にあり、登ると大坂城が俯瞰《ふかん》できる。

茶臼山の前方は大坂城の南に面していた。そこは惣構えのほか大きな要害がなく、天王寺の寺町がなだらかな平地に広がっている。家康は先に天王寺と寺町を焼き払わせて大軍を展開しやすくした。前田利常、井伊直孝、松平忠直、伊達政宗らの軍勢はその平地を押し進み、大坂城に向かい壁を造るように隙間なく兵を列《つら》ねていた。対して大坂方は惣構えの内側に対抗の兵を配置し、やや東へよった場所には惣構えから飛び出すような出丸を築き、南方の防衛の要としているようだ。

大坂城の東側は、惣構えの外を流れる平野川を自然の要害にし、さらにその外側の湿地にも柵をめぐらし二重、三重に防御の陣を築いている。こちらの主な攻め手は佐竹義《よし》宣《のぶ》、上杉景勝、丹羽長重、酒井家次たちだ。

大坂城の西側は広く城下町となっていたが、大坂方はその一部を焼き払い、砦を築いて敵の侵入に備えている。この方面の攻略には森忠政、鍋島勝茂、池田忠雄、山内忠義、蜂須賀至鎮《はちすかよししげ》、浅野長晟などが当たることになっている。

茶臼山からは大坂城の反対に位置する北側は目視できなかったが、こちらは天満川が大きく攻め手の行く手を阻んでいるはずである。

「すでに機は熟しております。総攻撃を命じましょう」

家康と肩を並べて大坂城を取り囲む陣形を見わたしながら、秀忠がそう促した。

秀忠が今回の戦で、関ヶ原の汚名を返上したいと切望していることは承知している。だが、秀忠もまた、戦を知らぬ世代の未熟者だ。

「これだけの構えの城は、力攻めをしても容易に落ちるものではない。たとい惣構えはなんとか破れても、内曲輪にまで兵を入れるのはそうとう難儀しよう。兵をいたずらに損ずるのは、大将の慎むところである。

されば各所に対城を築き、城方の動きを封じ、少しずつ弱らせていくのが上策であろう。すでに淀川の水量を減らす堤の破壊にも取りかからせている。淀の水が枯れれば、堀の水かさも減り、攻めるにはよほど楽になる。こうして時をかけて、守りを削り落としていけば、しぜんと城は落ちるものよ」

家康の口ぶりはまるで、弟子を諭す師匠のそれである。

（あせりは禁物）

城攻めには、ふつうでも守りの二倍、兵力が必要とされる。現在、城方が九万、攻撃方が二十万で、二倍以上の兵力は確保しているが、なんといっても相手は大坂城である。正直、この兵力でも不安であった。

城攻めは、攻められる方は逃げ場を失っていくので、終盤になればなるほど、局地に人がひしめいて、反撃も激しくなる。死を覚悟している敵と戦う方も相当の痛手を負う。

今の幕府の権威をもってしても、諸大名にそこまでの犠牲を強いるのは無理があった。

（ならば）

力攻めにこだわらず、いったん和睦するのが利口だ。すでに家康はそれを睨んで、城内の織田有楽斎と連絡を密にしている。

（ただし）

優位に和睦を進めるためには、やはりこちらの手強さを相手に知らしめる必要がある。たとえ城は落ちずとも、城方を震撼させる攻撃は不可欠なのであった。

十一

大坂冬の陣で、本格的な戦の口火を切ったのは、蜂須賀至鎮による木津川口の砦攻撃である。

木津川口の砦は、大坂城の西南に位置する木津川と尻無川の合流する河口付近にあり、大坂城と大坂湾を結ぶ重要拠点だった。

蜂須賀至鎮が配下にこの砦を偵察させると、

「敵はあの砦の地形の険を頼みに、守りを疎かにしているようで、柵も土塁も低く、兵数もさほど多くはないようです」

との報告があった。

木津川口の砦を制すれば、大坂城の海側の水運を扼《やく》することにつながる。

至鎮はさらに偵察を進め、砦攻略の見込みをつけると、茶臼山にいる本多正純に攻撃の許可を求めた。正純経由で家康に報告が上がり、了承された。ただし条件が付いた。

「蜂須賀至鎮軍は正面から、浅野長晟《ながあきら》軍は搦《から》め手から同時に攻めること。また池田忠雄軍は遊軍として備え、敵の弱味を見定めて攻め立てよ」

緒戦でもあり、砦の守将が浪人衆の大物の明石守重と聞き、家康としては攻め手の駒を厚くして、万全を期した形だ。

「大御所はわしの武略を心もとなく思っておられるのか、それともわしの忠誠を疑っておられるのか」

命令を受けた蜂須賀至鎮は不満だった。

至鎮は天正十四年（一五八六）、蜂須賀家政の嫡子として生まれた。祖父は秀吉を創成期から支えた蜂須賀小六《ころく》正勝であるため、蜂須賀家は豊臣家とは親しい関係にあった。家政は、関ヶ原の合戦の際、仇敵とまで憎む石田三成に与しなかったものの、秀頼のいる大坂方に弓も引けず、苦肉の策で出家をし、領国の阿波を豊臣家に返上して高野山に登った。

一方、家康の養女を娶っている至鎮には、父ほど豊臣家への傾倒はない。関ヶ原でもためらいなく家康の東軍に属して戦った。その功により、父の所領の阿波は安堵され、家督を譲られた至鎮が藩主におさまった。

今の至鎮は損得勘定抜きで、豊臣より徳川に親しみを感じている。

（だから大御所にも）

もっと自分を信用してもらいたかった。至鎮は今回三千の兵を率いてきている。偵察によると砦の兵はせいぜい八百なので、蜂須賀軍単独でも充分攻略可能なのだ。

（それがよりにもよって）

砦攻めを、浅野長晟と分けあえと命ぜられては心安らかでいられない。

浅野但馬守長晟は至鎮と同じ天正十四年（一五八六）の生まれだ。しかし、生まれながら跡取りであった至鎮と異なり、長晟は浅野長政の次男であり、本来、浅野本家を継ぐ立場になかった。長晟は徳川秀忠のもとに出仕し、その小姓を務めて目をかけられ、出世の糸口をつかんだ。数年前に浅野本家とは別に二万四千石を与えられ、大名になっている。

しかし、この時点ではまだ長晟の存在は、阿波十八万石の大名であった至鎮の眼中にない。

ところが昨年、兄、浅野幸長が嗣子なくして死去したため、長晟が家督を相続し、紀伊三十七万六千石の当主になった。

浅野家は蜂須賀家と同様、豊臣家とは格別の所縁で結ばれた家だ。幸長と長晟の母長生院《ちょうせいいん》は秀吉の正室北政所（高台院）の妹である。先代の幸長は徳川家からも遇されたが、豊臣家と秀頼への忠誠も終生、失わなかった。それゆえにその死は、徳川による毒殺との噂がささやかれたほどである。

その点、長晟は徳川家に仕えて立身したため、豊臣家との絆はそこまで強くない。つまり、至鎮と長晟は、年齢だけでなく、その立場、幕府への忠誠心などにおいても似た者同士なのであった。

あえて異なる点を挙げれば、至鎮が家康に近いのに対し、長晟は秀忠派といえる。この違いは、今のところふたりの間になんの格差も生んでいない。しかし、将来を考えたらどうであろう。

不吉な想像は厳に慎むべきだが、常識的に考えても、家康は遠からず黄泉へ旅立ち、秀忠が完全に独り立ちする。そうなれば、至鎮と長晟の処遇にも微妙な違いが出てくる恐れはある。

（その備えとして）

今のうちに大きな手柄を立てて、次代にもつながる足場を固めておかねばならない。

至鎮は、浅野長晟と池田忠雄と軍議を開き、攻撃の手順の打ち合わせをした。

軍議を終えて自陣に帰ると、至鎮は重臣たちを集めて、

「明朝、卯の刻（午前六時）に出立すると但馬守とは示し合わせたが、寅の刻（午前四時）に出て抜け駆けをしようと思うがどうであろう」

と諮った。

蜂須賀家にかぎらず、どの大名家でも当主といえども、重臣たちの総意に反した行動に出るのは難しい。しかし、さいわい、今回出陣した重臣はみな、至鎮と志を同じくする者たちであった。

重臣たちは至鎮の考えに賛同してさらに、

「但馬守もこちらと同じように考え、出立を早めるやもしれませぬ。さればこちらは、さらに先手を打って、早出するのがよろしかろうと存ずる」

と具申したので、至鎮もこれに同意した。

十一月十九日の丑の下刻（午前三時）、蜂須賀軍はひそかに自陣を出立した。総勢三千の兵を二つに分け、水陸より時を計って砦に近づき、同時に攻撃をしかける作戦である。

旧暦の十一月のこととて、震え上がるほどの寒さで、天上に輝く月までもが銀色に凍るようだ。

陸路を進んだ蜂須賀軍は砦のすぐそばで身を隠し、そろそろ水軍も砦に近づくころと当たりをつけると、砦の裏手の民家に火を放ち、その明かりを背に、砦へ攻撃を開始した。

水路を進んだ方も、すでに砦下の水際に船団をよせていた。砦の中がすぐに騒がしくなった。陸路からの攻めがはじまったのだ。

「遅れるな、かかれ」

物頭のかけ声で、水際の塀に鉄鉤《かぎ》がかけられ、勢いよく引き倒されていく。

水陸からの挟み撃ちを受けた砦の兵たちは、たちまち混乱に陥った。

この夜、砦側にはふたつの不幸が重なった。ひとつは、守将の明石守重が大坂城の本丸に呼ばれていて不在だったため、指揮系統に乱れがあったこと。もうひとつは、強い北風が吹いていたことだ。

蜂須賀軍が点けて回った火は、たちまち砦中に広がって、守兵たちをよけいに浮足立たせた。もともと八百しかいない兵が、三千の兵に不意打ちを受け、拠り処の砦も猛火に包まれてしまっては、防ぎようがない。

守兵たちは算を乱して、博労淵の方へ逃げ出して行った。こうして至鎮は、ほとんど兵を損じることなく、木津川口の砦を攻略したのだった。

一方、浅野長晟はこの朝、約束の卯の刻（午前六時）に兵七千を率いて木津川口の砦を目指した。渡河の支度をしているところに、伝令がきて、すでに蜂須賀軍が砦の攻撃をはじめていると報じた。

「青びょうたんめに、してやられたか」

長晟は罵った。

青びょうたんとは、顔色の悪い至鎮を嘲る言葉だ。

長晟は全軍に急ぎ川を渡って砦に急行するよう命じた。しかし、充分な測量もせずに川を押し渡った浅野軍には、おぼれる者が続出し、戦わずして多くの死者を出してしまった。そして、濡れ鼠のまま駆けつけた時、すでに焼け落ちた砦の中には、蜂須賀軍の幟旗が何本も誇らしげにひるがえっていたのであった。長晟は、怒りと寒さと屈辱に唇を震わせながら、おのれの甘さを呪っていた。

この戦功で、蜂須賀至鎮はのちに松平姓を許され、阿波のほかに淡路も加増され、二十五万七千石の所領を得ることとなった。

十二

大坂城の東北は水田と湿地が広がり、それが天然の要害を成している。大和川をはさみ、大坂城から見て右岸に鴫野《しぎの》村、左岸に今福《いまふく》村がある。大坂方は、その水田の村にそれぞれ三重、四重に柵をまわし、さらに守備兵も置いて敵の侵出を阻んでいた。

ただでさえ人馬を展開するのに不向きな土地に、このように厚い防護柵を造られては、うかうか近づくこともできない。大坂城の惣構えはこの先、平野川を渡ったさらにその向こうだ。

家康はこの水田の村に対城を築き、東方の攻略の足がかりにしようと考えた。そこでまず、この方面を担当する上杉景勝と佐竹義宣に、両村の守備兵の撃退を命じた。鴫野村を上杉軍が、今福村を佐竹軍がそれぞれ担当することとなった。

上杉景勝と佐竹義宣は、ともに豊臣政権下で重きをなした大名である。景勝は家康と肩を並べる五大老のひとりであったし、義宣も豊臣政権の六大将のひとりに数えられる重鎮であった。

上杉景勝は家康と対立して関ヶ原の口火を切り、佐竹義宣はその際あいまいな態度で旗幟を鮮明にしなかった。そのため関ヶ原の戦後、景勝は会津百二十万石から米沢三十万石へ、義宣は常陸下野五十四万石から秋田二十万石へそれぞれ減封された。

かつては徳川と渡り合った両家も、今は家康の顔色をうかがい、命ぜられるがままに軍馬を進退させる立場に甘んじている。

十一月二十六日の早暁、鴫野村の柵に上杉軍が攻撃を仕かけた。大坂方の守備兵も反撃をしたが、数で勝る上杉軍が柵を破ると、守備兵は退却をはじめた。そこをすかさず上杉軍は追撃し、百余りも敵の首を取った。

上杉軍は大和川の堤まで兵を進めると、そこで進軍を止めて旗を立て、大坂方の反撃に備えて西向きに柵をめぐらせ、土嚢を積みあげさせた。

今福村に向かった佐竹軍は、上杉軍とほぼ同時に攻撃を仕かけた。柵中に鉄砲を撃ちかけ、敵の注意を逸らすうちに堤下を進んだ兵が柵の入口に取りついて侵入を試みた。

それを見た大坂方も柵から兵を繰り出し、防戦につとめた。しかし、兵数で勝る佐竹兵に圧倒され、討たれる者が続出し、すぐに柵中へ退却をはじめた。そこに佐竹勢がつけ込んだ。しばらくは四重の柵をめぐる攻防戦が続いたが、じりじりと佐竹軍が押し、ここが勝機と見て大将の佐竹義宣がみずから馬を進めた。それに勇気づけられた佐竹軍が、ついに最後の第四の柵も破ると、大坂方は陣を捨てて、敗走をはじめた。佐竹軍はそれを二、三町ほど追い討ちをかけ、次々と敵を屠り、ついに守将の首もあげた。

大坂城内でも、鴫野と今福で戦いがはじまったことをすぐに察知した。おびただしい銃声が聞こえたからだ。

本丸の菱櫓から今福を望むと、敵はみるみるうちに防柵を侵して、第四の柵に取りついて、今にも打ち破りそうな勢いである。

報せを聞いた東方面の遊軍大将であった木村長門守重成は、配下の武将たちの出陣の支度が整うのを待たず、

「今福へ、出合え候らえ」

とひと声叫んで、ただ一騎で城を出た。

木村長門守重成は文禄二年（一五九三）、豊臣秀次の家老木村常陸介重茲《ひたちのすけしげこれ》の子として生まれた。秀次事件の罪を問われ父重茲は死罪となったが、幼児だった重成は連座を免れた。母の右京大夫局が秀頼の乳母となったのが縁で、秀頼に小姓として仕え、旗本として取り立てられ三千石を得た。今では秀頼の第一の臣といっても過言ではない。それゆえに東方面の遊軍大将に抜擢されたのだが、まだ若い重成がどれほどの指揮能力を有

しているか誰も知らない。

だから、重成は部下を待たずに一騎で駆け出したのだ。後ろから指示を出しても、懐疑的な部下たちの動きは鈍いだろう。まず自分が先頭に立って引っ張って、戦う姿勢を見せねばならない。

重成が馬を進めていると、軽装の徒士たちが追いつき、今福の手前で敵の様子を窺っているうちに、次々と鉄砲隊や馬乗りの士も集まってきた。

重成たちの軍勢が近づくのを見て、それまで残党を追撃していた佐竹軍は柵の内側に引きあげた。

木村軍は、佐竹軍が防御の姿勢を固める前に攻撃を開始した。佐竹勢は押されて第四の柵を捨て、第三の柵まで後退して防戦した。

やや浮足立った佐竹軍を見て重成は、

「一気に押して、陣を取り返せ」

と号令したが、この時、対岸の上杉軍から銃撃されたため、重成たちは大和川の堤の陰に身を伏せた。

しばらく柵をはさんで佐竹軍と膠着状態に陥っていると、後藤又兵衛基次が援軍を率いてあらわれた。

後藤軍と木村軍を足すと、数で佐竹軍を上回った。しかも後藤基次は大坂方の中では、ひとり飛び抜けた実績を持つ豪傑である。木村軍の兵の士気はいやがうえにも上がった。

基次は木村軍の兵たちが、対岸の上杉軍からの銃撃を避けて、堤下に身を隠している

のを見て、

「武士《もののふ》の戦とは、こうするものぞ」

と言って、みずから堤に駆け上がり、鉄砲を撃ち放ったので、木村軍の兵たちも負けじと次々と堤上に立って佐竹軍に鉄砲を撃ち浴びせた。

基次は重成のそばに来て、秀頼公の下知で、木村軍を下がらせ、後藤軍が攻撃に当たると告げたが、重成は首を横にふり、

「敵はすぐ面前にあり、今、兵を入れ替えれば、混乱が生じ、敵につけ込む隙を与える。わたしはこれが初陣。ここでやすやすと後退すれば、配下の侮りを受けましょう。どうか、このまま指揮を取らせていただきたい」

と言ったので、基次も若者の客気《かっき》を意気に感じ、

「されば、わしは川沿いに敵陣の脇を突く。長門守は正面から攻めるがよろしい」

と重成に花を持たせた。

後藤軍は小舟に乗って、大和川から佐竹軍に一斉射撃をおこなった。

木村軍は鉄砲隊を堤から離し、水田の畦道を迂回させ北側へまわり、柵中の佐竹軍への狙撃を開始した。佐竹軍も柵から出て反撃の鉄砲を撃ったが、木村、後藤の十字砲火を受けて、倒れる者が続出した。負傷者の柵内回収の隙に乗じて、堤下に伏せていた木村軍がいっせいに槍を連ねて突進した。

佐竹軍も懸命の防衛につとめるも、ついに支えきれず、第二の柵も放棄し、第一の柵の前に兵を列ねて迎撃の態勢を取った。

ここを最大の好機と見た重成と基次は、両軍の兵を合流させ、攻撃に当たった。木村、後藤両軍の猛攻を受けて、佐竹軍の前線を指揮する家老の渋江政光《しぶえまさみつ》は、みずから槍を持って兵たちを鼓舞したが、勢いに乗る敵勢におされ、じりじりと後退した。劣勢の佐竹軍に追い討ちをかけるべく、重成は鉄砲隊に狙撃を命じた。渋江政光はなんとか第一の柵を取り返そうと、敗走する兵を取りまとめていたところ、この銃撃を受けて落命した。狼狽した佐竹兵は、渋江の死体を置き捨てにして逃走した。

同じく、第一の柵近くで攻防戦を戦っていた佐竹軍のもうひとりの家老、梅津憲忠《うめづのりただ》も負傷したため、佐竹軍は全軍に渡って敗走をはじめた。占拠した柵をすべて失い、この朝、戦いを仕かけた地点まで押し戻された形だ。

佐竹義宣は声をからして、兵たちの奮起を促したが、渋江、梅津という佐竹家の両輪ともいうべき重臣が抜け落ちた佐竹軍は、すっかり精彩を欠いて、ずるずると押されるばかりであった。

ついに佐竹本陣にまで木村軍の兵が槍を入れるに至り、義宣は上杉軍に救援を求めた。伝令から要請を聞いた上杉景勝は、堀尾忠晴《ほりおただはる》軍と榊原康勝《さかきばらやすかつ》軍とともに自軍の兵を向かわせたが、大和川が深いうえ後藤軍が渡し舟を抑えてしまったため、向こう岸まで大軍を送れない。そこで中州に鉄砲隊を行かせ、木村、後藤軍へ銃撃を加えた。

ここで重成と基次は、佐竹軍の攻撃を中止した。籠城戦で逃げる敵を深追いするのは禁物だ。陣地を守るだけで、籠城側の勝ちなのである。自軍の兵を見ると、激戦で疲れも見て取れる。

そこで重成と基次は、今福の柵の修復をし、中に守兵を置いて、大坂城内に引きあげたのだった。

今福村の戦いの様子は、大坂城内からも見ることができた。後藤又衛門基次の勇猛ぶりは人々をうならせたが、それ以上に喝采を浴びたのは木村長門守重成の采配の見事さだった。それまで多くの者が重成の能力に懐疑的であった。それだけに、より若い重成の堂々たる指揮ぶりに、人々は瞠目したのだ。この今福村の一戦で木村重成の名は一躍、東西両軍の間で知れ渡ることとなった。

十三

博労淵は木津川の中州、狗《いぬ》小島の東向かいにあって、もとは狗小島との間の深淵の呼び名だったのが、のちに沿岸一帯を博労淵と呼びあらわすようになったという。

その東南には先に蜂須賀至鎮によって落とされた木津川口の砦があり、この博労淵も大坂城の水運を守る要の地であった。

大坂方ではこの地に柵と堀で囲まれた砦を築き、薄田隼人正兼相に兵七百を預けて守らせていた。

薄田兼相は秀吉の馬廻りとして仕え、柔術、剣術の達人としても有名であった。秀吉の死後は秀頼に仕え、録五千石を食んでいる。六尺豊かな大男で、人目を引く容貌、よく通る声で言うことも大きいとあって、毀誉褒貶《きよほうへん》はあるものの、戦場においては頼りになろうというのが、衆目の一致するところであった。

先の木津川口の砦の戦いのあと、それまで城下の阿波町にいた商人たちが逃れ出て、徳川方に博労淵砦の守備兵は士気も低く、人数もさほど多くないことを告げた。

この情報を得た家康は、狗小島に仕寄りをつけるよう命じた。仕寄りとは城塞を攻める際の、矢玉を避ける盾や防柵、塹壕などのことを指す。この場合、砦に接近した陣構えを造れとの指示である。

当然、狗小島に仕寄りが構築されはじめたことは、博労淵砦の薄田兼相も察知した。しかし、わずか七百の守備兵では、数千の兵と人足を繰り出して陣取りをする徳川方に横槍を入れることもできない。兼相はほかの砦の武将たちと大坂城の首脳陣に救援を求めたが反応が鈍い。

木津川口の砦が徳川方の手に渡った時点で、博労淵の砦の存在意義は低下していた。首脳陣の間では、惣構えの外に造った砦から、すべて兵を撤退させ、大坂城内の守りを固める議論がはじまっていたので、西の外れにある博労淵へ援軍を送るという選択はありえなかった。

(なるほど、そういうことか)

利け者の兼相は、首脳陣たちの顔色から考えを読んだ。

砦からの撤退を命じられれば、数カ月間は城内で籠りっきりの生活を余儀なくされよう。城内は人目が多くて息苦しい。兼相のような大気者には、独立した砦の大将のような、自分の思い通りにできる気楽な立場が性にあっていた。

（気ままな砦暮らしもあとわずかか）

そうと分かると、城の中ではできないことを今のうちに存分やり尽くしておきたい。

兼相は夜更けにわずかな供を連れて砦を抜け、遊郭へ行った。敵の仕寄りはあと一日、二日で完成する。そうなれば、すぐに砦を撤退することになろう。派手に遊べる最後の機会だ。

ところが、薄田兼相が遊郭にあがった夜、家康の命を受けた石川忠総《ただふさ》は狗小島の隣の葦《あし》島に舟を用意し、博労淵砦攻撃の態勢をひそかに整えた。その動きを悟られないように、狗小島の仕寄りから砦に向けて鉄砲を撃たせた。

石川忠総は天正十年（一五八二）の生まれ。実父は先に失脚した大久保忠隣である。少年のころより、家康のそばに仕え、慶長五年（一六〇〇）、外祖父である石川家成《いえなり》の養子となった。実家の大久保家が改易されると、忠総も連座していったんは蟄居を命じられた。しかし、この大坂の陣が起こると、「忠総は石川家の相続人で、忠隣の連座にはかからず」との見解が下され、蟄居を解かれ、出陣も許されたのだった。忠総はこの戦で振りかかった汚名を晴らそうと必死の形相である。

その石川忠総軍による鉄砲攻撃の報せは、遊郭にいた薄田兼相にも届けられたが、

「闇夜の鉄砲を恐れてどうする。本気で攻めるなら、鳴り物など鳴らさず、静かにひた押してくるだろう」

と言って、遊郭から動かなかった。じじつそう慢心していたこともあるが、この夜はつよい雨も降っていたので、砦に戻るのが面倒でもあった。

翌、十一月二十九日の早朝、舟で博労淵によせた石川忠総は総攻撃を命じた。また木津川口砦を占拠していた蜂須賀軍と池田軍もこの攻撃に加わった。

不意打ちのうえに、守将は不在だ。砦勢はほとんど防戦らしい防戦もせずに逃げ出した。兼相の留守を任されていた副将の平子主膳《しゅぜん》は、砦を抜けて葦原に身を隠していたところを、池田軍に見つかり鉄砲のつるべ撃ちをくらい首を取られた。

さしたる苦も無く博労淵砦を取った石川忠総は、兵を休ませず地続きにある土佐座町にも攻撃をしかけ、同じく蜂須賀、池田軍も阿波座町に向かい、それぞれの地を占拠した。

同じ二十九日の未明、豊臣方の水軍を停泊させていた野田村と福島村にある砦も徳川方の急襲を受け、守備兵たちは逃亡した。徳川方は福島に放火し、この地帯を占拠した。この方面の守将は治長の弟の大野道犬《どうけん》だった。

薄田兼相と大野道犬は、日ごろからなにかと大言壮語を吐く癖があったため、この日、なすすべもなく砦を失い、のめのめと大坂城へ逃げ帰ってきた姿はいっそうみじめであった。

人々はふたりを、色鮮やかで飾りにはなるが食用には適さない橙《だいだい》になぞらえ、「橙武者」と呼んだ。見かけばかり立派で肝心な時に役に立たなかったことを嘲ったのである。

十四

十二月に入ると、大坂方では惣構えの外に構えていた陣地や砦から守備兵を撤退させた。まだ無傷の砦や陣地へも火を放ち、敵方に有効利用されないよう破壊したうえで、城内に引き籠った。

徳川方の対城が各地に完成し、小規模の砦や陣地が各個攻撃を受け、潰されていくことが予想されたための処置である。

城外の障害がなくなったため、家康は各軍勢を大坂城の惣構えに向かい、距離を縮めるよう進めさせた。二十万におよぶ軍勢が針のごとく列なって、隙間なく大坂城に突き刺さるように囲む様は壮観である。

十二月二日には、家康も本陣を住吉から前進させて茶臼山へ移した。そして秀忠と本多父子ら重臣たちを従えて各所を視察して回った。

ここまで戦前に心配したような、将兵たちの経験不足からくる大きな失敗は起きていない。諸大名たちの陣構えにも、将兵たちの様子にも、見回ったかぎり問題はないようだ。戦場で経験を積み、若い者たちも成長をしている。

（しかし、ここまでは）

あくまでも小競り合いに過ぎなかった。小さな砦や陣をめぐる争いだった。

だから、家康としても、かつて敵対した大名や、豊臣恩顧の大名、または徳川譜代ながら先ごろ父親が処罰された者など、忠誠心に疑問符がつく者を攻撃隊の主力にすえて様子を見る余裕があった。万が一、敵方に寝返っても、戦局に影響を及ぼす心配は少なかったからだ。また、そういう状況下では寝返りをする者も出ない。

（ようやく、ここからが）

広く深い堀に隔てられた大坂城本体に攻めかかる、いわば戦の本番のはじまりである。

家康は茶臼山の本陣に入ると、作らせたばかりの、各将の新しい配置が書き込まれた絵図を広げて、作戦の検討をおこなった。

大坂城の惣構えは整った四角形をしている。ただ、その惣構えの南側の一部に、出臍《でべそ》のように膨らんだ出丸がある。

「ここには真田左衛門佐が詰めているのか」

家康が絵図の書き込みを見て首をかしげた。

「その者は伊豆守の舎弟にて、亡き真田安房守の次男でございます」

本多正純が言うと、家康は無言でうなずいた。それくらいのことは、教えられなくても分かっている。首をかしげたのは、なぜこの出丸の守将に真田信繁が任命されたのか、怪訝に感じたからだ。

大坂城の周囲をひと回りしてみれば、攻め口が南方面しかないことは、戦の素人でも判断がつく。そこに防衛強化策として出丸を築くのはなんら間違いでない。

ただ、出丸は防衛に有利だが、ひとたびそこが敵に奪われると、橋頭堡として利用され、逆に侵攻の糸口を与えてしまう危険も併せ持っている。それゆえに守将は、信頼が厚く、指揮能力の高い武将でなければならない。

（どうして）

真田信繁がそこまでの信用を勝ち得たのか。

本多正純も言ったように、真田信繁は真田伊豆守信之の弟だ。信之が家康の信が篤いことは周知の事実である。とすれば信繁の忠誠に、豊臣方は不安を覚えるのがむしろ自然であろう。

なのにこの重要拠点の出丸の将を務めているのは、よほど能力があると思われているのか。それとも秀頼か大野治長あたりのつよい推挙があったためか。

（まあ、いずれにせよ）

攻めてみれば、相手の能力はすぐに分かる。そして相手がどうあれ、こちらの攻撃の方法は変わらない。じわじわと押していくだけだ。城攻めに奇策は不要である。

家康は茶臼山の頂上から大坂城を見つめた。ここから南側の惣構えと出丸ははっきりと見えた。出丸には何本もの幟旗がひるがえり、炊煙が立ちのぼっている。なかなか意気盛んのようだ。大坂方ではあれを守将の名を取って真田丸と呼んでいるという。

家康は真田信繁という男に興味を覚えはじめていた。

家康が本陣を茶臼山に移したことは、大坂方も物見の報せですぐに察知した。いよいよ総攻撃の開始が近いことも、これであきらかになった。

真田信繁はみずから縄張りし、築かせた出丸を見回り、兵たちに声をかけ、敵の攻撃が近いことを告げ、一段、気を引き締めるよう発破をかけた。

「篠山《ささやま》の者たちには、いつでも撤退できるよう支度を怠るなと伝えよ」

と信繁は近習に命じた。

真田丸の南の小橋村に篠山という篠が密生している小山があり、信繁はここにも兵を置き、接近する敵勢を悩ませていたのである。

十二月四日、家康は大坂城南側からの総攻撃を命じた。

真田丸の攻撃に当たるのは前田利常軍と井伊直孝軍を中心とする、およそ二万の軍勢である。

前田軍の指揮を取る筆頭家老の本多政重《まさしげ》は、まず、真田丸手前の篠山にひそむ真田勢の攻撃を命じた。少数とはいえ、このままだと真田丸と両面攻撃を受ける恐れがあるので放置できない。それに篠山の兵を追い落とせば、真田丸へ逃走し、それを追撃する攻撃軍も侵入を果たし、出丸攻略の足がかりになる期待もあった。

四日の未明、本多政重率いる前田軍は篠山に接近した。敵に悟られぬよう、明かりを点けず行動するため、進行が困難だ。道を誤ったり、行列が渋滞したり、ちょっとした混乱が起きた。もしここを篠山勢に突かれれば、さらに大混乱となっただろう。しかし、篠山は深々として静まり、大軍の接近にまったく気づいていないようだ。

前田軍の先陣は暗闇と静けさの中で、篠山を通り過ぎたことに気づかず、そのまま前進を続け、真田丸の前まで来てしまった。目の前にいきなり出丸があらわれたのでおどろいたが、今さら退却もできない。篠山攻めは後続の部隊にまかせることにして、真田丸攻めの陣形を取りはじめた。

真田丸の見張りの兵たちも、前田軍の出現に気づき、しばらく堀を隔てた城壁の向こうでざわついていた。前田軍の先陣も陣形を整えると、そのままの態勢で夜明けを待った。

夜が明けると、まず、篠山を囲んだ前田軍の本隊が鉄砲を撃ちかけながら、山の中へ攻め込んだ。山側からはまったく反撃がない。訝《いぶか》しく思いながら、そのまま山頂まで攻め上り、篠山が無人であることを確認した。

篠山の真田勢撤退を知った本多政重は、

「真田はわれらの攻撃を待ち構えているようだ。先陣には、うかつに出丸に攻めかからぬように申し伝えよ」

と伝令を走らせた。

本多政重は天正八年（一五八〇）の生まれ。父親は家康の懐刀本多正信だ。本多正純が正信の長男で、政重は次男になるが、正純とは一五の年齢差がある。

慶長二年（一五九七）、政重は徳川秀忠の乳母の息子と争いとなり、これを斬り殺して徳川家から出奔した。その後、大谷吉継、宇喜多秀家と主君を変えた。宇喜多家では二万石を与えられ、関ヶ原にも西軍の一員として出陣している。

関ヶ原で敗れたあと、福島正則にしばらく仕え、その後、前田家に三万石で迎えられた。一時、前田家を離れ、上杉家の庇護下にあったが、慶長十七年（一六一二）からふたたび前田家に帰参し、対幕府外交に力を尽くし、その功で三万石から五万石に加増を受けている。

父正信と兄正純は、その知略が最大の武器であったが、政重は豪胆な武将として名高かった。次々と主君を変えても、すぐに大名から招聘の声がかかったのは、政重の指揮能力がすぐれていたためだ。

ただ、前田家の中には、それを認めない者も少なからずいた。関ヶ原で敵方に回ったにもかかわらず罰せられもせず、大名たちが三顧の礼で迎えようとするのは、政重が徳川幕府の重鎮、本多正信の息子だからだ、能力などなんの関係もなく、ただ、幕府との通好を続けるために、重職の御曹司に高禄の餌を与えて飼っているのだ、という陰口は政重の耳にも届いていた。

（言いたい者には言わせておくしかない）

自分の実力は、戦場で見せる。実戦で証明すれば、陰口もおさまるだろう。

そういう意気込みで臨んだ攻城戦だから、絶対に負けられない重圧もあった。

前田軍の先陣を任されたのは山崎長徳《ながのり》と横山長知《ながとも》で、ともに老巧の武将である。堅い守りの出丸に容易に手を出さず、じっくり構えていたところ、夜明けとともに、出丸の壁の上に敵兵がひとり、立ち上って大声を浴びせかけてきた。

「その方たち、篠山へ登っていたようだが、なんのつもりぞ。鳥獣狩りでもするつもりだったか、腹でも減らしたか。その方らもせっかく大坂表まで来たのなら、せめて人のいる砦を攻めて手柄話にせよ。ほれ、これでも喰らって腹の足しにせい」

絞めた鶏を一羽放ってよこした。

これが真田方の挑発なのは、あきらかだったが、激高した物頭が堀外の木柵に取りつき、出丸へ向けて鉄砲を撃ちかけさせた。これに真田方も応じて鉄砲を撃ち返してきたため、全面的な戦闘に入った。

真田軍の鉄砲の応戦はそれほど激しくない。それを見て取った前田軍は堀外から鉄砲を撃って敵を牽制しながら、兵たちに柵を乗り越えさせ、堀中へ進ませた。

真田丸を含む大坂城南面の惣構えはすべて水を張っていない空堀なので、兵は堀の中を進むことができる。しかし、高低差があるため、いったんここに下りると、簡単には上がれない。前田軍の将兵たちが大勢堀の中に入ったのを見定めると、真田軍は猛烈に鉄砲を撃ち浴びせてきた。

その銃撃をかいくぐって進もうにも、堀の中ほどにも木柵が設えられていて、簡単には進めない。本来、城攻めをする際には、敵方の鉄砲を避けるための楯や竹束を持って押し進むものだが、ほとんどの者たちが身軽に動けるようにと、堀の外に残してきてしまった。身をさらしたままの前田勢は、壁越しの間断ない真田勢の銃撃に次々と倒れた。

それでもなんとか銃弾をかわし、わずかな前田の兵が真田方の壁の下までたどり着いた。しかし、土塁になった堀の壁面を苦労して上ると、中腹に達したところで、真田方の鉄砲隊の的になり、あえなく撃ち殺され、堀下へ転落していく。かくして、堀の中の前田兵は退くことも進むこともできず、真田方の壁面の下に張り付いていた。

篠山からようやく到着した本多政重は、自軍の無残な戦いぶりを目の当たりにして唇をかんだ。すぐに撤退を命じたが、真田軍の銃撃が激しく、堀の中の兵はほとんど身動きができない。撤退をさせるにはさらなる兵の投入が必要であった。しかし、それでは新たに傷口を広げるだけになる。

（どこか）

ほかに攻め口がないか。堅牢な陣地に見えるが、弱点はかならずあるはずだ。

政重はいったん冷静になって、真田丸全体を見わたした。

真田丸は大坂城惣構えの外に独立して造られた出丸だ。半円の底の部分を惣構えの空堀に接し、半円の外周が外へ飛び出ている。そして全体を深い堀に囲まれている。ただ、まったく外部との連絡がないわけではない。半円の両脇、惣構えに近い二箇所に出丸と外を連絡する橋が架かっている。外へ攻撃に出る際の通路として構築したものであろう。

これまでの物見の情報から、ふたつの橋の存在は知っていた。しかし、当然、そこは櫓門や土塁や木柵で強固に守られていると予想していた。見ると、たしかに橋の回りを二重の木柵で囲んでいる。しかし、その木柵は空堀の周囲を取り巻いているものと変わらず、とくべつ頑丈に造られているようには見えない。空堀がない分、攻略はずっと容易なはずだ。守備兵も一カ所にせいぜい二百ほどいるにすぎない。

（弱点、見つけたり）

ここに兵を集中させれば、攻略も可能だろう。

政重は井伊直孝軍と連絡を取り、出丸の左右の通路をそれぞれ分担し、同時に攻撃する取り決めをした。向かって右側が前田軍、左側が井伊軍である。

辰の刻（午前八時）、狼煙を合図に、前田軍と井伊軍の兵が、真田丸の堀にかかる橋を目指して殺到した。

真田信繁は櫓上の物見から、前田軍と井伊軍が、真田丸のふたつの橋へ攻撃するため移動をはじめたとの報告を受けた。

（かかったな）

信繁は、自身の策が図に当たったことを知った。

「惣構えの守兵にも報せよ。敵をよく引き付けてから撃てと」

と伝令を走らせると、みずから櫓に上って敵の動きを確認する。

信繁の眼下には、じりじりと橋を囲む木柵へ近づく前田軍の姿があった。先に無防備に空堀へ入り込み、手痛い目にあったことを戦訓に、先頭の兵たちは盾や竹束に身を隠しながら進んでいる。

もう一方の橋には井伊軍が接近しているようだ。そちらは長宗我部盛親の手勢に任せ、信繁は前田軍の対応に専念する。

前田軍は木柵の手前で前進を止めた。しばらくすると、後方で狼煙が上がり、それを機に、盾と竹束の陰から銃撃をはじめた。木柵の奥の真田軍も応戦して銃を撃ち返す。

激しい銃撃戦が続いたが、数で勝る前田軍がしだいに優勢となり、真田軍は第一の柵を奪われ、第二の柵に後退した。

ここでも煙で視界がかすむほどの撃ち合いがおこなわれ、やがて前田軍の火力が真田軍を圧倒すると、ついに真田軍は第二の柵も放棄して空堀の橋を渡り、真田丸への退却をはじめた。

真田丸の門が開き、退却する兵を引き入れるのを見て、前田軍は俄然、活気づいた。ここぞとばかりに、兵たちは盾や竹束を踏み倒して、真田軍を追撃した。後方の前田軍もこの機に、いっきに城門を破り、勝敗を決すべく前進して、先陣との間を詰めた。

城壁から顔を出して、この様子を見ていた信繁は配下に命じた。

「今だ、いっせいに撃ちかけよ」

物頭が合図の旗を振ると、それまで真田丸と惣構えの城壁に隠れていた銃列が出現し、いっせいに火を噴いた。

上方から突然、それも真田丸と惣構えの二方向から銃撃を浴びた前田軍は混乱に陥った。盾も竹束も捨てて突撃したところに食らった銃弾だ。しかも、別々の方向から猛烈に撃ち浴びせられ、恐慌にかられた前田兵たちは、たまらず無秩序な退却をはじめた。

すでに後方の部隊が入っていた場所に、退却軍が戻ってきたため、混乱に拍車がかかった。味方の間で小競り合いや、同士討ちまで起こって、簡単には収拾がつかない状況に陥った。

(してやったり)

信繁は会心の笑みを浮かべた。

まんまと前田軍を出し抜いてやった。大軍を狭小地に誘い込み、多方向から打撃を加えるのは、父昌幸の得意とした戦法であった。わざと偽りの弱味をさらして、勇んだ敵が殺到したところを強打する。父の薫陶を受けた信繁が、宿敵家康の手勢である前田軍を斥けたのだ。

「よし、城門を開け」

信繁は命じた。

門兵が門扉を開くと、それまで内枡形に控えていたおよそ五百の兵が、橋を渡って前田軍に襲いかかった。

退却する兵と後方の兵の入れ替えをしていたところを攻められて、前田軍はまったく防御の態勢が取れなかった。大軍にもかかわらず、わずかな兵に押しまくられ、次々と討ち取られていく。

信繁がさらに五百の兵を追加で投入すると、前田軍の損害はさらに拡大した。前田軍の本隊が篠山まで後退すると、信繁は深追いをせず、素早く兵を退かせて真田丸に収容した。真田軍の一方的な勝利であった。

十五

大坂城の南側の惣構えは、東の端の平野口をふさぐ形で真田丸があり、そこから西側へ八丁目口、谷町口、松屋町口という順に城門が並んでいる。

松平忠直率いる越前軍と藤堂高虎軍は、八丁目口と谷町口をそれぞれ攻め口に任されていた。越前軍一万、藤堂軍は四千である。

前田利常軍が篠山と真田丸に迫ったのと同じ十二月四日の未明、越前軍と藤堂軍も闇に紛れて、大軍を惣構えの手前まで進めた。

この日、藤堂軍を指揮する高虎は、必勝の秘策を隠し持っていた。

谷町口を守る豊臣方の一将、南条元忠《もとただ》を味方に引き入れていたのである。

南条元忠はかつて伯耆羽衣石《うえし》城主であったが、関ヶ原で西軍について戦後改易になり、浪人として今回、大坂城に迎えられていた。

高虎はこの元忠を、家康の許しを受け、伯耆一国を与える条件で味方に誘い、快諾を得た。以降、ひそかに矢文で連絡を取り合い、高虎の攻撃開始に合わせて、城内から内応の火の手をあげる手はずを整えていた。

城の内側に味方がいるのであるから、これほど楽な戦はない。この攻撃をきっかけに、いっきに落城という展開も夢ではなかった。

（そうなれば、ますます）

高虎への家康の信頼が高まるだろう。

藤堂高虎は豊臣秀吉の弟、秀長に見出されて立身した、まぎれもない豊臣大名のひとりであったが、秀吉の死後は急速に家康に接近した。築城の技術に秀《ひい》でていたため、江戸城の改築の相談にもあずかり、徳川譜代の大名たちを差し置いて、家康に側近のように重用されている。じっさい、本多正信、正純父子と同様に、施政、軍事両面で家康から意見を求められる機会が多い。

もし、今回、大坂落城の手柄を独り占めしたら、本多父子もしのぐ権勢を手にすることになるかもしれない。そうなると、徳川家中で高虎に対する風当たりが、今以上に強くなることだろう。

（ほどほどにしておかねばなるまい）

と高虎は自戒したが、これは捕らぬ狸の皮算用だった。じつは高虎の知らないところで、大きな状況の変化が起こっていた。

南条元忠が藤堂高虎の誘いを受けて、裏切りの確約をしたのは十一月半ばのことだ。その後、みずからの立場をあきらかにするため、城内の動きや、自身の持ち場の情報を、高虎に報せていた。

元忠は天正七年（一五七九）、伯耆東三郡六万石の領主、南条元続の子として生まれた。元続が天正十九年（一五九一）に死去したため南条家の家督を継いだ。当主とはいえ、まだ年少であったため、実権は重臣たちの手に握られた。元忠は重臣たちの言うままに関ヶ原の戦いでは西軍について、家を取り潰され、浪人に身を落とした。

南条家を切り盛りし、家運を傾けた重臣たちはほとんど去ってしまった。多くはほかの大名たちに拾われ、それなりの地位に就いているようだ。元忠のもとに残ったのは、わずかな近臣のみだった。京の山科に身をひそめる苦しい生活が続いた。

（どうして、こんな目に）

あわねばならないのか。自分の運命を呪わしく思った。西軍につくよう無責任に勧めた重臣たちが、今もそれなりの格式の侍でいるのに、ただ祭り上げられただけの自分が、鍬を手に畑仕事をしていることに納得がいかなかった。

奇しくも元忠は徳川秀忠と同じ年である。秀忠も関ヶ原では重臣たちの進言に従い、大失敗を犯している。しかし、秀忠は跡継ぎの身分を失わず、その後、征夷大将軍になった。天下の将軍である秀忠と自分を同じ土俵で語るつもりはないが、あまりといえば、あまりの境遇の違いではないか。

そんな時に大坂城の秀頼から合力を求められた。関ヶ原から十四年、元忠にも世の中を見る目が備わっていた。

（どう贔屓目に見ても）

秀頼に勝ち目はあるまい。しかし、秀頼の誘いの書状に加え、大野治長から相応の支度金を用意するとの文言が、元忠の心をゆさぶった。

このまま野に朽ち果てるくらいなら、もう一度、武将として戦い、華々しく死ぬ道を選ぶべきではないか。

（それに）

まだ、大坂方が負けると決まっているわけではない。さすがに勝てはしないだろうが、天下の大坂城に籠って善戦すれば、有利な条件で和睦することは可能だろう。そうすれば元忠も、引き続き豊臣家の家臣として仕えるという望みも出てくる。

元忠は旧臣たちに声をかけ、大坂城に入った。元忠のもとへ集まる旧臣は少なく、支度金で雇った小者たちも含めて、総勢三十人ほどであった。

浪人衆のうち、長宗我部盛親や真田信繁などの旧大名たちは、千から数百の旧臣たちを従えて入城していた。

元忠も旧大名であったにもかかわらず、浪人五人衆のようには遇されず、重要な軍議の席にもほとんど呼ばれなかったのは、過去の実績と家臣の少なさが原因だろう。

それでも兵三千を与えられ、武将として指揮を取ることとなったが、元忠は不満であった。

(このありさまでは)

徳川と和睦がなったとしても、豊臣家に残れないのではないか。今回集まった大坂方九万の兵が、戦後、みな豊臣家に仕官できるとは考えられない。現在の豊臣家の石高だと、二万か三万ぐらいが妥当だ。多少、領地が増えたとしても、五万はかかえられまい。仮に元忠が残れたとしても、待遇面で多くは望めないだろう。

(そもそもが)

徳川との和睦もできると決まったわけではない。徳川方は二十万もの兵を大坂へ送り込んできた。この軍勢がいっせいに襲いかかってきたら、さすがの大坂城ももたないのではないか。この城が元忠の骨をうずめる墓場となるかもしれない。

そんな時、旧臣だった男が元忠の前にあらわれた。そして今、藤堂家に仕えていると打ち明け、高虎が元忠に寝返りを求めていることを告げた。寝返りの見返りは伯耆一国だと言う。

元忠は一も二もなく誘いに乗った。生活の苦しさから逃れるために大坂城に入ったのだ。もっといい条件があるのなら、誰がこんな泥船に乗っているものか。

元忠は自身が守備を任されている持ち場から、夜ごと矢文を放ち、高虎と連絡を取り続けた。これで伯耆一国が手に入るのなら、お安い御用だ。

ところが、この時、城内の諜報活動に目を光らせている男がいた。

渡辺糺は槍の名手として知られ、秀頼の指南役も務めている五百石取りの旗本である。禄高は低いが、母親が淀殿の側近正栄尼で、自身も秀頼の槍の師匠という立場から、大坂城内の重要な評定には必ず加わっている重職のひとりである。

その渡辺糺は、大坂城内からさまざまな情報が徳川方へ渡っていることに気づいた。それも武将の顔ぶれや、その配置など、かなり重要な情報がもれている。低い身分ではなく、ある程度の上層の者が、敵方に通じていると推定される。

真っ先に疑ったのは、織田有楽斎とその子頼長だ。もともと家康に近い父子である。徳川と手切れになったあとも、合戦に対して消極的な言動を取っていた。

糺は徳川方との密通の証拠を押さえるため、夜ごと織田頼長が守備を受け持つ大坂城の惣構えの谷町口近くに身をひそめた。

すると、ある日の深夜、織田の隣の陣から一本の矢が、惣構えの外へ向けて放たれた。城壁から身を乗り出して矢を構える男に気づいた糺は、自分も城壁によじ登り、矢の行方を追った。惣構えの外の地面に突き刺さった矢は、暗がりから駆けよった何者かが抜き取り、持ち去った。

翌晩、今度は惣構えの外から、昨晩、矢が放たれた陣に向かって返しの矢が放たれた。城外と密通しているのは、これで間違いないことが分かった。

糺はこれを、ただちに大野治長に報せた。

南条元忠は、至急の軍議があるとの報せを受け、自陣を離れ本丸へ向かった。

(なんの軍議であろう)

もしかすると、持ち場の変更か。そうだとすれば、高虎に報せる必要がある。近く徳川方の総攻撃がはじまるようだから、急いで報せねばならない。攻撃方とうまく連携を取り、寝返りを成功させなければ、伯耆一国の褒賞が反故《ほご》となる恐れもある。

などと考えながら本丸御殿に上がり、同朋の案内で千畳座敷に入ると、そこには大野治長と渡辺糺だけが座っており、ほかの武将の姿がない。

「これは刻限を間違えましたかな」

元忠が言うと、治長が首をふり、

「いや、間違いではない。呼んだのはそこもとだけだ。そこへ座られよ」

と自分の前の床を指し示した。

元忠は足が震えた。

(露見したのだ、寝返りが)

とっさに周囲に目を配る。座敷には治長と糺だけだが、閉ざされた蔀の裏には武者たちが控えているのだろう。逃走を図れば、すぐに踏み込んできて、取り押さえられる。

(されば、治長を質に取って逃げるか)

これも無理に決まっている。同席しているのは槍の達人、渡辺糺だ。治長の身体に手を触れることもできずに倒されるだろう。

元忠は思わず膝下から力が抜けて、その場に座り込んだ。

「そこもと、すでになぜここに呼ばれたか、承知しておろうな」

治長が問う。元忠は最後の気力を振り絞り、平静をよそおった。

「いえ、それがしには、皆目なんのことや――」

「見苦しいぞ、元忠」渡辺糺が一喝した。「そこもとの陣で城外と矢文のやりとりがあったことはすでに存じておる。観念せんか」

やはり知られていた。しかし、あくまで白を切り通せば、密通の証拠はないのでは。

「すでにそこもとの側近を捕縛し、洗いざらい吐かせた。密通は明らかだ。あとは、どのような文を交わしたか、そこもとしか知り得ぬ事柄をつまびらかにいたせ」

糺の糾弾に、元忠はがっくりと頭を垂れた。これで伯耆一国は夢に終わった。いや、人生が終わった。

「洗いざらいを吐けば、この千畳座敷での切腹を許す。いさぎよく、大名らしい最期を遂げよ、元忠殿」

諭すような治長の言葉に、元忠はただ無言でうなずいた。

南条元忠の裏切りと死は、大坂城内でもごく一部の者だけの秘密にされ、当然、敵方の藤堂高虎に情報が伝わる由もない。元忠の死後もそれと悟られぬよう、矢文の交換は続けられていた。

(まもなく夜が明ける)

高虎は、わずかに白みはじめた東の空を見上げた。

夜明けとともに攻撃を仕かけ、おりを見て元忠が攻撃軍と呼応して、藤堂軍を城内に引き入れる。城内一番乗り、大坂城陥落の一番手柄は藤堂軍のものになる。

「攻撃の支度をはじめよ」

高虎は命じた。

物見に周囲を探らせると、すでに前田軍、井伊軍、松平軍も惣構えの手前に兵を進めているようだ。もしかすると、ほかの武将たちも城方の内応者を確保しているのかもしれない。そうすると、同時に攻撃を開始しても、一番乗りを譲る恐れもある。

「仕かけよ。力攻めで押して行け」

高虎は号令し、兵たちに惣構えの堀の中を進ませた。元忠の協力を疑っていないので、とくに曲のない正面攻撃だ。ただし、盾と竹束は離さず、持って行くように指示した。すでにうっすらと明るくなりはじめていたため、城方からも藤堂軍の動きは見て取れた。

藤堂軍が堀を半ばまで進むと、惣構えの城壁から鉄砲の一斉射撃が起こった。藤堂軍は盾や竹束に身を隠した。

高虎の期待した南条元忠はすでに切腹し、その配下の兵も別の陣に移されていた。ゆえに藤堂軍へ鉄砲を向けているのは、織田頼長、井上時利、北川宣勝などの部隊であったが、治長の指示で南条家の馬印と幟旗を立たせていたため、攻撃を指揮する高虎は元忠の不在に気づかない。

この時、藤堂軍に負けじと、松平軍も堀内に兵を進ませ、城壁に取りつく者も出はじめた。城側ではこれを斥けようと、城壁に鉄砲隊を並べてつるべ撃ちをする。

さらに前田軍、井伊軍、伊達軍などもそれぞれの持ち場へ攻撃を仕かけたので、大坂城南側の惣構えをはさんで、すさまじいまでの銃撃戦が繰り広げられた。銃声が間断なくかさなりあって轟き、煙が朝の光を闇に戻すほど立ち込める。総勢で数万の兵たちが長く深い堀の中で押し合い、争い、飛び交う怒号が地を揺らす。

攻め方だけでなく城方も、雲霞《うんか》のごとく押しよせる敵への対処に大わらわだ。

この時、八丁目口と真田丸の間を守っていた大坂方の守将石川康勝の陣で事故が起こった。

大勢の鉄砲撃ちが入り乱れる中、鉄砲隊の脇に置かれた二斗入りの火薬箱の中に、誤って火縄が落ちてしまったのだ。

これが大爆発を引き起こし、隣の楼櫓まで延焼させ、指揮官に大やけどを負わせた。爆発の轟音と炎は城外からもはっきりわかり、高虎も音を聞いた。

(寝返りの合図)

高虎はそう判断した。

しかし、爆発の場所は、南条元忠の陣とはかなり離れている。直前に元忠が配置換えになったのか、はたまた別の武将の裏切りか。

いずれにせよ、この機を逃すわけにはいかない。もし別の武将の裏切りであっても、高虎が総攻撃に移れば、元忠も呼応するはずだ。

「すべては手はずどおり。ここを一気に攻めて、南条方と合流せよ」

高虎は、自軍に総攻撃の指令を下した。

しかし、城方の守りは固く、何度攻撃を試みても、藤堂軍は手痛い反撃を食い、損害をかさねるばかりだ。

（これは）

どうも様子がおかしい。

高虎がそう気づき、兵に退却を命じたころには、藤堂軍は百以上の屍を空堀の底にさらしていた。

攻撃は翌十二月五日も続けられたが、藤堂軍のみならず、攻撃方は全線にわたって苦戦を続けた。結局、惣構えを抜くことができず、死傷者の数ばかり増やして敗退したのだった。

十六

惣構えを攻撃した各軍が、いずれも大きな損害を出して撤退したと報告を受け、家康は苦り切った顔をした。

攻撃がうまくいかず、空堀の中で味方が次々と鉄砲の餌食になっていると聞き、家康は早々に退却して態勢を整えるよう、各軍に命令を出していた。

しかし、各軍が互いに先に兵を退くことを恥じて牽制しあい、また、敵の銃撃の激しさから身動きができず、いたずらに消耗をかさねてしまったのだ。

「よいか、城に迫る時には、必ずかように仕寄りをつけて、矢玉を避けてゆっくりと進むのだ」

家康は苦戦の報告に来た武将たちを叱りとばしたあと、みずから盾を手にして指導までした。

（まったく）

こんなことは、ひと昔前なら戦の常識以前の問題で、大将から足軽まで身体に染みついていたものだ。まさかこの年になって、武将相手に実演する羽目になるとは思ってもみなかった。

大名たちを持ち場に返したあと、家康は考え込んだ。

（やはり）

早々に和睦に持ち込んだ方がいい。攻撃を強いて損害ばかり増やせば、諸大名の間で家康の指揮に対する不信感が醸成される恐れがある。しかも、これからが一年で一番寒い季節だ。野営を余儀なくされる大多数を占める下級の兵たちにも不平不満がたまる。さらに大坂方の買い占めにより、兵糧も充分とは言い難い。周囲の寺院や村落を襲って、手っ取り早く食料や薪を調達しようとする輩も出てくるだろう。

大坂城の守りは予想していた通り固かった。見くびっていた浪人衆も、なかなか戦を知った手練れぞろいのようだ。

家康がこの先の思案をしていると、秀忠が土井利勝を連れてあらわれた。自陣を離れてなにか訴えに来たようだ。

「いかがした」

家康が問うと、秀忠が言う。

「わが命を待たずして兵をよせた者の処罰をお許しいただきとうござる」

詳しく聞くと、井伊直孝軍の家老木俣守安《もりやす》が、秀忠の命令を無視して惣構えに攻撃を開始してしまったため、味方に大損害が出たとして、幽閉を申し付けたいと言う。

家康も、同じような失敗をした松平忠直軍の本多成重《なりしげ》と富正《とみまさ》を呼び出して、さんざんに叱ったところだ。

しかし、幽閉とは穏やかでない。しかも、木俣守安は井伊家の筆頭家老で家中の信望も厚い。

「罰して士気が上がるものでもなし。無用なことと心得よ」

家康の言葉に、秀忠は肩を怒らせて、

「わが下知に従わぬ者を見過ごしては、今後の指揮にも障りが出ましょう」

と訴えたが、家康は首をふる。

「戦場では命令通りに動こうにも動けぬ時もある」

敵の動きや味方の状況によって、意図せぬ衝突や退却が勃発するのはめずらしいことではない。今回、井伊軍、松平軍のみならず、前田軍、藤堂軍も同様の失敗をしているのを見れば、現場の指揮官にやむを得ない事情があったと見るのが妥当だろう。それでも、命令に従わなかったことを叱責はする。だが、それ以上の罰を科すのはやりすぎだ。

「幽閉はならぬぞ」

家康は念を押した。

秀忠は不満そうだったが、渋々うなずき、

「承知いたしました。されば守安は『叱り』に留めます」

と言った。「叱り」とは刑罰の一種だが、最も軽い処分である。生真面目な秀忠のことだから、この「叱り」も書面で出すつもりかもしれない。やめさせようかと思ったが、あまり口うるさくするのもためらわれ自制した
「ところで」気を取り直したように秀忠が切り出した。「次の総攻めでございますが、さらに南方の攻め手の数を増やし、加えて西方からも浅野長晟、蜂須賀至鎮、池田忠雄、鍋島勝茂、山内忠義たちを同時によせるよう——」

「総攻めはいたさぬ」

秀忠の言葉を途中でさえぎって、家康はにべもなく言った。

一瞬、息が止まったような表情をした秀忠は、すぐに顔を真っ赤にした。

「これから大寒に向かい、将兵たちには飢えと寒さと疲れが襲ってまいります。一刻も早く決着をつけねば、この戦いへの怨嗟の声が出て参りましょう」

家康はため息をつきそうになった。

今、総攻撃をかけて、大坂城が落ちると思っているのか。さらに兵力を投入して、もし攻略に失敗すれば、それこそ将兵たちの采配に対する不満が爆発すると考えがおよばないのか。

横を見ると土井利勝が家康に目で訴えている。秀忠の顔を立ててくれということだろう。

将軍である秀忠の意思を尊重するのは当然である。しかし、それは時と場合による。こと戦の駆け引き、状況分析に関して、家康と秀忠ではその能力に差がありすぎる。秀忠の立場に配慮して大局を見誤れば、元も子もなくなる。

(それに)

家康は久しぶりに戦場に出て、体調がよくなった。気分が高揚し、体内に力がみなぎっているのが感じられる。戦は家康の回春剤だ。

永禄元年(一五五八)の初陣以来五十年以上、家康の一生は戦の連続だった。ここまで生き延びられたのは、幸運もあるが戦が得意で好きだったからだ。

戦の準備をすることも、戦闘の指揮を取ることも、調略することも、戦略を練ることも、和戦の駆け引きをすることも、すべてにわたって、これほど面白いものは存在しないと思う。寝ても覚めても戦のことばかり考えている時期もあった。趣味の鷹狩りさえも、戦の訓練という実利をかねている。戦は家康の人生そのものなのだ。

だから秀忠に采配を任せて後ろに引っ込んでなどいられない。

(どうせ、もうすぐ)

自分は死ぬ。最後くらい好きにさせてもらってもいいだろう。それが徳川家の、天下のためにもなるのならなおさらだ。

「城方も、われらの攻めの激しさにはおどろいているに違いない。さればこの機に、和睦を進めるのが上策である」

家康は宣言し、秀忠の反論を許さなかった。

こうして家康は和平の交渉に入った。窓口に立ったのは、徳川方が本多正純と商人の後藤庄三郎、豊臣方が織田有楽斎と大野治長である。双方で書簡を交換し、和平の道を探った。

しかし、交渉の結果は思わしくなかった。大野治長は強気で豊臣家の領地を増やすよう要求し、織田有楽斎からも秀頼が和睦に否定的なので、今はまだ交渉に入れる状況にないと伝えてきた。

書面だけのやりとりでは、説得するのは難しいと悟った家康は、二条城にいた阿茶局を呼びよせた。

阿茶局は家康の側室で、秀忠の養育も務めた才女である。正室のいない家康の奥向きを切り盛りしているため、他家の奥向きとも広く交流を持っていた。方広寺の鐘銘事件で淀殿の使者の大蔵卿が駿府に来た時も、阿茶局が応接の役を務めている。

和平交渉は、武将よりも奥向きの女たちがおこなった方が話の進むことがある。ことに淀殿の権限がつよい大坂城ではなおさらである。

「戦を続ける愚を説いたうえで、向こうの望みをよく聞いて来るのだ」

家康はそう言い含めて阿茶局を送り出した。

豊臣方の窓口は、大蔵卿と常高院《じょうこういん》であった。

常高院は、浅井長政とお市の方の間に生まれた次女で、京極高次《たかつぐ》の未亡人だ。姉が淀殿で、妹は秀忠夫人の江である。徳川と豊臣のつなぎ役として、これほど適任な人物はいない。

徳川と豊臣が手切れになる前から常高院は大坂城に入っていて、開戦後もそのまま居残っていた。

阿茶局は、大坂城本丸で常高院と大蔵卿に会った。

「大御所はお城を力攻めするのは容易いものの、長年の所縁を思って、むごい真似はしたくないと仰せられ、いま一度、和睦の座に着く御意にございます」

「かたじけないお言葉ですが、上様も大方様もなかなかに頑ななご様子で」

常高院は言った。阿茶局は首をゆっくりとふりながら、

「それでは後で悔いても詮無いこととなりましょう。大御所はもし上様に大坂を去るお心がおありなら、望みの所領を取らせるとも申されています」

常高院は、秀頼と淀殿に大坂を出る気などさらさらないと分かっていたが、ここで結論を出して交渉を打ち切りたくもなかった。

「されば、上様方の御意をうかがって参りましょう」

と言って常高院と大蔵卿は奥へ引き下がった。

十七

徳川方と手切れとなり戦がはじまり、籠城戦に入った時から、豊臣方の首脳陣の誰もが和睦による決着しか生き残る道がないことは理解していた。

それでも首脳たちの評定の場で、和睦の話が深く討議されることはなかった。誰もが必要と思いながらも、その議論の口火を切ることを慎重に避けていた。互いの思惑を推しはかり、牽制している気配があった。

大野治長と織田有楽斎が、本多正純と後藤庄三郎に対してつれない返事を送ったのも、和睦の意思がないのではなく、豊臣家中の意見が統一されていなかったためである。

この日、常高院と大蔵卿が阿茶局の話を持って淀殿のもとを訪れた時、ようやく和睦の話が正面から議論されることになった。その場には豊臣方の首脳が勢揃いしていた。すなわち、秀頼、淀殿、織田有楽斎、大野治長、治房、木村長門守重成、渡辺糺、七手組の面々である。

「では、大御所はわれらに大坂を出よとの仰せなのじゃな」

常高院の話を聞いて淀殿が質した。

「もし、そのお心がおありなら、望みの所領を取らせるとのことにございます」

これは大蔵卿が答えた。

もともと家康は秀頼の国替えを切望している。戦前、片桐且元があげた三つの条件が、叩き台になると見ていいだろう。

一、秀頼が大坂を出て、伊勢か大和へ国替えを申し出る。
二、秀頼が諸大名と同じく、駿府と江戸に参勤する。
三、淀殿を人質として江戸に住まわす。

このうちまず家康は秀頼の国替えを言ってきたわけだ。ただ、移封先は望みに任すという。

「国替えなどもってのほかじゃ」

淀殿が甲高い声をあげると、常高院は、

「大御所の仰せを、さように頭からはねつけてしまえば、和議が遠ざかります」

と宥《なだ》めた。

どこかで折り合わねばならないことは、みな分かっているが、大坂城外の砦は撤退したものの、その後、敵方の攻撃を退け、惣構えの中には敵を一歩も入れていないので、まだ、切迫感がない。

「有楽斎殿はいかが思し召します」

常高院が水を向けた。

大坂城内随一の重鎮であり、穏健派である有楽斎ならば、和議をまとめる流れを作ってくれるのではないか、との期待が込められている。

「さよう」

有楽斎はそう言ったあと、すぐには言葉を継がず、一同の顔を見わたした。

この籠城戦がはじまった直後から、有楽斎は和睦の道筋をつける手がかりを探っていた。家康もそれを望んでいるであろうことが分かっていたからだ。

和睦の妨げにならないよう、目立つことは避け、先頭に立って戦の指揮を取りたがる嫡子の頼長を叱りもした。

しかし、そういった消極的な姿勢に、城内で猜疑の目が向けられはじめていることに有楽斎は気づいていた。

「また、かの御仁の悪い癖が出ねばよいが」

などという陰口が叩かれていることも知っている。本能寺の変の時、主君を見捨てて逃げ出した過去が、ここに来て再注目されているのだ。

それだけに、和睦の旗は振りたいが、あまりに前のめりの姿勢をあらわにすると、裏を勘ぐられる恐れも出てくる。

「まだ、御家より、どこそこと移封先を申し伝えるのは時期尚早かと存ずる」

と有楽斎は言った。本音では伊勢でも大和でもどこへでも行ってくれとの思いだが、それはおくびにも出さない。

一同は、「ほう」という表情を有楽斎に向けた。有楽斎が和睦を積極的に勧めないことが意外だったのだろう。

有楽斎は周囲の反応に気づかぬ素振りをしながら、しっかり確認していた。

（これで）

自分への不信感も、いささかなりともやわらぐはずだ。和議を勧めるのは、そのあとでいい。

有楽斎の返答が期待外れだったのだろう。常高院は少し困ったような顔をして、

「されば、修理殿はいかがか」

と大野治長に質した。

（逃げを打たれた）

と有楽斎の発言に内心舌打ちした大野治長は、続いて常高院に意見を求められ、とっさに返答に窮した。

（さて、どうしたものか）

有楽斎が国替え容認の発言をすれば、自分も乗っかってあと押しするつもりだったが、目算が狂った。

ここで、ひとり治長が和睦に前向きの姿勢を示せば悪目立ちしてしまう。

先に本多正純と後藤庄三郎から申し入れがあった時は、その気運にあらずときっぱり断った。もちろん駆け引きである。交渉の初っ端から飛びついたら足元を見られる。

（しかし）

阿茶局を京より呼んだということは、家康にも本格的に交渉に入る意思があるのだろう。

ならば、ここは少なくとも交渉には応じた方がいい。

たしかに籠城戦はまだはじまったばかりで、城兵はよく守り、損害もほとんどなく、敵には大打撃を与えている。

ただ、各武将たちからは、弾薬の消費量が予想をはるかに上回っているとの報告があがっていた。

敵勢が惣構えの深い堀と高い城壁を越えられなかったのは、城方の強力な火力に阻まれたためである。逆に言えば、火力が衰えれば、惣構えも破られる恐れがあるということだ。

治長はこれまでの弾薬の消費量と総残量を調べさせた。するとこのままでいくと、来年の一月末にはほぼ弾薬が尽きることが判明した。十二月四日のような総攻撃が頻繁に繰り返されれば、もっと早い弾切れもありうる。

武将たちは敵方の放った弾丸の回収をすると言っていたが、そんなものは焼け石に水だ。仮に弾丸を少し増やせたとしても、玉薬の不足はどうにもならない。敵方に水路をふさがれてしまったので、新たに玉薬を購入しても城内に運び入れる方法がない。また、あったとしても、今、大坂方に玉薬を融通する商人や大名はいないだろう。

戦前、兵糧については気にかけて充分に用意していたが、弾薬は盲点だった。いや、弾薬も充分量を蓄えたつもりだったが、じっさいの消費量が予測をはるかに上回っていた。

この現状をこの場であきらかにすれば、和睦を進ませる機運はより高まるだろう。

（だが、それでは）

家康にこちらの弱味を知られることになる。

この評定の席に家康の内通者が入り込んでいるのは、まず間違いない。それもひとりではない。複数人いるはずだ。

（おそらく）

ひとりは織田有楽斎。ほかに七手組の旗本の中にも家康に通じている者がいる。ここで大坂方の弾薬不足の事実を明かせば、すぐに家康に伝わる。そうすれば、家康は和睦の条件をより厳しく引き上げてくるだろう。

だから、弾薬の話はここでは出せない。武将たちにも口外しないよう、念を押しておいた。

（しかし、そうすると）

なにを口実に和睦促進を正当化するか。この場にいる者のほとんどは、和睦が不可避だと分かっている。ただ、弱腰と誹られることを恐れて、表面上反対の素振りをしているのである。

それを責めることはできない。治長も、まったく同じ仮面を被っているのだから。

和睦の道を閉ざさず、強硬の姿勢も見せるには、どうすればいいのか。

「いかがした、修理。思案がつかぬか」

黙り込んだままの治長に、淀殿が声をかけた。

「あっ、いや」治長は首をふって、「ここは家康の誘いに乗るようによそおい、しかし、乗らぬように振る舞うべきでしょう」

一同は狐につままれたような顔をした。淀殿は首をかしげながら、

「それは謎かけか。いったい、どうせよというのじゃ」

と質した。

「家康は望みの所領を取らせると申しています。ならば家康が応ぜられぬ所望をするのがよろしいかと。尾張と美濃の二カ国などを望んではいかがでしょう」

治長は言った。

もちろん、その二カ国に移る気はない。東海道や中山道を抑え、交通の要衝であり、名古屋城を有する尾張と美濃を要求されても、家康はうなずけないだろう。しかし、交渉を続けながら時間稼ぎができる。

「これから攻め方にはきびしい季節に入ります。もう少し耐えれば、家康はさらに譲って参るに相違ございませぬ」

治長の提案は一同の同意を得た。

常高院はこれを正式の回答として、阿茶局に伝えた。

阿茶局から大坂方の返事を聞いて、家康は立腹した。

(小癪な真似を)

あきらかに受け入れられないと分かり切った要求をして、和睦交渉の延長を図ってきた。

それというのも、こちらの総攻撃が不発に終わり、城方が自信を深めたためだろう。兵糧の不足も見透かされているのかもしれない。

やはり要求に沿った条件を飲ませるには、圧倒的な力を見せつける必要がある。籠城がいつまでも続けられないことを、思い知らせなければならない。

すでに淀川の堰き止めをおこない、堀の水位はかなり下がった。坑夫を動員し、坑道の掘削もはじめた。土塁や石垣を崩落させる作戦である。また、城を囲んだ各隊には夜ごと鬨の声をあげさせ、城内へ向けて鉄砲を撃たせている。これは城兵だけでなく、淀殿、秀頼たち首脳陣への心理的効果を狙ったものだ。

一連の作戦は一定の効果をあげているはずだが、今回の返答を見ると、まだ不充分なようである。

家康はしばらく考えたあと、

「市正をここへ呼ぶように」

と近習に命じた。

十八

片桐且元は大坂城を退去して茨木城に入ったあと、一貫して徳川方の一大名として行動している。

京都所司代へ人質を差し出し、家康が軍勢を率いて二条城に入った時には、藤堂高虎たちとともに軍議に参加して、大坂城の細部の仕掛けや、堀の深さなど、且元しか知りえない情報を提供した。

大坂城攻めがはじまると輸送を統制し、大坂城への物資の供給を止めた。

(もう、わしは)

きっぱりと豊臣とは縁を切った。なんの未練もない。

いちいち自分にそう言い聞かせながら行動しなければならないところに、且元の悲劇がある。

大坂方が城外の砦や陣から撤退し、完全に惣構えの内側に閉じ籠ると、且元は城の北側の後方、沢上江村に陣を置くよう命ぜられた。徳川方大名として大坂城包囲網に加わったのだが、且元の持ち場は大坂城からかなり離れている。しかも、城の北側は天満川で隔てられ、大きな戦闘は起きないと見られていた。いわば予備の後方部隊に組み入れられたわけだ。

家康も従軍は命じたものの、且元の立場を慮《おもんぱか》ったのだろう。つい先ごろまで主従関係にあった豊臣方と直接干戈を交える配置は避けたようだ。

且元は家康の配慮に感謝した。豊臣家の家老として接していた時は、ずいぶん痛い目にもあったが、大坂城を退去してからは、細々とした家康の気づかいに心が癒された。

(やはり)

豊臣家を見限ったのは正しい選択だった。主君と仰ぎ、片桐家の将来を託すのは徳川家しかない。

そんな且元に家康から呼び出しがかかった。

先日、大坂城の南側で総攻撃がおこなわれたものの、大きな犠牲を出しながら、一兵も惣構えを越えられなかった。

（今回は）

新たな攻め口の相談だろうか。しかし、すでに大坂城について知っていることはすべて話している。

且元が茶臼山の本陣に着くと、家康は上機嫌で迎えた。すぐに軍議となったが、その場には家康以下、徳川秀忠、本多正信、正純父子、藤堂高虎などのよく知った顔のほかに、見なれぬ人物が数人混ざっていた。装束と席座からして、さほどの身分の者ではない。

「この者たちは砲術方である」本多正純が紹介し、これからこの者たちを使って、大坂城へ砲撃をおこなうと告げ、「そこもとは本丸御殿の仔細に通じておられる。淀と秀頼の居場所についても、詳しく存じておられるだろう」

その場の者たちは、みな、期待するように且元を振り仰いだ。

（そうきたか）

且元は息を詰めたあと、自分の動揺を周囲に悟られないよう、無理に微笑んで見せた。

たしかに且元は家老として一日の大半を本丸で過ごしてきたため、淀殿と秀頼がいつどの場所にいるか、大体把握している。家康はその居場所を且元から聞き出し、そこを目がけて大砲を撃ち込むつもりなのだ。

直接、淀殿と秀頼に命中しなくても、身辺に大砲の玉が落ちれば脅威であろう。行き詰っているらしい和睦も、家康の希望に沿う形で動き出すに違いない。

「いかがかな、市正」

正純が促した。家康は無言だが、期待を込めた目で且元を凝視している。

(もうすでに)

豊臣との縁は断ち切った。徳川方に与したのだから、その戦に協力するのは当たり前のことだ。仕える主君のために命を捧げるのが侍の本分なのだから。

だが、つい三カ月前まで、豊臣が且元の主君だった。一生を、豊臣家のために捧げるつもりだった。その豊臣の本丸へ、大砲を撃ち込む指図をする。

誰もが、且元を見ていた。且元のひと言を待っていた。

「いかにも、それがしは、豊臣母子の居所を承知しております。それがこの戦にいささかでもお役に立つのなら、喜んでご披露つかまつる」

仕方がないのだ。こう言うしかないのだ。武士の道徳に照らしても、これは正しいおこないなのだ。間違っていないのだ。

(間違っていないのだ)

呪文のように何度も且元は心中で唱えた。

且元が語った淀殿と秀頼の居場所が絵図に書き込まれると、すぐにその場で砲術方たちが協議をはじめ、砲撃の場所や使用する大筒の数や種類が決定された。

砲撃は大坂城の南と北からおこない、淀殿の居室へはより近い北側から、千畳座敷へは南側からすることとなった。また北側の備前島に新たに高楼を建て、着弾箇所の確認をさせ、命中精度をあげるよう家康は指示した。

（間違っていないのだ）

軍議を終えると茶臼山を離れ、且元は自陣へ戻った。

徳川についた時点で、且元には今回の命令を受け入れる以外の道はなかった。

（仕方がなかったのだ）

あの場では、告げるしかなかったのだ。淀殿の居室がある櫓の場所を。秀頼が秀吉の月命日に城内の豊国廟に必ず参詣することも。その刻限がだいたい未の刻（午後二時）であることも。要求されていない詳細までも、洗いざらいぶちまけた。

「それは耳よりの話だ」

家康は喜んで、そこへ集中して砲撃を加えるよう命じたのだった。

（これでよかったのだ）

わしは良いおこないをしたのだ。且元は自分に言い聞かせた。

十九

十二月十六日、突然、大坂城の南と北から轟音がとどろいた。そして空を裂くような音が近づくと思う間もなく、天守閣の全体に大きな衝撃が襲った。城内、ことに本丸御殿は騒然とした。轟音は一度だけでなく、わずかな間をおいてふたたび響いた。

「おはる、おきく、いったい何事じゃ」

淀殿はそばにいた腰元に質した。腰元たちもわけが分からない様子で、蒼い顔を見合わせている。

「誰ぞ、分かるものを呼べ」

ほどなく本丸付きの小姓があらわれ、大筒の砲撃がはじまったことを告げた。

「やめさせることはできぬのか」

「城の外より放って参りますゆえ、なかなか」

小姓も途方に暮れている。

家康はこの砲撃のために、英吉利《イギリス》や阿蘭陀《オランダ》から購入した最新の大砲十数門のほか、幕府や諸大名の手持ちの大筒、石火矢など合計百門近くを投入した。外国製を含めていずれも榴弾ではないが、最大で五貫目（十八・七五キログラム）の鉄球が高速で飛翔し、建物や地面に激突するため、その威力はばかにならない。直撃弾を受けて崩壊した建物の下敷きになり、奥勤めの腰元が七名死亡した。淀殿たち城中の女を震え上がらせるには充分すぎる効果であろう。

砲撃は南北それぞれの地点から、本丸に向けて休みなく続いた。大砲は装塡に手間を要し、一度撃つとその衝撃で砲身が大きく後退し、そのたびに照準をし直すので、二発目までに大きな間隔があく。しかも着弾箇所を観察し、その度に仰角の微調整をし、玉薬の配合も変えるので余計に時間がかかる。しかし、百門を順繰りに撃っていけば、城方の身も心も休まる暇がないほどの連続発射も可能だった。

十八日には秀吉の月命日ということで、豊国廟に秀頼と淀殿が参る直前、砲撃がおそい、参詣の支度をしていた腰元ふたりが砲弾の直撃を受けて死亡した。

「まるでわれらの暮らしや動きを見透かしているようではないか。間者が城内にひそんでおるのではないか」

淀殿は大野治長を呼んで質した。治長は首をふり、

「仮に間者がいたとしても、外の大筒放ちに伝える間がありませぬ。おそらくこれは、片桐且元あたりが家康に大方様や上様の動向を洩らしたに違いありませぬ」

「なんとも見下げ果てた下郎かな。後足で砂をかけるように城を出たあげく、重代の大恩をかような仇で返してよこすとは、且元は必ずや地獄に墜ちることであろう」

淀殿は歯ぎしりをして悔しがった。

しかし、城内の暮らしの模様が家康に筒抜けになったとすれば、砲撃は当然そこを狙ってくる。今までの暮らしの習慣を変えて、居場所もなるべく頑丈な柱や壁のあるところへ移したが、これとて万全ではない。なにより心身が落ち着かない。

家康も淀殿たちを休ませないつもりか、砲撃を何度も繰り返した。

「姉上、こうなっては和議の話を前に進めるよりございませんぞ」

常高院は淀殿に迫った。

関ヶ原の時、常高院は夫の京極高次とともに大津城に籠った。そこを西軍一万余りの兵に攻められ、砲撃も受けている。

すでに大筒の洗礼を経験ずみの常高院は度胸が据わっている。京極家は徳川方に付いているので、いつでも大坂城を退去できるが、徳川と豊臣の和平の橋渡しのため居残っているのだ。交渉相手の本多正純と阿茶局は、城外の京極陣で常高院を待っていた。

「さようじゃのう」

淀殿も三日間連続の砲撃を受け、さすがに弱気になっている。

しかし、城内の意見はいぜん、統一できていない。もっとも和平を強硬に反対しているのは、意外にも秀頼だった。

さいしょの砲撃のあった十六日に、淀殿は治長と有楽斎を呼び、和議の相談をした。先の強気の要求を引っ込めて、自身が江戸へ下るという話でまとめようとしたところ、

「予はそれでは得心がゆかぬ」

秀頼が言い出したのだ。

淀殿たちにとっては、秀頼がみずから意思表示したこと自体おどろきだったが、和睦への反対表明をしたことはさらに意外だった。

「なにゆえ、得心がゆかぬのか」

淀殿が問うと、秀頼は胸を反らすようにして、

「江戸と縁切りをして戦をはじめたのは、それ相応の覚悟あってのこと。それが惣構えの一角も落ちぬうちに、大筒の音に怯えて和議を乞うたとあっては天下のもの笑い。亡き太閤殿下の御名を汚すくらいなら、秀頼はこの城を枕に討死する道を選びます」

と言ったので、淀殿たちも説得に苦慮した。

そこで淀殿は、有楽斎と治長に浪人衆に意見をあげさせよと命じた。浪人衆の総意が和睦であれば、秀頼も納得するだろうと考えたのだ。

至急、有楽斎と治長は、浪人五人衆を持ち場から本丸へ呼んで意見を聞いた。

治長が、家康から和議の申し入れがあったと伝え、

「これを受け入れるかどうか、また、受け入れるとすれば、いかなる証文を交わすか。いま槍を合わせているそこもとたちの考えも聞きたい」

と言った。するとまず真田信繁が、

「ここまでの戦いで、この城の堅固さは敵味方の別なく知れ渡りました。家康が和を申し入れてきたのは、このままではどれほど攻め続けても惣構えを崩せぬと悟ったからでしょう。されば当方から和に応じるは上策にあらず。敵は遠国から遠征し、その費《つい》えに頭を痛め、飢えに苦しみ、さらに寒さに歯の根を鳴らしております。いずれ和睦をするにせよ、今がその時とは思えませぬ」

と答えた。ほかの浪人衆も例外なくうなずいている。ここまでの善戦で自信を深めたようだ。弾薬の消費が多いことに気づいていても、大坂城全体の在庫までは知らないため、さほど深刻に捉えていない。長期間の籠城戦に耐えられると確信している。

弾薬のことは機密のため、有楽斎同席のこの場ではあきらかにできない。

「たしかに各々方の奮戦により、敵は攻め倦んでいる」治長は言った。「また、まもなく大寒を迎え、いっそう野営の兵たちは苦しくなる。しかし、だからこそ、今が和睦の

進め時なのだ。寒さが峠を越え、兵糧が全国から廻送されてくれば、家康も容易にはこちらの言い分を認めなくなるであろう」

今、善戦しているからと言って、この先もずっとこの状態が続くものではない。家康は大砲を持ち出して本丸への攻撃をはじめた。さらに全国から追加の兵を集めて投入することも可能だ。一方、大坂方は一兵の援軍も期待できない。形勢は、いつ逆転しても不思議はないのである。

浪人衆が思案しはじめたところで、有楽斎が口を開いた。

「和睦の証文では、そこもとたちの扱いにも配慮しよう。和平が成ったあと、そこもとたちが公儀より罰せられることのないよう申し入れる。また、望みがあれば、御家あるいは他家で仕官が叶うよう、わしも口添えをいたそう」

戦後、ふたたび路頭に迷うことが浪人衆にとっていちばんの心配事だ。その保証をするという有楽斎の申し出は、あまりに露骨すぎ、かえって浪人衆の反感を招いた。

後藤基次は憤慨の表情をあらわにして、

「もし上様が和を望んでおられるならば、われらへの配慮など無用と心得られよ。われらが命惜しさや欲得ずくで和を拒んでいると思われてははなはだ迷惑。すぐに和を整えられるがよろしい。ただし、家康は老獪な策士。謀られぬよう、ゆめゆめ用心召されることだ」

と叩きつけるように言葉を返した。

治長と有楽斎は、いきどおる浪人衆を宥めてそれぞれの陣へ帰した。

とても浪人衆が和睦に賛成しているとはいえないが、腹を割って話し合った結論を淀殿に報告し、ふたたび秀頼の説得に当たった。

「戦は押すばかりでなく、時には退くも肝要にございます。亡き太閤殿下も和を通じて、いっとき相手に花を持たせながら、最後に望みを果たすこともございました。家康はすでに先の知れた老爺にて、和睦で時を稼げば、いずれ上様に執政の座が戻って来るのは火を見るより明らかにございます」

治長はこう説いたが、秀頼は冷たい目で見返し、

「その方は、籠城に入るおりも、家康の歳をあげつらっておった。あれから三月とたたぬうちに、なぜその籠城を解こうというのだ」

と質した。治長も淀殿も有楽斎も返答に窮した。

「上様のお心はお心として、いずれは結ばねばならぬ和の話、ともかく先に進めてはいかがでしょう」

常高院がそう説くと、

「そうじゃな。大儀だがそなたに骨を折ってもらおう」

淀殿は答えた。いつ大砲の玉が自分や秀頼を直撃するか分からない中、秀頼の心変わりをのんびり待ってはいられない思いだ。

治長と有楽斎も呼んで、いくつかの譲れない条件をまとめ、また家康からの予想される要求に対しての対応を協議したあと、常高院と大蔵卿は輿に乗ってあわただしく大坂

城を出ると、京極忠高の陣へ入った。

陣中にはすでに本多正純と阿茶局の姿があった。戦場での会談のため、互いに簡単な会釈をしただけで、すぐに本題に入った。

「大方様は右府様のご無事をなによりに考えられておられます。されば大坂より右府様にとって安住の地はなく、今のまま右府様が大坂城にとどまれるのならば、大方様が江戸に下ってもよいと申されています」

と大蔵卿が言った。

淀殿が人質として江戸へ行くというのは、豊臣方にしては大きな譲歩である。

これに対して、阿茶局は家康からの伝言という形で語った。

「大御所は故太閤から右府様の行く末を頼まれました。それゆえに孫の千姫を嫁がせ、引き立ててきたつもりだが、家老の市正を追放し、一方的に敵対の姿勢を取っている。これは右府様の周囲の者たちが道を誤らせたためであろうとの仰せです。大御所は穏便にことを収めようと考えておられますが、将軍家は天下に号令した以上、あくまでも城を落とすまで矛を収めぬ所存のようです。城壁や櫓を打ち壊す大筒も充分揃えているので、城への帰り道に存分に見ていくがよろしいとのことです」

阿茶局は家康の言葉を思い出し出し、時に自分の言葉も交えつつ伝えたのだが、ひと言ひと言が重く、常高院と大蔵卿は押し黙ってしまった。

徳川方の攻撃力が圧倒的なのは、この三日間の砲撃で嫌というほど知った。常高院たちに帰りがてらに見て行けと言うのは、玉も火薬も充分にあるとの余裕がなせる業だ。

その気になればまだまだ攻撃を続けられると、城方に思い知らせる示威行為だろう。将軍秀忠があくまでも落城にこだわるのに対し、家康は穏便に収めようと申し出ている。つまり、家康の言うことを聞かなければ、攻め滅ぼすぞとの脅しでもある。

ではいったい、家康はなにを要求してくるのか。

常高院と大蔵卿が息の詰まる思いで待っていると、阿茶局は口を開いた。

「ご領地は右府様が望むのであればそのままでよし。もし、国替えを受け入れるのであらば、大国を用意するとのことです。また、人質は必ずしも大方様でなくともよく、有楽斎殿と修理殿からひとりずつ出せばよいとの仰せでございます。浪人衆のあつかいについては、右府様の存分に任せるとのこと」

いったいどんな無体な要求をされるのかと思っていた常高院と大蔵卿は、愁眉を開いた。

秀頼が大坂城に残れて、淀殿も人質として江戸に行かなくてよいのなら、和睦の障害はほとんどないようなものだ。浪人衆についてもお咎めなしとなれば、そちらからも異存は出ないだろう。

「この上もないありがたき仰せ。すぐにお城へ立ち戻り、和議をまとめて参りましょう」

和睦の成功を確信し、常高院は感激に声を震わせた。大蔵卿も涙ぐんでいる。

交渉をしている今日も砲撃が続いており、常高院と大蔵卿は、一刻も早く大坂城へ駆け戻ってこの朗報を淀殿たちに伝えたい気持ちである。

それではと腰を浮かせかける常高院と大蔵卿に、

「戻られる前に、それがしからもひと言を」と本多正純が引き止めた。「大御所の御意はただ今阿茶殿が申された通りであるが、御家の臣としてお願いしたい。大御所はその武名、唐天竺、はては南蛮まで聞こえるお方である。その大御所が振り上げた拳を納めるにあたり、なにも得るものがないとなれば、面目を損じ天下に示しがつき申さず。されば和議の記として、惣構えを埋めることを求めたいが、いかがであろうか」

破格とも思える条件が示されたため、常高院と大蔵卿はこの和議をなんとしてでもまとめたかった。正純の説明ももっともらしく、両家に和議がなる以上、外敵から守る堀は無用になる、と言われるとそんなものかと思った。

ただ、事前の淀殿たちとの協議で想定していなかった事項なので、即答はできない。

「先の条件と合わせて急ぎ持ち帰り、ご返事申し上げましょう」

と常高院が答えた。

「大儀にござる」正純は慇懃に頭を下げながら、「ただし惣構えの件は、あくまでもそれがしの考えなので、条文には加えずともよろしいかと存ずる。右府様と大方様に仔細を話し、御意に召せばあえて文にすることもありますまい」

常高院たちが口頭で堀を埋めることを説明し、秀頼と淀殿が了承すれば、誓紙には記さない紳士協定にしようという話である。

常高院と大蔵卿にしてみれば、より説得が容易となる申し出なので、ありがたく受け入れて大坂城へ帰って行った。

二十

常高院と大蔵卿を見送ったあと、本多正純と阿茶局はすぐに茶臼山の家康の本陣へ向かった。

「いかがであった」

畳の上に寝そべって小姓に腰を揉ませていた家康が、顔をあげてじろりと正純と阿茶局の方を向いた。退屈そうな顔をしているが、目はするどい。会談の結果を気にしているのだ。

「大御所様の申し出に、常高院も大蔵卿もたいへん感銘を受けた様子で、すぐに城へ戻り和議をまとめると申しておりました」

阿茶局の報告に、家康はふむと鼻を鳴らした。

これ以上ないほどの好条件なのだから、常高院たちが喜んで持ち帰るのはさいしょから分かっている。

「それで、あちらの方はどうだ」

家康は急くように正純に質した。

「はっ、上首尾にございます。ほかの件と同じく、なんの異存もなく持ち帰りました」

「その方の一存だとも申したな」

家康が確認する。

「申しました。また、条文に惣構えの件は加えないことも、かえって好都合と思ったように見受けられました」

「そうか」

家康はようやく納得したように、口元に笑みを浮かべた。

和議はどちらにせよ、一時的なものに終わるであろうから、重要なのはその後を見すえた布石である。

大坂城は天下の大軍をもってしても簡単には落ちないことが、今回の攻撃で証明された。

（とすれば）

和睦の条件は秀頼を大坂から追い出すか、大坂城そのものを無力化するかのどちらかしかない。

家康は一応、秀頼が自主的に大坂を出る道も作っておいたが、いまだ秀頼も淀殿も大坂城へのこだわりがつよい。

堀を埋める話を、正純の考えとしてついでのように提案させたのは、家康の本当の狙いがここにあることを悟らせないためだ。条文に入れないのも同じである。

（できれば）

城方の大半が堀の埋め立てを知らぬうちに和睦成立へ持って行きたい。条文に入れるとなれば、文案が多くの人目に触れ、それだけ横槍が入る恐れが大きくなる。口約束ならそれほど深刻に受け取られず、見過ごされる公算が高い。

（ともかく）

一日も早く堀を埋めてしまうことだ。堀がなくなれば、大坂城は戦略的価値の大半を失う。そのことに気づかれぬうちに和睦を成立させなければならない。そのために破格の条件で目眩ましをした。その策はどうやら図に当たったようだ。

家康は腰を揉ませながら、眠そうな声でつぶやいた。

「これならば、最後にもうひとつ毒まんじゅうを出しても食らいつきそうじゃな」

家康は和睦で大坂城の無力化を図るだけでなく、同時に手強い敵将の切り崩しも行うよう指示を出していた。

徳川秀忠の命を受けた真田信尹《のぶただ》が深夜ひそかに真田丸に入ったのは、家康が大坂城砲撃を命じる数日前のことだ。

夜陰にまぎれて真田丸に近づいた者が、真田家中だけで通じる合図を送ってきたため、門番が出丸の櫓門横の木戸を開け、外を窺うとたった一人で老人が立っていた。門番が質すと、老人は真田信尹と名乗った。ほかに伏兵などがいないことを確認し、信尹を中へ引き入れた。

城兵に導かれてあらわれた信尹を見て、真田信繁が、

「おお、まさしく叔父上、お久しゅうござる」

と喜色を浮かべると、

「ほんに十何年ぶりであろう。信繁、そなたの戦いぶり、こちらでも大いに囃《はや》され、わ

しも鼻が高いぞ」

と信尹も応じた。

真田信尹は天文十六年（一五四七）、真田幸隆の四男として生まれた。信繁と信之の父である真田昌幸のすぐ下の同母弟である。古くから家康に仕え、一時、徳川のもとを離れ蒲生氏郷に仕えたが、慶長三年（一五九八）からふたたび徳川家に帰参し四千石を得ている。

「じつは今夜参ったのは、将軍家から直々のご下命を受けたためだ」

信尹は切り出した。もし、今、豊臣家を見限り、徳川方に寝返れば信濃国のうち十万石を与えるという。

「将軍家と大御所はそなたの力量をそれほど買っているのだ。これほどの名誉はあるまい。またとない話でもある。ぜひお受けいたせ」

信尹が説くも、信繁はゆっくりと首をふった。

（皮肉なものだ）

もし、父の生前に誘いがあったら、この十分の一の条件でも喜んで受け入れたに違いない。

「すでにそれがしは豊家の武将として遇せられ、その旗の下で戦っています。この期におよんで寝返れば、天下に表裏者の汚名をさらすことになりましょう」

「寝返りも武略ぞ。もしそなたの父上が存命なら、かならずありがたく十万石を受け入れたであろう」

たしかに昌幸なら迷うことなく徳川方に降っただろう。昌幸は信濃の小豪族として武田氏滅亡後は、織田、上杉、徳川、北条、豊臣と時の権力の移り様を測りながら、その中を渡り歩いてきた。寝返りは不名誉ではなく、生き延びる手段であり、生き方そのものだった。

（だが、わしは）

良くも悪くもそのような苛烈な人生を送ってこなかった。豊臣家に育てられ大名となり、豊臣家を思う石田三成に与し、そのために九度山に逼塞し、またこのたび豊臣家の誘いに乗り立ちあがった。誰にも誹られぬ、一本筋の通った生き方をしてきたと思う。今さら節を曲げたくない。

「十万石という過分な申し出をいただけたことは名誉に思いますが、この信繁は一度主君と決めた右府公を裏切る真似は致しませぬ。将軍家にはさようお伝えください」

そう信繁は告げて、信尹を帰した。

信尹の報告は秀忠の側近、土井利勝経由で家康に伝えられた。

「十万石で駄目なら、四十万石で誘ってみよ。信濃を丸々与えてもよい」

との家康の言葉に利勝は目を丸くした。

大盤振る舞いに見えるが、吝嗇家で有名な家康なだけに、もちろん計算あってのことだ。

（四十万石で真田が釣れるのなら勘定は合う）

大坂城を無力化しても、豊臣と最後の一戦は避けられないだろう。その前に有力武将を寝返らせれば、戦いはよほど楽になる。真田が脱落すれば、長宗我部、毛利、後藤たちも態度を改めるかもしれない。そうなれば、戦いさえ起らず、秀頼が降伏するという目も出てくる。

豊臣家を取り潰せれば、六十五万石の所領と大坂城内にある莫大な金銀が手に入る。それよりもなによりも、大坂という日本一の大商業地が得られることを考えれば、四十万石の投資は過大とは言えないのだ。

「信尹に、かならず左衛門佐を口説き落とすよう命じよ」

家康は厳命した。

土井利勝が退いたあと、本多正純が尋ねた。

「左衛門佐に四十万石は過分にすぎませぬか。かの者がどちらに付こうと、勝敗はすでに決しております」

正純は大坂城を裸城にした段階で、どう戦っても負ける可能性はないので、無駄な出費と考えたようだ。

「油断をするな。上野介、戦場ではなにが起こるか分からぬ」

畢竟《ひつきよう》するに、戦とは自分の生命をかけた博奕である。博奕であるかぎり、負ける可能性はつねにある。だから極力、負の要素を排除して賭場に臨まねばならない。

そう考えて万全の備えをした関ヶ原でさえ、一時かなりの苦戦を強いられた。それでも最終的に大勝利を手にしたのは、備えの布石ひとつひとつが効いていたからだ。用心の上に用心をかさねたからだ。

日ごろ家康が吝嗇なのは、博奕に勝つための投資に備えるためだ。自分の命がかかる肝心かなめの時に、出し惜しみするほど愚かな真似はない。

「真田の四十万石にはそれだけの価値があるのだ」

家康は言った。


信尹がふたたび真田丸に信繁を訪ねたのは、大筒の砲撃がはじまった二日後のことである。

「信濃一国四十万石を与えると、大御所直々の仰せだ。信繁、おどろいたであろう。武将としてこれほどの名誉はないぞ。おぬしは父も兄も超える国持ち大名になる。すぐにわしといっしょに将軍家の陣へ参れ」

興奮して語る信尹に反して、信繁の心は沈んでいた。

条件を吊り上げれば転ぶと見くびられたことが気に入らなかったが、正直に言えばその条件を聞き、思わず動きかけたわが心がいまいましかった。

黙したままの信繁に、信尹は言う。

「よいか、信繁。おそらくこたびの戦いはもうすぐ和議で終わる。しかしそれはかりそめの和睦だ。豊臣家はそう長くは続かぬ。おぬしが豊臣家に召し抱えられても、その豊臣家はやがて滅んでしまう、忠義を尽くすだけ虚しいではないか」

信尹の予想は決して的外れではないだろう。仮に和議が成立したとしても、和平が永続するとは考えにくい。ふたたび戦いとなれば、家康は今回の苦戦を教訓にその対策を講じてくるはずだ。豊臣家の将来が暗いのはたしかだと思う。

（しかし、だからこそ）

よけい豊臣家から離れづらくなった。悪い方に傾いたから見捨てるというのなら、さいしょから手を貸さない方がいさぎよい。

しかも、信繁は一度十万石の誘いを蹴っている。それが四十万石の話を聞いた途端、寝返ったりしてみれば、欲に釣られたとしか思われまい。

（これはもう）

断じて豊臣家を裏切るわけにはいかなくなった。

自分が世間体を気にしすぎている自覚はある。父の昌幸はもっとしたたかで、悪評も罵声も受け止め、弾き返すふてぶてしさがあった。

しかし、自分には自分の生き方しかできない。たとえ四十万石を得たとしても、栄誉栄華を楽しめるのはせいぜい十数年、悪評と汚名は永遠に残る。だったら結論はひとつ、迷うことはない。

「信繁は禄高で去就を決めるような男ではござりませぬ。せっかくの話ですが、お断りいたす」

「しかし、このまま豊臣家に付いていては、身を滅ぼすぞ。いっときの感情で道を誤るでない」

「いっときの感情ではござらん。これは信繁の生き方に関わることです。叔父上、もうこれ以上の話は無用。お帰りくだされ」

信繁は自身の未練を断ち切るように言った。

二十一

常高院と大蔵卿が持ち帰った和睦の条件は、淀殿をいたく喜ばせた。

「わらわも右府様も大坂に残って和が整うなら、元の鞘に収まるも同じこと。ふたりともようやってくれた」

と淀殿は上機嫌で常高院と大蔵卿をねぎらった。先に和睦に反対した秀頼も、どこか皮肉な笑みを浮かべながらも異を唱えることはせず、ふたりの功を称えた。

すでに千畳座敷に集まっていた重臣たちにも、和議の条件は好評を持って迎えられた。浪人衆についてもお構いなしとのことで、長宗我部、真田、毛利たちからも異論は出されなかった。

急ぎ徳川方と突き合わせる文案が練られる運びになり、秀頼と淀殿は常高院と大蔵卿とともにいったん奥へ引きあげた。

四人だけになると、常高院が切り出した。

「じつは先にお伝えしたほかに、上野介殿から申し出がございました」

天下の軍勢を動かした家康の顔を立てるために、和睦の記念に大坂城の惣構えを埋めさせてほしいと言ったという。和睦が成立すれば、堅固な城郭は不要であるというのが理由らしい。

「惣構えを埋めよと申したか」

淀殿は眉をよせると、大蔵卿が言葉を添えた。

「されど、これは上野介殿おひとりのご所望のため、誓詞には記さずともよいとのことにございました」

「おお、さようであるか」

淀殿はほっとした。

文章に残そうが残すまいが、約束した以上、和睦後、大坂城の惣構えは取り壊される。結果はなにも変わらない。しかし、文章にしなくてよいというひと言が、なにか事態を和らげてくれたような印象を淀殿に与えた。

そうでなくてもせっかく好条件で結べそうな和睦を、この一事をもって水泡に帰したくはなかった。

「文にせぬのなら、受け入れてもよさそうじゃな。右府様」

淀殿は秀頼の考えを質した。

(家康め、やはり謀ってきたか)

秀頼は思った。

戦況は膠着しているとはいえ、武力で圧倒的に優位に立つ家康が和睦を申し入れてきた時から、なにかしらの罠があるとは予測していた。

大坂に残ることを認める代わりに、大坂城を無力化する策に出てきた。城塞という鎧がなくなれば、家康は豊臣家を煮て食おうが焼いて食おうが思いのままだ。

その策略を狡猾《こうかつ》にも、本多正純の個人的な意見として、条約に紛れこませてきた。

おそらく家康は惣構えを埋めれば、すぐに戦いを仕かけてくるつもりだろう。もしくはこちらが反旗を翻さざるを得ないように追い込んでくるはずだ。

(その先に待っているのは)

白刃が首筋に当たるひやりとした感触がよみがえり、秀頼は興奮した。

家康が自分を殺す罠へと誘っている。これ以上近づいては危ういのではないか。それとも、もう一歩だけ踏み出してみるか。

「いかがじゃ」

考え込む秀頼を淀殿が促した。

「よろしゅうござろう。惣構えを埋めることを認め、和睦を受け入れましょう」

秀頼は言った。

大坂城と茶臼山の家康本陣の間を何回となく使者が往復し、十二月二十一日、最終的な和睦案がまとまった。

大坂方は誓詞の受け取りに、織田有楽斎と大野治長を正使とし、木村重成を目付として茶臼山へ送った。

この日までの交渉の間も、家康は大坂城への砲撃を続けさせていた。さすがに本丸へ大筒を撃ち込むことはしなかったが、淀殿は神経衰弱気味になっている。一刻も早い和平締結を切望している。

「よろしく頼みますぞ」

淀殿は正使を送り出すにあたって、治長とふたりだけの時間を取って声をかけた。

「すでに誓詞の内容は互いの確認を終えておりますゆえ、茶臼山では家康の血判を取る儀式をおこなうだけです。なにも懸念はございませぬ」

治長が安心させるように言うと、淀殿はうなずきながら、

「じつは申してなかったが、上野介からかような申し入れがあり、すでに承諾をしている」

と大坂城の惣構えを埋める約束をしたことを、治長にはじめて打ち明けた。

「それはまた……」治長は虚を突かれ、しばし言いよどんで、「思い切った約束をされましたな」

「和がなるのであれば、少しは家康の顔を立てねばならぬと思ってな。すると、昨日、上野介からまた話があって」

と淀殿は、正純が惣構えだけでなく内堀と二の丸と三の丸も取り壊すよう、求めてきたと説明した。

治長は言葉を失った。内堀と二の丸と三の丸まで壊してしまえば、残りは本丸だけになる。それはもう城ではない。ただの屋敷だ。

家康は秀頼に大坂城に残ることを許したように見せて、じつはそうではなかった。大

坂城そのものを無にすることで、家康は豊臣家を裸にしてしまうつもりなのだ。

「この件はお断りになった方がよろしいかと存じます」

治長が言うと、淀殿は心配そうな顔で、

「断れば、和議はどうなる」

「上野介の一存と申していながら、家康とは通じておりましょうゆえ、ひとまず和議は水になりましょう」

「ならぬ」淀殿は甲高い声をあげた。「それはならぬぞ、修理。今さら和議を水にはできぬ。そなたも和睦には賛成していたであろう」

現状のまま大坂に居られるという好餌をちらつかされ、一方で砲撃を浴び続けている淀殿にすれば、和平締結だけは譲れない一線だ。それほど前のめりの気持ちで凝り固まっている。

「さようでございますな」

治長は考えた。

家康の狙いはあきらかだ。大坂城を無力化し、さらに無理難題をふっかけて飲ませるか、戦を再開させるか、どちらでも思いのままにするつもりなのだろう。和睦が罠であることは、これであきらかになった。

（しかし）

すでに和平締結は目前となって、淀殿は差し戻しを受け入れる心理状態にない。

それにもし、ここで和議が決裂となれば、家康はしゃにむに大坂城を落としにかかるかだろう。弾薬の在庫に不安のある中で、それはなんとしても避けたい事態だ。

「和議はこのまま進めましょう。内堀と二の丸と三の丸の取り壊しについては、それがしは知らぬ振りをいたします。大方様と上野介の間で談合をまとめてくだされ」

「それでよいのじゃな」

「ただし、内堀と二の丸、三の丸の取り壊しはわれらの手でおこなうと取り決めてくだされ。そうすればゆるりと時間をかけることができます」

城郭の取り壊しは大仕事だ。ゆっくりやれば半年、一年かかる。手抜きをすることも可能だろう。そうしているうちに家康の寿命が尽きる。

取り壊しの仕事が遅いと家康から苦情がきても、治長はあずかり知らぬと言い抜けられる。上野介を使って内々で謀を進めたことを、逆手にとるのだ。

「承知した。上野介にはさよう申し伝えよう」

淀殿は答えると、

「されば家康の誓詞を取りに参ります」

治長は一礼し立ち去った。

二十二

茶臼山の本陣で家康は誓詞に血判を捺した。織田有楽斎と大野治長と木村重成が見とどけ、誓詞を受け取った。誓詞の条項は以下のとおりであった。

一、こたび召し抱えの諸浪人については、なんら異議を申し立てぬこと。
一、秀頼の知行に変更はないこと。
一、淀殿は江戸へ来るにおよばぬこと。
一、大坂を去るおりは、どこの国へも望みしだいに替え進ぜること。
一、秀頼を裏切る真似をしないこと。

有楽斎たちは家康の誓詞を受け取ると、その足で岡山の秀忠の陣に行き、秀忠の血判を捺した同文の誓詞を受け取り、大坂城へ戻った。

翌十二月二十二日、今度は秀頼の誓詞を受け取りに、家康側から阿茶局と板倉勝重、秀忠側から阿部正次が遣わされてきた。

秀頼の誓詞の内容は、

一、秀頼は今後、公儀に対して謀叛の心をいだかない。
一、大きな問題が起きた時には、公儀に伺いを立てて対処すること。
一、諸事、前々からのとおりにすること。

というものであった。

淀殿が喜んだとおり、両誓書に記された内容だけを見れば、戦いがはじまる以前の平時の状態に戻っただけである。

この誓詞に秀頼が血判し、講和が正式に成立した。

家康は諸大名に講和の成立を通知し、惣構えを取り巻いていた陣の撤去を命じた。治長も秀頼の名義で城内に和睦がなったことを知らしめた。

十二月十六日から続いていた砲撃もようやくやみ、淀殿もほっと胸をなでおろした。

「今宵からは、枕を高くして寝られそうじゃな」

和平締結の喜びを分かち合う、大蔵卿、常高院、織田有楽斎、大野治長らも笑顔をみせてうなずいている。

そこへ奏者があらわれ、

「真田左衛門佐殿が上様と大方様へ、言上したき儀ありと参っております」

と告げた。

「左衛門佐が、何事であろう」

淀殿は首をかしげたが、秀頼といっしょに会うことを了承した。

別室へ行き、待たせていた真田信繁を見ると、和平の訪れとは無縁の暗くなにか思い詰めた表情をしている。

「いかがした」

淀殿が質すと、信繁は緊張した面持ちで、

「この先の御家のためを思って申し上げます。和平のなった今夜、敵方は夜回りの兵を減らして安眠の床につくでしょう。さればここを夜襲すれば、家康、秀忠ともに討ち取ることも難しくはありませぬ。ぜひ、今夜、わが兵を動かすことをお許しください」

と言い出したので、淀殿は腰が抜けるほどおどろいた。

やっとの思いで和睦を結んだのに、締結されたその夜に相手を襲って殺してしまうという発想そのものをおぞましく思った。

高まった動悸の治まりをまって、

「なぜ、整った和平を一夜にして反故にせよと申すのか」

と淀殿は質した。

「和睦はなったと申せ、家康は近いうちに必ずやふたたび兵を起こして、この大坂城に攻めよせてまいりましょう。そうなってからではもう家康を倒すことはかないませぬ」

信繁の答えに淀殿は、

「なぜ大御所がふたたび攻めてくると言い切れる。その方なにか存じておるのか」

と問うと、信繁はあべこべに問い返してきた。

「こたびの和睦で交わした誓書のほかに、家康となんぞ契っておりませぬか」

淀殿はしばらくためらったあと、

「上野介とだが、大坂城の堀を埋めると交わした」

と打ち明けた。

信繁は重苦しい表情でうなずいて、

「それこそが大御所が邪心をひそませている動かぬ証にござる」

と言い切った。

信繁は和睦交渉がされている最中に、家康から信濃四十万石で寝返りの誘いを受けた。もし和睦がなってそのまま平和が続けば、信繁に与える四十万石は無駄になる。あのけちな家康がそんな真似をするはずがない。

（ということは）

つまり、家康は和睦が成ろうと成るまいと、そもそも守るつもりがないのだ。

そう見きわめた信繁は、家康暗殺の計画を練った。そしてその決行は、和平締結の夜しかないとの結論に達したのだった。

「今宵、倒さねば、次はございませぬ。お許しくださいませ」

信繁はそう訴えたが、

「なりませぬ。ここでもし大御所を騙し討てば、われらの非道が後世まで語り継がれることになりましょう」

と淀殿は断固拒絶して応じなかった。

信繁は最後の望みをかけて、

「上様はいかが思し召しでしょう」

と質した。

「家康はわれらを謀ったと思うか」

秀頼が問うと、信繁は、

「疑う余地はございません」

迷わず答えた。すると秀頼は謎めいた表情をして、

「もし家康が約定を違えれば、おのれの没義道《もぎどう》を世に知らしむ愚行である。よしんばそれでわれらが滅ぶとすれば、それは天命の定めるところであろう」

と信繁の決起を許さなかった。

淀殿は、それでも信繁が独断で家康を襲撃することを危ぶみ、大野治長に対処を求めた。

治長はその夜、配下の兵五百名を真田丸のふたつの出口の前に置いた。

真田軍が出てくれば、阻止しようとの構えだ。仮に治長軍の囲みを突破できても、その騒ぎを家康に聞きつけられ、奇襲は失敗に終わる。

大野治長の備えの報告を受けた信繁は、

「秀頼公のご武運、尽きたり」

と天を仰いでつぶやいた。

十二月二十五日、家康は茶臼山を引き払い、京の二条城に入った。これにて大坂冬の陣は終わった。

第五章　夏の陣

一

　徳川と豊臣の間で和睦が成立して二カ月半ほどたった慶長二十年（一六一五）三月五日、京都所司代の板倉勝重は駿府へ急報を発した。

　大坂方に不穏の動きありとの報せである。具体的には、埋め立てた堀の土をさらい、惣構えに柵を設け、兵糧の調達をはじめたことだ。ほかにも京の材木が大坂へ運ばれていること、召し放った浪人衆をふたたび雇い入れていることなど、事細かに事実を列挙して家康に伝えたのだった。

　これは事実上の戦争準備、大坂方の再挙にほかならない。東西和睦は結局三月ともたずに破綻したわけだ。

「これはただならぬことである」

　勝重の報せに目を通して、家康は憂色をあらわにした。大坂方の出方に虚を突かれたといった体である。

しかし、現実には和睦の誓詞に血判した昨年十二月二十一日に、家康は大坂城の堀の埋め立ての指示を出し、すでに次回の戦争へ向けての布石としていた。

この時の家康の指示は、

「三歳の童でも楽に上がり下りできるくらい、しっかりと平らげよ」

というものであった。

だから家康にとって大坂の動きは、少しも唐突なことではなく、むしろ遅かったくらい、待ちに待った事態だったのである。

慶長二十年(一六一五)正月三日、和睦交渉とそのあと処理も終えて家康は二条城を発って駿府へ帰ったが、その前に堀埋め立てのための人員を、在坂諸侯に石高に応じて出させるよう命じていた。

これを受けて、松平忠明、本多忠政、本多康紀が奉行として、数万の人足を使い、大坂城の惣構えを埋めさせると同時に、内堀の埋め立てと二の丸、三の丸の打ち壊しも強行したのだった。

おどろいたのは大坂城内の淀殿だ。ようやくなった講和を祝い、しばらくなかった歌舞や風流事などを催し、楽しもうとしていた矢先の騒ぎである。

「どうしたことじゃ。内城をこぼつのはわれらの役であったはず。その方、はや手下に命じたのか」

淀殿は治長に質した。

和平の安寧を破って、本丸御殿の奥にまで二の丸を打ち壊す鎚《つち》や鉈《なた》の音が響き渡ってくる。

「めっそうもございませぬ。これはおそらく、東方の者どもの仕業。ただちにやめさせて参ります」

と治長は応えて、打ち壊しの奉行をしている松平忠明に抗議を申し入れた。

すると忠明は、

「われらは大御所より命を受けておこなっている」

との答え。

「いかな命を受けた」

治長が問うと、

「総堀を埋めるようにと申しつかった」

と言う。総堀とは惣構え、すなわち大坂城の外堀のはずだが、忠明は大坂城のすべての堀ととらえて内堀も埋めてしまうつもりでいる。その埋め草にするため、二の丸長屋も打ち壊しているという理論のようだ。

「そこもとでは話しにならぬ」

と治長は言って、猛然と本多正純に抗議を申し入れた。

すると正純はめずらしくあっさり自分の非を認め、

「それがしの申し伝え方がまずかったようだ。すぐにやめさせましょう」

とみずから忠明のもとへ出向き、作業を中止させた。

これでひと安心と、淀殿が胸をなでおろしたのも束の間、しばらくするとふたたび内堀の埋め立てがはじまった。

淀殿は憤慨し、腰元を抗議に向かわせたが、言を左右にして埒があかない。

「その方が京へ参り、将軍家にじかに抗議をいたし、すぐに埋め立てをやめせよ」

淀殿は治長に命じた。

治長はただちに二条城へ向かったが、すでに家康に嵌められたことを悟っていた。

（さいしょから）

家康は、大坂城の堀と要害をすべて取り除くことを主眼に和睦交渉をおこなったのだ。つまり、誓書に記された文言はなんら本題ではなく、淀殿と本多正純の間で交わされた堀を埋めるという約束こそが本筋だったのである。

さらに内堀の埋め立てと二の丸、三の丸の取り壊しも追加で要求した。これらについては大坂方でおこなうという約束でうまくかわしたつもりだったが、敵はさらに上手で連絡の手違いをよそおい、強引に実力行使に出てきた。情報伝達の不備を謝罪した本多正純も、すべてを分かった上で猿芝居をしているのだ。

（とすれば）

京で抗議を入れても、事態はなにも変わらない。言葉をつくろいながら、結局、大坂城の堀をすべて埋め尽くし、二の丸と三の丸の備えも徹底的に破壊するまで手を休めないはずだ。

治長の悪い予感は当たり、京の二条城で本多正信と板倉勝重に抗議をしたものの、駿府の家康の意向を聞いて対応するとの返答を得ただけに終わった。

治長が京から戻っても、徳川方の動員による内堀の埋め立ては続いていた。惣構えにおとらず内堀もかなりの幅と深さがあるので簡単には埋め尽くされないのだ。二の丸の織田有楽斎の屋敷を壊して、その廃材まで埋め立てに利用されている有様である。

当然、大坂城内には憤懣《ふんまん》の声が吹き荒れた。

「これは先の約定に反している。兵を出して埋め立ての人足どもを打ち払おうではないか」

大野治房が唱えると、旗本衆の中から呼応する声もあがった。

「まて、早まってはならぬ」

治長が制止に回ると、治房は不審の目を向けてきた。

「なぜ、止めなさる。和睦の交渉に関わった兄上も顔に泥を塗られた当人であろう」

「さような面目にとらわれ軽々しく動き、戦を招いたらばなんとする。今、われらには籠城の備えもないのだぞ」

すでに惣構えはかなり埋め立てが進み、その外と内に備えた木柵や城壁も多くが打ち壊されてしまっている。

「そうなったのはなにゆえだ。和睦の誓詞には、城のことなどひと言も触れていなかったではないか」

治房は質した。

「それは大方様と上野介が契った。城の備えを取り壊すことで合意している。ただし、内堀と二の丸、三の丸については、われらの手でおこなう取り決めであった」

そうして家康の寿命が尽きるまで時間稼ぎをして、状況の好転を待つつもりだった。

「策を弄して、かえって策に嵌められたわけだな」治房はいまいましげに舌打ちし、

「こうなってみれば、家康の性根はあきらかだ。和睦は一時しのぎで、城の備えを取り払ったら、すぐに口実を構えて攻めてこよう。まだ堀が埋まりきらぬうちに人足どもを追わねば、われらは戦うすべを失う」

「いや、今、血気にはやっては、それこそ向こうの思うつぼだ。先ごろまで城を囲んでいた諸将もすぐに引き返してくる。あと先を考えずに騒ぎを起こしては、取り返しのつかないことになる」

治長がなだめると、治房は不服を洩らした。

「そもそも先の和議でかるはずみな同意をしたことが、かような事態を招いたのであろう。密約を知っていた兄上が断固、止めるべきだったのだ」

「玉薬の底が見えている中で、あれ以上の籠城は続けられなかった。ほかにも細々、折り合わねばならぬ事柄もあった。あの時はあれに勝るよい手立てはなかったのだ。なにも知らぬ者が、あと知恵で賢《さか》しらに不備をあげつらうな」

治長はそう言って、治房たちの強硬論をはねつけた。

徳川側による内堀埋め立ては、およそ一カ月続き、正月二十三日ごろまでに完了した。

治長はその後も何度となく苦情を申し入れたが、まったく聞き入れられなかった。そ

もそも内堀などの埋め立て自体には、先に同意しているわけで、徳川の手でそれがされたとして、不当という筋合いでもないのである。あまりつよく不服を鳴らすと、内堀を埋めるつもりがなかった本心を、さらけ出すことになってしまう。

というわけで、秀吉が丹精込めて造り上げた難攻不落の名城は、惣構えも内堀も二の丸も三の丸も失って、まるで羽根をすべてむしりとられた鶏のようにみすぼらしい姿となってしまった。ただ本丸と天守閣だけが栄光の昔と変わらず、打ち壊され荒れ果てた小丘のただ中にぽつんと屋根瓦をきらめかせている様は、かえって寒々しく、この先の豊臣家の運命をも象徴しているかのようであった。

二

紛糾した評定の席を、淀殿は途中で抜け出した。重臣や旗本や浪人たちの話を聞いていると頭が痛くなった。

「家康に騙された」「和議は破棄し、すぐに戦に備えるべきだ」「埋められた堀もすぐに掘り起こさねばならぬ」「城を守るより、先に攻め出て京を奪い取ってしまおう」

各々が強硬論をぶつけあい、より過激な方向へ議論が傾いていくので空恐ろしくなった。しかし、一方でその勇ましい言葉を心強く感じる自分もいる。

(いったい)

自分はどうしたいのか。少し頭を冷やした方がいい。そう思って席を立ち、奥の居室へ引きあげたのだ。

家康がさいしょから大坂城を無力化する狙いで和睦を持ちかけたのは疑う余地がない。そのことは淀殿も、惣構えを取り壊す申し入れを本多正純がしてきた時から薄々気づいていた。しかし、あの時は大筒の砲撃で恫喝され、恐怖から逃れたい一心で和議締結を急いだ。

いざ和平がなって身の危険がなくなると、大坂城を毀損《きそん》されることが腹立たしく思えてきた。

（されど）

家臣たちがあれほどいきり立って再挙を唱える様を目の当たりにしていると、戦争の恐怖感もぶり返してくる。

大坂城はもとどおりに修復せねばならないが、なるべく家康を刺激しないやり方で進めるべきだ。少しずつ城壁や石垣を造り直し、失われた堀も、時間をかけて掘り返せばいい。

そうしてゆっくりと時間をもとに戻しているうちに、家康の寿命が尽きよう。

そんな思いをめぐらせていると、評定を終えて秀頼が奥へ戻ってきた。評定の結果を聞くと、

「旗本や浪人衆には、おおっぴらに手勢を鍛えたり、新たな武具をそろえたりすることを禁じました」

と答えた。

（ああ、やはり）

秀頼もよく分かっている。今は臥薪嘗胆《がしんしようたん》の時だ。

「それはよいことを申されました。下々はとかくに勇ましさを誇りたがりますから、上に立つ者は、大所高所から先々を見て差配をせねばなりません」

淀殿は言った。ともかく戦だけは避けねばならない。


しかし、大坂城内の空気は日を追うごとに開戦の機運に包まれていった。

埋められた堀をさらい、打ち壊された櫓や城壁、石垣を構築するために多くの人足を集め、普請を進めている様子は城外の者たちにもすぐに伝わり、戦争再開近しとの風評をまき散らした。それがまた城内へこだまになって返り、いっそう城内での議論を先鋭化させるのである。

「これはいったい、なんとしたことか」

淀殿は大野治長を呼んで質した。

「ゆるりと備えを進めるはずが、どうにも抑えが効かぬようになり申しました」

治長の顔色はさえなかった。

戦が終わり、行き場の無くなった下級の浪人衆が畿内各地で群盗を働き、これも大坂方の仕業と勘繰られているという。再戦を望む声は浪人衆のほか、旗本の一部からも強く出て、治長や有楽斎は対処に苦慮しているようだ。

「京都所司代が大坂のかような様を、駿府へ注進におよんだようです」

「されば、大御所はまたこの大坂へ攻めて参るのか」

「それも考えられますが、まず、兵をおこす前にこの大坂城から上様が立ち退くよう、求めてくるかと」

「なにゆえ、さような無体なことを大御所は申すのだ」

「もとより、大御所はそれを望んでおりました。そのためにこたびは城構えを打ち壊し、守りの役に立たぬように謀ったかと存じます」

たとえ城塞としての価値は半減しようと、大坂城は大坂城だ。この大坂の地にあるかぎり、豊臣家の象徴に変わりはない。その大坂城を去ることは、豊臣家がその地位と名誉を捨てると同じことだ。

「国替えは断じて受け入れられぬ」

「しかし、そうすると……」

治長が口ごもるところを、淀殿がたたみかけた。

「なんじゃ、戦になるのか。なってもわらわは構わぬぞ」

本心はそうではないが、淀殿は言い放った。豊臣家の誇りを守るためには、強気に出ることも必要だ。

治長は圧されたように目を開き、

「そうさせぬために、まずはこちらより、駿府へ釈明の使者を送るのがよろしいかと存じます」

と勧めた。

淀殿の前を辞した治長は、静かに深くため息をついた。

（やはり）

大坂から去る説得は難しいか。

治長には、豊臣家と秀頼が生き残るには、もうその道しかないことが分かっている。家康の和睦は大坂城を無力化し、選択の余地をなくすための一手だったのだ。

十を持っている人間が、いきなり一や〇の立場へ降るには抵抗が大きい。みずから進んでそこへ行く者はいない。だから、家康も段階を踏み、大坂城の価値を下げた。五や六からなら二や三へ移動もしやすかろうとの配慮と言ってもいい。

しかし、淀殿はその誘いを拒絶する構えである。

（となれば）

交渉や釈明で多少の時間稼ぎはできても、戦になるのは避けられまい。

そうでなくても城内には戦を求める声が高まっている。いちばん強硬なのは、下級の浪人衆である。和睦がなったあと、数万人いた浪人衆の多くを召し放った。今城内に残っている者たちも、平和が続けばいずれ追われる運命を予感している。だから戦雲の群がりを歓迎し、それを煽るような言動を取っているのだ。

この下層からの突き上げに、重臣級の浪人衆や一部の旗本までも開戦やむなしの方向へ傾きはじめている。さらにあろうことか、弟の治房もそれに加担し、治長や有楽斎の弱腰を公然と非難しはじめたので、治長の立場は盤石とは言えなくなっている。

早くも戦を現実の問題として対応しなければならない状況に追い込まれていた。

治長は配下の物頭たちを呼んで、戦略を協議させた。

「まずは敵の先手を打って、京へ侵出して二条城を落とし、さらに瀬田から京までを焼け野原とし、敵の進軍を妨げるべきでしょう」

物頭のひとりが言った。

これは先の冬の陣でも真田たち浪人衆も唱えた戦略である。敵は数万から十万をこえる大軍だ。これがいっせいに移動すると、大量の食糧と燃料を消費する。進路を荒らされると、それだけで大変な困難が生じるのだった。

しかし、これに別のひとりが反論する。

「敵の進路は幾筋も考えられる。あまり遠くへ兵を出して、敵に出し抜かれては、守りがおぼつかない。まず城を固め、そののち余裕があれば京あたりまで兵を出すのがよろしい」

「しかし、御城はかつての堅城にあらず。守りだけではもたぬ」

堀の中には、崩した石垣や壊した屋敷の廃材などが埋め込まれていて、ただ土を取り除くだけの手間ではすまない困難があった。さらに壊された櫓や木柵、城壁、石垣などを完全に元通りにするまでには、かるく半年や一年はかかりそうだ。家康がそれまで開戦をのんびり待ってくれるはずもない。

(結局)

どう手を尽くしても、勝ちを収めるのは難しいということだ。物頭たちの議論を聞いて、治長はそう悟った。

といって、淀殿は国替えに首肯せず、浪人衆たちは高揚し、開戦必至の情勢に傾いている。

おそらく治長が今、強硬に戦に反対をしたところで、この流れは止められない。あくまで反戦を貫けば、強硬派に命を狙われよう。もしそれで命を落としたところで開戦は阻止できず、無駄死になる。

(かくなるうえは)

開戦したうえで、早期の和睦を取りつけるしかない。じっさいの戦いがはじまれば、淀殿も浪人衆もすぐに現実を目の当たりにし、勝ち目がないことを思い知るだろう。生命の危機に陥れば、さすがの淀殿も家康から突き付けられる過酷な条件を受け入れるしかあるまい。

戦って、完敗する前に幕引きを図る。籠城戦が取れないため、和平の交渉は冬の陣より困難になるが、

(もうそれしか)

豊臣家を救う方法はない。

三

慶長二十年(一六一五)三月十五日、家康は駿府に秀頼と淀殿からの使者を迎えた。

秀頼の使者は旗本七手組のひとり青木一重《かずしげ》で、淀殿の使者は常高院、大蔵卿、二位の局、正栄尼の四名であった。

訪問の表向きの理由は、先の和睦への礼であったが、じっさいのところ、畿内で取りざたされている大坂方再挙の風聞の釈明に来たのである。

家康はまず淀殿の使者たちを引見した。

使者を代表して常高院が姉の淀殿は徳川家との永遠の友好を望んでいると告げたあと、大蔵卿が、これも淀殿からの要望として、

「先の戦により摂津、河内の田畑が荒れたため、年貢の取り立てもままならず、浪人衆の手当てにも事欠いている有様です。このため一部不逞の輩が乱捕りを働き、畿内の平安を脅かしております。さればなにとぞ、ご公儀より年貢米の施しをお願いいたしとうございます」

と言ったのを聞き、家康は開いた口がふさがらなかった。

これから戦になるかもしれない相手に援助を要求するとは、いったいどういう神経なのか。

（もしかすると）

こうやって無邪気におねだりをして見せて、自分たちに害意がないことを強調するつもりなのか。だとすればなかなかの策士だが、もう家康の次の一手は決まっている。

「来月の十二日にはわが子義直《よしなお》の婚儀を執り行うため、名古屋へ参る。そのあと摂津、河内へも足を延ばし、田畑の具合を検分いたそう。そなたたちはひと足先に名古屋に入

り、義直の婚儀の支度を手伝ってやってくれ。どうも関東のおなごたちは礼節に暗く、将軍の弟にふさわしい式典ができるか心もとない。そなたたちの助言で、立派な式にしてもらえばありがたい」

と家康は食糧援助については結論を先延ばしし、婚儀の件で淀殿の使者たちをおだてて、体よく追い払ってしまった。

次に家康は秀頼の使者の青木一重に会った。

「久しく顔を見ておらなんだが、息災のようだな、民部《みんぶ》」

家康が声をかけると、

「はっ、大御所様におかれましても、ご健安のよし、大慶に存じます」

青木一重は応えた。

このやりとりからも分かるように、ふたりはかなり親しい関係にある。

青木一重は天文二十年（一五五一）、美濃に生まれた。さいしょは今川氏に仕えていたが、今川氏の没落後の元亀元年（一五七〇）、以前から知り合いであった家康に仕えることになった。家康のもとで一重は多くの手柄を立てたが、恩賞に不服をいだき、天正元年（一五七三）に徳川家から出奔し、織田信長の家臣である丹羽長秀のもとに身をよせた。長秀の死後は、秀吉に見出され、一万石の所領を得ている。天正十六年（一五八八）、民部少輔に叙任され、豊臣家の旗本七手組の組頭となった。

袂を分かったとはいえ、喧嘩別れというわけではなく、その後も家康とは断続的に交流があった。一族には家康の家臣もおり、徳川とはかれこれ五十年近い付き合いなのである。秀頼もその関係を分かったうえで、一重を使者として送っている。

「どうじゃ、大坂城の様子は」

家康は質した。

「先の戦いで手柄を立てた浪人衆や旗本たちがもっぱら戦を望んで旗を振っております ゆえ、修理介や有楽斎などの穏健派も抑えかねている様子にございます」

どうせ家康はほかにも情報源を持って城の中の様子を探らせているに違いないから、ここで取り繕っても意味はない。家康をよく知る一重は正直に答えた。

「右府も同じく戦いを望んでいるのか」

家康の問いに一重は首をかしげた。

「右府公のお心うちは、それがしにもなんとも」

評定の席でもめったに発言しない秀頼の考えは、接する機会の多い、大身の旗本である一重にも測りかねるものがあった。

「さようか」

家康も首をひねった。

最後に会った二条城の会見で、秀頼には底知れない恐ろしさを感じた。それがその後の家康の対豊臣政策の大転換につながったのだ。

(あの日から)

はや四年という時が流れようとしている。どうやら秀頼の大物の片鱗は、まだ顕れていないようだ。もしかすると、秀頼の資質を見誤っていたのかもしれない。柄だけ大きな平凡な若者なのかもしれなかった。

（しかし）

仮にそうであっても、もう動き出した政策、運命の流れは止められないし、止めるつもりもない。

秀頼に知恵がないとすると、淀殿が豊臣の運命を握る鍵になる。そうすると、おそらく結末はきわめて暗いことになろう。

「民部、その方はこれから京へ行き、伊賀守に会え。京ではさまざまな雑説が取り沙汰されて騒ぎになっているようだ。伊賀とよく話し合い、誤解があれば解くように努めよ」

家康は古くからの馴染の一重を助けてやろうと思った。一重の弟の重経は元亀三年（一五七二）の三方ヶ原の合戦で奮戦し、怒濤の武田軍の攻撃を食い止めながら命を落としている。三方ヶ原の合戦は、家康自身、戦死しかけた生涯最大の敗北であった。あの時の借りを返すにはちょうどいい機会だ。

青木一重は京に着いて所司代に出向くと、板倉勝重に足止めをされた。家康の指示が回っていたのだ。

「伊賀守、わしを大坂へ戻らせてくれ」

一重は懇願したが、勝重は首をふった。

「ならぬ。大御所の仰せだ。もしそむけば、その方の舎弟と甥御が死罪を賜ることになるぞ」

徳川家の家臣となっている親類を人質にされ、一重はついに大坂城への帰還がかなわなかった。

豊臣家の旗本の要である七手組のひとり青木一重の脱落は、大坂方にとって、軍事的にも心理的にも大きな痛手となった。

戦後、青木一重は所領を安堵され、青木家は摂津国麻田藩主として明治維新まで存続した。


四月に入っても、開戦の機運は鎮まるどころか、高まる一方だった。

大坂方が、京や伏見に侵出して放火するとの流言が取り沙汰され、民衆の間で地方への避難や、財産を御所や公卿の屋敷に預けたりする動きが広がった。

京の騒乱を鎮める名目で、松平忠明、本多忠政の兵が東寺に入り、藤堂高虎には淀城の警備が命ぜられた。そのほかの畿内の諸侯も、まだ出陣の命令が出る前から、その支度に余念がなかった。

家康は九男徳川義直の婚儀への出席を名目に駿府を発ち、四月四日、名古屋城に入った。

関東の諸侯も将軍上洛に供奉するため、出陣の準備に入っている。

このように、開戦準備を着々と整えたうえで、家康は先に名古屋へやっていた淀殿の使者である常高院たちに会い、

「大坂では盛んに浪人衆を集めたり、城を修復して戦の支度をはじめていると聞いた。これは大坂城の重臣や浪人どもに、右府がたぶらかされているためであろう。こんな有

様では豊家の長久はとてもおぼつかない。されば、城内にいる浪人衆をすべて放逐するか、しばらく右府が大坂を離れ、世の疑いを解き、騒ぎを鎮めるよう努めるべきだろう。世が落ち着けばまた大坂へ戻すことは、このわしが約束しよう」

と告げた。

すでに同じ内容の要求をひそかに大野治長へ送っていたが、これが事実上の最後通牒であった。もし拒めば、家康は動員しうる軍勢のすべてを投じて大坂を攻め滅ぼすつもりである。

大坂城内では現在浪人衆が大きな勢力となっているので、これをすべて放逐することは事実上不可能だ。残るは秀頼の大坂からの退去である。これは秀頼自身が決断すれば実現する。

秀頼がおとなしく大坂を離れ、一大名として生きる道を選ぶなら、家康はとりあえずそれを認めるつもりであった。将来、間違っても天下騒乱の核とならないよう、さらに所領を削り、遠方へ移封させるか、または監視しやすいよう江戸のすぐ近くに置くか、などの最終判断は、秀忠に任せることになろう。自分の役割はここまでだ。

（これならば）

死の床で秀頼を頼むと言った秀吉も納得するだろう。同じ天下人として、秀吉ならば家康の考えを支持してくれるはずだ。

家康ももう間もなくあの世へ旅立つ。黄泉の国で待つ秀吉と、なんら恥じることなく再会できよう。

家康は義直の婚儀に訪れた客人たちの祝いの言葉を上機嫌に聞きながら、そんなことを考えていた。

四

大坂方も四月に入り、再戦に向けての準備であわただしくなったが、全体を統率する者がいないため、無駄が多く、動きも緩慢であった。もう籠城戦はないだろうに、いまだ堀の再生や、惣構えの城壁の修復などに多くの人数を割いて、兵の鍛錬が疎かになっている。

一方、徳川方は京と伏見に軍勢を入れ、大坂方の攻撃に備えたので、治長たちが目論んだ京を焼いて敵の動きを妨げる戦法は、早くも封じられてしまった。

「このままでは、豊家はなすすべもなく敵の攻撃の前に押し潰されてしまうだろう。頼長、そなた、城方の総大将になって指揮を取れ」

織田有楽斎は嫡子の織田頼長に言った。

大坂城二の丸にあった有楽斎の屋敷は徳川方の手によって打ち壊され、廃材も石垣もすべて内堀の埋め立てに使われてしまったため、いまはその跡地に建てた仮屋暮らしである。

(もはや)

この城中で有楽斎にやれることはなにもない。豊臣家のためにも徳川家のためにも。

すでに臨戦態勢に入った城内で、穏健派の首魁と目されている有楽斎の言葉に耳を貸す者はいない。評定の場でも主戦論ばかりが幅を利かせ、昨年の和平締結時の状態に戻そうという意見は出てこない。有楽斎さえ、そのような話題は口にしなかった。うかつに和平を唱えると、強硬派がどんな手に出てくるか分からないからだ。

このまま城に留まり続けては、身の危険を感じる段階に入っていた。すでに家康へは状況を伝え、城外へ脱出する許しを得ていた。

（あとは）

いつ、どのように抜け出すかだ。こっそり逃げ出しては、外聞が悪いだけでなく、裏切り者として追手がかかる恐れもある。

「それがしが総大将に、でございますか」

頼長はおどろきながらも、目を輝かせた。

「そうだ」有楽斎は重々しくうなずいて、「今のように各々が勝手次第に動き回っていては、大御所の号令ひとつで一糸乱れぬ動きをする東方とは戦にならぬ」

「されど、それがしが立ったとて、みながそれを認めてついてきましょうか」

嬉しそうにしたあと、すぐに頼長は弱気な顔になった。

昨年の冬の陣で、頼長は谷町口の守将を務めていたが、藤堂軍の攻撃があった時、父有楽斎の指示で仮病を使い、指揮を取らなかった。さいわい、友軍の奮戦で大事には至らなかったが、この時の頼長の行動はつよい非難の的となった。

「臆すな、頼長。そなたは織田信長の甥であり、上様はそなたの従甥なのだ。そなたほど総大将にふさわしい武人が城内におろうか。もし、一同の賛同が得られずば、城を退去せよ」

「城を、出るのですか」

「そうだ、このまま全軍を指揮する総大将もなく戦に入れば、われらはみな討死するほかない。みなの目を覚ますためにも、そなたはいったん城から去った方がいい」

「いったん、ということは、ふたたび戻るのですな」

「みながことの重大さに気づき、心を入れ替えれば戻るがいい。わしはしばらく城内に留まり、そなたをぶじ迎えられるよう、重臣たちに説いて回ろう」

と有楽斎が言うと、頼長はすっかりその気になった。わたしが総大将ですか、と相好をくずしている。

（軽々しき男だ）

有楽斎は思った。当然、総大将になることなど誰も承知しないだろう。ここまで見通しが甘く軽はずみだと、わが織田家を継がせるのも躊躇せざるを得ない。

頼長は翌日の評定で、総大将の地位を要求して否決されると、

「されば城に留まっても益なきことだ」

と予定の科白を吐いて、城を立ち退いた。

有楽斎は頼長を戻すために、総大将の地位を与えるよう、ほかの重臣たちに形ばかり依頼をしたが、賛同を得られぬと、

「もうこの城の中には誰ひとりとして、わしの話を聞く者がなく、務めを果たすことが

できない」

と秀頼への暇乞いをおこない、早々に頼長のあとを追って京へ立ち去った。先に二の丸屋敷を取り壊された時、家宝の茶器や道具、書の類はほかへ移していたため、仮屋には価値のあるもの置いておらず、有楽斎は身ひとつですばやく京へ移った。誰もが呆気に取られている間の脱出であった。

「なるほど、人でなし源五らしき、振る舞いよ」

有楽斎としては、大義名分が立つ堂々の退去のつもりだったが、あまりの変わり身の早さに、本能寺の変の昔を思い出した者も多くいたようである。

京で板倉勝重に庇護を求めた有楽斎は、すぐに家康のもとへ行くよう指示を受けて、頼長とともに名古屋城へ向かった。頼長はまったく予想だにしなかった推移に、理解が追いつかないのか目を白黒させている。

有楽斎が名古屋城に着いたのは、義直の祝言の翌日、四月十三日のことだった。すぐに家康に謁見すると、大坂城内の混乱や、各将たちの兵数、誰と誰が仲が良く、誰と不仲かなど、内部者しか知りえない様々な情報を伝えた。

「長らく城に留まり、よく務めてくれた。京へ帰ってしばらくは、骨休みをするがよかろう」

家康はそう有楽斎をねぎらった。

戦後、有楽斎は自身の所領を四男の長政《ながまさ》と五男の尚長《なおなが》に分け与え、それぞれ一万石の大名とした。冬の陣で大坂方の守将として働いた嫡子の頼長には、幕府への遠慮から領地を相続させなかった。頼長は京に隠遁し、茶人として一生を終えた。

有楽斎が大坂を脱した直後、秀頼は城外巡視をおこなった。想定される戦場を自身の目で見たいと希望したのだ。淀殿と大野治長が安全面の不安を理由に反対したが、浪人衆と旗本たちが護衛を務めることで納得させた。

大野治長は主君不在となる大坂城に残り、秀頼の行軍の出立を追手門から見送った。さいしょに門をくぐる先鋒は後藤基次と木村重成の両隊が仰せつかった。続いて津川近治が馬印を掲げて一隊を率いた。

馬廻りを従えてあらわれた秀頼は、朱色の甲冑の上に白絹の陣羽織をまとい、腰には国広の業物を佩《は》き、頭には立烏帽子を戴いていた。打ちまたがる駿馬は甲斐産の大柄の葦毛だが、偉丈夫の秀頼が乗ると仔馬のようだ。秀頼の兜は毛利勝永が捧げ持っている。きらびやかで威風堂々とした秀頼の武者姿に、豊臣家の最盛期の栄光の記憶がよみがえり、治長は思わず目頭を熱くした。

秀頼の隊列のすぐ後ろには、明石守重、長岡興秋《おきあき》、藤掛定方、生駒正純、三浦義世、真田幸昌《ゆきまさ》、黒川貞胤《さだたね》、伊木遠雄らが固め、さらに長宗我部盛親と真田信繁の隊が続いて、しんがりは大野治房がつとめた。

大坂城は裸城になったとはいえ、北側は天満川が、東側は湿地帯が、西側は海が、今もそれぞれ天然の要害を成しているため、次の決戦でも敵は南側から攻め入ると予想される。巡視もその地域を中心におこなう。

秀頼は大坂城からほとんど出たことがないが、城内の馬場で鍛錬しているので、馬には乗り慣れている。城を離れると、阿倍野をへて住吉を見回り、そこで折り返して、茶臼山に登った。

この茶臼山は冬の陣で家康が本陣を置いて大坂城攻めの指揮を取った場所だ。秀頼は家康が立ったのと同じ山頂から大坂城を一望した。家康がいまいましい思いで眺めた大坂城を守る惣構えはもうない。茶臼山のふもとから大坂城の天守まで、なだらかな丘陵が続くばかりだ。大きな要害がないため、合戦となれば、彼我の兵数の差がそのまま勝負を決めることになるだろう。

戦いになれば、どういう結果になるか、秀頼は理解した。その時の風景までがまざまざと目に浮かぶようだった。

「見るべきほどのことは見つ」

秀頼がそうつぶやくと、そばにいた馬廻りの者たちがはっとした表情で秀頼を振り仰いだ。

これは壇ノ浦の戦いで敗れた平知盛が、自害前に言い残したとされる言葉である。反応しなかった数名は、出典に気づかなかったのだろう。

秀頼は心行くまで山頂からの景色を目に焼き付けると茶臼山を下り、天王寺から平野をまわり、さいごに冬の陣で秀忠が本陣を置いた岡山により、黒門口を通って大坂城内へ戻った。

五

秀頼が軍勢を引き連れて城外の巡視をおこなったことは、有楽斎の裏切りで落ち込んだ城内の雰囲気を一変させた。とくに武将たちは勇気づけられたようで、軍議での議論も、兵たちの鍛錬も目に見えて活発になった。

城内が戦前夜の空気に沸き立っていく中、ひとり大野治長は憂色を隠せずにいた。

有楽斎が去った今、重臣の中で穏健派の旗幟を鮮明にしているのは治長だけだ。その治長も開戦は不可避として心づもりをしていたが、ここにきて有楽斎が脱落したのは痛手であった。合戦の混乱下では、どんな状況になるか分からないが、徳川との連絡だけは絶やさずにおきたい。それだけに、格別の伝手を持つ有楽斎の存在は貴重であったのだ。

(できるものなら)

戦は回避したい。今もその思いはつよくあった。

秀頼と淀殿の使者が名古屋の家康のもとへ行ったが、その成果が知らされる前に、行き違いのように家康から治長のもとへ密使が来た。

一、城内にいる浪人衆を追放すること。

一、もしそれができないのなら、秀頼が大坂を出て、大和郡山へ移ること。

これが家康の要求だった。

合戦を回避するには実現可能な案、つまり移封を受け入れるしかない。

治長は淀殿を説得することにした。秀頼以上に郡山行きに難色を示すのは確実だからだ。

案の定、淀殿はつよく反発した。

「なぜ大和へ参らねばならぬ。先の和睦の話と違うではないか。前にも申したとおり、国替えなど受け入れられぬ」

「堀の埋め立てをめぐり城内で兵が騒ぎ、それを受けて京、伏見に徳川方が軍勢を入れました。すでに和は破れておると思し召されませ」

「その釈明にお初（常高院）たちを名古屋へ差し向けたのじゃ。公儀より禄を賜れば、浪人たちもなだめられよう」

淀殿は交渉次第で、家康が浪人たちへの知行を出してくれると、本気で思っている。

治長はさらに説得を試みたが、淀殿の首を縦にふらせることはできなかった。

（ならば）

秀頼を口説くしかあるまい。

治長が秀頼と一対一で会う機会をうかがっていると、弟の治房が屋敷に押しかけて、

「近ごろ、兄上がよからぬ画策をしていると申す者がおる。真偽のほどをうかがいたい」

と質してきた。

治長は気色をあらため、

「さような物言いは無礼であろう。将たる者はつねに謀り、もっともよき道を探るもの

だ。主馬、その方こそ、城内の熱気に当てられて、見境をなくしている」

と苦言を呈すると、治房はかえって憤り、

「城内の者どもがようやく心をひとつにして、敵に当たろうとしているところに、水を差すまねをして、それがどうして御家のためになろう」

「一騎駆けの猪武者でもあるまいに、もう少し先を読め。わしはいかに矛を収めるか、それを考えているのだ」

「はじまる前から負け方を考えながら、おっかなびっくり戦をして、よき目など出るものか。余計なことを考えず敵に当たって押しまくり、手ごわしと思わせてはじめて和睦の道が開けてくるものだ」

「こたびの戦は城に籠ることができぬ。家康のもっとも得手とする野戦で雌雄を決せねばならぬのだ。されば決着は二日、三日でつく。前々から和睦の段取りをしておかねば、取り返しのつかないことになろう」

「負けることしか考えておらぬのか。やはり、みなが申すように、兄上は弱腰の臆病者じゃな」

治房はそう捨て台詞を残して立ち去った。

弟の治房からも非難を浴び、治長は孤独だった。

(おそらく)

片桐且元も、今の治長と同じような気持ちでいたに違いない。この状況をあの時わかっていたなら、且元ともっと腹を割った話ができただろう。

その夜は、本丸で遅くまでほかの重臣たちと協議をした。兵糧と弾薬の補充や、新たに雇い入れた浪人たちの宿や部隊の割り振りなどの懸案について話し合い、治長が桜門を出たのは亥の刻（午後十時）であった。

雲間からのぞく月と、小者が提げる明かりをたよりに歩いていると、闇の中からなにか近づいてくる気配があり、それがすぐ目の前まで迫り、あっと思った時には、身体に冷やりとした痛みが走っていた。

「何者」

治長は叫んだ。

賊は無言で踵を返し、逃げ去ろうとした。従士の山岡が治長の脇をすり抜け、賊を追い、背後から斬りつけた。それでも賊は倒れず、山岡の追撃を振り切って逃れようとする。山岡が行く手をふさぎながら追っていると、賊は方々に逃げ回りながら、また治長の方へ走りよってきた。手負いの治長を背負ったもうひとりの従士の平山が太刀を抜き、近づく賊を袈裟懸けに斬り倒した。

「死んだか」

治長が質すと、山岡が賊の脈を確認し、

「討ち果たしました。殿、お怪我は」

「大事ない。肩をやられたが、深手ではなさそうだ。賊を見知った者がないか、明日、桜門前にさらして確かめよ」

治長の指示で翌日、死体を公開したところ、大野治房の家臣、成田勘兵衛の手の者であることが判明した。時を移さず、勘兵衛を糾問するため人を送ったが、勘兵衛は屋敷の門を開けず、火を放って自害した。このため、真相は闇の中に葬られてしまったが、治房の家臣の部下が治長を襲った事実は、人々を震撼させた。

徳川という強敵を前に、豊家の重臣である兄弟がいがみ合っていると取る向きが多かった。穏健派の治長の言動に、強硬派の治房が腹を立て、家臣の勘兵衛に兄の誅殺を命じたのだ。そしてことが露見しそうな時は、ただちに自害せよと言い含めておいたのだと、まるで見てきたように噂する者もいたのである。

大事な一戦を前に、内紛状態があらわになり、城内の空気は沈滞した。

治房から治長のもとへ、自分はこの件にまったく関与していないとの釈明と、見舞いの使者が来た。

「わしも主馬が企んだとは、夢にも思っていない。これからもともに力を合わせて御家のために尽くそう」

と治長は返答し、事件の幕引きを図った。

じっさい治房が襲撃を命じたとは、治長は考えていない。万が一そうであっても、それを問題にしている暇はなかった。もう、敵の軍勢は畿内に集結しはじめているのだ。内輪もめに費やす時間はない。

治長は屋敷でしばらく療養したあと、本丸に出仕した。

秀頼と淀殿からは、直接、いたわりと身体の具合を尋ねる言葉があった。

「お心づかい、恐縮に至極にございます。さいわい、傷は浅手ですっかり癒えました」

と治長は言ったが、ほんとうは当初思ったより深手で、肩からわき腹まで斬られた傷は、じっとしていても脂汗が出るほどの痛みを伴っていた。患部だけでなく身体全体が熱を持って、頭がぼんやりしている。

だが、いつまでも屋敷で寝ていられる状況ではない。家康のもとから釈明の使者が帰ってきたのだ。

常高院たちが持ち帰った家康の返答は、先に治長が書で受け取ったものとほぼ同じであった。

要は浪人衆を追放するか、秀頼が大坂城を出るか、どちらか選べと迫っている。淀殿が要求した、浪人衆への手当てについてはなんの回答もなかった。

「家康め、どこまでわれらを踏みつけにすれば気がすむのであろう」

淀殿は地団駄を踏むようにくやしがった。

「大方様、短慮はなりませぬ。すでに家康は名古屋を発って京へ向かっております。畿内に集結する軍勢も昨年と同じ、あるいはそれを上回る模様です」

治長が言うと、淀殿はきっと睨みつけ、

「修理、その方、わらわたちに、家康にひれ伏せ、この大坂を捨てよ、と申しゃるか」

と声を荒らげた。

内々の話し合いのため、この場は秀頼淀殿母子と、家康のもとから帰った使者たちと治長だけだ。本音を言っても外へはもれまい。いま伝えておかねば、次の機会はないかもしれない。

治長は痛みに耐えながら、淀殿の方へ膝を進めて、

「いず地へ参ろうとも、豊家は豊家にございましょう。ここはいったん、退いてみせるが賢明かと存じます」

と言うと、常高院も続いて、

「世が鎮まれば、また大坂へ戻すことを約束すると、大御所はたしかに申されておりました」

と治長のあと押しをする。大蔵卿たちも同意の印にうなずいてみせた。彼女たちもここが和戦の関頭と分かっているのだ。

周りがいっせいに融和路線を勧めたことに、淀殿はいらだちを隠せず、

「その方たち、はや忘れたか。昨年の和議では、浪人衆についても、大坂に残ることについても、お構いなしであった。それがもう掌を返してきた。今、家康がなにを契ると申そうとも信じられぬ。だいたいあの狸はいつもそうやって世を瞞着《まんちゃく》し、人を陥れ、ついに天下まで盗み取ったのじゃ。わらわはもう騙されぬぞ」

と拒絶の意思をあきらかにした。

淀殿の家康不信は根深い。秀吉の死以降、豊臣家凋落の原因のすべてが家康にあるとの思いに凝り固まっているのだ。

たしかに秀頼をいずれ大坂へ戻すという言葉は、当の家康さえ信じていないだろう。そのころにはもう自分はこの世にいないから、なんとでも言えるわけだ。

しかし、どんな無理難題を押し付けられても、豊臣家はそれを受け入れるしかない。

今の段階で要求が不当なものに見えても、戦いに敗れれば、もっと過酷な要求がつきつけられるに決まっている。

「姉上様、あまり我を張っておられると、戦は避けられませぬ。それで本当によろしいのでございますか」

常高院が念を押すように迫ると、淀殿はやや怯んだような表情を見せた。やはり、本心では淀殿も戦は望んでいない。昨年の砲撃がまだ鮮明に記憶に残っているだろうから当然だ。

「戦をするか、せぬか、今が瀬戸際でございます。これをすぎればもう後戻りはなりませぬぞ」

今の淀殿なら折れる、そう見切って治長は押した。

「さようじゃの……」

苦渋の表情をにじませながら、淀殿が口を開きかけると、

「修理、その方、戦を恐れておるのか」

それまで沈黙を守っていた秀頼が言った。責めているふうではなく、純粋に浮かんだ疑問を口にしているような語調であった。

それでも治長は、傷をえぐられたような痛みと狼狽を覚えた。

「いえ、決してさようなわけではございませぬ。ただ——」

戦ってよい結果が望めぬ以上、折り合う方が傷は小さくてすむと続ける前に、秀頼が

さえぎった。

「先ほど修理はいず地へ参ろうとも豊家は豊家と申したが、予はそうは思わぬ。こたびの騒動の非はあきらかに家康にある。なれど白を黒と言われても命惜しみに旗を巻き、大坂から逃げ出せば、世間の物笑いになろう。予は死など少しも恐れぬが、黄泉国の太閤殿下の眼差しこそが恐ろしい。豊臣の家名を汚して生きながらえるより、天運にまかせて一戦交えたうえならば、たとえ散ろうとも悔いは残るまい」

こう言われてしまうと、治長の立場ではもう謹んで承るしかない。ただひとり、覆せるとすれば淀殿だけだ。

しかし、その淀殿は迷いの気持ちを振り切るかのように秀頼を見上げてうなずくと、

「上様がさよう仰せなら、わらわも異存は申すまじ。憎き家康めに、豊家の意地を見せて進ぜましょう」

と言って目を潤ませた。

これが事実上の徳川との開戦の決定であった。

治長の胸に黒く重いものが広がる。傷のうずきも増したように感じた。

本丸を下がる前、治長は常高院に、

「ついに手切れとなりますが、こののちも豊家のためにお力添えを頂ければ、うれしゅうございます」

とすがった。たとえ戦になっても、徳川との連絡を絶やすわけにはいかない。

「頼まれるまでもありませぬ。わらわはこのまま城に残って京極陣とつながり、大御所

様のご慈悲を賜るよう努めます」

常高院は力強く答えた。

淀殿と秀忠夫人のお江と姉妹の常高院も、豊臣と徳川の間をなんとかつなぎ留めたいと必死に願っている。治長と常高院以外にも、まだ両家の仲を仲裁しようという者は大勢いよう。

（まだ、終わっていない）

治長は自分に言い聞かす。もう一度なんとかして和睦を結ぶのだ。

（なんと言っても）

豊臣と徳川は姻戚関係で結ばれている。そこに一縷《いちる》の望みがある。

六

家康は四月十四日に名古屋を発ち、十八日に京の二条城に入った。その後、常高院たちを大坂城に帰し、講和を促したが、秀頼からの返答はなかった。

家康はこの結果に不機嫌をよそおったが、内心はほっとしていた。

（これで）

迷うことなく、大坂城を、秀頼を攻めることができる。

もしまた和平が成って秀頼を生かすとなれば、将来に禍根が残る。しかし、もうその心配はなくなった。

この戦いでかならず、秀頼にとどめを刺す。側室との間に男子がいると聞くが、その子も殺す。秀吉直系の血筋を断絶させる。ようやく踏ん切りがついた。

徳川幕府の不安要因を取り除くことで、世の中は安定する。戦のない平和が訪れる。

豊臣一族はその生贄《いけにえ》である。だから中途半端なことをしてはならない。もう二度と豊臣の花が咲かぬよう、根絶やしにしてやるのが、世のため人のためなのだ。

今回、家康が京に召集した兵は総勢十五万五千になった。情報によると、大坂方は五万から六万ほどらしい。大坂城が要害をなさない今度の戦いで、三倍近い兵力差は決定的だ。

家康は、十五万五千の兵を二手に分けた。京街道を南進して河内から大坂へ向かう軍勢は家康と秀忠が率い、もう一方の大和から大坂へ向かう軍は家康の六男、松平忠輝が率いることとした。河内方面軍が十二万、大和方面軍三万五千という配分であった。

家康と秀忠が臨席した二条城での軍議のあと、秀忠は家康からその場に残るように言われた。折り入って話したいことがあるらしい。

ふたりだけになると、すぐに家康が切り出した。

「合戦がはじまれば、二日、三日で決着がつくであろう」

「こたびは野戦ですから、いっきにけりがつくのは間違いありますまい」

「そこでだ。おそらく敵は最後の最後に和を求めてくる」

「かもしれませぬ。しかし、今さら応じるわけにはいきますまい」

「むろん、応じはせぬ。されどすげなくはねつけてしまえば、死にもの狂いの手向かいをされ、こちらもそうとうの痛手を負う」

「では交渉に応じるよう、よそおうのがよろしいかと」

「さよう、すると敵は華々しい戦を避けて、最後の許しを頼みの綱に、城の中に籠り続けるであろうから、こちらのやりたいやり方で始末ができる」

「首尾は万端にございますな」

「ただひとつ、心配がある。敵は最後にお千を盾に、秀頼と淀の命乞いをしてくるかもしれぬ」

家康が言うと、秀忠は表情を固くしたまま押し黙った。

秀忠の長女である千姫は、秀頼の正室として今も大坂城にいる。昨年、手切れになった際、離別され大坂から送り帰されるかと思ったが、そうならなかった。いまだ大坂方が千姫をかかえているのは、最後の最後で取引できると考えているからに違いあるまい。

沈黙を続ける秀忠を見て、家康は口を開いた。

「天正七年、わしは織田信長から三郎信康の切腹を命じられた。そのことは存じておるな」

もちろん秀忠は知っている。

三郎信康は家康の長男で、秀忠の誕生の年に自害して果てている。自害を命じられたのは、信長の長女で正室である徳姫と信康が不仲になったためとも、信長が信康に英傑の資質を見て、将来を恐れたためとも言われる。一方で、それらはあとから付会されたもので、じつは家康自身が信康と不仲となり、舅である信長の許可を得たうえで自害させたという話もある。

なにぶん赤子の時の出来事なので、秀忠にはなにが真相だったか、今もって分からない。

しかし、いずれにしても、家康が大きな政治的判断に基づいて、嫡子を自害に追い込んだことだけは動かない事実だ。

「わしもなんとか手を尽くして、三郎の命だけは助けたかった。しかし、それでは徳川の家を危うくする。はらわたを裂かれる思いであったが、死を与えるしかなかったのだ」

家康は沈痛の面持ちをした。

なにを家康が言いたいのか、もちろん秀忠は理解している。

「よいな、そなたは将軍だ。全国の大名たちがその顔色、鼻息さえもうかがっている。判断を誤るでないぞ」

「承知しております」

秀忠は答えた。

自分は最高権力者だ。それには大きな責任が伴う。親子の情よりも優先すべきことはわきまえている。

(わしにもできる)

その時になれば、天下平定のため、顔色ひとつ変えずにその非情の判断を下すことになろう。

七

東西の争いはすでに紀伊方面ではじまっていたが、これは地方の小競り合いである。豊臣家の命運は、京から押しよせる徳川方十五万余りの大軍勢を、どうさばくかにかかっていた。

秀頼を首座に、主だった武将が勢ぞろいした軍議の席で、戦略が練られた。

これほどの大軍がいっせいに動く場合、渋滞を避けるため、二手に分かれて進軍するのが常識である。今回でいえば、徳川方は淀川沿いに京街道を南下する軍と、大和国を経由して大坂を突く軍に分かれ、両経路が交わる道明寺《どうみようじ》付近で再結集を目指すだろう。

このことを軍議の場の共通認識と踏まえたうえで、後藤又兵衛基次が発言した。

「家康は野戦の名手にて、平地で渡り合っては兵力の差もあり、勝機を見出しがたい。よって、大和路の天嶮《てんけん》を利して、狭隘《きようあい》地で敵の先鋒を叩くのが上策と存ずる」

大和と河内の国境は、豊臣領の東端にも位置する。ここは生駒山、葛城山、金剛山が連山をなして、国境越えはすべて峠越えになる。

基次はこの難所を利用して、兵力不足が不利にならない戦い方をしようと提案したのだ。

細い山道を進む敵の先頭を敗退させれば、後方の部隊も足並みを乱し、大和郡山までの後退を余儀なくされるだろう。そうなれば再挙するまでに数日はかかり、その間に相手の情勢を分析し、また臨機の良策を講じられると主張した。

この案に真田信繁が真っ先に賛成し、毛利勝永、木村重成たちも同意したため、さっそく大和口方面への攻撃部隊が編成された。

前衛を後藤基次、明石守重、薄田兼相、井上時利ら六千四百。後衛が真田信繁、毛利勝永、渡辺糺、大谷吉治、長岡興秋ら一万二千。大野治長は自身の部下の宮田時定を後衛の武将に加えた。

五月一日、後藤基次は前衛六千四百を率いて大坂城を出て平野に野営しながら、大和方面の情報収集に当たった。


徳川方の大和方面軍三万五千は、一番隊から五番隊までの編成となっていて、総大将の松平忠輝はしんがりの五番隊、忠輝の舅で副将格の伊達政宗が四番隊を率いている。先鋒の一番隊の主将は水野勝成《かつなり》がつとめていた。勝成の主将は家康直々の指名である。

「大和口で先鋒が叩かれ崩れたら、その弊は全軍におよぶであろう。よって譜代の中でも勇猛な将を選ばねばならぬ」

と家康は周囲に語った。

後藤基次が想定したように、家康もまた大和国境の狭隘地が決戦場になると見ていたのである。

水野勝成は永禄七年（一五六四）、三河に生まれた。父忠重は家康の母、於大《おだい》の方の弟なので、勝成は家康の二十歳ほど年下の従兄弟にあたる。若い時から粗暴な振る舞いで知られ、父の家臣を殺したことで勘当され、仙石秀久、豊臣秀吉、佐々成政、黒田孝高、小西行長と主君を次々に変えた。秀吉のもとは無断で出奔したため、刺客を送られたこともある。放浪時代には無頼の徒と交わり、殺傷沙汰や喧嘩沙汰をたびたび起こしていたとも言われる。一方で、連歌や和歌などをたしなむ文化人の一面も併せ持っていた。

父の忠重が関ヶ原の合戦直前に、酒席で口論となり殺されたため、家康の命で勝成は父の遺領三河国刈谷《かりや》の家督を相続した。慶長六年（一六〇一）に従五位下に叙任され、日向守《ひゅうがのかみ》を名乗った。逆臣明智光秀が名乗って以降、人気の凋落した日向守をあえて選ぶところに一筋縄でいかない勝成の性格があらわれている。人々は勝成の勇猛さから「鬼日向」と呼んだ。

その水野勝成はさいしょ、家康から大和方面軍の先鋒を命じられると固辞した。

「大和の諸将はあつかいが難しく、微禄のそれがしの指揮に従うとは思えませぬ。そうなれば全軍に悪しき災いをおよぼすことになりましょう」

先鋒隊は道案内も兼ねるため、地元の小大名たちを中心に編成される。

大和の国は歴史的に南都寺院が大きな勢力を維持していたため、強力な武家支配が行きとどかず、独立不羈《ふき》の国人衆が割拠する時代が長かった。織豊時代になって筒井順慶、豊臣秀長らの支配を受け、ようやく安定をみた。しかし、昨年の冬の陣では、大和国の武将たちは指揮にあたった藤堂高虎に従わなかった。その苦労を知っているので、勝成も二の足を踏んだのだ。

しかも高虎は伊勢伊賀二カ国二十二万石の太守、勝成はせいぜい二、三万石の小大名である。鼻っ柱のつよい勝成も御せる自信がなかった。

勝成の考えを聞いて、家康は、

「もしその方の下知に背く者があれば、ただちにひとり、ふたりを成敗し、ほかの者たちの見せしめにするとよかろう。その方の役目は、先鋒隊の取りまとめである。よくよく自重せよ」

と諭した。勝成につよい権限を与えたうえで、同時に勇猛すぎる勝成が突出することも抑えたのである。

「されば謹んでお受けいたします」

家康の配慮に感激して勝成は拝命した。

一番隊を率いて奈良に入った水野勝成は、後続の隊も順調に行軍し、奈良入りしたのを確認すると、五月五日、宿営地を出立し、夕刻には国境近くの国分《こくぶ》村に着いた。軍勢は三千八百である。

勝成は休む間もなく、道案内を立てて周辺の地形を見て回った。国分村と道明寺村の中間に小松山という一見、陣地に適した小高い山があった。

周辺の地形をよく知る一番隊の武将たちは口々に、小松山に陣を置いて敵を迎え撃つよう、勝成に勧めた。

勝成は大坂方の動きを探っていて、この大和口へ相当の大軍を投じてくると読んでいた。

（となれば）

周囲が開けた小松山に陣を置くと、大軍に取り囲まれる恐れがある。

しかし、一番隊の武将たちは絵図を広げて、ここはそこもと、ここはわしなどと、勝手に陣地の場所の割り振りをはじめている。

「まて、大御所から先鋒の差配を許されたのはこのわしだ。みな、わしの話を聞け。大軍である敵襲を支えるのは、狭小な国分の方が分がよい」

と勝成が言うと、すぐに反論があった。

「もし敵に小松山を押さえられたらいかがする」

「そうなれば、こちらは後続の隊と手を合わせ、円明《えんみょう》村に回り、敵を挟み撃ちにするまでだ」

と言っても、なおも小松山に固執する意見が強かったが、勝成は家康の威光を盾に、なんとか武将たちを説得して、武将たちを国分村に宿営させた。

夜遅くなって、本多忠政率いる二番隊、松平忠明の三番隊、伊達政宗の四番隊が国分村に到着し、勝成の勧めで国分と小松山の周辺に駐留することとなった。五番隊の松平忠輝は一万三千の兵とともにまだ大和郡山に留まっていた。

勝成たちがすでに国分村に入った五月五日の夜、後藤基次は平野村の宿営地にいて、真田信繁、毛利勝永たちと軍議を持った。

基次たちが集めた情報によると、敵の軍勢は大和郡山に集結を終え、いよいよ大坂方面に押し出してくる気配があった。

「これよりわれらはこの地を発ち、今夜半、道明寺で落ち合おう。夜明け前には国分を押さえ、細い山道に野陣を構え、敵の侵出を迎え撃とう」

と基次が諮り、一同の賛同を得た。

しかし、予測よりも早い勝成たちの行動で、すでにこの時点で作戦が破綻していることに基次たちは気づいていない。

「この戦いでわれらが屍をさらすか、家康の御首《みしるし》を取るか、いずれかに決しよう」

基次は信繁と勝永と別れ際にそう言って、杯を酌み交わした。

後藤又兵衛基次は永禄三年（一五六〇）、播磨国に生まれた。幼少時に父が死去したため、黒田官兵衛孝高に引きとられ、その薫陶を受けて育った。聡明な頭脳と頑健な肉体を持つ基次を黒田孝高はこよなく愛し、戦に関する知識、経験を基次に惜しみなく与えた。

基次もその重恩に応え、豊前国叛乱平定、朝鮮の役、関ヶ原と、各戦場で奮戦した。黒田家が戦った戦場で、後藤又兵衛基次が武功を挙げなかったことは皆無と言っていい。

その武名も黒田家中はもとより、全国にとどろいた。並みの大名よりよほど有名であり、他国の大名たちとも交流し、幅広い人脈も有していた。

関ヶ原のあと、大隅城主となり、陪臣ながら一万六千石という大名並みの所領を得ている。しかし、慶長十一年（一六〇六）、基次は黒田家から出奔した。原因は主君黒田長政との不仲にある。長政の父で基次のよき理解者だった孝高は、すでに二年前に鬼籍に入っていた。

長政との決別する決定的な事件というほどのものはない。ただ長年、積み重なったさまざまな行き違いや反目がついに限界を迎え、古びた綱がとつぜん途切れるように、基次と長政は断絶したのだった。

一族を引き連れて領国を立ち去った基次は、当初、すぐに次の仕官がなると考えていた。

じっさい基次には多くの大名から誘いの声がかかった。しかし、基次がさいしょに頼ったのが細川忠興であったため、長政の怒りに油を注いでしまった。長政と忠興とは旧領地豊前の年貢の取り扱いでもめて、犬猿の仲となっていた。その細川忠興を基次が頼ったのは、自分へのあてつけだと長政はへそを曲げたのである。長政はそれほど度量の狭い男ではないが、基次に対してはもともと複雑な感情があるうえに、忠興との悪関係もかさなったのが、基次にとって不幸となった。

長政は忠興に強硬に抗議を申し入れ、基次の仕官を取り止めるよう迫った。忠興は大名の中でも一、二を争う短気者だ。同格の大名からやめろと言われて、間違っても、はい、やめますと言うような男ではない。

基次仕官の問題が、黒田、細川両家の武力衝突を招きかねない事件にまで発展した。ことここに至って、家康が仲裁に乗り出し、基次は細川家からの退去を余儀なくされた。

基次には、黒田家の許可なくしては他家での仕官を認めない「奉公構」が出されていたため、家康としても、長政の言い分を認めざるを得なかったのだ。

その後も、多くの大名たちが基次獲得に触手を伸ばしたが、いずれも長政からの横槍が入って、実現しなかった。

基次は諸大名からひそかな援助を受けながら、京で浪人暮らしを続けた。

冬の陣の前に秀頼からの誘いを受けて、大坂城に入ったのは、大名家への仕官の道を閉ざされ、最後の死に花を咲かそうと思ったからである。冬の陣では周囲の期待にたがわず、基次は豊臣家のために奮戦し、その武名をいっそう高めた。

そんな基次に今にわかに、徳川への寝返りを画策しているとの噂が立っていた。

大坂城を出て平野村へ入った翌日のことだ。基次のもとへ本多正信の使者が訪れたのだ。先に真田信繁の調略に失敗した家康が、次に基次に目を付けたのである。

「もし、今、公儀への手向かいをやめれば、又兵衛殿に十万石を進ぜるご用意がござる」

使者は相国寺の僧侶で本多正信の親族でもある楊西堂《ようさいどう》だから、いい加減な約束ではない。

しかし、基次はためらいもなく勧めを断った。が、楊西堂も簡単には引き下がらない。

「もし、知行高に不服があるのなら、所望の高を申されよ。こたびの戦の勝敗は又兵衛殿の去就にかかっておると、大御所も案じておられるので、二十万石でも三十万石でも通らぬ話ではありますまい」

と殺し文句を吐いた。

基次はしばらく沈黙したあと、口を開いた。

「勝敗がそれがしの去就にかかっているとの大御所の過分なお言葉はまことに光栄でかたじけないが、いまさら大坂を見限るわけには参らん」

「されど、いかに又兵衛殿が肩入れしても、いずれ大坂方はむなしいことになりましょう」

と楊西堂は先ほどと矛盾することを言った。

基次は、消えかけた明かりの火を見つめながら答えた。

「さればこそ、それがしは秀頼公を見捨てるわけには参らぬのだ」

五分五分の戦いなら、調略に乗るのも選択肢としてあり得る。しかし、今、滅亡の淵に立つ豊臣家を見捨てて、恩賞目当てに寝返ることは、基次には人間としてできない。

そう言って、楊西堂を帰したのだが、その直後、大坂城内で後藤基次が裏切るとの噂が立った。徳川方があえて楊西堂の活動を洩らして、敵方の動揺を誘ったのだろう。

見え透いた手だが、劣勢にあって疑心暗鬼を生ず大坂城内では、それを真に受ける者も少なくなく、浮足立っているという。又兵衛は五十万石で誘われたなどと、言っている者もあるらしい。策がまんまと当たったわけだ。

(これも)

自分が大坂城内で信頼を勝ち得ていなかった証と言える。基次はさびしく笑った。

基次が真田信繁と毛利勝永に、今夜、自分と家康の生死をかけた戦いを宣言した裏には、このような事情があった。

（表裏者の疑いは）

戦場で晴らす以外にない。

基次は深夜、兵二千八百を率いて平野を発った。深い霧の夜だった。道案内には在の百姓を使った。あまりに霧が深いので、道を誤らぬようさらなる用心をして、松明《たいまつ》を数百、灯させた。

丑の刻（午前二時）、霧が流れるようにほんの少しずつ晴れてきたころ、基次の隊は藤井寺に到着した。ここでしばらく後続の部隊を待った。しかし、基次隊に続いて平野を発ったはずの、薄田兼相、北川宣勝、井上時利たちはいつまでたってもあらわれない。また、天王寺から行軍したはずの真田信繁と毛利勝永の隊の姿も見えなかった。

後方に様子を見に行かせると同時に、基次は本隊を前進させ、誉田《こんだ》を経て道明寺村に出た。空がかすかな明るみを帯び、霧はかなり晴れていたが、味方の軍はまだ追いつく気配がない。

前方へ偵察にやった者たちが帰ってきて、国分村に敵兵が認められると報告した。その数は二千から三千という。

「遅かったか」

基次は唇をかんだ。

国分村を占拠し、敵の大軍の侵攻を狭い出口でふさぐという戦術はもう取れない。

このまま手をこまねいていては、敵は国分村からさらに道明寺村へと兵を進めるだろう。国分村の二、三千の兵の後ろにさらに数万の大軍が控えているのは間違いない。開けた土地に大軍を展開されてしまうと、基次だけでは対応できなくなる。

「ただちに小松山を占拠し、敵を防ぐべし」

基次は命じた。

国分村を奪われた以上、国分と道明寺の中間点の小松山に拠って敵の侵攻を妨げるのが次善の策だ。

今、基次の手元に二千八百の兵がいる。偵察では敵も二千から三千だが、おそらくもっといるだろう。さらに後方から続々と敵はやってくる。だが、躊躇している場合ではない。

基次は道明寺と国分を隔てる石川を押し渡ると、兵を休ませず駆けさせて、いっきに小松山に登って占拠した。

水野勝成は丑の刻（午前二時）、藤井寺方面をおびただしい数の松明が行進しているとの報せを受けた。

（やはり）

予想どおり、敵はこの大和口に大軍を投じてきたようだ。国分村に兵を留めたのは正解だった。そう確信した勝成は、先鋒隊の各将に伝令を発した。

「敵が小松山を取ったら、これを取り囲んで攻撃せよ」

寅の刻（午前四時）、先鋒隊の一将、奥田忠次は、基次の旗が立った小松山に接近し、攻撃を仕かけようとした。そこに山から下りてくる後藤隊と出合い頭に衝突した。互いの存在に気づくのが遅れたため、銃撃の暇はなく、槍の突きあいになり、奥田忠次が討たれた。

水野勝成は小松山を囲む田んぼと茂みの中に兵を伏せさせながら接近し、敵勢の姿が目前になると、一斉射撃のあと、槍隊を突撃させた。

小松山に拠った敵勢の攻撃は、すさまじかった。日が昇るにつれ、敵兵がさほどの大軍でないことが分かってきた。道明寺方面からの後続部隊の支援もいまのところない。にもかかわらず、敵の後藤軍は小松山から激しい銃撃を加え、こちらが怯むと見ると、山を駆け下り、槍隊を突撃させるので、容易に近づくこともままならない。

「敵は小勢だ。一カ所にかたまらず、山を取り囲んで、押し出すのだ」

勝成は先鋒隊の将に命じて山の西側にも兵を移動させ、二番隊本多忠政、三番隊松平忠明、四番隊伊達政宗たちの進出を促した。

この時点では五番隊の松平忠輝はまだ奈良街道の山中を移動中で、戦場にあらわれていない。

東西と北側、三方から小松山を取り巻いた徳川勢およそ二万二千は、激しい銃撃を加えた。山上の後藤軍は二千八百である。

基次は小松山の北側の山腹で、全軍の指揮を取っていた。山の地形や茂みを利用し、敵の銃弾を避け、折を見て、何度となく突撃をさせて敵を撃退させてきたが、敵は後続の兵と入れ替わり、続々と新手を繰り出して、山のふもとに兵を集めるようににじりよってきた。

時は正午に近づいてきている。戦闘開始から四刻(八時間)が経過していた。

山腹から見下ろせば、眼下に広がる田畑には、鉄砲の白煙がたなびき、敵勢と幟旗がひしめき、三方から山麓に向かってうごめいている。

(もはやこれまでか)

味方はいまだあらわれず、敵はますます勢いを増し、孤軍のこちらは疲弊が限界に達しようとしている。

基次は周囲の兵たちを集めて、

「これより敵に最後の攻撃を仕かける。死にたくない者は、ここから去ってよい」

と告げた。南側の山の背伝いに行けば、敵兵を避けて逃れる道はある。

しかし、立ち去る者はひとりもなかった。基次は満足そうにうなずいて、

「されば、山を下り、敵の側面を突く」

と言って、深手の者だけを残して、敵勢のやや手薄な山の西側を駆け下った。

開けた土地で、兵を二手に分けた。それに気づき近づいてきた敵勢に、ただちに突撃を仕かけ、一、二隊を打ち破った。しかし、敵も多勢の優位を生かして、側面へ兵を回して反撃をする。

銃撃に倒れる者を見て基次は、

「畑の中に身を隠せ」

と命じ、みずからも麦畑の中に折り敷いて、そこから敵に銃撃をした。

基次隊の先頭の指揮を任されていた山田外記と古沢光興は、山蔭で隊伍を整えているところに、新手の伊達政宗の兵が押しよせて銃撃を浴びせたため、ともに戦死した。

「みな、いったん、山中へ引け」

隊伍が乱れた前方の軍を取りまとめるため、基次が近づくと、鉄砲の一斉射撃があり、胸に衝撃を受けて倒れた。

すぐに身を起こし、胸に手を当てると、掌が真っ赤に染まった。血はなおも鎧の上を流れ落ちていく。すぐに従者が駆け寄り、基次の脇の下に肩を入れて動かそうとするが、身体が重くてままならない。基次自身にも、もうみずから動く力が残っていなかった。

「首をはねろ」

大儀そうに草むらに座り込むと、基次が命じた。ためらう従者に、

「これだけの大軍を相手に戦って死ねるのだから、わしは本望だ。敵にわが首を渡すな」

と言ったため、従者は泣きながら基次の首を落とし、基次の陣羽織で包んで田の中に埋めた。

基次の死を知った者たちが、次々と敵中に突撃を敢行したため、基次の本隊は壊滅した。

時はちょうど正午になろうとしていた。

八

霧の中で先行する後藤基次隊の松明を目印に行軍をしていた後続部隊は、戦場と予想される村々から避難する百姓たちの行列を後藤軍と誤認して、延々と道明寺とは逆方向へ進んでいた。ようやく間違いに気づき、道を急ぎ引き返した薄田兼相、山川賢信、北川宣勝、井上時利、明石守重らの軍勢が道明寺に着いたのは、基次が小松山を下り、最後の一戦に臨もうとしていた時であった。

偵察の報せを待つまでもなく、銃声が遠くからも聞こえていたので、小松山で基次軍が孤軍奮闘していることは知れた。

「すぐに加勢に向かおう」

薄田兼相は諸将と相談し、軍勢を石川の河原まで進めた。

すると、川を渡って基次軍の兵たちが後退してくる。その者たちの話から、すでに基次が戦死したことが分かった。

「南無三、遅かったか」

兼相は自身の幟旗をへし折ってくやしがった。

昨年の冬の陣で、兼相は敵の攻撃の時、守将を任されながら遊郭にいて、なすすべもなく博労淵の砦を失い、悪評を一身に浴びていた。

今回の出陣はその汚名返上を期したものだっただけに、またもや決戦に遅参したのが悔やまれてならなかった。

（もうここで）

ひとりでも多くの敵を倒して、討死するほか、雪辱の道がない。

基次軍の敗兵たちを山川、北川軍に吸収させると、兼相はみずから陣頭に立って石川を渡って押しよせる水野勝成軍を迎え撃った。

「わしに続け」

兼相の号令一下、兼相軍は勝成軍の先兵に襲いかかる。

薄田兼相は猛々しい容貌と、よく通る大声と、人並み外れた体軀、怪力を併せ持つ、まさに武将になるために生まれてきたような男だ。その兼相が決死の覚悟で命令し、みずからも槍を取って敵中に突撃を繰り返し、七騎、八騎と敵を討ち果たす。

薄田軍だけでなく、後続の豊臣方の軍は善戦し、徳川方の軍勢になかなか石川を渡らせなかった。

しかし、基次軍の残りを含め、豊臣方は六千、徳川方は二万二千、さらにもう間もなく松平忠輝軍一万三千の後詰めが来ると分かっているので余裕がある。

次々と押しよせる敵を討ち取っていた薄田兼相も、本多忠政軍の狙撃を受けて落馬した。

「まだ、まだ」

助け起こそうとする従者を手で払い、槍を杖に仁王立ちしたところを、水野勝成の家臣、河村重長に組みつかれた。

押し合いになり、ふたりが転がりながら倒れると、重長が上になった。兼相は下から右手で相手の首を絞めた。重長は上から体重をかけて兼相の首を絞める。上の重長が有利のようだが、兼相は怪力だ。双方の顔が同じように赤黒く変わっていく。

兼相は左手で相手の脇差を抜こうとした。しかし、手先が思うように動かない。銃弾を左手に受けたようだ。逆に重長がみずから脇差を抜いた。兼相は右手で防ごうとしたが、重長は構わず満身の力で、兼相の右の掌と首を貫いた。噴き出した兼相の血が熱い飛沫となって重長の顔にかかった。薄田兼相は重長の身体の下で間もなく息絶えた。

ほかにも豊臣方の将は井上時利が討たれて、押され気味になったため、全軍が道明寺から誉田村の森へと撤退した。

毛利勝永の軍勢三千が藤井寺村に到着した時、すでに道明寺村の豊臣方は薄田兼相、井上時利を失い、退却の最中であった。

すぐに加勢するよう回りは進言したが、勝永は首を横にふった。

「敵は大軍だ。これに各々が勝手次第に当たっては、すり潰されて終わるだけだ」

行軍が遅れて、ばらばらになった豊臣方が各個撃破されることを恐れた勝永は、敗兵を収容しながら藤井寺と誉田の境のあたりに陣形を整えた。

そうしているうちに真田信繁、渡辺糺、大谷吉久たちの軍勢もそろってきた。

真田軍と渡辺軍は合流して勝永軍より前進し、誉田陵の北側に陣を敷いた。明石守重軍、長岡興秋軍も、勝永軍の前方の誉田陵の南側に陣を敷き、押しよせる徳川方を迎え撃つ態勢を整えた。豊臣方全軍で一万五千ほどになった。

徳川方は早暁から戦い続けてきた水野勝成軍に疲れが見えはじめたものの、それに代わって伊達政宗軍が道明寺から後退する豊臣方を追って、快進撃を続けていた。松平忠輝軍は先頭がようやく国分村に到着しはじめていたが、まだ攻撃軍とは合流を果たせず、徳川方は二万二千で変わりない。

政宗隊の主力を担う片倉重綱《しげつな》軍は、真田、渡辺軍の陣の前までくると、いったん、そこで立ち止まった。両軍がしっかりと陣形を整えているのを見て、敗兵を追い散らすように容易に近づけば、手痛い反撃を受けると気づいたからであった。

重綱は騎兵を前後二隊に分け、鉄砲隊をその左右に配し、側面から敵将を狙撃するよう策を授けて、真田、渡辺軍に当たらせた。

真田、渡辺軍は畑の中に兵を伏せ、すぐ背後に鉄砲隊も敷き並べ、重綱軍を迎え撃った。

双方激しい鉄砲の撃ち合いのあと、互いに兵を突撃させる接近戦をとった。真田、渡辺軍の激しい切込みに重綱軍は押され、前方には無傷の者がひとりもいないほどの損害を受けた。

一方、真田、渡辺軍も重綱軍の鉄砲隊の狙撃で、渡辺糺と真田信繁の一子幸昌が傷を負った。それでも真田、渡辺軍は退かず、かえって重綱軍を攻め立てて、誉田村の外へ押し出す勢いであった。そこを政宗本隊が救援の兵を出したため、真田、渡辺軍はもといた誉田陵の北側まで引き下がった。

ここまでほとんど小休止もなく、戦い続けてきた豊臣、徳川双方が自陣に引いて睨みあう膠着状態に入った。

時は未の下刻（午後二時過ぎ）であった。

このころ、同じ豊臣方が八尾《やお》と若江《わかえ》で徳川方に遭遇戦を挑んで敗退していた。八尾と若江の両村は道明寺村から北へおよそ二里（約八キロメートル）の距離にある。敗退の報せはすぐに誉田村に陣を張る毛利勝永、真田信繁たちのもとにも届いた。敗退に至る詳しい経緯は分からないが、もし、まだ敵に余力があれば、道明寺方面へまもなく進出するだろう。そうなればこちらは、二方面からの攻撃にさらされ、圧倒的に不利になる。

豊臣方諸将は勝永のもとに集まり、対応を協議した。

「今暁、濃霧のため刻限を誤った上に、行軍も遅れ、みすみす又兵衛ほどの男を殺してしまった。もはや豊家のご武運もここまで。昨晩の又兵衛との約束どおり、われらもこの戦場に屍をさらそうではないか」

真田信繁は誉田に留まって敵勢を迎え撃ち、華々しく討死しようと訴えた。

昨晩の濃霧には、後藤基次軍だけが対応できた。残りの部隊はことごとく行軍が遅れたうえに道にも迷い、大事の決戦に間に合わなかった。信繁はそのことをひどく悔いている。自責の念から、この場で自分も討死しなければならぬと思い詰めている。

「ここに残っても益はありませぬ」

勝永は信繁に反論した。

今、正面に控える敵だけでも、豊臣方の二倍以上なのに、さらに八尾、若江方面から新たな敵があらわれ挟撃されれば、間違いなく全滅する。

しかし、戦いは今日で終わりではない。八尾、若江で勝利した徳川方は今夜軍勢を大坂城へ向かわせるだろう。明日が豊臣家にとって最後の一戦になるはずだ。

敗北の報せがあった八尾、若江の豊臣方がどれほど生き残っているのか分からないが、大坂城にはまだ一万ほどの軍勢が残っている。しかし、それを指揮できる武将が足りない。信繁や勝永が帰らなければならない理由である。

「われらが今ここで死んでは犬死です。同じ死ぬなら明日、秀頼公の馬前でともに死のうではありませんか」

と勝永が訴えると、信繁は衝かれたような表情をして、

「さようだな。明日の一戦にすべてを賭けよう。一日くらいの死に遅れなら、又兵衛も許してくれるだろう」

と受け入れた。

さらに信繁は、自分が撤退軍のしんがりを受け持つと主張したが、

「左衛門佐殿はさきほど伊達勢との死闘を演じたばかり。しんがりは作法どおり後衛にあったそれがしが承る」

と勝永が申し出て、諸将もそれを支持した。

豊臣方の撤退は申の刻（午後四時）からはじまった。敵方は松平忠輝軍も合流して、いつでも押し出せる態勢だ。忠輝軍はまだ戦っておらず無傷のうえに一万を超える兵力

を擁する。これが押し出してきたら、しんがりの勝永軍は全滅覚悟で堰き止めなければならない。

（しかし、ここで死ぬわけにはいかん）

勝永は誉田村と道明寺村にひしめく徳川勢を睨みながら思った。

勝永の毛利家は元の姓を森といい、豊前国に封ぜられる時、秀吉の命令で毛利に改姓している。勝永は天正六年（一五七八）、尾張国に誕生した。父の勝信が古くから秀吉に仕えていた子飼いの家臣だったため、勝永も少年のころから秀吉に目をかけられていた。

天正十五年（一五八七）、父勝信に豊前国のうち二郡六万石が与えられた時、秀吉から直々にその内の一万石を勝永に与えるよう指示があった。わずか十歳の少年に対し、異例の厚遇である。そこには次代を担う勝永への、秀吉の期待が込められていた。

その後も勝永は少年ながらも豊臣家の外交役を務め、天正十六年（一五八八）、毛利輝元と公家衆の会見では相伴をし、天正十八年（一五九〇）、イエズス会の司祭アレッサンドロ・ヴァリニャーノが来日した際には、小倉で出迎えをしている。

武将としては、慶長二年（一五九七）、朝鮮征伐に出陣し、蔚山《ウルサン》城の戦いで明、朝鮮連合軍を撃退して戦功を立てている。

豊臣大名として、毛利勝永の前途は洋々であった。その運命を一変させたのは、やはり関ヶ原である。

西軍について戦った勝永は、父勝信とともに戦後、改易され所領を失った。

勝信と勝永の身柄は、山内一豊に預けられた。所領を失い浪人になった長宗我部盛親や高野山に追放になった真田信繁にくらべて、勝永はめぐまれていた。家中で千石の封地を与えられたため、暮らしに困ることもなかった。

もとより毛利家と山内家が旧知の間柄だったうえ、関ヶ原の時、大坂にあった一豊の正室千代の保護に勝永が尽力した恩に、一豊が報いたのである。

毛利父子は罪人ではなく、客将といった扱いだった。勝信と勝永は登城もして、藩政の相談に与ることもあった。そのまま土佐に居続ければ、いずれ家臣化して、家老などを務める名家として存続したかもしれない。

しかし、秀頼からの誘いがあった時、勝永は迷わず大坂へ上ることを決断した。これは慶長十六年（一六一一）に死去した父勝信も常々、語っていたことであった。

「いずれ、豊家危うしの時がくる。その折こそ、われらが立ち上がり、ご恩に報いよう」

勝信の言葉は、勝永の信念になった。

毛利の家系は弟の吉近が浅野家の家臣となったので、存続するだろう。

（だから自分は心置きなく）

豊臣家と運命を共にする。それが豊臣家とともに勃興した毛利家の当主の宿命だ。たとえ豊臣家とともにこの身が滅びようとも悔いはない。

この勝永の思いは、おそらく山内家の者たちにも薄々伝わっていたのだろう。大坂の情勢が不穏になると、毛利家を監視下に置いたが、勝永が次男を人質に差し出したため、油断をして手をゆるめた。その隙を突いて勝永は船で土佐を脱出し、大坂城に入った。

土佐に残した妻子は、囚われの身となっているだろう。死罪となっていても不思議でなかった。

それほどの犠牲を払って参陣したのだから、簡単に死ぬわけにはいかない。

冬の陣では守備に着いた陣に、敵方の攻撃がなく、ほとんど活躍の場がなかった。今度こそと臨んだ今日の戦いも、濃霧で出遅れて戦機を逃してしまった。

(明日の決戦に)

すべてを賭ける。大坂城に攻めよせる敵をひとりでも多く倒して死ぬ。

だから、それまでは生きていなければならない。

勝永はすべての友軍の撤退を見とどけると、精鋭の鉄砲隊を誉田村に残し、自身も本隊を率いて撤退を開始した。

振り返るとまだ、徳川方の幟旗に動きは見られない。敵も今日一日の戦いで疲れ果てて、追う足が残っていないのか。

(いや、まだまだ)

油断は禁物だ。敵にもこちらの毛利隊のように、戦闘に参加していない無傷の隊が残っている。

勝永は周囲に放火を命じた。炎と煙幕は敵の襲来の妨げとなるはずだ。

いつ敵が動き出しても対応できるよう、撤退の行軍中も勝永は背後に神経を注ぎ続けていた。

九

誉田村と道明寺村の境で豊臣方と向き合ったまま半刻以上経つ。時おり、互いの陣から鉄砲を撃ち合うほかは、両軍動きのないまま時だけがすぎていく。

伊達政宗のもとには娘婿の松平忠輝から、しきりに伝令が送られていた。

「これより大坂方へ攻撃を仕かけたい」

そのために現在、敵と対峙している政宗軍と入れ替わり、石川堤周辺に待機している自軍を前進させろとの要求である。

水野勝成の一番隊から政宗の四番隊までは、今朝方からの戦闘で疲労がはなだだしい。唯一まだ戦闘に参加していない五番隊の忠輝軍を前に出すのは、定石であり、忠輝の要求はなにも間違っていない。

しかし、政宗は、

「今はまだその機にあらず」

と言って、忠輝軍の前進を認めなかった。

政宗の返答に、忠輝は納得せず、

「早暁からの戦いで敵兵はみな疲弊していよう。ここで新手のわれらが攻め込めば、容易く打ち破れる。さらにそのまま天王寺まで追い討ちをかければ、われと舅殿が武功第一となるのは間違いあるまい」

と再度、伝令を送ってよこした。

しかし、政宗は今度も、

「わが兵たちの多くが負傷しているので、加勢できない。敵は伏兵を残しているかもしれず、少将殿が単独で進軍するのは危険である」

として、やはり自軍をそのまま誉田村の境界に居座らせ、忠輝の前進を阻んだ。

この政宗の決定には、伊達軍内からも首をかしげる向きがあった。たしかに伊達軍に疲れはあるが、疲弊しきって身動きもできないほどではない。過去にはもっと過酷な条件下で、政宗が戦闘を号令したことは何度もある。豊臣家との最後の決戦という状況を考えれば、進軍を止める方が不自然であった。

じっさい、一番隊の水野勝成や二番隊の本多忠政からも進撃の相談が持ちかけられていた。しかし、政宗はこれらをすべて却下したのであった。

(たしかに)

まもなく退却するであろう敵に追い討ちをかければ、勝利を得る公算は高いだろう。しかし、その勝利が忠輝になにをもたらすことになるか、それを政宗は考えている。

(それほど)

今の忠輝は危うい立場にある。忠輝がこければ、舅の自分にも災いがおよぶ。政宗が臆病なほどに慎重になっている所以である。

松平忠輝は天正二十年(一五九二)、徳川家康の六男として誕生した。しかし、なぜか家康は忠輝の誕生を喜ばなかったという。はっきりとした理由は分からない。養育は下野領主の皆川広照にまかせて、長らく親子の対面もしなかった。家康が忠輝にはじめて面会したのは、慶長三年(一五九八)のことだった。この時も家康は冷たい態度に終始したと伝わっている。家康はとくに忠輝の容貌を嫌悪したらしい。じつの父から顔が嫌いだからと冷たくされたら、忠輝も立つ瀬がなかろう。

慶長四年(一五九九)、忠輝は同母弟の死去を受け、その遺領である武蔵国深谷《ふかや》一万石を相続する。弟が夭逝して、兄の忠輝ははじめて所領をもらえた。長幼の序にやかましい家康がこのような不自然な処遇をしたのも、そこにはやはり忠輝への嫌悪感があったためとしか思えない。

しかし、その後、忠輝は下総国佐倉五万石、信濃国川中島十二万石と加増転封されて、当時、徳川家中で飛ぶ鳥を落とす勢いであった大久保長安が附家老として補佐することになった。慶長十一年(一六〇六)、その大久保長安の仲介で、忠輝は伊達政宗の長女、五郎八《いろは》姫を正室に迎えた。

長安と政宗という力強い後ろ盾を得て、忠輝の前途にようやく明るい希望が灯ったように見えた。だが、忠輝の心にはつねに父に愛されていないという鬱屈がつきまとっていた。

政宗も娘婿となった忠輝の境遇には、同情の念を持っている。かつて政宗も産みの母親から愛されない立場にあったからだ。母には政宗毒殺計画の疑いもあり、今は実家の最上家に身をよせて、音信も絶えて久しい。それゆえ、家康から不当に冷遇される忠輝の悲しみや怒りややり切れなさは、人一倍理解しているつもりだ。

政宗自身はその内面の怒りを、戦国武将として敵対勢力にぶつけ、領土拡張に情熱を注ぐことで紛らわせた。時代と状況も味方をして、政宗は東北一の大大名としての地位を盤石とし、大いなる自信も身につけた。気づくと少年時代からのうっぷんは払拭されていた。

しかし、忠輝には自分の能力を証明する場は与えられず、家康から理不尽としか思えない冷風だけが浴びせられた。

家康は九男義直に三歳で甲斐国二十五万石、十男頼宣には二歳にて水戸二十万石を与えた。六男で十二歳の忠輝がようやく川中島十二万石を得たのとは、あきらかに扱いが違う。

忠輝は生来、剛毅で豪胆な質で、行き場のない怒りを心の中で飼いならして鎮めることなどできない男だった。しかし、愚かではないので、不当の根本の原因である家康に牙を向けることはしない。

忠輝の怒りは家中の者たちに向けられた。気に入らぬ家臣を追放したり、手討ちにするなどの乱行が繰り返された。忠輝には粗暴な面があったとされるが、境遇を思えば同情の余地はあろう。忠輝の素行を見かねた老臣たちから、家康へ訴えが出された。慶長十四年（一六〇九）のことだ。この時は家康が忠輝の肩を持ち、訴え出た老臣たちを処罰してことを収めた。

慶長十五年（一六一〇）には越後高田に三十万石を加増され、家康との溝も埋まるかに見えた。

しかし、慶長十八年（一六一三）、大久保長安が死去して、その生前の不正が暴かれると、また雲行きが怪しくなった。長安が、忠輝と政宗を担いで天下取りを目論んでいたという噂が広まったからだ。

むろん、根も葉もない話だ。当事者の政宗にまったく身に覚えがないのだから、これほど確かなことはない。おそらく、徳川家中の権力闘争に敗れた大久保一族への酷刑を正当化するために、本多正信あたりが意図的に流した偽情報だろう。

だが、噂が独り歩きして、家康は忠輝と政宗の忠誠を疑いはじめたらしい。

昨年の冬の陣では、政宗には大坂出陣が許されたが、忠輝は江戸留守居役が申し付けられた。ちなみに九男義直と十男頼宣には大坂行きが許され初陣を飾っている。これに忠輝は反発して、居城の越後高田城から出ようとしなかった。

「江戸の守りも大事な戦にござる。油断召されず、しっかり勤めなされませ」

政宗が使者を送って説得したため、忠輝はしぶしぶ高田城を出て江戸に入った。

そしてようやく今回、忠輝は大坂攻めへの参加を許された。これが初陣である。

勇んで大坂へ向かって進軍中、近江守山で忠輝の行列を追い越して行く騎馬があったため、これを無礼討ちにした。ところが悪いことに、この騎馬は将軍秀忠の旗本であった。

身分を明らかにもせずに忠輝の軍列を追い越そうとしたのだから、討ち果たしたこと自体は、やむを得ない。ただ、忠輝は討った相手が秀忠の家臣だと分かったあとも、秀忠と家康に対してとくに釈明も謝罪もせず、行軍を続けた。事実を知った政宗が、忠輝に注意して秀忠へ謝罪の使者を送らせたのだった。

政宗が探らせたところ、秀忠はこの一件にひどく腹を立てているらしい。

(まずいことになった)

政宗は思った。今後、忠輝が本当に恐れなければいけないのは、家康よりもむしろ秀忠である。

家康の男子は、早世した者も多く、存命なのは三男秀忠、六男忠輝、九男義直、十男頼宣、十一男頼房《よりふさ》だけだ。義直以下は年が離れていて秀忠にとって息子のようなもので、脅威ではない。ただ忠輝だけが将軍の座を脅かす存在と言えた。

先に大久保長安の陰謀に名が挙がり、今回、旗本を討ち果たしたことで、秀忠は忠輝に対していっそう疑念を深めたのではないか。

(その疑いの目は)

舅である政宗にも向けられていると考えるべきだろう。

今回、そのような騒動があったにもかかわらず、政宗と忠輝は大和口方面の指揮を任された。

忠輝はこれを功名の機会と捉えているようだが、政宗は家康と秀忠から試されているように感じている。

徳川の一門として豊臣との戦いに力を注ぐのは当然だが、手柄を立てすぎてもいけない。

もし、ここで忠輝が敵勢を蹴散らし、大坂城まで一気に攻めよせるような大功をあげれば、戦後、家康と秀忠は処遇に困ることになろう。忠輝の武名が高まり、秀忠の影を薄くさせるかもしれない。それは忠輝に決して幸福をもたらすまい。忠輝を第二の豊臣秀頼にする恐れさえある。

（だから）

ここは自分が前をさえぎり、忠輝の功名を防がねばならないのだ。

水野勝成軍や片倉重綱軍の奮闘により、もう今日一日の戦果は充分にあげた。忠輝には自重してもらう。

豊臣方の撤退がはじまると、ふたたび忠輝から陣替えの要請がきた。若い忠輝には、家康や秀忠の思惑など眼中にない。初陣の高ぶりに、われを忘れている。

（もしかすると）

自分は立ち位置を変える必要があるのかもしれない。くれぐれも抜け駆けをしないよう忠輝への伝令に申し伝えながら、政宗はふとそんなことを思った。

もう戦乱の世ではない。民ばかりでなく武士も乱世に厭いている。時を後戻りさせることは誰にもできない。そのことを悟った時、政宗は自身の野心の刃を鞘に納めた。

（このままでは）

忠輝が戦国武将のような夢を見ているのなら、生存することさえ難しくなろう。

いっしょに忠輝と沈む危険がある。五郎八姫の婿に迎えた時は、徳川家と強い絆で結ばれたと喜んだものだが、今は重荷になっている。

（いざという時は）

未練なく絆を断つ思い切りが必要のようだ。

政宗は豊臣方のしんがり、毛利勝永軍が撤退を終えるまで、前方よりもむしろ後方の忠輝軍の動向に注意を払い続けた。


この政宗の妨害により、豊臣方はぶじ道明寺方面から撤退し、忠輝は大坂の陣でほとんど存在感を示せなかった。

戦後も忠輝は、家康と秀忠から遠ざけられ続けた。家康の臨終の際も、息子の中でただひとり忠輝だけが面会を許されなかった。宿老からの取り次ぎも、家康はつよい口調で拒絶したという。忠輝は仕方なく、駿府の禅寺に入って、家康の心変わりを待ったが、そうしているうちに家康の寿命が尽きた。

家康の死後わずか三月の元和二年（一六一六）七月、将軍秀忠は、忠輝を改易して伊勢国に流罪とした。

理由としては、大坂の陣への行軍中、将軍秀忠の家臣たちを手討ちにしたこと、大和口からの攻撃に遅れを取ったことが挙げられたが、いずれも単なる口実で、じっさいは政治的な判断に基づく改易だった。

舅の伊達政宗は救済に動かず、娘の五郎八姫を離縁させ、きっぱりと忠輝との縁を切った。

忠輝はその後、飛驒国、信濃国と幽閉先を転々としたが、幕府から赦免の沙汰が下ることはなかった。

父と兄に嫌われ、英傑の質を内に秘め、何事もなさぬまま、忠輝はただただ長い幽閉の人生を送った。そして天和三年（一六八三）、幽閉先の諏訪で死んだ。九十二歳だった。そのころには、忠輝の兄弟も元妻も子供もとうの昔に死に絶え、五代将軍綱吉の時代になっていた。

十

大和口道明寺村周辺で東西合戦があったのと同じ五月六日、道明寺村から北へ二里ほど離れた八尾村、若江村でも豊臣と徳川の合戦が起こった。

豊臣方は大和口と河内口から徳川の大軍が来ることを予測し、敵軍の動きを探りながら大坂城外の平野周辺に野営していた。

五月五日、木村重成は大坂城へ行き、秀頼に面会した。

「いよいよ、敵勢はこの大坂へ迫って参ります。今夜、出陣いたしますゆえ、暇乞《いとまご》いに参上いたしました」

重成の言葉を、秀頼は頼もしそうに聞いて、少し遠くを見たあと、

「時が来たようだな。重成、その方は覚えておるか」

「忘れるはずもございませぬ」

秀頼の目を見つめて重成は言った。

重成が小姓として秀頼のそばに仕えるようになったのは、まだ十にもならぬ頃だ。秀

頼も同じ年頃であった。

はじめて秀頼に目通りした時の記憶は、なぜかないのだが、それからしばらくして秀頼からかけられた言葉を重成は今も忘れない。

「死んでみたいと思ったことはないか」

周りには秀頼と重成のほか、誰もいなかった。そういう場面だったから、秀頼も問いかけたのだろう。

「死にたいと思ったことはございませんが、若君に命を捧げるよう言いつけられております」

重成が答えると、秀頼はつまらなそうな顔をした。

「みな、同じようなことを申す。どのように予のために命を捧げるのだ」

秀頼の周りにはいつも多くの腰元や小姓が取り巻いて、ありとあらゆる危険から秀頼を遠ざけている。命を脅かすような場面に出くわすとは思えないと秀頼は言う。

たしかにそうかもしれない。いちばんの危機は病気だろうが、それを治すのは薬師《くすし》の役目で、小姓の重成に手助けできることは大してなさそうだ。

頭をひねっていると、ひとつ思いついた。

「若君のお命を狙って敵がこの大坂城に攻めてきた時、それがしは命を懸けてお守りいたします」

重成の言葉に、秀頼はあっけに取られたような表情をした。それからすぐに面白い話を聞いたように顔をほころばせ、

「大坂城を攻める者が、この世の中におるのか」

そう問われると、重成にもよく分からなかった。まだ幼少期から抜け出たばかりの重成には、豊臣家と秀頼の置かれた立場など、知る由もなかったからだ。きっと秀頼も事情は同じだったはずだ。いや、淀殿やその取り巻きに真綿で包むように育てられ、重成以上に浮世離れをしていた。だからこそ、自分が命を狙われるという話に、突拍子もない面白さを感じたのだろう。

重成にもまだ現実社会への理解は足りなかったが、武士の子なので心構えとしての忠義は叩き込まれている。

「おるか、おらぬか存じませぬが、もしおった時には、それがしはこの身を捨てて、若君のために戦います」

と重成が誓いを立てると、秀頼はなにか眩しいものでも見るような顔をした。

「おぬしにはさような死処があるのだな。予はうらやましいぞ」

秀頼が死そのものに惹かれていることを、この時はまだ重成は知らなかった。しかし、なにか暗いものをかかえていることだけは感じられた。

重成が黙っていると、秀頼は続けて、

「もし、おぬしが討死したら、それを見とどけて、そのあと、予も死ぬであろう」

と言った。

それはなりませぬ、と諫言するのが作法だと思ったが、その時重成は、

「では、さよう契りましょうぞ」

と言った。その方が秀頼も喜ぶと思ったからだ。じっさい秀頼は満足そうに、

「うむ、一生の契りだ。忘れるなよ」

と重成の手を握ったのだった。

長ずるにおよび、秀頼と重成は、豊臣家を取り巻く現実を知るようになった。主従の間であの時の約束が持ち出されることは一度もなかったが、重成はずっと心に、

（上様のために死ぬ）

と念じていた。そのあと秀頼が死ぬかどうかは、その時の情勢次第だと思っていた。

ところが現実は、否応なしに豊臣家の滅亡を迫ってきた。

（おそらく）

この数日以内に自分も秀頼も死ぬ。永久の別れを告げに大坂城に来たのだ。

「では、武運を祈る。ともに死のうぞ」

秀頼は満ちたりた顔で言った。秀頼と重成の間だけで通じる感覚であり、感情であった。

秀頼の前を下がって自陣に戻る前に、重成は大坂城内の自分の屋敷に立ちよった。

「今宵、出陣する。香を頼む」

迎え出た正室の青柳にそう言って、重成は自分の髪にたっぷりと香を焚き込めさせた。首級になったあとを見越してのことだ。すでに重成は死以外の結末を考えていない。青柳と別れの盃を交わし、重成は自陣へ戻った。

丑の刻（午前二時）、木村重成は出陣した。先の冬の陣での見事な指揮ぶりを評価さ

れ、四千七百の兵を率いる主将である。木村軍が前衛で、長宗我部盛親率いる八千の兵があとに続く形になった。

深い霧が出ていたが、重成は先頭に提燈一個を目印に掲げさせたほか、いっさい明かりを灯すことを禁じた。同行のほかの武将たちが明かりなしでは、道に迷う恐れがあると忠告したが、重成は自分に考えがあると主張して、無燈の進軍を続けた。

途中、案の定、道を誤り、引き返したりしながら行軍をしていると、八尾村の付近で敵勢の存在に気づいた。物見をやると藤堂高虎軍の先鋒と分かった。こちらは明かりを消しているので、藤堂軍は気づかないようだ。後方の長宗我部軍に報せをやり、藤堂軍に当たるように言って、重成はそのまま藤堂軍をやり過ごした。

(少しでも)

先に進まねば。ほんのり明るくなりはじめた空を見上げ、重成は焦りの気持ちを抑えられずにいた。

出陣前、家康と秀忠の本営が、今夜、星田村と砂村に置かれているとの情報が入った。重成は、夜霧に紛れて軍勢を砂村にまで移動させようと考えていたのだ。

河内口を来る徳川軍は総勢十万を超えるらしい。重成と盛親の軍勢は合わせても一万三千に満たなかった。正面から当たっても勝ち目はないが、もし、家康か秀忠の陣を強襲できれば、どちらかを討ち取るのは不可能ではない。少なくとも、胆を冷やさせることはできるだろう。

重成はその一念であえて明かりを点させず、行軍を急がせたのだ。しかし、そのために道を誤り、時間を浪費してしまった。

まもなく日が昇る。霧も薄れてきている。まだ先は遠い。

卯の上刻（午前五時）、木村軍は若江村に着いた。まだ明けきってはいないものの、かなり遠くまで見渡せるほどには、あたりは明るくなっている。

まだ砂村まで二里半はある。星田村はさらにその先だ。

（とても）

敵に見つからずにたどり着ける距離ではない。

先ほどかわした藤堂軍も、長宗我部軍と木村軍の存在に気づいたようだ。高野街道から方向を転じて、近づいてくると報せがあった。藤堂軍に続く後軍も立ち止まり、陣構えを整えはじめている。物見が旗印を確認し、井伊直孝軍と分かる。

（どうやら）

ここが死処となりそうだ。

重成は自軍の兵を三分して、敵襲に備えた。

ひとつは右翼をいったん通過した萱振《かやふり》村に戻し、迫りくる藤堂軍に、左翼は岩田村にやって奈良街道方面からの敵に備えた。そして重成指揮する本隊は、若江村の南端に陣を敷き、十三《じゅうさん》街道を進軍するであろう井伊直孝軍に対抗した。

戦端を開いたのは、右翼に仕かけた藤堂軍だった。右先鋒を率いる藤堂良重と藤堂良勝が猛然と突撃を敢行した。木村軍は低湿地の茂みに身を隠し、さらに玉串川の方角に鉄砲隊も配して迎え撃った。

単騎で突っ込んだ藤堂良重は、深田にはまったところを狙撃され、重傷を負い、従者たちに担がれて後退した。

藤堂良勝は玉串川の鉄砲隊を避けて西方に進んで、湿地にひそむ木村軍に銃撃を仕かけた。鉄砲の一斉射撃のあと、槍隊を突撃させる。

しかし、木村隊が待ち受けるあたりは、くるぶしが埋まるほどの泥沼が広がっている湿地帯だ。動きが鈍ったところを、銃撃されたり、畦道から迫る木村軍に討ち取られたりして、損害が増大した。

「いったんここは退き、態勢を整えてはいかがか」

と進言する者があったが、右先鋒の将藤堂良勝は、

「敵は小勢だ。ここで退いては、藤堂家の名が廃る」

頑として聞き入れず、再三にわたって突撃を命じ、みずからも前線に馬を進めた。

この払暁、夜行する木村軍にさいしょに気づき、高虎に報告したのが良勝だった。

良勝はただちに追尾し攻撃するよう進言したが、高虎は躊躇った。家康から道明寺へ急行し、大和口からくる軍勢と合流せよとの命令を受けていたからだ。たとえ敵の姿を発見しても、勝手に戦を仕かけて遅滞するのは許されない。

高虎は砂村の本営に急使を走らせ、指示を仰ぐことにした。ところが霧が晴れてくると、八尾、萱振、若江一帯におびただしい数の軍勢が列なっているのがあらわになった。

高虎は行軍を停止させたものの、しかし、まだ戦闘開始をためらっていた。砂村にや

った急使が戻るのを待っていては戦機を逃す。

良勝はしびれを切らして、先鋒の陣を離れて、高虎のもとに駆けつけて、

「敵はこちらに気づいても、戦を仕かけもせず、先へ進もうとしています。これは砂と星田に本陣があると知って、奇襲をかけるつもりからに相違ございますまい。これを見過ごしては、かえって後で咎を受ける恐れがありましょう」

と迫って、高虎に開戦を決意させたのだった。交戦を勧めた以上、簡単には引き下がれない。

良勝が退却しないのは、さらにもうひとつ理由がある。

藤堂家で今、もっとも厚遇を得ているのは、関ヶ原後に新規召し抱えとなった渡辺勘兵衛であった。渡辺は二万石という破格の待遇で藤堂家に迎えられた。藤堂家の石高が二十二万石だから、渡辺ひとりで一割近くを占めているわけだ。これに藤堂家古参の家臣たちはみな反感を持った。

今回の出陣の前に、古参の重臣たちはひそかに寄り集まり、「こたびの合戦でみな、討死を遂げようではないか」と約束を交わしていた。譜代の臣を軽んずる高虎へのあてつけであり、武士の意地でもあった。

だから同僚の藤堂良重は、無謀にも単騎で敵中に突撃を仕かけ、瀕死の重傷を負ったのだ。

「みな、怯むな、進め」

良勝もあえて敵の銃撃の射程内まで馬を進めて、全軍を鼓舞した。泥のような田の中

で木村、藤堂両軍は戦い、ついに良勝は討たれ、藤堂軍の右先鋒隊は壊滅して退却を余儀なくされた。

木村軍の右翼が藤堂軍の右先鋒を打ち破ったとの報告が、重成のもとへ届いた。

井伊直孝軍の進撃に備えていた重成の本陣では、大きく喚声があがり、

「敵の先鋒を首尾よく叩けましたから、ここでいったん城へ引き返してはいかがか」

と進言する者もあった。

徳川方は大軍だ。若江に留まって全軍を迎え撃っていてはきりがない。敵の出ばなを挫いたことを収穫に退却して、次の戦いに備えるというも、ひとつの案ではあった。

しかし、重成はそれを一蹴した。

「退いたところで、拠って戦う城もなくば、家康、秀忠の首をあげるほか勝つ道はない。最後の一兵になるまで、この地に留まり戦うべし」

もう秀頼との別れはすませた。敵を破るか、戦死するか、ふたつにひとつ。重成の心は決まっている。

辰の上刻（午前七時）、井伊直孝軍の先鋒、庵原朝昌《いはらともまさ》隊と川手良利《かわてよしとし》隊が玉串川を渡ってきた。重成は鉄砲隊四百を堤に配置して迎え撃つ態勢を作った。

川手良利隊は対岸から援護射撃をおこないながら兵に川を押し渡らせ、木村軍の鉄砲隊に襲いかかった。木村軍の鉄砲隊はたまらず西方の田んぼと草むらの中に退却したため、川手隊が玉串川の西堤を占拠した。

これに気をよくした良利が、さらに追撃しようとしたところに、遅れて渡河した庵原朝昌が近づいて、

「これは敵の罠かもしれない」

と忠告したが、

「たとえそうでも、突き破るまで」

と言い放ち、みずからも堤を下って敵中へ馬を進めた。

井伊軍の先鋒が田の中に入ったところを見計らい、重成は槍隊を突入させた。田んぼの中で動きの止まった川手隊は、次々と木村軍に討ち取られていく。良利も数名の槍兵に取り囲まれ、馬から突き落とされ、深田の中で首を取られた。

川手隊が先行したので、庵原朝昌も見捨てるわけにはいかず、兵を突入させた。さらに後続の隊も投入されると、木村軍も全軍が戦いに参加し、萱振の田んぼの中で壮絶な肉弾戦が繰り広げられた。

井伊軍は五千余り、木村軍は右翼と左翼に兵を割いたため、本隊は井伊軍に比べかなり寡勢であった。

正午近くなると、しだいに井伊軍が木村軍を押しはじめた。均衡がくずれ、井伊軍の矢玉が重成のそばをかすめるようになった。

「せめて数町下がって、立て直しましょう」

断固として退かない重成に、周囲は勧めたが、

「今退けば、総崩れになる」

と言い、かえって本陣を前に進めた。

劣勢の中、重成は敗走しようとする兵たちを叱咤しながら、田の中へ馬を入れた。重成の姿を認めた敵勢は、首を取ろうと泥をはね上げながら、殺到してくる。重成の従士たちがそれを阻止するが、多勢に無勢、次々と討ち取られていく。

重成は、脇腹に銃弾を受けた。こらえて迫りくる槍隊の穂先を避けていると、騎馬武者が接近し両手を広げて組み付いてきた。重なりあって落馬した。衝撃で兜も落ちる。組み付いた武者を突き放し、立ちあがろうとしたところを、別の武者の槍に胸を突かれた。

激痛とともに、たちまち胸を満たした鮮血が喉を遡り、口にあふれた。

（上様、お先に参ります）

と念じた瞬間、ずんとした衝撃が全身を貫き、木村重成の首は泥田の中に転げ落ちた。

こうして木村軍は壊滅したが、辛勝した井伊軍の損害もまた甚大だった。将兵におびただしい死傷者を出したため、木村軍の敗兵の追撃はできず、また、翌日の戦いの先鋒も辞退せざるを得なくなったのである。

十一

卯の上刻（午前五時）、藤堂高虎軍が方角を転じ西進した時、もっとも近くにいたのが、長宗我部盛親軍の先鋒の吉田重親《しげちか》隊だった。

藤堂軍の攻撃に接した吉田重親は後方の本隊に敵の襲来を報せ、とっさに近くの地蔵堂に身を隠した。鉄砲隊をやり過ごしたあと、藤堂家の重臣藤堂家信が通りかかった時、みずから槍を手に攻撃を仕かけたが、家信の供回りに討ち取られた。吉田隊は藤堂軍に押されて逃走した。

長宗我部軍は当主の盛親自身は凡庸な武将にすぎないが、かつて四国全土を席巻した長宗我部家臣団の番頭、物頭たちをはじめ多くの兵卒までが大坂に馳せ参じたため、豊臣方でも屈指の精鋭部隊となっている。玉串川を渡った藤堂軍の接近を知ると、すぐに迎撃の態勢に入った。

八尾村の西を流れる長瀬川の堤に兵を伏せて敵の接近を待つ。

藤堂軍の左先鋒隊を率いる藤堂高刑《たかのり》は、本隊と連携して南方から玉串川を渡り、田んぼの細道を伝って八尾村に近づいた。二方向から敵の本陣を突く作戦だ。

遠く久宝寺方面に長宗我部軍の本陣らしき幟がはためいているのが見える。まもなく藤堂軍の本隊と合戦がはじまるだろう。

高刑は遅れてはならじと、兵を急がせ、少数の敵が守る長瀬川を指し、

「敵を蹴散らし、押し進め」

みずからも槍を手に、馬を下りて堤を駆け上った。

高刑勢が堤にそろうと、それまで深い草むらに身を伏せていた長宗我部軍がいっせいに立ち上がり、槍をならべて下から攻め上がった。

思わぬ攻撃に、高刑勢はあわてふためき、次々に討ち取られた。高刑は後退せず、堤

上に留まって配下を鼓舞していたが、長宗我部の鉄砲隊のつるべ撃ちで、胸と首に銃弾を受けて戦死した。

高刑とともに左先鋒隊を率いていたもうひとりの武将、桑名一孝も敵の銃撃をよけようともせず、まっすぐ押し進む。

一孝はもともと長宗我部盛親の家臣であった。長宗我部が関ヶ原で改易になったあと浪人し、藤堂家に迎えられた。

今回大坂に出陣するにあたって、もし長宗我部軍と直接戦うことがあれば、敵中に飛び込んで戦死する覚悟だった。

長宗我部側は敵が一孝隊と知ると、いっそう激しく攻め立てた。一孝は長宗我部の鉄砲隊の前方に出ると、槍を構えて突撃し、何発もの銃弾を食らって絶命した。長宗我部以来の一孝の従者たちもみな、同様に無謀な突撃を敢行して全滅した。


藤堂高虎軍の本隊の先陣を任された藤堂氏勝は、息子の小太夫とともに長瀬川の堤に出ると、せわしげに周囲を見わたした。そして敵の姿を認めるや、馬を下り、

「者ども、続け」

と叫んで槍を構えて、先頭を切って突入した。

しかし、長宗我部軍が厚く陣を敷いて待ち構えているところに、いきなり突撃するのは無謀すぎる。周囲の兵も追いかけて、必死に氏勝を守ろうとしたが、氏勝はたちまち銃弾の洗礼を受け、深手を負った。小太夫に担がれながら、戦線を離脱するも、まもな

く息を引き取った。

藤堂高虎軍は本隊の先陣が敗れたため、高虎の本陣を数町後退させざるを得なくなった。

（どうしたことだ）

全線にわたって苦戦をする自軍を眺めながら、高虎は啞然としていた。

藤堂家を代表する武将級の侍たちが、こうも次々と死傷していくなど、今まで一度もなかった。しかも、誰もが無謀な攻撃をするか、劣勢になっても退かずに、戦場の露と消えていく。

（まるで）

みずから死地へ身を投じているかのようだ。

そう考えた時、高虎は戦死した重臣たちの意図に思い当たった。

（これは……）

高虎への不満の表れだ。しかも、戦の作戦などの小さい問題ではない。

古くからの重臣たちが、新参の渡辺勘兵衛の処遇を面白からず思っていることは、高虎も重々承知していた。現状に甘んじ、古式にこだわり、冒険をさける古参たちに、喝を入れるつもりで、意図しておこなった人事だった。

しかし、それが高虎の予想以上に、家中の不満を増幅してしまったようだ。

（命と引き換えに、諫めようとするほど）

重臣たちは、高虎の行為を憂いていたのだ。

高虎の胸中に、深い後悔の念が渦巻いた。

劣勢の藤堂軍の中で、ひとり気を吐いていたのが渡辺勘兵衛であった。

長宗我部盛親が本陣を置く八尾村の北側、穴太村の細道から兵を進ませ、長瀬川に出た。

勘兵衛は堤に駆け上がると、

「馬印を立てよ」

堤上にたかだかと掲げさせると、兵を河原に展開させ、よせくる敵を斥けた。

渡辺隊は指揮官である勘兵衛の采配が巧みなため、長宗我部軍もほとほと攻めあぐんだ。

渡辺勘兵衛は永禄五年（一五六二）、近江浅井郡に生まれた。はじめて仕えた阿閉貞征《あつじさだゆき》に見込まれ、貞征の娘を妻に迎えた。若くしてその才覚は世に知られていた。武功も数知れず、織田信長の面前に呼ばれ、じかに賞賛を受けたこともある。

天正十年（一五八二）に秀吉に招かれ、秀吉の養子、秀勝の家臣となった。天正十三年（一五八五）、秀勝が死去すると、中村一氏に三千石で迎えられた。小田原征伐の時は中村軍の先鋒として山中城に一番乗りを果たし、秀吉からもその働きは絶賛を浴びた。

その後に仕えた増田長盛は関ヶ原で改易されたが、勘兵衛は長盛の居城を守り、城を接収に来た者たちに、「主君の命で城を守っている。主以外の下知で開城するわけにはいかない」と突っぱねたため、家康がみずから長盛を口説いて命令書を書かせ、ことを収めた。

主家が改易されて浪人の身となったが、渡辺勘兵衛の名声はさらに高まり、藤堂高虎から二万石という破格の待遇で迎えられることになったのである。

藤堂家内で、自分に冷ややかな目が向けられていることを、むろん勘兵衛も承知していた。しかし、まったく意に介さなかった。

（実力を見せつければ、すぐに異論はおさまる）

ところが、そう念じて戦った冬の陣では、大坂城の惣構えを破れず、敵の逆襲を受けて、落馬して負傷するという失態を演じてしまった。作戦面でも、高虎やほかの重臣たちと意見を異にして、孤立する場面もあった。

今、藤堂家中で勘兵衛の立場は揺らいでいる。

（さればこそ）

この戦で手柄を立てて、周囲を見返すのだ。

焦りはなかった。勘兵衛は過去に何度も重圧をはね返し、武功をあげていた。ふだん通りに戦えば、必ず道は開ける。

（それ、見てみよ）

ほかの藤堂軍が次々と長宗我部軍に打ち破られていくのを尻目に、勘兵衛の指揮する部隊だけが、盛親の本陣近くの堤上を占拠し続けている。河原の茂みに伏兵や鉄砲隊を隠し、移動させながら自在な攻撃と防御をするので、老巧な長宗我部軍の将兵たちも渡辺隊には手をつけかねているのだ。

この勘兵衛が長瀬川の堤の一角を確保し、敵本陣を掣肘《せいちゅう》し続けたことが、藤堂軍を崩壊から救った。

正午すぎには膠着状態になり、堤の上に両軍が兵を休めていると、

「木村長門守、討死」

との情報が伝わった。

隣村の若江で戦う、木村軍は井伊軍に敗退したようだ。

こうなれば、長宗我部軍も孤立を恐れて退却をするに違いない。

ほどなく若江村の方角から木村軍の敗兵が、流れ込んできた。長宗我部軍に合流するつもりだろう。

「よし、まとめて討ち果たすぞ」

勘兵衛は攻撃を命じるとともに、高虎に応援を要請した。

逃げ来る木村軍の敗兵を追いながら接近する渡辺勘兵衛隊に対して、長宗我部軍は同士討ちを避けるためか、あえて応戦せず、大坂への退却をはじめた。

「敵は逃げるぞ。追いかけろ。援軍はまだか」

ここを最大の戦機と見た勘兵衛は、配下の兵全員に追撃を命じた。

ところが、応援を要請した高虎からは、追撃はせずに兵を収めよとの使者が送られてきた。勘兵衛は納得せずに、

「今、攻めねば、討死した者たちも浮かばれませんぞ。敵はまったく戦意を失っております。ぜひ、本陣を進められませ。このまま大坂まで押し出せば、殿が一番手柄となる

のは間違いござらん」

使者にはそう高虎に伝えるよう言い残し、命令を無視して長宗我部軍に追い討ちをかけた。

長宗我部軍は退却となっても、しばらくは整然と隊列を乱さず、防御の姿勢を保っていたが、木村軍の敗兵が入り乱れたところに、渡辺隊の猛攻を浴びて、ついに隊列が分断され、算を乱しての敗走に変わった。

「今だ、手柄首の取り放題ぞ。進め、進め」

高虎から再度、撤兵の指示が来たが、逆に進撃を促す使者を送り、勘兵衛は追撃の手を緩めなかった。

敵は組織的な防御の態勢を取ることもなく、ばらばらに大坂へ向かって逃げ出している状態だ。これを軍勢で取り囲み、討ち取って行くことは、道に落ちている金銀を拾うより容易い。

渡辺隊は面白いように敵の首を取った。勘兵衛の旧主である増田長盛の子息、盛次が長宗我部軍のしんがりを務めていたが、これも容赦なく討った。

高虎からはその後も繰り返し撤退命令が出されたが、勘兵衛はいさい構わず平野まで敵を追い散らし、そこで味方の兵たちにも疲労が見えたので、ようやく停止を命じた。

八尾から一里以上も追撃を食らった長宗我部軍は、多数の死傷者を出して壊滅した。

勘兵衛は平野に放火をして、意気揚々と高虎の本陣のある八尾へ引きあげたのだった。

だが、七度にもわたる撤退命令を無視された藤堂高虎のはらわたは、煮えくり返っていた。

（勘兵衛め、いったい）

なにを考えているのだ。

おのれの立場をわきまえよ。

ある意味、高虎と勘兵衛の立場は似通っている。

譜代の臣でもないのに、家康から厚遇される高虎は、徳川家中で嫉視《しっし》の的になっていた。

（なればこそ）

規則や命令には忠実に従い、出過ぎて指弾されないよう、身を慎んできた。

今暁、敵の存在に気づきながら道明寺行きにこだわり、攻撃をためらったのも、あくまでも命令に忠実でありたいと考えたからである。

（むろん）

手柄を立てることは重要だが、やり過ぎては身を滅ぼしかねない。

敵の進撃を斥けるという目的は達したのだから、ここで立ち止まり、大和口から来るはずの味方との連携を図るべきだ。それが家康からの命令だった。

主君の高虎がそこまでの気配りをしているのに、勘兵衛は家臣の分際で、高虎の命令を無視して勝手な行動を取った。そしておのれひとりの手柄を誇っている。藤堂軍は多くの武将を失い、戦の継続が困難になっている状況にもかかわらず。

（やはり）

重臣たちが正しかったのか。勘兵衛を厚遇したのは間違いだったのか。

八尾の陣内を見回り、傷つき倒れる部下の将兵たちに慰労の言葉をかけながら、高虎は自問を繰り返した。

戦後、藤堂高虎はこの八尾の戦いの功績により、五万石の加増を受けた。

しかし、最大の功労者であった渡辺勘兵衛とは対立を深め、勘兵衛は藤堂家を去った。

勘兵衛ほどの者だから、仕官の話はいくらでもあったが、藤堂家から「奉公構」の触れが出されたため、まとまらなかった。

高虎は、自身が何度も主君を替えて成りあがっただけに、家臣の出奔には寛容だった。暇を乞う者があれば、茶を一杯進ぜ、いつでもまた帰って来いと言って、快く送り出した。しかし、勘兵衛の場合だけ、「奉公構」のような強硬手段に出たのは、それだけ高虎の怒りが深かったためだろう。

高虎の死後も「奉公構」は解かれず、渡辺勘兵衛はその才幹を惜しまれながら、寛永十七年（一六四〇）、京で死去するまで浪人として一生を過ごした。

十二

五月六日に起こった、道明寺の合戦と八尾、若江の合戦の結果、豊臣勢は大坂城方面に撤退した。

この朝、雨もよいだったため、家康は星田村に留まることを周囲に告げていたが、豊臣方との交戦がはじまったことを知ると、

「ただちに出立する。砂村の将軍家にもさよう伝えよ」

と命じた。戦いと知ると、じっとしていられない。

輿に揺られながら、次々と入ってくる戦況の報告に耳を傾けた。

酉の刻（午後六時）、枚岡《ひらおか》に着いたころには、各戦場で味方が勝利したことがあきらかになっていた。道明寺の水野勝成からは戦勝報告とともに、薄田兼相や井上時利などの武将たちの首級が届けられた。少し遅れて、八尾と若江からも木村重成たちの首級が送られてきた。

家康はそれらの首をすべて検分した。合戦の中で血まみれ泥まみれになった首も、家康の御前に供される前にきれいに洗われ、薄化粧をほどこされている。

「おお、この香は」

家康が感嘆の声をあげたのは、木村重成の首が出された時だ。念入りに水洗いされた美しい若武者の首級からは、なおも落としきれない香がつよく匂い立っている。

「さだめし、長門守は今日のことを覚悟して、髪に香を焚き込めて出陣したのであろう。武士とはかくありたいものよ」

と家康は重成の心構えを絶賛した。

味方の大勝に終わった今日の戦いの結果に、家康の機嫌も上々であった。

（とうとうこれで）

豊臣勢を大坂城に追い込めた。城といってももはや敵を防ぐ高い石垣も深い堀もなく、兵数にも格段の差がある。決着は明日か明後日にはつくだろう。

しかし、追い詰められた敵は、最後に必死の抵抗をするとも考えられる。そうなれば、よもや負けはしまいが、思わぬ苦戦を強いられるかもしれない。

家康は明日の決戦の陣立てを決めて、各将たちに通達をしたのち、本多正純を呼んだ。

「たしか、まだ城内に常高院が残っていたな」

「はっ、明日は総攻撃。その前に京極の陣に迎えを出すよう、申し付けましょうか」

「いや、常高院にはもうひと働きしてもらう」

家康は、使者を京極忠高経由で大坂城にいる常高院のもとへ送るように言った。

使者には、秀頼が今回のことを謝罪し、他国へ移るのであれば講和する用意があると、常高院に伝えるよう言い含めた。

その夜、家康は枚岡に泊まった。

翌五月七日、寅の刻(午前四時)、家康は枚岡を出立し、道明寺の戦場跡を視察したのち、巳の刻(午前十時)、平野に到着した。

平野で家康を迎えたのは、秀忠であった。秀忠も夜明けに八尾と若江の戦場跡を巡察して、ひと足先に平野に来ていた。

「いよいよ、決戦の日にございますな」

「さよう、新しい世のはじまりである。よって今日の戦は、将軍家がすべての采配を取るよう、全軍に下知しよう」

と家康が言ったので秀忠は感激した。

ここまでの戦略でも陣立てでもすべて家康が差配をして、秀忠はただそれを追認するばかりだった。秀忠も家康と同じ総大将という立場にあったが、それは形ばかりのものに過ぎなかった。

(それがついに)

自分が全軍の指揮を取る。

今日の戦が終われば、天下泰平となり、もう大きな合戦がおこなわれることはないだろう。よって、秀忠が天下の軍の先頭に立って戦をする、これが最初で最後の機会なのだ。

「されば、大御所は岡山へお向かいください。それがしは天王寺へ向かいます」

と秀忠は威厳を込めて重々しく言った。

敵は大坂城の南、天王寺と岡山口に軍勢を敷いているが、要害となる天王寺と茶臼山に、主力を集めている。対抗するこちらも多くの軍を天王寺に向かわせているので、天王寺方面が主戦場となるのは間違いない。

「いや、わしが天王寺へ行く。将軍は岡山へ向かうがよい」

家康が当然のように言ったので、秀忠は色をなした。怒りと混乱にのぼせて、舌が回らない。

「――たっ、たっ、たった今、大御所はそれがしがすべての采を取るように申されたではありませぬか」

それがどうして、主戦場でもない岡山の片隅で指揮を取らねばならない。

秀忠の抗議に、家康は穏やかな笑みを浮かべながら諭した。

「むろん、将軍がすべての指揮を取るのだ。天王寺には敵も主力を置いて、最後の一戦を臨んでくる。そうなれば、わしの采配でも勝敗はどう転ぶか分からぬ。将軍は岡山で戦場全体を見わたし、わしが危ういと見たら、援軍を送って支えよ。いわば、わしは天王寺方面の大将、将軍はその上の総大将じゃ」

おそらく、いや、間違いなく自分は騙されている。そう確信したが、これ以上なにを言っても家康が天王寺行きを譲らないことも、また確実であった。

結局、家康は最後の決着を自分の手でつけずにはいられないのだ。

この徳川家の天下統一が、すべて家康の手で作り上げられたことを考えれば、それを譲り受ける秀忠は、家康から与えられる指示に唯々として従うしかない。そんな諦念が秀忠の心に満ちた。

「さような御意とは知らず、無礼を申しました。なればそれがしは喜んで岡山へ参りましょう。大御所のご武運、衷心よりお祈り申し上げます」

秀忠は表情を押し殺し、心中とはうらはらな言葉を吐いた。

昨晩から徳川の大軍勢は大坂城に移動を続け、このころにはすでに予定の地にほぼ布陣を終えようとしていた。

天王寺方面の先鋒は本多忠朝、浅野長重、秋田実季、真田信吉らが命じられ、その後方に小笠原秀政、保科正光、榊原康勝、諏訪忠澄、仙石忠政、松平忠良、松平康長、内藤忠興らが陣を敷きつめた。さらにその後方、阿倍野から住吉のあたりには水野勝成、本多忠政、松平忠明たち、大和口から兵を進めた諸侯が控えた。紀州街道から天王寺方向に進むは伊達政宗、松平忠輝、溝口宣勝、村上義明、浅野長晟らの大軍。これらの軍勢が明け方前から、天王寺に向かってひた押した。さらに、家康に先鋒を願い出て斥けられた松平忠直軍一万五千は、深夜のうちより兵を叱咤し、先鋒隊の南西、茶臼山の正面あたりまで陣を進めていた。

岡山口の先鋒は前田利常一万五千、さらにその左右に本多康俊、本多康紀、片桐且元らの諸将が備える。藤堂高虎と井伊直孝は昨日の激戦の消耗がはなはだしいため、本日は先鋒を辞退し、前田軍の後方に細川忠興とともに秀忠の前衛の陣を敷いた。

これに家康と秀忠の直営軍を入れると、徳川方はどんなに少なく見積もっても十二、三万にはなるだろう。それほどの大軍が、大坂城の南方の薄霧の底からにわかに出現し、大地にひしめきうごめいている。

天王寺方面の先鋒隊は朝方敷いた陣を払って前進を開始した。谷を越え、沼を避けながら、じりじりと敵陣に迫り、決戦の火ぶたを切ろうとしている。

時に五月七日の正午であった。

十三

前日の五月六日の夕方、道明寺の合戦から撤退する真田信繁や毛利勝永の軍勢は、すでに平野方面を木村、長宗我部に追い討ちをかけた渡辺勘兵衛の軍勢に占拠されていたため、間道を伝って天王寺を目指した。

その道中、目ざとい者たちが、天王寺付近の沼や池や井戸に、紙片をつけた竹竿が立てられていることに気づいた。明日はこのあたりが決戦場になると見た、徳川方の物見の仕業らしい。人馬の足が取られそうな場所にあらかじめ目印をつけたものと見える。

「なんとも手回しのよいことよ」

兵たちからその報告を聞いた信繁は、徳川方の戦支度の用意周到さに舌を巻いた。

どうやら、よせ集めの豊臣方が疎い、細々とした戦の作法や手順に通じている者が徳川方には多くいるらしい。今日の敗北も、夜間行軍に慣れぬ豊臣方がみずから招いたようなものだ。一方、徳川方は豊臣方の数倍にのぼる軍勢を、混乱もなく着々と大坂へ進めている。

(敵は数だけでなく、技にも勝っている)

しかし、明日の決戦はもう小手先の技や駆け引きは関係ない。この狭い戦場で、正面から力と力がぶつかり合うだけだ。

天王寺に着くと、真田信繁と毛利勝永は茶臼山と天王寺とにそれぞれ分かれて駐留し、兵を休めた。

夜半過ぎになって大野治長が天王寺に来たとの報せを受けて、信繁は勝永の陣におもむいた。そこには勝永、治長のほか、明石守重や渡辺糺たちの顔もあった。

互いに短い挨拶の言葉を交わしたあと、すぐに軍議に入った。

まず現在の豊臣方の戦力を見積もる。道明寺方面から退却してきたおよそ兵一万五千、それに城の備えとして残っていた一万の兵がある。八尾、若江方面から退却した長宗我部軍と木村軍は追撃を受けて損傷が大きく、健在なのは木村軍の左翼で指揮を取った重成の叔父の木村宗明配下の数百くらいのものだ。

「つまり、明日の合戦には総勢二万五千で臨むということだな」

信繁が言った。

開戦前の城には五万から六万の兵がいた。そこまでの戦死者があったわけではない。大きく数を減らしたのは、それだけ前途をあやぶむ烏合の衆が逃亡したということだ。今、城に残っている者たちは、豊臣を思う精鋭ばかりなのだから、過度に悲観するにはおよばない。要は作戦である。

「この夕、帰る道すがら、敵が天王寺周辺の地形に印をつけてあるのを見た」

信繁は、敵はここを明日の主戦場と見ていると分析し、

「さればこちらもこの地に将兵を集め、決戦に臨もう。そして、別に一隊を船場に配し、正面軍が戦っている間に、ひそかに茶臼山の南を迂回し、敵の背後を突かしめば、万に一つの勝機が得られるやもしれぬ」

と提唱して、一同の賛成を得た。

そこですでに天王寺と茶臼山に兵を置いている真田信繁と毛利勝永の軍を中核に、渡辺糺、吉田由是、篠原忠照、石川康勝、木村宗明、大谷吉治、伊木遠雄、江原高次、長岡興秋たちが配された。その数およそ一万四千。

岡山口には大野治房を主将に、新宮行朝、布施伝右衛門、岡部則綱、御宿政友、山川賢信、北川宣勝たち五千弱の兵が置かれた。

天王寺と岡山口の中間あたりに位置する毘沙門池の周辺には、七手組を中心とする旗本衆五千を置いて遊軍とした。

そして茶臼山の南を回り、敵に強襲をかける部隊は、明石守重が精鋭三百を率いて船場の木津川堤のあたりに控えることとした。

大坂城内の守りは、城の北と東西の橋を落とし、船を焼いて敵の進入を防ぎ、長宗我部盛親の残余兵、仙石宗也、津田主水たち千名ほど。ほかに本丸には郡良列、津川近治と大野治長が残って、秀頼の警護をすると取り決められた。

すべての協議を終えて、散会する段になって、大野治長が信繁と勝永たち、天王寺勢に言った。

「健闘を祈る。それがしの手勢はこの天王寺に残すので、貴公らが使ってくれ」

「かたじけない」と信繁は礼を言い、「あとひとつ、こちらから願いがある」

「なんであろう」

治長は少し用心するような顔になった。

信繁は威儀を正して、

「泣いても笑っても、これが最後の決戦になる。戦場に上様がお出ましになられれば、それだけで味方は奮い立ち、敵陣にある豊家恩顧の武将たちは怯むであろう。上様の馬印が戦場に立つか立たぬかが勝敗を大きく左右する。なにとぞ上様にご出馬賜るよう、修理殿にご尽力いただきたい」

と迫った。勝永やほかの武将たちも、みな同意見を示すつよい眼差しを治長に向けた。治長は圧されたように、

「各々方の気持ちはよう分かった。ご出馬のこと、かならず上様に言上しよう」

と答え、天王寺の陣をあとにした。


治長は大坂城本丸前の桜門に着くと、従者の手を借りて馬から下りた。暴漢に刺された傷がいまだ癒えず、身動きが不自由なのである。

治長は本丸御殿へ向かいながら東の空を見上げた。もうまもなく夜が明けようとしている。あと数刻のうちに、信繁がいうところの最後の決戦がはじまるだろう。

治長は先ほど決定した陣立てを、秀頼に報告しに御殿にあがった。

ただ、天王寺と岡山口に兵を配して敵を迎え撃つ作戦は伝えるが、秀頼の出馬を願うつもりはない。先ほど信繁たちを前に約束をしたのは、かれらの意気を挫かぬための方便だ。

どだい、わずか二万五千となった豊臣勢が、十万を大きく超える徳川勢にかなう道理

がない。秀頼が出馬すれば、敵中の豊臣恩顧の武将たちが怯むと言っていたが、あやしいものだ。そんな殊勝な者たちだったら、さいしょから大坂に奉公している。信繁もそれは重々分かっているのだろう。

信繁たちはもはや勝利を諦め、最後の決戦をいかに華々しく飾るかだけを考えている。豊臣家や秀頼をどう救うかということは、頭の片隅にさえなさそうだ。そんな戦場へ秀頼に御出座《おでま》し願うなど、とんでもない。冥土の土産話がほしい浪人衆のために、秀頼の身を危険にさらすわけにはいかないのだ。

（まだ、最後に）

秀頼の命を救う道はある。

そのためにも秀頼には、大坂城内に留まり続けてもらう。治長の策が通じるかどうかは分からない。しかし、万に一つの勝ちも見込めない戦場に乗り込むより、家康との交渉に賭けた方がましだろう。

（たとえ）

自分の命と引き換えにしても、秀頼の命は守る。傷の痛みに耐えながら、治長は本丸御殿の長い廊下を、秀頼の居所のある奥へと向かって進んだ。

治長が天王寺から大坂城に戻ってからさらに一刻のち、朝靄の京橋口にひとりの僧が立った。決戦間近のこととて、厳重な警備の中をどう入ってきたのか、城門を固めた城兵が質すと、京極の使いで常高院を訪ねるため、天満川を舟で下ってきたという。

僧を門前の小屋で待たせ、このことを奥に報せると、すぐに奥から常高院の使いが来て、僧を城内に招き入れた。この僧は京極家の右筆《ゆうひつ》であった。

常高院は僧から話を聞くと、すぐに僧をともなって淀殿のもとへ向かった。

淀殿は決戦の日という気負いもみせず、ふだんと変わらぬ様子で腰元たちをはべらせ、朝の化粧をしていた。昨年の冬の陣では、甲冑を身に着け、城内巡察をしていた淀殿も、それがいたく悪評だったことを気に病み、今回は奥に籠って軍議にもあまり口をはさまなくなっている。その分、差し迫った戦況にも疎くなっているようだ。

常高院は挨拶をすませると、すぐ家康から講和の申し出があったことを伝え、

「大御所様は上様の国替えで矛を収めると申されております。まもなく、お城の外で戦の狼煙が上りましょう。これを逃せば、もうあとはございませんぞ」

と淀殿の決断を迫った。

淀殿は眉根をよせて、迷いの表情を見せる。常高院と使者の僧が見守っていると、やがて、

「家康には幾度も謀られてきました。こたびもまた、偽りの和議でぬか喜びさせ、わらわをなぶるつもりではあるまいか」

と不信をあらわにした。

「大御所が今さら、さような真似をされる道理がどこにありましょう。いたずらに勘ぐり、あたら和の機運を逃してはなりませぬ。よしんば偽りであったとしても、それはそれまでのこと。今の豊家にこれ以上失うものはございますまい」

これが生命の瀬戸際だと思い詰めているので、常高院の言葉にも遠慮がない。

それでも淀殿はまだ踏ん切りがつかない様子で、

「今しばらく考えてみる」

と言い残し、席を立ってしまった。

淀殿は数名の腰元を従えて本丸御殿から天守閣へ渡った。外観五層の天守の最上階に上り、周囲を眺望できる回廊の南面に立った。

昨晩大地を濡らした雨はあがっていたが、薄霧はまだ地に低くもやっている。遠方を望めば、東は昨日の激戦地、八尾、若江の村々、南は平野、住吉。それらの方角から今も続々と軍勢がひたよせてくる。手前の天王寺や茶臼山、岡山口など味方の陣からは炊煙が立ちのぼっている。向かい合う敵陣からも炊煙はあがっていた。互いの腹ごしらえが終われば、全軍の到着を待たずに戦いがはじまるのだろうか。

(そして、もし)

味方が敗れれば、敵はこの城へと攻め入ってくるのだろうか。深い堀も高い石垣もなくなった城は、敵の攻撃を受ければひとたまりもないと治長たちも言っていた。

(今、降伏しなければ)

取り返しのつかないことになる。

その実感が、淀殿の胸にもじわじわとしみわたってきた。

(されど)

家康に慈悲を乞い、命を長らえることが、自分や秀頼にとっての幸福なのか、確信が持てず、踏ん切りがつかない。

千々に心を乱れさせ、淀殿は下界を見つめ続けている。

秀頼は甲冑に身を固め、馬にまたがり、本丸桜門にやってきた。旗は郡良列、馬印は津川親行がつかさどり、旗下のきらびやかな軍勢百名ほども門前を飾っている。

「お待ちくだされ」

報せを受けた大野治長が御殿の方から、つまずきながら走りよってきた。

「上様、いかがされるおつもりです」

秀頼の馬の口を取って治長が言った。さしたる距離も走ってないのに、治長は苦しそうに息をあえがせている。

「左衛門佐や豊前守たちが予の出馬を望んでいると聞いたので、かなえてやろうと思ったのだ」

秀頼は答えた。

出馬の要請は、真田信繁が息子の幸昌を城へ帰して直接願わせていた。大野治長ひとりに託しては握りつぶされるかもしれないと危ぶんだのである。

死というものに魅入られている秀頼も、その死様にはこだわりはない。というより、考えていなかった。なにもかもを無とする死という結末が重要なのであって、入口はどうでもよかった。

それならば、家臣たちの望むにまかせて戦場で討死するのも悪くない。ともに死を約束した木村重成も敵に討たれた。

「なりませぬ」治長は馬の口を押さえたまま言った。「仮に上様がご出馬するにしても、まだその時にありませぬ。合戦には大将が前線に馬を進める時期がございます。それを見誤ってはなりません」

「ならば、それはいつごろになる」

秀頼が問うと、

「それを見きわめるために、それがしが前線へ参りましょう。ここが戦の際とみれば、かならずお報せいたします。さればその時こそ、堂々のご出馬をなされませ」

治長はそれまでは、この城内に留まるよう秀頼に説いた。

その口吻は「お拾いさま」を取り巻いてあらゆる危険から遠ざけようとした上﨟や腰元たちを思い起こさせた。反発したい気持ちもあったが、幼年期より下からの物言いに従うことに慣らされてきた秀頼には簡単なことではない。負傷の治長の懇願をはねつけるのは、なおさら気重である。

そこで結局、秀頼はいつものように鷹揚にうなずくと、

「では、さようにいたせ。予はここで報せを待とう」

と言って、いったん馬を下りたのだった。

大野治長は大坂城を出ると、惣構え跡を越えて、毘沙門池の後方に陣を置いていた旗本衆と合流した。そこは小高い丘になっていて、天王寺と岡山の両方を視界におさめる

好位置にある。どちらかの方角が不利になったら、いつでも助勢できるよう、七手組の伊東丹後守、速水守久、野々村伊予守、堀田図書などが遊軍として備えている。

「状況はいかがか」

治長は陣内の速水守久に声をかけた。

「すでに両軍、食事を終えたようだ。いつでも槍を交えられる支度は整っていると存ずる」

「なればそれがしもここで戦況を見させてもらおう」

そう言って治長は床几に腰を下ろした。立っているのが、きつかったのである。

治長が腰を下ろしてしばらくすると、天王寺の方角から銃声が聞こえた。さいしょは散発だったが、やがて激しく撃ち合う音が響いてきた。

「いよいよ、はじまったようだな」

治長はつぶやいた。

正午を少しすぎた時であった。

十四

徳川方の天王寺方面の先鋒隊を率いる本多忠朝は、ほかの隊より突出し、前進を続けていた。忠朝の率いる兵はおよそ千二百。敵も大軍ではないが、天王寺南門から数町前方の庚申堂《こうしんどう》までに陣を敷き列ね、待ち構えている。単独で突出するのは危険であった。

しかし、本多忠朝は庚申堂の近くまで来ても、ほかの先鋒隊の到着を待たず、さらに兵を接近させた。敵方の毛利勝永軍の旗も視界に入ってきた。

「鉄砲隊、前へ」

忠朝は庚申堂へ鉄砲を撃ちかけさせた。しかし、敵は応じてこない。まだ距離があって弾が届かないようだ。忠朝はさらなる前進を命じて、鉄砲を撃たせた。

するとようやく敵陣からも反撃の発砲があった。しばらくは様子見の、まばらな撃ち合いが続いたが、やがて本格的な銃撃戦に入った。

本多勢が茂みや窪みに身を伏して銃撃を繰り返せば、毛利軍は庚申堂前方にめぐらした竹束や乱杭に身を隠しながら応戦する。

銃声が草木を揺らし、両陣営が発砲の白煙にかすんで見えないほどの撃ち合いだ。

「窪田、三宅、これへ」

忠朝は物頭を呼びよせて、次の一斉射撃のあと、敵陣に突撃するよう命じた。

本多勢は盾や竹束を押し立てて、じりじりと敵陣へ接近すると、一斉射撃とほぼ同時に盾を蹴倒し、槍を列ねて毛利軍へ殺到した。

毛利軍は銃撃で肉薄する敵の先頭の出ばなを挫くと、槍隊が迎え撃った。双方入り乱れての激しい戦いになったが、本多勢が押され七十人ほどが討ち取られた。突撃隊が後退すると、ほかの者たちもその流れに押されるように退却をはじめる。

忠朝はこれに大いに怒り、

「退くな、進め、進め」

とみずから馬を前方に進めて、敵中に割って入り、たちまちふたりを槍で突き殺した。供の者も周りの重臣たちもそれを止めず、忠朝といっしょに乱戦に躍り込んでいく。

本多忠朝は天正十年（一五八二）に本多平八郎忠勝の次男として生まれた。父の忠勝は徳川四天王のひとりとして名を馳せ、生涯に大小五十七回の合戦に出陣し、一度もかすり傷ひとつ負わなかったと言われる戦上手の名将かつ勇将であった。

その次男の忠朝は早くから家康のそばに仕えた。関ヶ原では父と五百の兵とともに出陣し、みずからも島津軍と切り結び、刀が曲がろうとも足で踏んで戻し、乱戦をなお戦い続けた。戦闘が終わった頃には、刀はどうやっても鞘に収まらないほど大きく変形していたという。

家康は忠朝の無双の働きを絶賛し、関ヶ原の戦功で父忠勝を伊勢桑名十万石に移封すると、旧領の上総大多喜五万石を忠朝に与えたのであった。

小姓のころから家康に目をかけられ、次男ながら別家を立てることを許された忠朝は、領主としても手腕を発揮し、新田開発などに積極的に務めた。

順風満帆であった忠朝は、大坂の冬の陣にも兵三百を率いて参加した。

しかし、あてがわれた持ち場は、前方に堀が三重にも設えられているうえに、竹竿を入れてみるとどこも深くて、攻めるに攻めようがなかった。そこで陣の変更を家康に直訴したところ却下された。

しかも、のちに家康がこのことで、「柄ばかり大きいが、親にも似ぬ役立たずじゃ」と忠朝を罵ったと知った。

かつて家康が家臣を面罵するようなことはほとんどなかった。老境に入り、やや自制がゆるんだか、毒舌を浴びる者が出るようになった。しかし、少年のころから家康の寵臣であった忠朝には、生まれてはじめての経験だった。

それだけに受けた衝撃もまた大きかった。

（この汚名は）

戦って晴らすしかない。

忠朝は昨晩、先鋒を命じられると、重臣たちを呼び集め、

「明日の合戦、わしは死を覚悟して臨む。その方らもさよう心得よ」

と言い渡した。

忠朝の無念の気持ちは重臣たちも共有しているので、止めはせず、自分たちも供をすると誓い合ったのだった。

忠朝主従はむらがる敵を槍で突き倒しながら馬を進める。すでに忠朝は全身に二十余りの傷を負っていた。敵将みずからの突撃に毛利軍も色めき、鉄砲隊を接近させて狙撃した。

衝撃を受けて、たまらず忠朝は落馬した。しかし、すぐに立ちあがり、狙撃した鉄砲隊へ逆襲し、切り伏せた。装塡の間にあわない鉄砲兵たちはあわてて逃げ出す。それを追いかけてさらにひとりに太刀を浴びせたところ、小さな溝に躓《つまず》いて倒れた。

ふたたび立ち上がる間もなく、敵兵がのしかかり、忠朝の首を落とした。忠朝の従者たちも重囲を受けて次々に討たれた。

のちに回収された忠朝の遺体は後方に運ばれ、家康の本陣の前を通った。家康はそこで忠朝の首のない亡骸と対面した。

「ああ、なんということだ」

昨年、忠朝に良い陣を与えず、叱ったことを覚えていた家康は、今回、名誉の先鋒を命じて報いたつもりだった。しかし、それが忠朝の死を招いてしまったことに、家康は後悔し、涙を流したのである。

本多忠朝を屠った毛利勝永軍は、真田信吉勢を蹴散らし、小笠原秀政勢に襲いかかった。

小笠原秀政も前日、若江の合戦に遅れて、家康から叱責を受け、その雪辱を期して戦いに臨んでいた。

昨晩、家康の陣から下がる際、親戚にあたる本多忠朝といっしょになり、ともに死を約束して分かれていた。忠朝が先に逝ったことは知らなかったが、決死の覚悟はすでに固まっている。

小笠原秀政は天王寺を左手に見て兵を進め、まず、竹田永翁《えいおう》の隊を打ち破り、大野治長配下の部隊と当たっているところに、毛利勝永軍の攻撃を受けた。鉄砲隊と槍隊を組み合わせた毛利軍の巧みな攻めに、小笠原勢は崩された。秀政と息子で家康の曾孫にあたる忠脩《ただなが》の本陣まで毛利軍の先兵は迫ってくる。

「ここはいったんお退きを」

従者が勧めるのを、秀政は槍を取って、

「ならぬ、進むのだ」

逆に敵中へ馬を乗り入れた。

巧みな槍さばきで数騎の敵を倒すが、しだいに周りを取り囲まれ、みずからも手傷や銃創を負った。視野が狭まり、敵と味方の姿の区別がつかない。目に血が流れ込んでいるらしい。

頭が重くなり、意識も遠ざかる。落馬はせずになんとか馬の首にしがみついていたが、従士が馬の口を取って後方にさがった。

「さがってはならぬ。進め、進むのだ」

馬から下ろされ、戸板に乗せられても、秀政はうわごとのように前進を命じ続けた。

秀政は手当ての甲斐もなく、その夜、死亡した。

息子の小笠原忠脩は父が重傷を負って後退したあとも、その場を一歩もさがらず、戦い続けていた。

忠脩は今回の大坂出陣を許可されておらず、松本城で留守を務めるはずだった。それを幕府に無断で国を出て従軍した。これは重大な命令違反で、ひとつ間違えば改易もあり得る暴挙である。しかし、家康は曾孫の客気をほほえましく思ったのか、罪には問わず従軍を黙認していた。

もとより死を覚悟で国を出ていたが、家康の配慮に与り、忠脩はいっそう張り切った。

しかし、忠脩の奮戦も毛利軍には通じない。従者たちが次々と鉄砲で撃ち倒されると、馬上の忠脩は敵の槍隊に囲まれた。必死に槍を振るってかわすも、ついに左右から同時に槍を突きあげられ、腋の下を刺し抜かれ、落馬したところを首をかき切られ、息絶えた。

かくして本多勢、小笠原勢は壊滅的被害を受けて後退し、さらに二番手の榊原康勝勢も打ち負かされた。榊原康勝は以前からの傷をこの戦いで悪化させ、戦後間もなく死亡した。

天王寺口を攻めた徳川方は、ことごとく毛利勝永軍の前に敗れ去った。

先鋒隊を蹴散らした毛利軍はなおも手を緩めず二番手、三番手に向かって進撃を続けたため、徳川方の各陣に動揺が広がった。

正午近く、本多忠朝勢が接近するのに気づいた時、毛利勝永は配下の者たちに、

「敵が撃ってきても応じるでない。兵がよせてきても適当にあしらえ。総がかりをしてはならぬ」

と注意を与えていた。

見たところ、本多勢は後方の部隊はもとより、ほかの先鋒隊よりも先行している。豊臣方の戦術は、敵の大軍をなるべく天王寺周辺に引きよせて抗戦し、後方の家康本陣が手薄になったところを明石隊が強襲するというものだったから、先鋒隊の小勢と積極的に戦火を交えるわけにはいかなかったのである。

しかし、決死の覚悟で天王寺南門に肉薄し、執拗に銃撃をする本多勢に、毛利軍の兵

もしだいに熱くなり、激しい銃撃の応酬になった。このまま銃撃戦が続くと戦機が熟し、攻撃隊の突入から総がかりの全面戦争に入ってしまう。

激しい銃声が聞こえたのだろう、茶臼山の真田信繁から銃撃をやめるよう伝令がきた。茶臼山の前面に陣を張った松平忠直軍は、半里先に留まったまま戦機をうかがっている。まだ敵の主力軍を充分に引きよせきっていない。

勝永もそのことは充分承知していたので、みずから陣内を回り、

「まだ、出るな。鉄砲も撃つな」

と武将や物頭たちに命じたが、本多勢の果敢な攻撃に熱くなっていた兵たちは、近づく敵に容赦なく銃弾を浴びせた。また、大将の勝永が前線近くに来たため、いっそう奮い立ったようでもある。

物頭たちもすでに戦機は熟していると、勝永に進言した。これ以上抑えては、兵の気力を削《そ》いでしまうという。じっさい、本多勢は毛利軍のすぐ目の前まで来て銃撃をおこなっている。いつ突撃してくるか分からない状況であった。

ここに至って、勝永も応戦の覚悟を決めた。

敵の大軍を天王寺に引きよせるという戦術は放棄するしかない。ここは乾坤一擲《けんこんいってき》、行けるところまで押して行く。運がよければ、家康の本陣にまで迫れるだろう。

「二手に分かれて、左右から敵に当たれ」

本多隊だけでなく、その左右にも真田信吉隊、小笠原秀政隊、浅野長重隊、秋田実季隊などがひしめいている。そのすべてを蹴散らして進む覚悟であった。

「みな、合図を見逃すな」

勝永は物頭たちに言い聞かせた。

見たところ、敵の先鋒隊は、中小大名のよせ集めで、それぞれの連携も密とは言えないようだ。本多忠朝隊が突出しても、ほかの部隊の動きが鈍いことからもそれがうかがえる。

毛利軍が勝永の指揮のもとに一体となって攻撃を仕かければ、勝機はつかめる。

「鉄砲隊、前へ、槍隊はその後ろに控えよ」

勝永の号令で、鉄砲隊と槍隊を組み合せた毛利軍の攻撃がはじまった。

正確な銃撃のあと、絶妙な間合いで繰り出される槍隊の突撃で、本多隊はもろくも崩れ去った。

本多隊のあっけない敗退に焦った徳川のほかの先鋒の各隊は、毛利軍に次々と攻撃を仕かけたが、二手に分かれて突き進む毛利軍にことごとくはね返され、蹂躙され、大損害を被った。

「攻めよ」「退けい」勝永は戦況に応じて、号令を発する。それを受けて各隊の武将が物頭たちに指示を出し、兵たちが手足のように動く。

毛利軍はまるで伸び縮みする生物のように、攻撃と防御を巧みにおこない、徳川方を翻弄《ほんろう》した。徳川方は猛攻に耐え、ようやく敵が退いたかと油断したところを、またいっきに攻められ、気づくと本陣までの突撃を許し、敗退を繰り返した。

関ヶ原も激戦だったが、徳川方に大名級の武将の死傷者はでなかった。それがこの毛利勝永軍相手に、わずか半刻余りの間で、本多忠朝、小笠原秀政、忠脩、保科正光、榊原康勝らが死傷した。さらにほかの隊でも主君を守り、身代わりになって死亡した将兵たちは数知れない。

毛利軍の目覚ましい猛攻に、徳川方の天王寺口の先鋒は全隊が蹴散らされた。戦線を脱落して敗走する兵が、二番手、三番手の後続軍になだれ込み、そこへさらに毛利軍が追撃をしたため、徳川方は負の連鎖に陥り、混乱に拍車がかかったのである。

豊臣恩顧の大名である黒田長政と加藤嘉明は、冬の陣ではともに江戸留守居役を仰せつかったが、この夏の陣では参陣を許された。家康もさすがにこの期におよんで、裏切りはないと判断を下したらしい。ただし、大大名にふさわしい大軍を率いることは認められず、ともに数百の兵だけをともなって大坂にきていた。

決戦のこの日、ふたりは秀忠本陣の前衛として並びで陣を張っていた。

天王寺方面で戦いがはじまった気配が伝わってきて、ふたりは連れだって見晴らしのよい丘に登った。

丘の上から望む大坂城は、薄目にすぼめて手を伸ばせば、届きそうに感じられる。

ふたりの心には戦場には似つかわしくない、甘酸っぱく、懐かしい思いがこみ上げていた。今戦っている相手は敵とはいえ、ふたりを育み、学ばせ、鍛えてくれた豊臣家である。ふたりは紛れもなく豊臣学校の卒業生だった。

これをみずからの手で撃ち滅ぼすことについては悩み苦しんだが、すでに心の整理はついている。それでもいざ大坂城を目の前にした戦場に立ってみると、えもいわれぬ感慨がこみ上げて、忸怩たる思いが胸をえぐるのであった。

敵陣中にも相まみえれば、きっと懐かしい顔がいくつも並んでいることだろう。それが敵味方となって戦わねばならないのが武門のならいとはいえ、無常の念も拭いがたくある。

そんな感傷に浸りつつ、戦場を見わたしていると、天王寺方面から豊臣方の軍勢が、並み居る徳川方の部隊を蹴散らして突き進んでくる。その動きは機敏で、かつ柔軟であった。

猛烈に攻撃を加えたかと思えば、さっと退き、退いたところを敵が突けば、また銃撃、突撃を交互に繰り出して敵を撃破する。硬軟自在の用兵術で着実に自陣を進めながら、家康本陣へ向かっている。

ともに歴戦の士である黒田長政と加藤嘉明も、その軍勢の働きには瞠目した。

「いったい、あれを率いている大将は何者であろう。きっと名のある武将に違いない」

と長政が言うので、嘉明は近くの従者に旗指物を確認させた。

「毛利壱岐守の子のようだ」

嘉明が伝えると、長政は「おおっ」と目を見開き、

「壱岐守とはかつて隣同士であった。嫡男も覚えているぞ。わしが最後に会った時はまだほんの若輩であったが。さようか、さようか。これほどまでの采配を取る武将になりおったか」

と感嘆の声をあげた。

かつて豊前国八郡のうち、黒田家が六郡十二万石、毛利家が二郡六万石を分け合っていたが、関ヶ原の時、毛利壱岐守は長政の父、黒田官兵衛孝高の奸策で居城の小倉城を盗られ、そのまま改易になっている。

いわば毛利勝永にとってみれば、黒田長政は仇のような存在だろうが、記憶の美化作用で長政の都合の悪い思い出はきれいに塗り直されている。あるいは長政自身が直接かかわった事案ではないため、はなから毛利家を陥れたという自覚はないのかもしれない。

いずれにせよ、長政も嘉明も、豊臣学校の後輩の活躍には心からの声援を送った。同時にその活躍が、決して報いられることのない確信に胸をうずかせている。

快進撃がとまらない毛利軍に、見かねた藤堂高虎軍と井伊直孝軍が反応を示した。

藤堂高虎軍と井伊直孝軍は、前日、八尾、若江村の合戦で受けた損傷が甚大だったため、この日は岡山口の先鋒を前田利常軍に譲り、左後方に下がって陣を置いた。そのさらに右後ろには秀忠の本陣、左後方からは家康が、天王寺方面を目指して前進を続けているというのが、現在の状況であった。

勢いを衰えさせることなく進む毛利軍に、藤堂軍と井伊軍は大半の兵を移動させ、天王寺方面へ向きを変えた。このまま毛利軍の進攻を許せば、家康本陣へ突入されると危惧したのであろう。藤堂軍と井伊軍は、鉄砲隊を毛利軍の予想進路にあたる村の林の中に置いて、これを迎え撃たせた。

しかし、やはり前日の激戦の痛手から回復していない藤堂、井伊両軍は、毛利軍に苦戦を強いられた。

ことに藤堂軍は将兵が次々と討たれて、陣形を保つのに苦慮している様子が、長政と嘉明のいる丘の上からもまざまざと見て取れた。

「泉州《せんしゅう》め、そうとう手こずっておるな」

互いに領土を接し、藤堂高虎と不仲の加藤嘉明は小気味よさげに言った。すると、黒田長政も上機嫌に相槌を打つ。

「丹後もきっと青筋を立てて怒鳴り散らしているだろう」

細川忠興も出陣していが、やはり豊臣恩顧の大名なので長政たち同様、みずから大軍を率いることは許されていない。そのため藤堂軍に属する形で行動している。後藤基次の「奉公構」の件から、忠興と関係をこじらせている長政は、忠興の悪戦苦闘ぶりを目に浮かべると、しぜんに頬が緩んだ。

しかし、こうしてふたりが気楽に敵軍に声援を送り、味方の苦戦をせせら笑っていられたのも、わずかな間であった。

毛利勝永軍の進撃が呼び水となって、徳川陣営にさらなる激震が襲ったからである。

十五

毛利勝永軍が、徳川方の先鋒と交戦をはじめたことを知った真田信繁は、

「ああ、ついにわがこと終わる」

と言って天を仰いだ。

わずか二万五千の豊臣方が勝利するには、十万以上の徳川方を天王寺周辺に引きよせて善戦し、手薄になった本陣に奇襲をかけて家康を討ち取る以外に方法はない。

その唯一無二の作戦が、いきなり出だしで頓挫してしまった。

昨日の夜間行軍の失敗といい、今日の作戦無視の開戦といい、やはり豊臣方は計画や規律の遵守とは無縁の烏合の衆にすぎなかったか。

（かくなるうえは）

大坂城に籠って、ひとりでも多くの敵を倒したあと、秀頼とともに自害するか。それともこの茶臼山で全滅するまで戦うか。

決断がつかず、考え込んでいるうちに、毛利軍の快進撃がはじまった。たちまち徳川方の先鋒を打ち破ると、息つく間もなく後続軍にも襲いかかる。敗走兵と攻撃隊が入り混じり、徳川方の各陣は混乱に陥っている様子が、茶臼山からも手に取るように分かった。

（これは）

信繁は目を見張った。正面から家康本陣に迫る絶好の機会ではないか。

心身に鞭《むち》が入った。現状を把握し、作戦を練る。

前面には松平越前守忠直のゆうに一万を超える兵がひしめいている。その後方にはさらに数万の軍が列なっているが、かなり距離がある。

もし忠直軍の東方を突破できれば、あとは毛利軍がかき乱した徳川方が前をふさいでいるだけだ。茶臼山に守りの兵を残して、信繁が動かせる兵はおよそ三千。勝永の兵もほぼ同数のはず。

(これが一手になって)

混乱の徳川勢を蹴散らせば、家康の本陣に槍を入れることも、決して不可能ではない。この程度の兵力差なら、過去にひっくり返った例はいくらでもある。

だが、より成功に近づけるために、あともう一手、打っておく必要があろう。

信繁は嫡子の幸昌を呼んで、

「そなたは、いま一度城へ戻り、上様のご出馬を願って参れ」

と命じた。

今朝方、一度、幸昌は秀頼のもとへ行き、出馬を要請している。いまふたたび城へ戻れば、父の合戦には加われなくなる。幸昌は心外な顔をして、激しく首を横にふった。

「父上といっしょにここで戦いとうございます」

天王寺での開戦を受け、松平忠直軍もついに茶臼山へと動きはじめようとしている。敵を目前にして、後陣に下がるのが無念なのだろう。

しかし、信繁は心を鬼にして告げる。

「おそらく今もって上様のご出馬がないのは、われらの真意をお疑いのためだろう。ゆえにそなたが上様のそばに侍り、わしに二心なきことを示すのだ」

信繁が徳川方から大封を餌に誘われていることは、広く噂になっていた。さらに今回、徳川方の先鋒には信繁の甥の真田信吉が加わっている。これらのことから、秀頼の周囲では、信繁が秀頼を前線に誘い出してだまし討ちにすると危惧しているのかもしれない。

この期におよんでも秀頼の出陣がないのは、きっとそうだろう、と信繁は判断した。

その誤解を解くため、人質の意味もこめて幸昌を城へ送るのである。

「われらが勝利のためには、上様のご出馬がなくてはならぬ。さよう申し上げて、上様とともにこの戦場に戻って参れ」

「かしこまりました」

城へ向かう幸昌を見送ったあと、信繁は自軍に属する将、大谷吉治、渡辺糺、伊木遠雄たちを呼んだ。

「これより、前方の越前軍の東方を抜け、家康の本陣目がけて突き進む。まもなく上様もご出陣あそばされるであろう。豊臣家の武将として恥ずかしくない戦いをして、上様の御前でともに死のう」

信繁の言葉に、各将たちも決死の覚悟を誓い合った。

未の上刻（午後一時）すぎ、真田信繁軍は茶臼山に接近する松平忠直軍へ向かって進みはじめた。

正午に天王寺方面で銃撃がはじまると、松平忠直は家老の本多富正と本多成重を呼んで、自軍の攻撃開始を命じた。

「よいな、茶臼山を落として、必ずわれらが大坂城に一番乗りを果たそうぞ。さもなくば死じゃ」

兜の緒をきりりと絞め、血走った目を見開き、忠直が立ちあがると、両家老も鋭い眼光で短く、

「承知」

と返して、忠直の面前を走り下がり、前方の部隊にすみやかに戦闘を開始するよう命じて回ったのだった。

松平忠直軍は前日、道明寺へ向かって行軍をしていたが、八尾、若江村の合戦には参加しなかった。戦いがはじまったことは察知したものの、自軍の前方にはさらに数千の味方の兵が行軍をしていて、加勢しようにもできなかったのである。

遠くでさかんに響く銃声や鳴り物の音を聞きながら、忠直はほぞをかんだ。

「かような後備えを承ったのが一生の不覚。明日の合戦にはぜひとも御先を願い出ようぞ」

そこで昨晩、家康の陣に両家老をやった。

ところが、家康は両家老を面前に引き出すと、

「今日の戦では、越前勢は昼寝でもしておったか」

いきなり、雷を落とした。

この両家老たちは、冬の陣でも惣構えの攻撃で大損害を出し、家康から大目玉を食らっている。あの時は失敗の自覚があったが、今回はなんの落ち度もない。軍令も守っている。

両家老は面食らいながらも、汗を拭き拭き、当時の忠直軍のいかんともしがたい状況

を説明したが、家康の機嫌は一向に直らない。それでも主君の名誉挽回のため、思い切って先鋒を願い出た。

しかし、家康は両本多を憎々しげに見下ろして、

「明日は岡山口を加賀少将、天王寺口を本多出雲守に任せることと決まった」

冷たく言い放った。とても再考を願えるような場の空気ではなかった。

その報告を受けた忠直は、

「明日を逃せば、もうわれに挽回の時は訪れまい。かような無体をなされるとは、大御所様に見限られたのであろうか」

と悔し涙を流した。

加賀百万石で一万五千の軍勢を擁する前田利常軍に岡山口の先鋒を取られるのはまだしも、わずか五万石の本多忠朝の後塵を拝するのは我慢がならなかった。越前六十七万石、一万五千の兵を率いる自分こそが大決戦の先鋒にふさわしいのではないか。

「まだ、諦めるのは早うござる」本多富正が言った。「抜け駆けの功名というものがあります。ここは夜を徹して兵を進め、諸将に先駆けて前方に陣を占めましょう。われら一万五千の越前勢が陣取れば、出遅れた中小大名がそれを押しのけて来ることもありますまい」

抜け駆けは重大な軍紀違反である。重い罪に問われることもある。ただし、罪を上回る手柄をあげれば、不問に付されることもある。

「それは妙案」忠直は膝を叩いた。「されば、今よりただちにここを発ち、明日は誰よ

りも早く、敵に打ちかかり、手柄を成そうぞ」

忠直軍は、夜間に前方にいる他の軍勢を追い越しながら進んだ。前夜ほどではないが、この夜も広く霧が発生し、ほかの軍の動きが分かりづらかった。それをよいことに、忠直軍は他軍の不審の声にも応ぜず、ただひたすら行軍を続け、朝方には本多忠朝たち天王寺口の先鋒隊の西後方、茶臼山の正面に陣を置いたのである。

これで軍紀違反に問われることは間違いない。

（あとは）

どれだけ手柄を立てるかだ。

違反の帳消しだけでは意味がない。家康が先鋒を命じなかった不明を恥じるほどの大手柄を立てて、忠直の名と越前勢の勇名を世にとどろかせるのだ。

忠直と両家老が決戦に必死の形相であるのは、このような事情があった。

大将と副将たちの覚悟は、物頭から兵の一人ひとりにまで伝わり、忠直軍はきわめて高い士気を保ったまま、茶臼山から前進した真田信繁軍とぶつかり合った。

真田信繁、松平忠直両軍の衝突は、激しい銃撃戦からはじまった。序盤は兵力と火力に勝る忠直軍が優勢であった。

豊臣方があらかじめ茶臼山の南方に敷いていた木柵や乱杭などの障害物を取り除きながら、じりじりと忠直軍は信繁軍を後方へと追い詰めていく。

忠直軍の豊富な兵力を生かした重厚な攻めに、信繁軍は茶臼山を背にして防戦一方となった。

茶臼山の山腹で戦況を見つめている信繁はしかし、冷静であった。

信繁は全軍を三つの部隊に分けていた。その内のふたつは茶臼山を拠点に忠直軍を引き付けて、残りの一隊が忠直軍の右翼、敵の東側を突き破り、家康の本陣を目指して突き進むという作戦だ。当初、天王寺の毛利軍や船場の明石軍と協同でおこなう予定だった戦術の応用である。信繁軍の苦戦と後退は、いわば見せかけなのだ。

優勢に戦いを進める前衛に引っ張られる形で、忠直軍の本陣が茶臼山に向かって動きはじめたのを確認した信繁は、

「よし、敵の右を突くぞ、進め」

と号令を下し、みずから馬に乗って兵を進めた。

忠直軍の右翼は、すでに敗れた天王寺口の先鋒であった秋田実季、浅野長重、本多忠朝らの兵が入り混じり、やや隊伍が乱れている。そこへ信繁の一隊、およそ二千が突撃した。

敵味方が入り乱れて自軍に向かってくるため、忠直軍は対応に苦慮したが、それでも鉄砲隊が途切れのない威嚇射撃をおこなって、容易に敵の進入を許さない。

「臆すな、進め、進め」

信繁は声をからして叱咤するが、忠直軍の右翼の厚い壁にはね返される。信繁軍が決死の攻撃を仕かけていると同様に、忠直軍も決死の防戦をして、付け込む隙を見せない。鉄砲隊がつるべ撃ちしても、槍隊が突撃しても、忠直軍の兵たちは必死に互いを支え合

って崩れなかった。意外な忠直軍のつよさだ。

信繁も打つ手がなくなった。

(このままでは)

家康本陣への突入どころか、忠直軍に一方的に押し切られてしまう。

信繁が唇をかみ、林立する忠直軍の旗指物が茶臼山へ向かって驀進《ばくしん》する様を見つめていた時だ。突如、異変が起きた。

忠直軍の後方の旗指物が右往左往して、隊列を乱している。その乱れが、動揺となって前方の隊にも伝播しつつある。

「なにがあったのか、探って参れ」

そばにいた従者たちを敵陣に走らせた。

従者たちが帰って来るのに、だいぶ時間がかかったが、その間にも忠直軍の動揺はさらに広がり大きくなっていた。

「浅野但馬守、寝返りの報せが流れているようです」

従者たちの報告に、信繁は思わず手を打った。

浅野但馬守長晟は紀伊三十七万石の領主である。浅野家は豊臣家との所縁も深く、畿内の大藩ということで、大坂方はその動向に大いに期待をよせた。しかし、浅野家も結局、他家と同様に秀頼の誘いを袖にして、徳川についた。

ほかのどの大名よりも豊臣家に近い浅野家の裏切りに、豊臣方の落胆と怒りは大きかった。そこで浅野家は豊臣方に内通しているとの虚報を流したのだ。ひとつは浅野家への意趣返し、ひとつは敵方の疑心暗鬼を誘うための謀略である。しかし、家康ははなからこの話を信じず、豊臣方の策は不発に終わったと思われた。

ただ、人の心とは単純のようで複雑、複雑のようで単純だ。徳川方の将兵たちの心の片隅には、いつしか浅野家への疑念が深く根を下ろしていたのだろう。

そんな中で、紀州街道を今宮村へ移動する浅野長晟軍を見て、「浅野が大坂へ寝返った」と流言する者が出ると、「そら見たことか」と徳川方全体が動揺した。

浅野長晟軍は徳川方の最後方のしんがりに位置する。ここが寝返ったと勘違いしたため、徳川方の後方の軍が混乱に陥り、連鎖的な裏崩れが起こった。

戦場心理として、前方で裏切りや敗北が起こっても、まだ、後に逃げる道があるため、動揺は少ない。しかし、後方が敗れる裏崩れが起こると、挟み撃ちになる恐怖感で、とたんに臆病風に吹かれ、全軍が崩壊することがままある。

(今、まさに)

松平忠直軍も崩れようとしている。

「その方たち、敵陣の中に紛れ、流言をさらに広げて参れ」

信繁に命じられた従者たちは駆け出して、忠直軍の中に消えた。

おそらく浅野長晟が寝返ったというのは虚報だろう。とすれば、敵方の混乱はいずれおさまる。その前に敵を倒さねばならない。

信繁はいっきに敵方へ迫れるように軍列を再編成した。

「よいか、越前勢とはなるべく戦うな。蹴散らして前へ進め。狙いは家康の首ひとつぞ」

信繁はそう命じて、まず鉄砲隊を前に出し、動揺の広がった忠直軍に一斉射撃をおこなうと、軍勢を突入させた。

するとこれまでの強固な守りが嘘だったように、忠直軍の右翼は簡単に崩れた。銃撃で浮足立ったところに、槍隊が突き進むと、これに応じようとする兵はほとんどなく、ずるずる後ろへ下がっていく。

「深追いは無用。われらは左へ向かう」

前面をふさいでいた忠直軍が消え、信繁軍の進路が開かれた。

信繁は忠直軍への備えの兵を二百ほど残して、天王寺口を攻めて敗れた徳川方先鋒隊が後退する方角へ進路を取った。

毛利軍に加えて信繁軍にも追い討ちをかけられた徳川先鋒隊は、逃げ道を狭められ、家康の本陣の方へなだれ込んでいく。

味方の乱入に本陣を守る家康の旗本たちにも動揺が広がった。

信繁は家康の居場所を探りながら、周囲を馬で回った。森の前にほかより厚く兵がひしめき、旗指物が林立している場所を見つけた。

（おそらく）

あの奥が家康の御座所だ。

（目にもの見せてくれよう）

信繁は配下に突撃を命じるとともに、みずからも槍を取って、何重にも防御の陣を敷いた徳川本陣へ向かって馬を駆った。

天王寺口の先鋒隊が敗退したとの報告を受けた家康は進軍を止め、旗下の兵の一部を割いて救援に向かわせた。

そしてみずからは小高い森の前に陣を置き、四重に部隊を配置して、守りを固めるよう指示した。

（やはり）

敵も最後とあって必死の抵抗をしてきたか。

それでも圧倒的な兵力差がある。いずれ味方が敵を打ち負かすだろう。

この時点では、まだ家康にも余裕があった。

ところが、連絡に乱れが生じ、家康本隊の一部は停止せず、先へと進み、家康から離れてしまった。

そこへ先鋒隊の敗兵とそれを追う毛利軍がなだれ込んでかち合ったため、本隊の兵たちもあわてて、立ち向かいもせずに逃走をはじめた。家康の旗奉行もこの混乱に巻き込まれ、軍旗があらぬ方角へ後退をしたため、それを見た将兵たちにさらに動揺が広がった。

家康本隊の将兵たちの崩れは、かなりの規模におよび、手薄となった本陣は、毛利軍の攻撃を受けた。

「戻れ、戻れ、御本陣を固めよ」

旗本の永井直勝が馬を駆り、ばらばらに逃走する諸隊を巡って家康本陣に兵を集めようとする。いっときの混乱が落ち着きかけた時、浅野長晟の寝返りの流言が伝播して、ふたたび本陣内は動揺した。

茶臼山から忠直軍の防衛線を突破した真田信繁軍が、家康の御座所近くに突撃をかけたのは、そんなさなかであった。

家康の前を四重に固めた部隊は、懸命に防ごうとするが、信繁軍の猛攻に第一、第二の部隊は破られた。第三の部隊が身を挺して防ぎ切り、ようやく信繁軍は後退した。

しかし、信繁軍は態勢を整えて、ふたたび突撃を敢行した。

二度目の攻めはさらに苛烈だった。第一、第二、第三の部隊までが打ち破られ、第四の部隊が最後の砦となって信繁軍の猛攻をかろうじて防いでいる。

家康のすぐそばまで矢玉が飛んでくるほどで、家康も危機を覚えた。

「もはやここまで、わしは腹を切る」

と家康が口走ったとか口走らなかったとか、そんな噂がのちにまことしやかに取沙汰されたほど、危うい防衛戦であった。

四方に散り乱れていた本隊の兵たちが集まって、加勢をしたため、なんとか第四の部隊は支えきって、信繁軍は後退した。

しかし、まだ数町先に留まって、次の突撃の機会をうかがっている。今回は首の皮一枚でしのいだ。だが、次はどうなるか分からない。家康本陣は緊張に包まれた。

二度目の攻撃を終え、家康本陣から数町後退すると、信繁はすぐに隊伍を整えさせ、兵数を勘定した。三千で茶臼山を出た部隊は、今、四百を切っていた。

次が最後の攻撃になる。しかし、家康を仕留めるには、兵力が少なすぎる。

(今、ここに)

上様が城内の千名の兵をこぞって出陣してくれれば、自分がその兵を率いて突撃し、家康の首をあげる自信がある。

(幸昌、まだか)

信繁は、未練と思いつつ、大坂城の方角を振り仰がずにいられなかった。

今もって秀頼があらわれる気配が微塵もないのだから、きっと幸昌の説得は通じなかったのだろう。

信繁は迷いを振り切るように正面を向いた。先ほどまで乱れていた家康本陣の旗が今は静かに風になびいている。

目標である家康の居場所がはっきりと知れるが、敵の守りは先ほどより、固くなったことも見て取れる。鍛え抜かれた家康の旗本衆だから、いっときの混乱があっても立ち直りが早い。

(相手に不足なし)

これが最後の突撃だ。信繁は槍をしごいて配下の兵たちを見わたし、

「行くぞ」

と言うと、馬の腹を蹴って駆けだした。

十六

岡山口の徳川秀忠は、天王寺口の銃声が激しくなるのを聞き、先鋒の前田利常軍へ開戦の発令をした。

昨晩、主戦場ではない岡山口の主将を命じられた秀忠は落胆したが、一夜明けて、考えをあらためていた。

主戦場でないということは、敵もまた手薄になっているはず。そこを突破して、天王寺口を攻める主力より早く大坂城を陥れ、父家康の鼻をあかしてやれれば、これほど愉快なことはない。

物見の報せによれば、岡山口を固める豊臣勢は五千に足りぬという。こちらは先鋒の前田利常軍だけで一万五千。これに加えて藤堂高虎軍の五千と井伊直孝軍の三千。さらに片桐且元、本多康紀、黒田長政、加藤嘉明たちの小部隊があり、秀忠の本陣には旗本衆をはじめとする二万が控えている。

「敵は万にも満たぬ小勢。これをすみやかに蹴散らし、大坂城に乗り入れるべし」

もはや勝負はついたも同然。問題はいかに早く大坂城を落とすかだ。対抗者は豊臣方ではなく、天王寺口の徳川方である。

ところが、開戦からしばらくたっても、先鋒の前田軍はなかなか岡山口を突破できない。それどころか、三分の一以下の兵力の豊臣方に押されている気配さえある。

物見の報せで前田軍の苦戦を知った秀忠は、

「後詰めの兵も投じて、いっきにけりをつけよ」

と藤堂軍、井伊軍にも参戦を命じた。こんなところでぐずぐずしていられない心境であった。

しかし、そのころには藤堂、井伊の両軍は、天王寺口から進撃をする毛利軍を阻止すべく、多くの軍勢を割いて対応に当たっていたため、前田軍を後押しする充分な兵の投入ができなかった。

前田軍は頼みの後陣の両軍が、あさっての方向へ消えてしまったため、足並みを乱した。また前田軍が押し出し、合戦となったあたりは平野川の河原から広がる大湿地帯で足場が悪く、大軍の動きには適さず、兵力に劣る豊臣勢に土手向こうから銃撃を浴びて、次々と戦死者を出した。

「いったい加賀勢はなにをもたもたしている。その方たち、利常の尻を叩いて参れ」

いっこうに戦況が好転しないことに業を煮やした秀忠は、旗下の武将、水野忠清、青山忠俊、松平定綱、阿倍正次らの部隊を前線に向かわせた。さらに酒井忠世、土井利勝の部隊にも前進を命じた。

しかし、これが思わぬ危機を招きよせることとなった。

岡山口の豊臣方の主将は大野治房だった。

政治家である兄の治長と違い、治房は武闘派で、この最後の一戦で逆転勝利を狙っていた。戦いがはじまるとすぐに使いを大坂城に出して、秀頼の出陣を乞うた。

(勝機はある)

敵も岡山口は主戦場と見なしておらず、天王寺口にくらべて手薄になっていた。しかし、物見の報せによれば、主将は徳川秀忠がつとめているらしい。なれば戦況次第で、秀忠の本陣に奇襲をかけることもできよう。もし、将軍秀忠を討ち取れれば、敵の陣営に激震が走る。

それを機に停戦に持ち込むことも夢ではあるまい。少なくとも兄治長が画策している股くぐりのような弱腰外交より、よほどましで現実味もあるはずだ。

湿地帯の中に両軍が入り混じり、泥をこね回すような消耗戦がはじまった。数では圧倒的に劣る豊臣方だが、比較的優位な場所を占めて、一万五千の前田軍と互角以上の戦いを続けた。

開戦から半刻あまりたったころ、敵方に新手の部隊が次々と投入された。

それぞれの馬印を確認させると、いずれも秀忠旗下の武将たちだった。膠着状態にしびれを切らした秀忠が、手元の武将たちを前線に投入したのだろう。

(ということは)

秀忠の本陣は、手薄になっているに違いない。

治房は自軍を見わたした。すでに山川賢信、北川宣勝、岡部則綱たち豊臣方の武将はすべて前田軍との戦いに参加していて、遊んでいる部隊などいない。

(ならば)

自分が行くしかない。

治房は大坂城を振り返った。

今、ここに秀頼の出馬があったら、味方はどれほど奮い立つだろう。あと千の兵があったら、どれほど戦いを有利に運べただろう。

しかし、いつまでもない物ねだりをしていても仕方がない。新手の投入で勢いづいた徳川方が、岡山口を破るのは時間の問題である。

治房は、弟の大野道犬とともに鉄砲隊と槍隊を引き連れてひそかに自陣を離れ、秀忠本陣を目指し、八尾方面の林の迂回路をひた走った。

林道を抜けると、いきなり大軍勢の行列に出くわした。あわてて身を隠して確認すると土井利勝軍であった。利勝は秀忠の懐刀。

「近くに秀忠の本陣があるぞ」

治房は道犬にささやき、鉄砲隊に火ぶたを切らせ、臨戦態勢に入った。

じっさいにはこの時、酒井忠世と土井利勝は秀忠の命で、岡山口の戦場に向かう最中で、本陣から少し離れていた。治房は利勝軍の最後尾が通過するまで、林に身を隠してやり過ごした。利勝軍の後姿を見送ると、その来た道をたどって駆けた。

ようやく秀忠の本陣が見える小高い丘の上に大野治房の部隊が立ったのは、未の刻(午後二時)をすぎたころだ。

秀忠は前方に四重に部隊を連ね、左右と後方にも二重に防御の部隊を置く、堂々の陣を奈良街道が貫く草原に敷いていた。本陣の前方は川が流れ、後方には深い森が広がり、たくまざる自然の要害を成している。軍勢十数万の総大将にふさわしい陣構えだろう。

治房が立った丘は、その秀忠本陣の右翼から十町ほど離れたところだった。

丘を覆う木立に身を隠していた治房の部隊が前に進むと、見張りが気づいて声を発し、すぐに秀忠の本陣全体にざわめきが広がるのが分かった。

「見よ、あそこに秀忠の馬印がある。狙うは秀忠の首のみ。ほかはすべて打ち捨てにせよ」

治房は命じた。

秀忠を討ちもらせば豊臣方の勝利はなく、ほかにどんな首を挙げたところで恩賞にはありつけない。そのことは、武将から兵卒に至るまで全員が分かっているから、不満の声は出ない。

「敵はうろたえているぞ。立ち直る隙を与えるな」

治房の号令で、部隊はいっきに丘を駆け下りて、秀忠の本陣右翼に接近した。先頭の鉄砲隊が一町ほどの距離からいっせいに銃撃をおこなうと、敵が乱れた。そこを狙いすまして槍隊が突入した。

徳川秀忠の本陣は大野治房の攻撃を受けて混乱に陥った。敵は遥か前線で前田軍と戦火を交えていると思い込んでいたところに受けた、とつぜんの攻撃だ。

直前に秀忠が旗下から多くの武将を前線に送っていたため、本陣はやや手薄になっている。どの将兵たちの胸にもその思いがあるため、よけいにうろたえ、動揺がさらなる動揺を生んだ。

むろん、本陣も臨戦の備えに怠りなかったが、思わぬ方角からの攻めに、右翼の旗本衆が切り崩されると、秀忠の陣内まで逃げ込む者が出た。

敵は首を討ち捨てにして、本陣の中心、秀忠の御座所を目指して、錐揉《きり》みのように押し込んでくるため、立て直しの暇がなく、本陣の混乱は容易に鎮まらない。

今からおよそ半世紀前の永禄の昔、織田信長が今川義元を討った桶狭間の戦いもかくやと思われる、大野治房の鮮やかな奇襲攻撃だった。

みるみる崩され、逃げまどう右翼の兵たちの姿が視界に入ってくると、秀忠はじっとしていられなくなった。

「槍持てぃ」

床几を蹴って立ちあがると、小姓から奪い取るように槍を受け取り、秀忠はみずからよせくる敵に立ち向かおうとする。

「お待ちあれ。敵は今、勢いに乗っておりますが、後詰の兵の姿は見えませぬ。さればこの御座所まで敵の槍が届くことはございますまい」

老中の安藤重信が冷静に分析したため、ようやく秀忠は落ち着いて戦況を見ることができた。

(なるほど)

敵には勢いがあるが、兵数はさほどでもない。手薄になったとはいえ、まだ秀忠の本陣には多くの兵がいる。総大将はどっしり構えていればいいのだ。配下がよきに計らう。

期待にたがわず、前方を固めていた黒田長政と加藤嘉明の隊が方向を転じ、敵の側面を突いた。ようやく敵の鋭鋒が鈍ったように見えた。

しばらくすると、秀忠の本陣危うしとの報せを聞いた井伊直孝、土井利勝、酒井忠世らの軍勢も加勢にあらわれた。

秀忠本陣はようやく危機を脱した。

（ここまでか）

治房は馬を止め、息をついた。

敵勢が自軍と秀忠の御座所の間に割り込んで銃列を敷き、間断ない銃撃を開始したため、治房の部隊はそれ以上の接近を阻まれた。さらに側面から新手の攻撃を受けて隊形が乱れはじめている。もうこれ以上進むのは無理だ。

作戦は図に当たった。しかし、兵力に差がありすぎた。

（あとせめて）

千の兵が手元にあり、秀頼の出馬があったら、と思わないではなかったが、それは言っても詮無いことだ。今できることをしよう。

治房は背後を振り返った。徳川方の動きは鈍く、完全に包囲されてはいない。

（今ならまだ）

脱出できる。治房は号令を発した。

「退けい。大坂城へ戻るぞ」

秀忠を討ちもらした以上、敗北は決定的だ。あとは城を枕に討死するほかない。

治房隊は、襲撃の時と同じ激しさで秀忠本陣の右翼へ兵を返した。先ほど蹂躙された ばかりの右翼の将兵は、さしたる抵抗もせずに治房の部隊の通過を許した。

治房は秀忠本陣を脱出すると、前田軍との戦いに敗れた自軍の敗兵を収容し、追撃軍と戦いながら、大坂城の玉造口方面に撤退したのだった。

落城の時、大野治房は死亡したとも、脱出したあと京で殺されたとも、逃げ延びたとも言われ、その後の消息については判然としない。

十七

天王寺口、岡山口の双方で戦いがはじまり、しだいに激しさを増して行くと、毘沙門池の後方に備えた遊軍部隊のもとには、両陣から加勢の要請とともに、秀頼出陣を求める声がひっきりなしに届いた。おそらく大坂城への直訴はもっと多いはずだ。

大野治長の予想より、味方は善戦していた。それだけに指揮官たちは、さらに部下たちを鼓舞しようと秀頼の出馬を声高に叫んでいるのだろう。

しかし、どれほど善戦しても、結果を変えるほどの奇蹟は起こりえない。秀頼が出陣しようとしまいと、いずれ兵力に劣る豊臣方は力尽きて、形勢は逆転する。

治長は大坂城を振り返り、ふと、いやな予感に襲われた。先ほどは秀頼に出陣を思いとどまらせたが、戦場から矢のような催促が舞い込み、また考えが揺らいでいまいか。

「城へ戻り、上様に戦況をお伝えする」

治長はそう言って、単騎、城へ馬を走らせた。馬を駆ると、また傷口が開いたようで、痛みが全身を貫く。治長は歯を食いしばり、手綱をゆるめず先を急いだ。

本丸前の桜門には秀頼旗下の将兵が勢揃いしていた。秀頼の馬も厩から出され、馬装をほどこされ、主人の登場を待っている。

千畳座敷に向かうと、すでに具足を着けた秀頼が出て来るところであった。

「おお、修理か、ようやく戦機が熟したようだな」

秀頼が声をかけると、治長は首をふって、

「さにあらず。いましばらく城内にてお待ちください」

「それは聞こえぬ。左衛門佐や豊前、またそこもとの舎弟の主馬からも、今が潮との報せが届いておるのだぞ」

「先陣の者どもは、とかく逸りがちなもの。まことの機は、今少し先にあります」

「だとしても、遅きに失するよりは、先走りの方がよかろう。手負いの修理はここに残り、大方様をお守りいたせ」

と言うと秀頼は廊下を急ぎ足で立ち去った。

追いすがろうとして、治長は思いとどまった。これ以上諫言しても、秀頼は聞く耳を持たないだろう。

治長は奥へ向かって急ぎ、淀殿への取り次ぎを願った。

治長が目通りを願っていると、上臈が告げた時、ちょうど淀殿は使者を家康のもとへ送り出したところだった。

常高院の説得を受けても、なかなか決断できなかったが、ようやく踏ん切りをつけた。

（やはり）

自分ひとりの感情だけで、豊臣の家を終わらせてはいけない。たとえ一時の屈辱にまみれても、生き延びてさえいれば、また栄光をつかむ機会が巡ってくるかもしれない。

家康への返答として使者には、「大坂の替わりの地として、大和を賜りたい」と告げた。

使者とともに、妹の常高院も城を出るものと思っていたが、

「わらわは大御所のご返答を承るまで城を去りませぬ」

と居残ってくれた。

常高院は、この返答ですぐさま和平が成るとは思っていないらしい。淀殿も気を引き締めた。相手は海千山千の家康である。和平締結まではまだ紆余曲折があろう。

そんな時の治長の伺候であった。

「いかがした。そなた、加減が悪いのではないか」

まずは戦況を質すつもりだったが、あまりの治長の顔色の悪さに、思わず言葉が口をついた。

「先の古傷がうずいておりますが、さしたることはございませぬ。それより、上様がご出馬をされると仰せでございます」

「なんと。その方、止めなんだか」

淀殿は眉をひそめた。せっかく家康との間で和平の話を進めているのに、秀頼が前線で采配を振ってはぶち壊しになってしまう。

「むろん、お止めいたしましたが、左衛門佐らの催促も執拗にて、上様はかたくご出馬の御意にあられます」

「ならぬ、断じて出馬はならぬぞ。わらわが止める」

淀殿は大蔵卿たちを引き連れて、桜門へ急いだ。

桜門前では、今まさに秀頼が軍勢を従え、出陣の盃を交わしているところであった。

緋縅の鎧を身にまとった馬上の秀頼は、その堂々たる体軀、あたりを払う威厳、それでいて涼やかな面立ちで、光輝いていた。

（ああ、まさに）

遠い記憶の中にある父とかさなった。その凜々しい姿で、幾度も戦場に立ち、敵を打ち破った父浅井長政に。

秀頼にも武将として、一度はその晴れ舞台に立たせてやりたい思いはあるが、今はその機会ではない。

「右府様、ご出馬はなりませんぞ」

淀殿は秀頼に駆けよると、陣羽織の端をつかんで引き止めた。

秀頼は当惑の表情をしながらも、

「母上、今、わが軍勢が勝敗の際にあります。秀頼は総大将として、これを鼓舞号令し、味方を勝利に導かねばなりませぬ」

と言って淀殿を制した。

しかし、それで引き下がる淀殿ではない。

「なりませぬ。先手には敵方の間者も紛れておりましょう。矢玉がどこから飛んでくるか分かりませぬぞ」

「戦となれば、それも覚悟のうえにございます。さあ、母上、秀頼の初陣を祝ってくださいませ」

「端武者《はむしゃ》ふぜいならいざ知らず、関白にお成りになろうお方が、さよう軽々しきことを申されてはなりませぬ。もし、どうしてもご出陣とあらば、この母の首をこの場で打ち落として参りなされ」

とまで淀殿が言ってかき口説いたため、秀頼は立往生してしまった。

（いっそ、ひと思いに）

母淀殿の首を打ち落として出陣したら、どれほど清々するだろう。

出陣してもしなくても、死はすぐ目の前に来ている。もうその現実は動かしようもないことを秀頼は知っている。

（なれば）

最後に戦場というものを目に焼き付けておきたい。矢玉の届く場所にわが身をさらしてみたい。

そう念じつつも、秀頼は淀殿に陣羽織をつかまれたまま、身動きができずにいた。

「母上、いつまでもここでぐずぐずしていては勝機を逸してしまいましょう。秀頼を信じて出陣させてください」

「なりませぬ。今はまだその機にはありませぬ。修理もさよう申しております」

淀殿が背後を振り向くと、治長は加勢に進み出て、

「大方様の仰せられるとおりにござります。戦は緒についたばかり、まだひと山もふた山もあると見るべきでございましょう」

と秀頼に自重を促した。

「戦のあやを、左衛門佐や豊前より、その方が存じておると申すか。たとえ、そうであろうと、先手の者どもの訴えを無下にはできぬ」

秀頼はあくまでも出陣するつもりであったが、淀殿と治長も断固として阻止する構えで一歩も譲らない。

「上様がお出になると、それを機に城内に火をかける者が出るやもしれませぬ」

治長が言う。

「さような流言を真に受けていかがする」

秀頼は立腹した。

現にそんな曲者が紛れているのなら、秀頼が城内に留まるのも危険ではないか。

淀殿はまだしも、治長までもがあらぬことを言いたてて出陣を阻もうとするのが、秀

頼には不審であった。

（さてはなんぞ企んでいるのか）

と訝ったが、なにを企んでいるのかまでは分からなかった。

そしてそのまま桜門前で行く、行かせぬと言い合っているうちに、半刻ほどがすぎた。

すると今度は城外から七手組の速水守久が戻ってきて、

「茶臼山のお味方は総崩れ。まもなく敵がこの城へも攻めよせて参りましょう」

と告げた。

それとほぼ同時に、天王寺口や岡山口からも敗戦の報せも届いた。敗兵たちも続々と、城へ戻ってきているようだ。

その場にいた者はみな、ひどくおどろき、狼狽している。覚悟はしていたにせよ、いざ、その現実に直面すると、人は不意打ちに等しい衝撃を受けるものらしい。

冷静だったのは、ひとり秀頼だけと見える。

「一死はもとより覚悟のうえである。さればこれより出馬して、豊家の意地をみせようぞ」

と秀頼は馬を進めかけたが、速水守久は馬前に片膝をついて、

「御身を乱軍の中にさらし、万が一、雑兵などの手にかかっては、かえって豊家の恥。今なすべきは、城に籠って敵を迎え撃つことです。そして弓折れ矢尽きるのちにご自害されても遅くはありません」

と訴えた。

淀殿と治長も守久に同調して、籠城を支持した。

（ああ、やはり）

自分はこの城を出ることなく、死を迎えるのか。一度も華々しく戦場を駆けめぐることなく、女たちの庇護のもとにその生涯を終える運命であったか。

秀頼は諦念に包まれながら、馬を下り、淀殿たちとともに本丸御殿へ戻った。

十八

浅野長晟寝返りの流言が陣中を駆けめぐると、松平忠直の本陣の将兵たちにも動揺が走った。

「ここはいったん、前方の隊を戻し、御本陣を固められてはいかが」

と側近の者が諮った。

浅野軍に後方から攻められると裏崩れがおこる。本陣近くに自軍の兵を集めて防御の態勢を整えるべきとの進言である。しかし、忠直は即座に退けた。

「この期におよんで紀州勢が寝返るとは思えぬ。よしんば寝返ったとしても、構わず前へ押して出る。わが馬印と旌旗《せいき》を先手の者どもにも見えるように押し立てよ。茶臼山を落とし、大坂城へ攻め入るまで、一歩も退いてはならぬぞ」

この一戦に賭けている忠直は、兵を退くくらいなら、むしろ死を選ぶ覚悟だ。

昨日、八尾、若江の合戦に加わらず、家康から叱責を受けたことだけが理由ではない。

忠直には、どうしてもこの戦いで先駆けを譲りたくない意地があった。

松平忠直は文禄四年(一五九五)、摂津国に生まれた。父は家康の次男、結城秀康で忠直はその長男である。

父結城秀康は、家康と秀吉の和睦の際に人質として豊臣家に入り、その後、結城家を継いだため、家康の子としては最年長者でありながら徳川家の家督を継げなかった。理由は他家に入ったためというが、もともとそうなったのも、家康が秀康に対し愛情を持たず、捨てるように秀吉にくれてしまったからだ。

家康は同じわが子でも、そのように露骨に冷遇することがある。六男の松平忠輝が同様の憂き目にあっているが、最大の被害者はやはり結城秀康だろう。

秀康は口には出さずとも、無念だったに違いない。慶長十年(一六〇五)、弟の秀忠が将軍になった時、秀康は伏見城代をつとめていた。その夜は城内に出雲阿国一座を招いて歌舞伎をめでながら痛飲したという。

秀康は慶長十二年(一六〇七)に病を得て死去した。しかし、無念の魂魄は忠直の心の奥底に引き継がれ、今も生き続けている。

(ほんとうなら)

今ごろ、自分が父の跡を継いで将軍だったかもしれない。いや、かもしれないではない。年長の男子が家督を相続するというごく当たり前のことが当たり前に成されていたら、自分が間違いなく将軍だった。

そう思って何度も眠れぬ夜を過ごしたものだ。しかしこればかりは、もうどうにもならないという道理も、忠直はわきまえている。考えても、悩んでも、なんの益もなく、ましてや怒りを溜め込むなど、身を滅ぼすもとだ。

だが、現実はさらに残酷な試練を忠直に強いてきた。

慶長十六年（一六一一）三月二十日、この日、忠直は左近衛《さこのえ》権少将《ごんしょうしょう》、従四位下に叙された。同日に叔父だが年下の徳川義直と徳川頼宣は左近衛権中将《ちゅうじょう》、従三位に叙任している。

義直は家康の九男で、頼宣は十男だ。家康の次男秀康の嫡子である忠直の自尊心はぼろぼろに崩れた。

将軍になれないのは仕方がない。しかし、父よりはるかに下で、自分よりも若年の一門にさえ追い抜かれていくのか。

忠直は愚かな人間ではない。苦く割り切れぬ思いは心の底に仕舞い込み、現実と折り合う処世も身につけている。

だから叙任のため、ともに上京した家康にも、

「こたびは格段のお心づかいを賜り、かたじけのうございました」

とにっこり笑って挨拶することができた。たとえ、腹の中は煮えくり返っていても。

将軍になることは金輪際ない。その野心は永久に封印した。だからといって、今の立場に甘んじるつもりもなかった。越前六十七万石から、さらに加増され、官位ももっと昇りたい。徳川一門の中で格別の地位も得たい。

（そのためには）

この合戦で、ぜがひでも武功を立てて、家康を瞠目させねばならないのだ。この戦が終わり、豊臣家が滅びたら、この先、忠直がその地位をわが実力でもって引きあげる機会はないだろう。

この忠直のたぎるような思いは、越前松平家、家臣団共通の願望でもある。

それだけに、忠直が浅野長晟裏切りの虚報にも動ぜず、馬印と旌旗を前方に押し立ててきたのを見て、忠直軍の将兵たちは奮い立った。

真田信繁には右翼の突破を許したものの、茶臼山に拠った真田勢を猛攻の末に蹴散らすと、豊臣方に傾いていた合戦の流れを一変させた。

豊臣方は遊軍を茶臼山と天王寺に差し向けたが、勢いに乗った忠直軍には歯がまったく立たない。大谷吉治、石川康勝、御宿政友らの武将たちは、忠直軍の将兵に次々と首級を取られた。

緒戦に徳川方を圧倒した毛利勝永軍も、三度も本陣への攻撃をこころみて家康の心胆を寒からしめた真田信繁軍も、ついに力尽きたところを忠直軍に切り崩された。

忠直軍は、茶臼山から天王寺に陣取る豊臣方の部隊をことごとく打ち破ると、敗兵を追って大坂城へ迫った。

船場に精鋭三百を率いて敵の本営を突く機会をうかがっていた明石守重も、戦略が崩れたことを知り、忠直軍の側面へ攻撃を仕かけた。敗軍を急追して城をいっきに陥れようとする忠直軍の鋭鋒を、少しでも鈍らせるための横槍だ。

しかし、豊臣の精鋭部隊を選りすぐった明石軍も、主従一丸となって火の玉のように攻め立てる忠直軍には、蟷螂《とうろう》の斧にすぎない。明石隊はほんの一時、忠直軍の一部を足止めしたが、ほどなく大軍勢に取り囲まれ、反撃を受けて散り散りとなった。主将の明石守重はその場で討ち取られたとも、逃げ延びたとも伝わっている。

「休むな、後れをとるな、進め、進め」

茶臼山に陣取った忠直は、馬上で躍り上がるように、眼前に旗指物をはためかせ大坂城を目指して押し進む自軍を叱咤し、吠えたてた。

忠直軍が力づくでこじ開けた突破口を、あとから水野勝成軍や本多忠政軍などが楽々とくぐり抜け、忠直軍に迫る勢いで大坂城へ兵を進めていた。これらの者たちに手柄を横取りされたら泣くに泣けない。

「一番乗りの報せはまだか」

越前勢の旗指物が惣構え跡を乗り越え、三の丸をひたよせて行く光景を、食い入るような眼差しで見つめながら、忠直は周囲の者たちに質した。声にいらだちがこもっている。周りの家臣たちも息をのんで、大坂城に殺到する軍勢の様子を見守っていた。

やがて先手の伝令が馬を飛ばして茶臼山に馳せ帰り、

「わが越前勢が一番乗り。本丸桜門に御旗を打ち立てましたぞ」

と叫ぶように報じると、

「でかした」

と忠直も負けず大声で叫んだ。周囲の家臣たちも怒号のような歓声をあげて、互いの肩を叩きあって喜びを分かち合っている。

その姿を眺める忠直の胸にも、熱いものがこみあげていた。

(これでようやく)

祖父家康も、忠直の実力を認めざるを得ないだろう。

忠直はおのれの成しとげた武功と、今後得られるであろう栄光を思って、震え立つような充実と興奮を覚えた。

じじつ、この日の合戦での忠直軍の武功は他を圧倒していた。大坂城一番乗りだけでなく、取った首級は三千六百余り。その中には高名な武将たちも数多く含まれていた。家康も戦功第一を忠直と認め、その活躍を大いに囃した。忠直は歓喜の思いでその言葉を聞き、自身の未来が明るく開けていくさまを実感したのであった。

しかし戦後、論功行賞で松平忠直には一片の領地の加増もなかった。官位だけは従三位に昇叙して、やっと義直と頼宣に並んだが、それも束の間、二年後の元和三年(一六一七)、義直と頼宣は権中納言となり、ふたたび忠直は引き離された。

忠直の憤慨と鬱屈は募るばかりであった。大名としての務めも怠りがちになり、元和七年(一六二一)には病を口実に参勤交代を怠り、将軍秀忠の不興を買った。

忠直はじっさい、肉体より心が病んでいたようである。

元和八年(一六二二)、秀忠の娘で正室である勝姫の殺害を企てるに至り、幕府も見過ごしにできなくなった。家中からも、忠直の様々な乱行を訴える声があがりはじめた。

元和九年(一六二三)、忠直は幕府より「不行跡」を理由に隠居を命じられ、豊後に配流になった。嫡子の光長にはのちに所領が与えられたが、父忠直の半分以下となる越後高田二十五万九千石だった。

三十歳を前に隠居の身となった忠直は、憑き物が落ちたように穏やかな人物になったと伝えられる。家柄、身分という首枷から自由になって、はじめて自分らしさを取り戻したのかもしれない。忠直は慶安三年（一六五〇）、配流先の豊後国津守《つもり》で死去した。

真田信繁はわずか数百の兵とともに、家康本陣に三度目の突撃を敢行した。前二度の攻撃で旗本衆を思うままに蹴散らして、家康の御座所まであと一歩というところまで追いつめていた。

（三度目の正直）

としたいところだが、すでに信繁軍は疲弊しきっていた。家康の本陣にたどり着くまでにも、いくつもの徳川方の部隊と交戦し、ほとんど休憩を取らずにここまで戦い続けてきたのだ。

家康本陣に近づき、鉄砲隊の射撃をおこなうが、兵数も弾薬も圧倒的に劣る信繁軍は、敵を牽制するどころか、逆に敵の鉄砲隊に射すくめられてしまった。

それでも敵の射撃の切れ間を計って、

「かかれ、かかれ」

信繁は突撃を命じ、みずからも槍を構えて敵陣に突入した。

しかし、ようやく混乱から立ち直った家康の旗本衆は、数にものを言わせて信繁軍の攻撃をはね返し、逆襲に転じた。

将兵たちが次々と倒され、信繁も敵兵に囲まれ、なんとか切り抜けるものの、無数の手傷を負った。敵のものか自分のか分からない血で全身が染まっている。

退却を命じて、どうにか敵の追撃を振り切った時には、身辺に大塚清安、真田勘解由、高梨主膳のほか数名がつき従うだけだった。

信繁軍は事実上、壊滅した。

(あとは)

毛利勝永軍や大野治房軍などと一手になって、最後の抵抗をするしかない。

しかし、すでに徳川方は豊臣方の防衛線を突破して、大坂城へ向かって進んでいるようだ。家康の本陣は防御の備えを固くして、もはや付け入る隙はない。

(なにか手はないか)

信繁は考えるが、思考が定まらない。もう丸二日以上、ほとんど睡眠を取らず、行軍と戦闘を継続してきた。心身ともに疲労困憊しきっている。流血が止まらず、寒気がする。

信繁たちは四天王寺にほど近い安居神社にたどり着くと、互いの傷の手当てをしながら休憩を取った。

そこを松平忠直軍の将兵に発見され、攻撃を受けた。

細川忠興がのちに手紙に、真田信繁の活躍を、「古今に例のない大手柄」とたたえて、一方で最期の様子を、「傷を負い、疲労して倒れていたところを襲って首を取ったので、手柄にもならない」と記して、討った味方を貶している。

毛利勝永は天王寺口から退却する豊臣方のしんがりをつとめていた。

毛利軍は徳川方の先鋒隊を打ち破ったあと、家康の本陣を目指し、井伊直孝、藤堂高虎などの徳川方の各軍と交戦していたが、茶臼山の真田信繁、大谷吉治、渡辺糺などの各隊が敗北し、後方との連絡が途絶え、包囲される危険が出てきたため、退却を決意したのだった。

(ここまでだ)

家康の首を取れなかった無念と、それでも精一杯やれるだけのことはやり遂げたという満足が、混ざり合った気持であった。

もとより死は覚悟のうえで大坂に来ている。出来うるかぎり敵を苦しめて、最期は秀頼とともにしたい。

(そのためにも)

生きて大坂城に帰らなければ。

しんがりの毛利軍を追って、藤堂軍が後方に迫ってきた。

沼地の細道を巧みに逃げ、土手に駆けあがり少し敵との間に距離ができると、勝永はそれまで退却中でも大事に担がせてきた火薬箱をすべてその場に置くように言い、

「草や木の枝で覆って隠せ」

と指示して、導火縄を延ばして草むらに身を伏せた。

敵軍が近づいたところで爆発させた。爆音におどろく敵兵に、毛利軍は打って出て、藤堂軍の先手を蹴散らしたあと、ゆうゆうと大坂城へ退却したのだった。

毛利勝永は大坂城に戻ると、秀頼と最後まで行動をともにし、自害したと伝えられている。

家康は真田信繁の攻撃を退けて危機を脱すると、ただちに本陣を茶臼山方面に進めた。天王寺から茶臼山に陣取っていた豊臣方の軍勢は、ことごとく打ち破られ、裸城の大坂城へ向かって敗走をしている。

（これでようやく）

けりがついた。勝負は決まったと言っていいだろう。

先ほどは少々肝を冷やしたが、戦には意外性がつきものだ。人はあれを運がよかったというかもしれない。しかし、それは違う。

あのような不意打ちに備えて万全の構えをしていたからこそ、大事には至らなかった。一事が万事、この用心深さが天下を取らせたのだ。

人生の総決算が今まさに成しとげられようとする充実感に満たされながら、家康が馬を進めていると、大坂城からの使者という僧侶が目通りを願っていると告げられた。京極軍の将兵に守られてここまで来たという。

「おお、さようであった」

使僧を馬前に呼ぶと、家康は尋ねた。

「なんと申している城方は」

「大坂を去る代わりに、大和を賜りたいと申されております」

使僧の言葉に、家康は難しい顔をした。

「信濃ならよいが、大和は与えられぬ」

もし淀殿がさいしょから信濃と言ってきたら、上総と答えるつもりだった。上総だったら、今度は陸奥だ。どんな返答があっても、値を吊り上げて合意するつもりはない。要は時間稼ぎである。

家康はふたたび城へ戻るという使僧に、

「すでにわが方が大勢攻め入って、城内は混乱しているであろう。もし、本丸御殿に近づけぬようなら、無理に入るにはおよばぬ」

と言葉をかけた。

たとえ使者が戻らなくても、秀頼主従は和睦を頼みの綱に、最後まで必死の抵抗を控えるだろう。すでに一度、使者を送ったことでほぼ目的は達しているのだ。

家康が茶臼山に着き、その山頂に本陣を構えると、大坂城内のあちこちから火の手が上がりはじめた。寄せ手が城内に進入して、放火をして回っているのだろう。二の丸の武家屋敷跡や本丸の桜門のあたりから盛んに黒煙が立ちのぼっている。

「落城は近いのう」

山頂からの光景に目を細めて家康は言った。時に申の刻（午後四時）になろうとするころであった。

十九

味方が敗れ、敵方が城へ攻め入ってくるとの報せを受け、淀殿は側近の女たち、秀頼と正室の千姫、大野治長をはじめとする譜代の家臣たちとともに、桜門を離れ、本丸御殿にあがった。

御殿の中も混乱でひどい有様になっているが、奥から常高院が姿をあらわしたので、ほっとするとともにおどろいた。

「そなた、まだ残っておったのか」

淀殿の言葉に、常高院は緊張の面持ちで、

「大御所からの返答を待っております」

「敵兵が城外にあふれている。もはや和睦の使者が近づくこともならぬであろう。そなたは早く落ちなされ」

「されば、右府様と姉上様もごいっしょに」

と常高院は言ったが、淀殿は首を横にふり、「和議の確約なくして家康の憐れみを乞い降るわけには参らぬ。それならば、わらわと上様はこの城と運命をともにする」

「それはご短慮と申すもの。生きながらえておれば、またよき目も巡って参りましょう」

「節を曲げてまで浮世にしがみつき、世の侮りを受けとうはない。われらが父上も母上も決してさような真似はされなかったであろう」

と淀殿に言われて、常高院は返す言葉を失った。

ふたりの間に沈黙が流れると、淀殿はしんみりとした表情になって、

「そなたのこれまでの骨折りには、わらわもかたじけなく思っている。ようやってくれた。されど、ここがもう引き際であろう。お初、さらばじゃ」

と常高院を幼名で呼んで別れを告げた。

常高院は後ろ髪を引かれる思いであったが、誇り高い姉の決意をひるがえす手立てがもうないことも分かっていた。

「さすれば、お暇いたしますが、もしこののち、大御所から和睦の使いが参れば、いかなる御意であろうと、お受け入れくだされ。さようお約束くだされ」

常高院の頼みに、淀殿はうっすらと笑いを浮かべて答えず、

「さあ、早う、発て。巻き添えになってはならぬ」

と追い立てて、京極家の従者のほかに、三人ほど道案内の腰元を連れて行くように言った。

常高院が去ると、すぐに本丸内にも火の手があがりはじめた。

「ご天守へ」

という者があり、淀殿、秀頼、千姫たちは天守閣へのぼった。

風雲急を告げる大坂城内にあって、奥勤めの腰元のおきくは、その直前まで今日が落

城の日であると気づかずに過ごしていた。おきくがとりわけ物事に疎いというわけでもなく、それが奥の女たちほぼ共通の認識であった。

おきくはかつて浅井長政に仕えて千二百石を取っていた山口茂介の孫娘で、父の山口茂左衛門も幼少のころ淀殿に仕えていたというから、浅井の家系には三代、淀殿には父娘二代にわたる縁があることになる。

おきくはこのとき二十歳であった。日ごろから淀殿の身辺にいたのに、戦況をまったく知らずに過ごしていたのは、それだけ奥の中は別世界で、ほかとは違う空気が流れていたためだろう。

その日、おきくはお勤めもなく、住まいの長局にいたが、未の下刻（午後三時）をすぎたころ小腹がすき、手元にそば粉があったので、下女にそば焼きにするように言いつけた。下女はそば粉を持って台所へ行ったが、いつまでたっても帰って来なかった。しびれを切らし、様子を見に行こうかと思いはじめたころ、

「玉造口の方が焼けている」

という者があり、

「ほかも方々で火が燃え広がっている」

という者もあり、にわかに奥の中が騒然としてきた。

おきくは見晴らしのきく千畳座敷の縁側まで出て、あたりを見わたしてみた。するとたしかに玉造口もそれ以外のあちらこちらでも、火の手があがり、煙が天にもくもくと昇っている。

（おお、なんとしたこと）

一度にこれほどの出火があるのは、大坂方が戦に敗れ、敵勢が方々に火をつけて回っているからに違いない。火はすでに本丸近くにまで迫っているので、落城も近いと考えていいだろう。

おきくにはまったく青天の霹靂であったが、武家の娘なので、状況判断に誤りはなく、このような場合の心得もできていた。

すぐに長局に取って返し、腰巻を三枚重ねて着け、帷子も三枚重ね着をして、秀頼から拝領した鏡、竹流金を二本、懐に入れた。ほかにも持ち出したい物がたくさんあったが、置いていくしかなかった。身軽でないと逃げ切れないと考えたからだ。

台所へ行くと、大勢の女たちの姿があった。みな、逃げるために裏口の台所へとやってきたのだ。それでも踏ん切りがつかないのか、誰ひとり外へ行くわけでもなく、台所の中を右往左往している。

そこへ台所の戸口の外に、ふたりの侍が立ち、

「傷を見てくだされ。上帯も締めてくだされ」

と声をかけてきた。

見ると台所の上り口に、具足姿の竹田永翁が入って来て、崩れるようにそこへ腰を下ろした。ふたりの侍は永翁の従者らしい。戦い敗れて帰ってきたところらしく、三人とも血しぶきを浴びたような、すさまじい姿であった。

その姿に胆をつぶした女たちは、堰を切ったように台所口から外へ逃げ出しはじめた。

永翁は腰を下ろしたまま、

「外は敵だらけじゃ。女たちはここに留まりなさい」

と大儀そうに声をあげたが、怪我と疲労で身動きもままならぬようで、そばを通り抜けて行く女たちを、制止することはしない。

永翁は秀頼の側近のひとりで、城内でずいぶん羽振りのよかった人物だが、今は誰もその言葉に耳を貸さない。おきくも気の毒に思いながらも、重傷の三人から目を逸らして足早に台所口から立ち去った。

しばらく行くと、中仕切の門があって、なぜかその前に豊臣家の馬印である金の瓢《ひょう》箪《たん》が転がっている。

敵に奪われたら恥辱になると、下働きのおあちゃという者と、名を知らぬもうひとりと、これを打ち壊した。

それからほかの者たちが逃げ去るあとについて、おきくも京橋口にたどり着いた。奥勤めのおきくはほとんど足を踏み入れたことのない場所である。まごまごしているうちに、ほかの者たちとははぐれてしまった。

ともかく、城の外へ逃れねばと、おぼろな記憶を頼りに天満川にかかる橋を探すが、どうしたことか見つからない。今日の合戦で敵の進入を防ぐため、多くの橋を落としてしまっていたからだ。

それでもようやく備前島にかかる橋を見つけて渡った。すでに敵が仕寄りをつけているのか、竹束などが設えてある。しかし、敵味方にかぎらず人の姿は見当たらない。

このあたりは激戦地となった城の南側と反対方向のため、手薄となっているようだ。あるいは家康が城兵の必死の抵抗を和らげるため、あえて逃げ道を通しておいたのかもしれない。

心細い思いでおきくが仕寄りを通り抜けようとすると、竹束の陰からひとりの男が飛び出してきた。おきくはおどろき、声も出せなかったが、単衣をまとっただけの男は錆びた刀を抜いて、

「金があれば出せ」

と言う。

おきくは竹流金を渡し、

「藤堂殿の御陣はいずかたぞ」

と尋ねた。

徳川方の藤堂の名を出したのは、おきくのとっさの機転であった。藤堂家の身よりと思われれば、ひどいあつかいはされないと考えたのである。じっさい、おきくは藤堂家と縁があると言えばある。

藤堂高虎はかつて浅井家で足軽をつとめていたことがあり、その時の小頭がおきくの祖父山口茂介であった。その縁で父山口茂左衛門は藤堂家で客分として三百石をもらっていた。大坂の陣がはじまると、茂左衛門は藤堂家を離れて、おきくが前より奥勤めをしていた大坂城に奉公を願ったのである。

茂左衛門はすでに戦死しており、藤堂家がおきくを受け入れてくれる保証もない。し

かし、高虎は義理堅い人物だと父から聞いていたし、なによりほかにあてがなかった。

藤堂の名を出した効果はあり、

「泉州様は松原口にござる」

男はにわかにかしこまり、口調まで変えて答えた。

「では、そこまで連れて行ってたもれ。ぶじ着いたら、また褒美をとらせよう」

「はっ、いざ、こちらへ」

男はまるで家来にでもなったように、うやうやしくおきくをいざなった。

男の後についてしばらく歩いていると、十数人の集団に出会った。ひとりの老女が侍におぶさり、さらに後から足を支えられ、逃げていくようだ。その周りには、腰元や侍たちがつき従っている。

老女はと見れば常高院である。おきくはそっと男から離れ、常高院の行列のあとについた。こちらと同行した方が安全に違いない。周りの腰元たちも、おきくと同じような考えのもと、途中より行列に加わった者が多いようだ。

行列は守口村に着き、とある在家で休息を取った。一行のために家内には蓆《むしろ》が敷かれ、常高院のためにはどこからか古畳が二枚運ばれてきた。

それからすぐに京極家の陣中から届けられたらしい強飯が運ばれた。一同はそれを懐紙に取り分けて食べた。

(そういえば)

おきくはそば焼きを食べるつもりで下女に命じたあと、落城騒ぎになったことをふと思い出した。下女はどうしたのだろう。ぶじ逃げおおせたのだろうか。

難を逃れ、空腹も満たされて、ようやくあたりを見わたす余裕が出てきた。

一行の中に顔見知りを探すと、秀頼付の腰元で山城忠久の娘がいた。あわてて城を飛び出してきたのか、帷子一枚きりの姿であった。

ここ数日、夜は雨もよいで底冷えする。それでは難儀であろうと、おきくは帷子と腰巻を一枚ずつ脱いで、山城の娘に与えた。

それからしばらくすると、家康より常高院に迎えの乗り物が到着した。ただちに家康の本陣へ参れとの指示である。

常高院は出立に際し、城から逃れ出たおきくたちに、

「そもじらは女の身とはいえ、城中の者ゆえ、大御所様よりいかなご沙汰が下るか分かりませぬ。なるべくよいように申し上げるが、ご下知があれば逆らえませぬ。万が一のおりは覚悟せねばなりませぬぞ」

と深刻な顔で申し渡したので、そうでなくても不安に慄いていたおきくたちは、いっせいに声をあげて泣き出した。

豊臣家という大木が倒れ、日本一のお城と信じていた大坂城も落ち、そこからはじき出されたおきくたちの運命は死と決まったようなものだ。そう言い渡されたような気がしたし、またみずからもそう信じて疑わなかった。

ところが、かなりたって常高院が帰ってくると、輿から下りるか下りぬうちに、

「みな、望みしだい、いずかたへも送りつかわしてよいとの仰せであった」

と伝えたので、おきくたちは手を取り合って喜んだ。常高院も朗報を伝えようと、急いで家康のもとから戻ったようだ。

おきくは淀殿のつながりで見知りごしの松丸殿のもとに御奉公にあがろうと、京へ向かうことにした。

松丸殿は太閤秀吉の側室のひとりで名を龍子《たつこ》といい、淀殿や常高院には従姉妹にあたり、京極高次の姉である。今は出家して寿芳院と号している。

山城の娘もどこにも行くあてがなく、ご一緒にと願うので、同行することになった。

京に着くと、まず大坂城出入りの商人を頼った。大坂では取るに足らない者と思っていた商人も、その屋敷はたいそう大きく、見るからに裕福そうであった。

ところが、大坂落人との関わりを恐れてか、商人はおきくたちを屋敷にはあげず、ただ晒布を二反ずつ手わたして体よく追い払ったのだった。

次におきくたちは織田頼長の屋敷を訪ねた。頼長は今回の合戦の直前に大坂城を離れたが、父有楽斎とともに城内で力を持っていた人物である。おきくはほとんど言葉を交わしたこともないが、山城の娘は姻戚関係にあった。

しかし、ここでも大坂から来たというと、門戸さえ開けてもらえない。

そこでおきくが、

「これはお殿様の姪御殿にございますぞ。それでもお入れくだされませぬか」

と戸の内へ呼ばわると、あっさり門が開かれ中に入れてもらえた。

そしておきくは頼長から直接、

「亡き者と思っていた姪の命を拾ったようなものじゃ」

と礼を言われた。

おきくは四、五日間、屋敷内に匿《かくま》われたあと、松丸殿のもとへ行くと申し出ると、頼長は丁重に挨拶をして、帷子と銀子五枚をもたせてくれた。

そしておきくは、松丸殿のもとで奉公したのち縁付いた。

それからずっと後年、備前池田家に仕える医師で孫の田中意徳に、大坂落城の時の模様を詳しく語り聞かせたのだった。おきくは備前で八十三年の天寿を全うした。

二十

申の刻（午後四時）をすぎ、松平忠直軍、水野勝成軍をはじめとする徳川方の軍勢が大坂城内に押しよせた時、豊臣方では組織だった防衛戦を指揮する武将がほとんどいなかった。

それでも戦場から逃げ帰った将兵たちが、ここを最後の働きと、二の丸櫓やわずかに残っている城壁などを拠点に、絶望的な抵抗をこころみた。

しかし、城内に内応者がいたのか、ほどなくして二の丸から火の手があがると、それに呼応して城内各所に火が放たれ、数をたのんで攻めよせる徳川方の軍勢に囲みは破られ、豊臣方の将兵は次々と討たれた。また、自害する者も相次いだ。

豊臣家の旗奉行であった郡良列と津川近治は、千畳座敷の床上に豊臣家の旗を立て、その前で腹を切った。

秀頼の側近で槍の師範でもあった渡辺糺は、天王寺口の戦いで大怪我を負って帰ってきて、やはり千畳座敷でふたりの子とともに自害した。糺の母で淀殿の側近であった正栄尼も、息子と孫の死を見とどけてあとを追った。

秀頼の旗本の真野頼包、中島氏種、成田兵蔵たちも本丸の中で自害した。同じく堀田図書、野々村伊予守は戦場から戻り、本丸に入ろうとしたが、その時はすでに行く手を火に阻まれて果たせず、本丸と二の丸の間の石段上に座って腹を切った。

大坂城内はいたるところで折り重なるような豊臣方の戦死者、自死者であふれ、凄惨な光景を呈してきた。

大野治長は秀頼たちといっしょに行動をしていた。秀頼のそばにはその時、四十人ほどの者がいて、天守閣から外の様子をうかがっていた。

二の丸はすでに落ち、本丸の中からも次々と火の手があがりはじめている状況を目の当たりにして、

「ここまでであるな」

秀頼は言った。和睦の使者が戻らない淀殿も、すでに覚悟を決めたように口を真一文字に結んでいる。

気の早い小姓が「お先に」と言って両膝を床につき、具足を解き、短刀を抜き放って刃先をくつろげた腹に当てた。

七手組の速水守久が、その小姓を叱りつけて止めて、秀頼に向き直り、

「勝敗は兵家の常。最後までいかなることが起こるとも知れず、主君は死を急がぬものです。どうか今しばらくのご猶予を」

と申し述べた。

この期におよんで先延ばしを計ろうとする守久の意図は不明だが、なにやら仔細がありそうだ。

秀頼が不承不承うなずくと、守久はほっとした顔をして、治長に目配せをした。

それから守久は、

「ご天守は敵の目標となり、危うございます。ここは山里へお退きあれ」

と一同を本丸とつながっている山里曲輪へ誘導した。

治長は行列の最後につき、千姫付の腰元のひとりを呼び止めて、

「お方様を城の外へお出しするので、右府様たちの助命を大御所と将軍に訴えてもらいたい」

と告げた。

そして火炎と煙を逃れて、山里曲輪に向かう小道で、千姫を一同から引き離した。

これは前もって治長が速水守久と図った手順であった。

治長は家臣の米村権右衛門に千姫との随行を命じたうえで、

「本陣に着いたら、本多佐渡守か上野介に目通りして、こたびの謀叛は、すべてこの修理介ひとりが謀ったことゆえ、右府母子には平にご赦免をと願え」

と告げた。

権右衛門は小者から引き立てられた家臣で、治長の心のうちを誰よりもよく知っている。よって四の五の言わず、ただひと言、

「かしこまりました」

と応え、権右衛門は千姫とお付の腰元たちを連れて本丸の方角へ向かった。

治長は千姫たちの後ろ姿が城壁の向こうに消えるのを見とどけると、秀頼たちを追って山里曲輪に向かった。

(これで)

すべての手を打ち尽くした。あとは家康の返答を待つばかりだ。

自分がすべての罪を被ることにより、秀頼淀殿母子の助命を願う。さらに引きかえに千姫を助ける。これが治長の考えていた最後の切り札であった。

もちろん、家康は治長の命などに一文の価値も認めないだろう。千姫も取り戻してしまえば、そのあと秀頼に慈悲をかけるか、かけぬかは、家康の胸三寸となる。

しかし、戦ではどうやっても勝ち目がない以上、豊臣家が生き残る道はこれしかないと、治長は早いうちから覚悟を決めていた。

先のない家康はしゃにむに豊臣家を潰しにかかっているが、一方であまりに無慈悲なまねをして被る悪評も気にしているに違いない。

最後にこちらから千姫を送り返すという好意を示せば、それに応える必要も感じるのではないか。

儚い望みであったが、今はそれに賭けるしかない。

治長は不自由な身体を引きずりながら、山里曲輪への仕切門をくぐった。

秀頼一行は小さな櫓の前に集まっていた。この中にすぼまって敵の目を逃れ、家康からの赦免を待つのである。

小姓や腰元が中を片付け、秀頼と淀殿の御座所を設え、ようやく中へ入ろうとした時、

「あっ、ご天守が」

と声があがった。

振り仰ぐと、夕闇の影となった天守閣の格子窓からめらめらと炎があがっている。先ほどまで秀頼たちがいた辺りも、下階の外壁をなめるようにあぶって昇る炎と、猛然と吹き上げる黒煙の渦に飲み込まれそうである。

太閤秀吉が一代で築き上げた天下事業、その象徴ともいえる大坂城の天守閣が今、燃え落ちようとしている。豊臣家の終焉を告げるにこれほどふさわしく、また残酷な光景もあるまい。

一同は声もなく、天守閣の燃える様を身じろぎもせずに見つめていた。

黒煙の中に爆《は》ぜる音とともに火の粉が天守に絡まるように舞い踊る。巨大な構造物を覆う炎から吹きよせる熱風が、かすかに肌身に感じられる。

炎と煙はやがて天守閣全体を巻き包み、巨大な火柱となって天を焦がした。天守閣は少しずつ屋根瓦を落とし、やがて下層から順に屋根が崩れはじめ、ついに力尽きるように大柱も崩れると、巨大な生命体が地の底へ引き込まれるように、ひしゃげ、沈み、倒壊してしまった。

建物が崩れたあとも石垣の上に積もった天守閣の残骸は激しく燃え続けている。噴煙も火の粉も今まで以上に立ちのぼる。あたかも、死してなお死にきれぬ豊臣家の断末魔の苦しみを目の当たりにしているようだ。

一同は天守閣の最後の木片が燃え尽きるまで見とどけるつもりだったが、敵兵が山里曲輪の周辺にまで近づいた気配があったため、

「見つかってはなりませぬ。さあ、早くお隠れを」

と速水守久が促して、秀頼たちは櫓の中に身を隠した。

秀頼たちから離れた千姫一行は、本丸を出て二の丸までたどり着いたが、方々で放火され、あたりは炎と煙が立ち込め、まともに歩くことさえままならない。ふと物陰に目をやると、自害をした兵士がうずくまっていたりする。

煙を避けながら選んで進んでいたものの、ついに行く手を火に阻まれ、立往生してしまった。

「いかがした」

一行に気づいて声をかけてきた者がいる。堀内氏久という浪人衆のひとりであった。

「こちらは北の方様でこれより大御所の本陣へ参るところである」

と米村権右衛門が伝えると、氏久はそれならばと道案内を買って出た。

敵兵たちが多い武家屋敷を避け、炎の中をくぐるようにして二の丸を脱したところに、徳川方の旗が立っていた。石見国津和野三万石の大名、坂崎直盛の陣である。

米村権右衛門と堀内氏久が近づき、兵に事情を説明すると、すぐに伝え聞いた直盛が来て、みずから護衛して家康の陣へ向かうと言う。

権右衛門と氏久も千姫お付の者と思われたのか、そのまま同行しても咎められることもなかった。

坂崎直盛が多数の兵を引き連れていたので、家康が本陣を置く茶臼山までの道中に不安はなかったが、その光景は無残であった。

方々に転がっている死体の多くが、首がないのはむろんのこと、武器、具足、装束、下帯まで取られた全裸であった。戦場に無数の盗賊が入り込み、討たれた者を見つけると、またたく間にすべてを剝ぎ取り、持ち去ってしまうのだ。徳川、豊臣の区別なく、死体とあれば見境なしだが、敗軍の豊臣方は死体の保護や回収もままならず、被害の度合いは大きいと思われる。

千姫とお付の腰元たちには、従者が何重にも取り巻いているので、これら見苦しいものを直接目にすることはなかったが、戦場のものものしく荒んだ空気は充分伝わっただろう。

直盛率いる一行は、茶臼山の前方に布陣した本多正純をまず訪ねた。しかし、陣内に正純はおらず、茶臼山の家康のもとへ行っていると言うので、直盛たちは千姫とともに茶臼山に向かった。米村権右衛門だけはひとり陣内に残り、使いを走らせ急ぎ正純をここへ呼んでほしいと頼んだ。権右衛門の第一の使命は秀頼淀殿母子の助命嘆願である。

直盛たちと入れ違いで正純が戻ってくると、権右衛門は治長から言われた通りに、治長がすべての責任を負う代わりに、秀頼淀殿母子の命を助けてほしいと訴えた。

正純は千姫が戻されたことを知って喜び、

「右府殿たちの扱いはなにも約束できないが、たしかに大御所に伝えよう」

と言って、ただちに茶臼山に引き返した。


千姫がぶじに城を脱して逃れてきたと聞くと、家康は喜色を浮かべて、

「すぐにお千をこれへ」

と呼びよせた。

直盛に付き添われて家康の前にあらわれた千姫は、祖父と対面して安堵と喜びの表情を見せたが、すぐに気色をあらためて、

「どうか右府様と大方様をお助け下さい」

と哀願した。

秀頼との夫婦仲は良好で、姑で伯母でもある淀殿も千姫を可愛がってくれた。炎と煙の洗礼を受けてきたばかりの千姫は、なんとしてでも業火に焼かれる大坂城からふたりを救ってやりたかった。

千姫の切実な懇願に、家康は笑顔でうなずいた。

「こたびのことはすべて将軍にお任せしている。されば赦免については、この爺からも将軍にお頼みしよう」

千姫は光を見るように顔をあげた。

「かたじけのうございます。父上には千の口からもご赦免をお願い申し上げとうございます。これより父上のご陣へ参らせてくださいませ」

「うむ、ぶじの姿を将軍にも見せてやるがよい。されば出立の支度をさせるので、しばらく休んでいなさい」

と言って、千姫を下がらせた。

それからすぐに本多正純が家康の前にあらわれた。

「お千が秀頼と淀の命乞いをしておる」

家康は苦虫を嚙みつぶしたような顔をした。

「大野修理の仕業でございます」

正純は、大野治長がすべての責任を被ると、米村権右衛門を通じて訴えてきていることを伝えた。

「いまさら、たわけたことを」

家康は吐き捨てた。

豊臣家を滅ぼすために、これまでどれほどの手間をかけ、苦労をかさねてきたと思っている。

ついにその努力が実ろうという直前に、どうして不完全な形の終結を選べよう。秀頼淀殿母子を助命するには、掛け金が上がりすぎている。多大な犠牲を払って今回の合戦をやり遂げたからには、もう二度となにがあっても豊臣家を復活させてはならない。そのためにも秀頼たちにはどうしても死んでもらう必要があった。

「その方、お千とともに秀忠の陣へ参るがよい。そこでわしの存念をしかと伝えよ」

と家康は正純に命じた。

正純と千姫が秀忠の本陣へと発とうとしていたころ、茶臼山には諸将が続々と詰めかけ、家康に戦勝祝いを述べていた。

今、大坂城の天守閣は猛火に包まれ、本丸、二の丸、西の丸の辺りも激しく炎をあげ、夜空を明るく照らしている。まさしく徳川勝利の祝い火であろう。

諸将は家康に挨拶をすませると、次に岡山口の秀忠本陣へ向かった。

秀忠は諸将から祝福を受けながら、どこか中途半端な気持ちを持て余していた。

(これでついに)

徳川の天下の大きな影となっていた豊臣をこの世から消し去ることができた。

しかし、それを成しとげたのは、将軍である自分ではなく父家康である。

たしかに秀忠は総大将として今回の合戦の指揮を取ったことになっているが、実質すべてを取り仕切ったのは家康だ。諸将もそれをよく承知している。だからこの戦勝祝いも、まず茶臼山の家康を訪ねたあとの帰り道によったにすぎないのだ。

秀忠が諸将の挨拶に浮かぬ顔をしていると、小姓が近づいて、

「上野介殿が右府公の北の方様をお連れして参りました」

と耳打ちした。

「なんと、お千が参ったのか。城を出られたのか」

秀忠は思わず声をあげた。

千姫は秀忠にとってさいしょの子であり、特別の存在だった。しかし、豊臣家と再度手切れをした時、家康から釘を刺され、心を鬼にしてその面影を脳裏から消し去るよう努めてきた。

もう亡きものと諦めていただけに、千姫のぶじは秀忠を歓喜させた。

「すぐにお千をこれへ」

秀忠が命じると、小姓は少し困った顔をした。

「まず先に上野介殿がお目通りをされると申されております。大御所様のご意向をお伝えするとのことで」

「さようか、では上野介をこれへ」

秀忠は喜びをあらわにし過ぎた自分を恥じるように、いかめしく顔をつくろった。秀忠の周りには小姓だけでなく、土井利勝や酒井忠世たちも侍っている。将軍の威厳を損ねてはならない。

本多正純は秀忠の前に出ると、千姫のぶじを祝したあと、いつもの怜悧な眼差しを向けて、

「北の方様は右府殿のご赦免を願っておられます。城を落ちる時、そのことを大野修理より託されたよしにございます」

秀忠は苦い顔をして、

「して、大御所はいかが仰せだ」

といちおう尋ねた。どうせ赦免などありえないのは分かり切っている。

「大御所様は一命を助けてもよいのではないかと仰せでした。ただ、将軍家のご意向に従いたいとも申されておいでです」

と正純と答えたので、秀忠は目を見開いた。

「まことに、大御所はさよう申されたのか」

秀頼の助命は、天下乱れの禍根を残すことにつながる。しかし、婚家を攻め潰された愛娘の心の傷を少しでも和らげることはできよう。悩ましい問題だ。

心を揺るがす秀忠に、正純はすっと膝を進めて近づいて、

「大御所様より、こちらをお預かりしてまいりました」

と懐より取り出した手紙を差し出した。

受け取った秀忠が開くと、手紙には「秀頼生害のこと」と記されていた。

（なんとも）

手の込んだ真似をする。秀忠の胸にどす黒い怒りのようなものが渦を巻いた。

自分だけ秀頼の助命を口にしていい人をよそおい、千姫の恨みを買う役目はこっちへ押しつけるつもりか。

考えようによっては、家康は秀忠に大御所の嘆願もはねつける強い将軍を演じるよう仕向けたともみえる。しかし、今の秀忠の心にはただ恨みと怒りだけがあった。そしてその悪感情の矛先は、目の前の本多正純に向けられた。

（この才子は）

ことあるごとに家康の意向を盾に、秀忠を振り回してきた。関ヶ原の失敗をかばったことで、自分を特別な存在と驕っているのだ。

これが不当な言いがかりだとは秀忠にも分かっている。しかし、怒りの大本に感情をぶつけることができない以上、どこかにはけ口を作らねば、いつか自分を制御できなくなってしまう。

秀忠は正純を睨みすえながら、

「こたびは冬の陣から二度目の叛乱となる。さればたとえ大御所の頼みとは申せ、赦免を聞き入れるわけにはいかぬ。秀頼には死を与えよ」

と言った。おのれの役回りの虚しさに、怒りより情けなさがつのった。

秀忠が溜めに溜めた感情をようやく吐きだしたのは、これより七年後の元和八年（一六二二）であった。

本多正純は宇都宮十五万五千石を取り上げられ改易となった。理由は様々取り沙汰されているが、妥当性のあるものはひとつとしてない。この処罰が、過去の正純の行状に対する秀忠の個人的感情に起因しているのは明らかだ。ただ、先代からの忠勤にかんがみ、出羽国に新領地として五万五千石を与えるとの命をのちに下した。

これを正純がありがたく受け入れるなら、秀忠は過去を水に流すつもりだった。ところが正純は、この秀忠の好意を伝える使者に、自身の無実を訴えたうえに五万五千石の拝領を固辞した。

これに激怒した秀忠は、正純を出羽に配流とした。幽閉先の屋敷は外から戸を打ちつけられ、逃亡はおろか、採光さえままならない、過酷な環境であったという。

秀忠は、かつては自分もその顔色をうかがわねばならぬほどの権力を有していた正純に対して過酷すぎる罰を与えることで、同時に家康に対しての復讐を果たしていたのであろう。

寛永十四年(一六三七)、本多正純は出羽の幽閉屋敷で死去した。

二十一

大坂落城から一夜明けた五月八日の朝まだき。片桐且元はすっかり変わり果てた大坂城に足を踏み入れ、唖然とした。

(これがあの)

天下無双の大坂城なのか。二の丸の且元の屋敷があったあたりは一宇も残さず焼け落ちて、どこになにがあったか分からないほど面影を失っている。

(そしてなにより)

大坂城の象徴だった天守閣も本丸御殿も完全に焼け落ちてしまった。天守台の上には焼け崩れた残骸がうずもれ、本丸の焼け跡とともに、煙がくすぶっていた。

秀吉一代の夢のあとが浅霞の中に浮かんで、痛ましくも無残な姿をさらしている。

且元は二の丸から本丸へ入ったところで足を止めた。息が上がり、石段脇の壁に手をついて呼吸を整える。近ごろ気力、体力の衰えが著しい。病と心労に身体が蝕まれているからだろう。

そんな且元が落城早々の城の中を巡っているのは、家康の命を受けてのことだ。城内の構造に詳しい且元に、秀頼淀殿母子がひそんでいる場所を探り出せとの指示である。

しかし、且元はその時も半信半疑だったが、こうして丸焼けになった天守閣と本丸屋敷を目の当たりにして、すでに秀頼淀殿母子は亡くなっているとの確信を深めた。戦いに完膚なきまでに敗れ、城の本丸が全焼し、なおかつ総大将がその城内のどこかに息をひそめて隠れているなど、且元の常識ではありえないことだった。

秀頼は本丸で自害して果てたのだろう。そしてその亡骸を人目にさらさぬよう、大野治長が本丸に火を放ったのち、みずからも命を絶ったに違いない。

呼吸を整えたあと、且元はふたたび歩き出した。本丸から天守台へ厳粛な心持ちをかみしめながら歩を進め、もう一度本丸に戻り、ふと山里曲輪との仕切門の向こうが森閑としているのが気になった。

且元は門をくぐり、山里曲輪に足を踏み入れた。大坂城のすべてを焼き尽くした猛火も、秀吉が城内の憩いの場として設えたこの曲輪だけは目こぼししたようだ。かつて且元も秀吉の茶会に相伴した茶室も、森然とした木陰のたたずまいも、手つかずのまま残っている。

太閤時代の思い出の詰まった曲輪の中をいつくしむように歩いていると、芦田曲輪との境にある櫓から声が聞こえたような気がした。櫓といってもふだんは物置として使っている小さな建物だ。

「中を探って参れ」

且元はふたりの従者に命じた。

ふたりは櫓に近づいて、格子戸からそっと中の様子をうかがい、且元のところへ戻って報告した。

「中の様子は暗くてはっきりとは見えませんでしたが、大野修理介と速水甲斐守の声が聞こえました」

ふたりは普段から且元と行動をともにしていたから、大野治長も速水守久もよく知っている。そのふたりが口をそろえて言うのだから間違いないだろう。

（なんと、痛ましや）

無念と悲しみの入り混じった感情がこみ上げてきた。

家康からの助命を心待ちに、秀頼と淀殿はあのような小さな櫓にすぼまっているのか。おそらくふたりともあのかび臭い建物の中に足を踏み入れたのは、長い大坂城内での暮らしで今回がはじめてだろう。

もし、自分が豊臣家の家老のままであったら、決して秀頼にこんなみじめな最期を遂げさせなかった。昨晩のうちに、城とともにすべての始末をつけていたはずだ。

且元が豊臣家を離れたのは、やむを得ない仕儀であった。しかし、それでも今、小さな櫓を前にして、秀頼淀殿母子がその中で身を縮こまらせていると思うと、慙愧の念に苛《さいな》まれずにはいられない。

且元とともに城内を見回っている安藤重信が近づいてきた。且元がずっと同じ場所に立ち続けているので、なにかあると察したのだろう。

「いかがされた」

重信が質した。

ここで偽っても意味はない。且元が言わずとも、すぐに秀頼の居場所は知れる。だが、それでも且元の胸には苦く重いものが込み上げてきた。

(このわしが)

旧主の隠れ処を告げ口するのか。これが自分の運命なのか。これほど損な役回りがめぐってくるとは、どれほどの悪行を前世にかさねたのか。

断じて病のためではない、引き裂かれるような胸の痛みに息を詰まらせながらも且元は、

「あの中に、右府公がおわすようだ」

そう言って震える指先で櫓を指し示した。

この日よりわずか二十日後の五月二十八日に片桐且元は死去した。死因は以前より患っていた肺病とされている。ただ大坂の陣直後のあまりに早い死に、別の死因があったのではないかとも疑う向きも少なからずあった。

夜が明けて格子窓から入る明かりで、櫓の中が少し明るくなった。少し眠ってしまったようだ。大野治長は板壁にもたれた頭を起こした。

(昨晩はついに)

家康から返答はなかった。千姫はぶじ家康の陣に着いたのだろうか。千姫と米村権右衛門の秀頼淀殿母子の命乞いは、家康の耳に届いたのだろうか。

もし届いていたなら、とっくに返答があっていいはずだ。

（とすれば、やはり）

家康は非情の決断を下したということか。

もとより覚悟はしていたが、いざその現実を突きつけられると、後悔の念が治長の胸をふさいだ。

秀頼の助命が許されないと分かっていたら、昨日のうちに大坂城と運命をともにしていただろう。さらに言えば、出陣もしてその勇姿を戦場に披露して、味方の士気を大いに高めただろう。そうすれば、たとえ敗戦という結果は変わらずとも、秀頼の最後を勇猛な武将として飾ることができた。豊臣家の意地と名誉も守ることができた。

しかし、今残された道は、この物置小屋のような櫓の中で自害するだけだ。

やはり、戦うべきだったのだ。真田信繁や毛利勝永たちが正しかったのだ。

（いや、違う）

自分の切腹と千姫を返すことで、秀頼助命を図ったのは間違っていない。それが秀頼を生かす唯一の可能性だったのだ。

その道もなかったことが今判明した。しかし、あの時点でそれは分かりようがない。

そういう状況で下した判断をあとから悔やむのは無意味だ。

それでも人はのちに治長の行動を非難するだろう。豊臣家の最後を汚した男として蔑むだろう。その批判は甘んじて受ける。

「どうやら、通じなかったようだ」

速水守久が横に来てささやいた。

「うむ」治長はうなずきつつ、「しかし、まだ決まったわけではない。最後まであきらめずに待とう」

「承知した。だが、いざという時の備えはしておく」

守久は言い、火薬の箱を積み、その回りを藁の束で囲った。油壺も中身をいつでも撒けるようそばに置いてある。貴人の遺体を人目に触れさせないための処置である。

昼近くになって、徳川方の兵が櫓の回りを取り囲んだ。そして櫓に向かって鉄砲を放った。これが家康の最終返答らしい。

治長は奥の間に入って、秀頼と淀殿に告げた。

「いよいよでございます。かくなる最後となったのは、ひとえにそれがしの不明の致すところ。平にお詫び申し上げます」

「面《おもて》をあげよ、修理介。その方はここまでよく予に尽くしてくれた。かような仕儀となったのは、天命であり、その方の罪にはあらず」

秀頼が言うと、淀殿も穏やかな顔で、

「さよう、最後をそなたたち忠義の母子といっしょに迎えられたのは、せめてもの幸い。見苦しいものを敵の目にさらさぬよう頼みますぞ」

と治長と横に侍る大蔵卿に言った。

「はっ、それがしがすべての始末をつけ、おあとから参ります」

と治長は言った。

井伊直孝配下の鉄砲隊が山里曲輪の櫓に向かって銃撃をおこなってしばらくすると、曲輪の格子窓から白い煙がもれはじめた。櫓はしだいに煙に包まれ、とつぜん、爆音がとどろいた。爆音は二度、三度と続き、櫓ばかりでなく周囲の地面をも揺るがせた。櫓内部はさかんに燃えているようだ。激しい炎が格子越しに見て取れる。

炎の手はやがて格子窓から外壁へと伝い、屋根まで達すると、櫓全体を包みこんだ。燃え盛る櫓を取り囲む徳川方の将兵たちも無言で、ただ立ちのぼる炎と煙を見つめている。

櫓は一刻以上も燃え続け、自壊し黒い炭のがれきとなった。

その後の検証で、焼け跡からは三十人ほどの遺体が発見された。その中に秀頼と淀殿がいるのは明らかだったが、遺体の特定には至らなかった。

櫓の中で秀頼と淀殿に殉じたとされるのは、大野治長、速水守久、毛利勝永、真田幸昌、荻野道喜、成田佐吉、竹田永翁などの武将や、大蔵卿、右京大夫、饗庭の局などの上臈たちである。

家康は櫓が完全に焼け落ちたと報告を受けると茶臼山を発ち、大坂城の焼け跡を検分したのち、京の二条城へと戻った。

ここに大坂の陣は終結したのだった。

二十二

大坂落城の余韻、まだ冷めやらぬ五月二十二日、豊臣秀頼の庶子で八歳となる国松が伏見農人橋付近で捕えられた。

国松は慶長十三年（一六〇八）、秀頼と側室の間に生まれた長男であった。生後すぐに京極家に預けられたのは、正室の千姫、ひいてはその実家である徳川を憚ったためだろう。

大坂の陣が起きた時、徳川方に身柄を取られぬよう、国松ははじめて大坂城に上り、秀頼との親子の対面をした。

落城が迫ると国松は乳母夫婦とともに城を落ち、身を隠していたが、京都所司代の板倉勝重の捜索により、発見されたのである。

国松は翌五月二十三日、市中引き回しの上、六条河原で斬首に処された。その亡骸は京極龍子が引き取り弔ったという。

国松の一つ年下の妹もその少し前に、京極家から身柄を幕府へ差し出されている。この女児も秀頼が側室に産ませたものだが、国松と同母かは不明である。こちらは女のことゆえ、常高院と千姫からつよく助命の嘆願があり、家康の裁定により、千姫の養女となり、寺に入れることを条件に命を助けられた。

女児は縁切寺として知られる東慶寺に入り、天秀と号し、のちに同寺の二十世住持となった。正保二年(一六四五)、天秀尼は同寺で死去した。これにより、豊臣秀吉の直系とあきらかにされている血筋はすべて絶えたことになる。

高台院は走らせていた筆先を止めて、ふっとため息をついた。近ごろは手紙ひとつ書くのも億劫で筆が滞りがちだ。記すべきことがあっても言葉が浮かんでこない時もある。集中が続かず、考えがまとまらないことも多い。なにもかもが物憂く感じられる。老いもあろうが、高台院から気力を奪った最大の原因が、大坂の件であるのは間違いない。

五月七日の夜は、高台院の住まう京からも、城の方角が赤く染まっているのが見えた。それで豊臣家と大坂城の運命を悟った。胸がつぶれる思いだった。

豊臣の天下は続かなくとも、一大名として生きながらえてほしかった。大坂城が豊臣家のものでなくなっても、秀吉の遺したあの大城郭は長く後世に伝えてほしかった。だが、それはすべて虚しくなった。秀吉と高台院がふたりで築いた証は、秀吉の死後二十年と経たずして無に帰した。高台院の人生の積木は、最後に徳川の手によって突き崩されて跡形もなくなろうとしている。

今回の豊臣残党の摘発は、きわめて厳しいものがある。秀頼の遺児、国松はもとより、長宗我部盛親、大野道犬など多くの武将たちが捕縛され処刑された。当人だけでなく、親や子供など眷属《けんぞく》までも探し出されて次々と斬首されたり、自害を命じられたりしている。関ヶ原の時は敵となった者たちに、これほどの厳罰は処せなかった。あの時はまだ徳川の天下は流動的だったからだ。

しかし、天下に敵がなくなり、徳川の意向に逆らう者がどんな末路をたどるかを、容赦なく見せつけることが可能となった。

家康はその力をいかんなく振るって、世人に幕府への恐れを植え付けようとしている。反逆の芽を未然に摘む、恐怖による支配だ。これが家康の考える天下泰平なのだろう。

（はたして）

家康の思い通りに、天下の民が徳川の支配に恐れ入ったまま、おとなしく従い続けるのかはまだ分からない。しかし、今は熾烈をきわめる豊臣残党狩りの中で、みな息をひそめ嵐の過ぎ去るのを待っている。

かくいう高台院もそのひとりである。手紙が進まないのも、本当に書きたいこと、本心をどこまで記していいのか、思いあぐねているためであろう。

気を取り直してふたたび筆を取った。

大坂の御事は、なんと申し――、
高台院の筆はまた止まり、いつまでも次の言葉を探し続けていた。

豊臣家が滅んだ翌年の元和二年（一六一六）の正月二十一日、家康は発病した。鷹狩りの出先で夜中に急の腹痛を訴えたのだ。お付の医師の片山宗哲の処置で、発作はおさえたものの、痛みのもとは去らない。

ともかく小康を得て駿府の城に帰ってきたが、腹中に大きなしこりができて、それがいつまでも治らなかった。吐血もあり、黒い便も出た。今日でいう胃がんを患ったものと考えられる。

家康不例の報せは天下を震撼させた。

側近の本多正純や金地院崇伝などが病室に詰めているのは当然だが、報せが飛んだ江戸からも、続々と諸大名が見舞いに駆けつけた。

二月に入っても病状はいぜん改善せず、かえって悪化しているとの報せを受けて、将軍秀忠も駿府入りした。

三月になると、さらに家康の衰弱は進んだ。意識はあるが食欲がなく、身体は骨と皮ばかりになっている。

秀忠が医師の片山宗哲に病状を質すと、きわめて深刻な病状だが、家康は寸白《すばく》(サナダムシ)と自己診断を下して、自身で調合させた薬だけを服用しているという。

「それでは効かぬのか」

「かえって障りになるかと存じます」

「やめさせよ」

秀忠の意を受けて、宗哲が家康に意見すると、家康は癇癪を起こし、宗哲を諏訪の高島へ追放してしまった。これ以降、誰も家康の処方に口を出す者がいなくなった。

三月も終わりになって、家康はようやく自身が死病に取りつかれていることを悟った。

(そうだったか)

七十五年の人生を振り返って、意外の念にとらわれた。長らくこのような終末を迎えるとは思っていなかったからだ。

（わしはずっと）

決して畳の上では死ねぬ運命と思い込んでいた。

家康の祖父松平清康と父松平広忠は、ともに家臣に襲われ横死している。信心深い家康は、その事実を知った幼いころからずっと、自分も同じようにいつか家臣に殺されるものと信じてきたのだ。

二代も続けて同じ不遇の死を遂げているにもかかわらず、三代目の自分だけが天寿を全うできるなど虫のいい話はない、そう思ってきた。これはきっと逃れられない宿業だ。

しかし、それを少しでも先延ばししたかった。

以来、家康は家臣に対して感情を抑制し、気ままな振る舞いを控えてきた。時には家臣の顔色をうかがうことさえあった。

たとえ家臣を罰する時でも、その罪に対してつねに妥当な罰を与えるよう心がけた。自分の感情ではなく、法や慣習、政治的な判断を優先させた。

結局、それが自分の身を守り、徳川家臣団の強化にもつながったのだろう。

いつしか家康は家臣に対する恐怖心から解放されていたが、みずからを律するこの心得は守ってきた。

大久保長安や大久保忠隣の処分も、息子である松平忠輝への冷遇も、感情ではなく政治としておこなってきたつもりだ。豊臣秀頼への対処も徹底的な残党狩りも同様である。

家康は冷静に、なにが妥当か必要かを考慮し、それを行動規範としてきた。

（されど）

先に医師の宗哲を処断したのは、ただ自分の思いにならない身体に対するいらだたしさをぶつけたにすぎない。そこには冷静な判断も公正な処分もなかった。自分を制御する力を失いつつあるようだ。

（どうやら）

終わりが近づいてきている。

その前に宗哲の処分を取り消すことも考えたが、思いとどまった。最高権力者がむやみに自身の過ちを認めてはならない。どうせ自分が死ねば、秀忠が赦免を与えるだろう。

四月に入ってしばらくすると、家康はほとんど食を取れなくなった。白湯のような粥でさえ、飲み下すのが難しくなった。

死後の処置も言い残し、懇意の者たちへの形見分けもすませると、家康は日中でもつらうつらと眠っていることが多くなった。

しかし、つねに疼痛を身にまとっているので眠りは短く浅い。覚せいと夢幻の間をたえず行き来している。

激しい差し込みに苦しんだあと、体力を使い果たし、家康は寝入った。

しかし、夢の中にも痛みは入り込み、家康の身体を苛む。熱く焼かれるような痛みだ。気づくと辺りは火の海になっている。逃げ場を求めてさまよっていると、前方に黒い大きな影が立ちふさがった。

（秀頼――）

二条城で会った時の姿の秀頼が、家康の前にそびえ立っている。

秀頼は、あの時と同じ圧迫感を帯びて家康に迫ってきた。家康はなにか叫ぼうとして、目を覚ました。身体中に汗が噴き出している。

家康はしばらく呆然と夢見のあとを追い、やがて腰物奉行の都筑景春を呼ぶように言った。すぐに景春が伺候すると、三池の御刀を授けて、

「これにて罪人を試してみよ」

と命じた。

三池の御刀は鎌倉時代の名人、三池典太光世《てんたみつよ》の作と伝わる名刀で、家康はこれを帯びて大坂にも出陣した。その後も枕刀として、肌身離さずにいる。

景春は御刀をあずかり、罪人を試し斬りして戻ってくると、

「斬れ味、比類なき尤物《ゆうぶつ》にございました」

と報告した。

「よう斬れたか」

家康は満足そうに御刀を受け取ると、覚束ない手つきで鞘を抜きはらい、二度、三度と抜き身を振り回した。

「わが魂この剣にやどり、永く子孫を鎮護せん」

家康は三池の御刀の切先を西方に向けて東照宮に安置するよう遺言した。秀頼の霊魂、西国の大名、どちらの備えのつもりであったのだろうか。

この二日後の元和二年（一六一六）四月十七日、家康は死去した。

本作品は二〇一九年六月、小社より単行本刊行されました。
文庫化にあたり加筆・修正をしています。

双葉文庫

お-25-09

大坂《おおさか》の陣《じん》

2022年6月19日　第1刷発行

【著者】
岡田《おかだ》秀文《ひでふみ》

【発行者】
箕浦克史
【発行所】
株式会社双葉社
〒162-8540 東京都新宿区東五軒町3番28号
［電話］03-5261-4818(営業部)　03-5261-4831(編集部)
www.futabasha.co.jp（双葉社の書籍・コミックが買えます）
【印刷所】
大日本印刷株式会社
【製本所】
大日本印刷株式会社
【カバー印刷】
株式会社久栄社
【DTP】
株式会社ビーワークス

【フォーマット・デザイン】
日下潤一

ISBN978-4-575-67114-8 C0193
Printed in Japan